GRöLS Verlage

„Bücher sind wie Fallschirme. Sie nützen uns nichts, wenn wir sie nicht öffnen."

Gröls Verlag

Redaktionelle Hinweise und Impressum

Das vorliegende Werk wurde zugunsten der Authentizität sehr zurückhaltend bearbeitet. So wurden etwa ursprüngliche Rechtschreibfehler *nicht* systematisch behoben, denn kleine Unvollkommenheiten machen das Buch – wie im Übrigen den Menschen – erst authentisch. Mitunter wurden jedoch zum Beispiel Absätze behutsam neu getrennt, um den Lesefluss zu erleichtern.

Um die Texte zu rekonstruieren, werden antiquarische Bücher von Lesegeräten gescannt und dann durch eine Software lesbar gemacht. Der so entstandene Text wird von Menschen gegengelesen und korrigiert – hierbei treten auch Fehler auf. Wenn Sie ebenfalls antiquarische Texte einreichen möchten, finden Sie weitere Informationen auf www.groels.de

Viel Freude bei der Lektüre wünscht Ihnen das Team des Gröls-Verlags.

Adressen

Verleger: Sophia Gröls, Im Borngrund 26, 61440 Oberursel

Externer Dienstleister für Distribution & Herstellung: BoD, In de Tarpen 42, 22848 Norderstedt

Unsere „Edition | Werke der Weltliteratur“ hat den Anspruch, eine der größten und vollständigsten Sammlungen klassischer Literatur in deutscher Sprache zu sein. Nach und nach versammeln wir hier nicht nur die „üblichen Verdächtigen“ von Goethe bis Schiller, sondern auch Kleinode der vergangenen Jahrhunderte, die – zu Unrecht – drohen, in Vergessenheit zu geraten. Wir kultivieren und kuratieren damit einen der wertvollsten Bereiche der abendländischen Kultur. Kleine Auswahl:

Francis Bacon • Neues Organon • **Balzac** • Glanz und Elend der Kurtisanen • **Joachim H. Campe** • Robinson der Jüngere • **Dante Alighieri** • Die Göttliche Komödie • **Daniel Defoe** • Robinson Crusoe • **Charles Dickens** • Oliver Twist • **Denis Diderot** • Jacques der Fatalist • **Fjodor Dostojewski** • Schuld und Sühne • **Arthur Conan Doyle** • Der Hund von Baskerville • **Marie von Ebner-Eschenbach** • Das Gemeindekind • **Elisabeth von Österreich** • Das Poetische Tagebuch • **Friedrich Engels** • Die Lage der arbeitenden Klasse • **Ludwig Feuerbach** • Das Wesen des Christentums • **Johann G. Fichte** • Reden an die deutsche Nation • **Fitzgerald** • Zärtlich ist die Nacht • **Flaubert** • Madame Bovary • **Gorch Fock** • Seefahrt ist not! • **Theodor Fontane** • Effi Briest • **Robert Musil** • Über die Dummheit • **Edgar Wallace** • Der Frosch mit der Maske • **Jakob Wassermann** • Der Fall Maurizius • **Oscar Wilde** • Das Bildnis des Dorian Grey • **Émile Zola** • Germinal • **Stefan Zweig** • Schachnovelle • **Hugo von Hofmannsthal** • Der Tor und der Tod • **Anton Tschechow** • Ein Heiratsantrag • **Arthur Schnitzler** • Reigen • **Friedrich Schiller** • Kabale und Liebe • **Nicolo Machiavelli** • Der Fürst • **Gotthold E. Lessing** • Nathan der Weise • **Augustinus** • Die Bekenntnisse des heiligen Augustinus • **Marcus Aurelius** • Selbstbetrachtungen • **Charles Baudelaire** • Die Blumen des Bösen • **Harriett Stowe** • Onkel Toms Hütte • **Walter Benjamin** • Deutsche Menschen • **Hugo Bettauer** • Die Stadt ohne Juden *und viele mehr....*

Edgar Rice Burroughs

Tarzan bei den Affen

Erlebnisse eines von Menschenaffen Geraubten

Inhalt

Hinaus auf die See

Diese Geschichte habe ich von jemand, der keinen besonderen Grund hatte, sie mir oder einem andern zu erzählen. Ich dachte anfänglich, der Erzähler sei in einer angeheiterten Stimmung, und ich konnte auch die folgenden Tage nicht recht an die Geschichte glauben.

Als mein freundlicher Gastgeber merkte, daß seine Erzählung Zweifel in mir erregte, legte er mir als schriftlichen Beweis dafür ein muffiges Manuskript und trockene amtliche Berichte des Britischen Kolonialamtes vor, um mir eine Reihe der hervorstechendsten Tatsachen der merkwürdigen Erzählung zu belegen.

Ich behaupte nicht, daß die Geschichte wahr ist, denn ich war nicht Zeuge der darin geschilderten Ereignisse, aber ich glaube, bestimmt, daß sie wahr sein kann, und deshalb habe ich den darin beteiligten Personen andere Namen gegeben.

Die gelben Blätter des Tagebuchs eines längst verstorbenen Mannes und die Berichte des Kolonialamtes stimmen genau überein mit der Erzählung meines Gastgebers, und so unterbreite ich dem Leser die Geschichte, wie ich sie mit Hilfe der angegebenen Dokumente mit großer Mühe ausgearbeitet habe. Sollte man sie nicht glaubwürdig finden, so wird man doch jedenfalls mit mir darin übereinstimmen, daß es ein ganz einzigartiger, bemerkenswerter und interessanter Fall ist.

Aus den Berichten des Kolonialamtes und aus dem Tagebuch des Verstorbenen erfahren wir, daß ein junger vornehmer Engländer, den wir John Clayton, Lord Greystoke, nennen wollen, beauftragt wurde, eine besonders vorsichtige Untersuchung über die Verhältnisse anzustellen, unter denen in einer britischen Kolonie der Westküste Afrikas Eingeborene von einer andern europäischen Macht als Soldaten für ihre Eingeborenenarmee angeworben wurden, die lediglich zur zwangsweisen Beitreibung von Gummi und Elfenbein bei den wilden Stämmen am Kongo und Aruwimi benützt wurden.

Die Eingeborenen der britischen Kolonie beklagten sich darüber, daß manche ihrer jüngeren Leute durch die schönsten Versprechungen weggelockt wurden, daß aber nur wenige zu ihren Familien zurückkehrten.

Die Engländer in Afrika gingen noch weiter, indem sie behaupteten, diese armen Schwarzen würden gewissermaßen in Sklaverei gehalten, denn bei Ablauf ihrer Verpflichtungszeit würde ihre Dummheit von den weißen Offizieren ausgenützt und es würde ihnen gesagt, sie müßten noch einige Jahre dienen. Aus diesem Grunde sandte das Kolonialamt John Clayton auf einen neuen Posten nach Britisch-West-Afrika. Es gab ihm den vertraulichen Auftrag, eine gründliche Untersuchung über die unloyale Behandlung schwarzer britischer Untertanen seitens der Offiziere einer befreundeten europäischen Macht anzustellen. Die Veranlassung zu seiner Mission ist aber für diese Erzählung von geringer Bedeutung, denn Clayton stellte keine Untersuchung an und in Wirklichkeit erreichte er nicht einmal seinen Bestimmungsort.

Clayton war das Urbild eines tapferen Engländers, wie wir uns es nach den Heldenleistungen in vielen siegreichen Schlachten vorstellen, ein tüchtiger Mann in geistiger, moralischer und körperlicher Hinsicht.

Er war von etwas mehr als mittlerer Größe. Seine Augen waren grau, seine Züge regelmäßig und energisch. Seine Haltung war die eines starken, gesunden Mannes, den der Militärdienst noch gestählt hatte.

Aus politischem Ehrgeiz hatte er einen Übertritt vom Heeresdienst zum Kolonialamt angestrebt, und so finden wir ihn in noch jugendlichem Alter mit einem wichtigen Auftrag im Dienste der Königin betraut.

Diese Berufung erfüllte ihn zwar mit Stolz, aber er war doch auch darüber erschrocken. Die Beförderung erschien ihm als ein wohlverdienter Lohn für seine ausdauernden, umsichtigen Dienste und als eine Etappe zu einem bedeutenderen und verantwortungsvolleren Posten, aber andererseits hatte er erst vor drei Monaten Alice Rutherford geheiratet, und er war entsetzt bei dem Gedanken, seine junge Frau den Gefahren und der Einsamkeit des tropischen Afrika auszusetzen. Ihr zuliebe hätte er den Auftrag ablehnen mögen, aber sie wollte das nicht. Sie drang sogar in ihn, daß er ihn annehmen möchte, und erklärte sich bereit, mit ihm zu gehen.

Da waren zwar die Mütter und die Brüder und die Schwestern, die Tanten und Vettern, die allerlei Ansichten darüber kundgaben, aber die Geschichte berichtet uns diese verschiedenen Meinungen nicht.

Wir wissen nur, daß an einem freundlichen Maimorgen des Jahres 1888 Lord Greystoke und Frau Alice von Dover nach Afrika absegelten.

Einen Monat später kamen sie in Freetown an, wo sie ein kleines Segelschiff, die „Fuwalda“, mieteten, um nach ihrem Bestimmungsort zu gelangen.

Von jener Zeit an war aber Lord John Greystoke mit seiner Frau Alice völlig verschollen. Kein Mensch hat sie mehr gesehen, noch etwas von ihnen gehört.

Zwei Monate, nachdem sie den Hafen von Freetown verlassen hatten, durchsuchten sechs englische Kriegsschiffe den südatlantischen Ozean, um eine Spur von ihnen oder ihrem kleinen Schiff zu finden, und bald darauf entdeckten sie die Trümmer des Seglers an der Felsenküste von St. Helena. So war die Welt überzeugt, daß die „Fuwalda“ mit Mann und Maus untergegangen war, und die Nachforschung nach den Vermißten wurde eingestellt, nachdem sie noch kaum begonnen hatte. In den sehnsüchtigen Herzen der Angehörigen lebte zwar noch manches Jahr die Hoffnung fort, bis sie allmählich erlosch.

Die „Fuwalda“, ein Fahrzeug von etwa hundert Tonnen, war ein Schiff von der Gattung, die man im Küstenhandel des fernen südatlantischen Ozeans oft sieht und deren Mannschaft aus dem Abschaum der See, ungehängten Mördern und Räubern aller Rassen und Nationen, besteht.

Die Offiziere der „Fuwalda“ waren gebräunte Eisenfresser, die die Mannschaft haßten, so wie sie von dieser gehaßt wurden. Der Kapitän war zwar ein tüchtiger Seemann, aber brutal gegen seine Leute. In seinem Verkehr mit ihnen kannte er nur zwei Argumente, wenn er sie auch erst in letzter Linie benützte, den Knüppel und den Revolver, und es ist auch nicht wahrscheinlich, daß das bunte Gemisch, das er angeworben hatte, irgend etwas anderes verstanden hätte.

So geschah es denn, daß schon am zweiten Tage nach der Abfahrt von Freetown John Clayton und seine junge Frau auf dem Deck der „Fuwalda“ Zeugen von Szenen wurden, wie sie nie geglaubt hätten, daß sie anders als auf den bunten Titelbildern von Seegeschichten vorkämen.

Es war am Morgen des zweiten Tages, wo das erste Glied einer Kette entstand, die das Leben eines damals noch Ungeborenen so umstricken sollte, wie es vielleicht noch nie dem Leben eines Menschen geschehen ist.

Zwei Matrosen waren beschäftigt, das Deck der „Fuwalda“ zu waschen. Der erste Steuermann war auf seinem Posten, und der Kapitän hatte sich eben mit John Clayton und Frau Alice unterhalten.

Die Matrosen waren hinter ihnen an der Arbeit. Sie kamen immer näher, bis der eine von ihnen direkt hinter dem Kapitän war. In einem andern Augenblick wäre er ohne weiteres vorübergegangen, und dann wäre diese ganze außerordentliche Geschichte nicht passiert.

Aber gerade als der Offizier sich umdrehte, um Lord und Lady Greystoke zu verlassen, stolperte er über den Matrosen und fiel in seiner ganzen Länge auf das Deck, wobei er den Eimer umstürzte, so daß er von dem schmutzigen Inhalt Übergossen wurde.

Im ersten Augenblick erschien die Szene zum Lachen, aber auch nur für einen Augenblick. Mit einer Salve schrecklicher Flüche, das Gesicht rot vor Wut, stand der Kapitän wieder auf, und mit einem fürchterlichen Hieb schlug er den Matrosen nieder.

Es war ein schmächtiger, schon älterer Mann, so daß die Brutalität nur noch mehr hervortrat. Der andere Seemann aber war bedeutend jünger und stärker, ein richtiger Bär, mit stolzem schwarzem Schnurrbart und stiernackig.

Als er sah, daß sein Kamerad dalag, bückte er sich, sprang mit einem leisen Knurren auf den Kapitän los, und schlug ihn mit einem einzigen mächtigen Schlag auf die Knie nieder.

Das Gesicht des Offiziers, das bis dahin rot gewesen war, wurde jetzt weiß, denn das war offene Meuterei und Meuterei hatte er schon früher in seinem brutalen Kerker unterdrückt. Ohne zu warten, bis er wieder aufstehen konnte, zog er seinen Revolver aus der Tasche und richtete ihn auf den muskulösen Riesen, der vor ihm aufragte, aber in demselben Augenblick, da Lord Greystoke die Waffe aufleuchten sah, schlug dieser sie zu Boden, so daß die Kugel, die dem Herzen des Matrosen zugedacht war, ihn nur ins Bein traf.

Es entstand ein Wortwechsel zwischen Clayton und dem Kapitän. Der Lord erklärte ihm nämlich, er sei entrüstet über die Grausamkeit gegen die Mannschaft und er wolle nicht dulden, daß sich je wieder etwas Derartiges ereigne, solange er und seine Frau als Passagiere aus dem Schiff seien.

Der Kapitän war auf dem Punkte, ihm heftig zu erwidern, aber er fühlte, es sei besser, das nicht zu tun, und so wandte er sich mit finsteren Blicken um und ging davon.

Er hielt es doch für klüger, einen englischen Beamten nicht zu reizen, denn die mächtige Königin hatte ein Strafwerkzeug zur Verfügung, das er kannte und fürchtete: Englands weitreichende Flotte.

Die beiden Matrosen standen auf, indem der alte Mann dem verwundeten Kameraden behilflich war. Der starke Kerl, der unter der Mannschaft als der schwarze Michel bekannt war, prüfte sein Bein bedächtig und als er fand, daß es sein Gewicht noch tragen konnte, wandte er sich Clayton zu, indem er ihm mit kurzen Worten dankte.

War auch der Ton des Mannes mürrisch, so waren seine Worte doch offenbar gutgemeint. Kaum hatte er seine Ansprache vollendet, so hatte er sich schon umgedreht und war im Matrosenlogis verschwunden, in der offenbaren Absicht, jede weitere Unterredung zu vermeiden.

Der Lord und seine Frau sahen ihn einige Tage lang nicht mehr, und auch der Kapitän würdigte sie nur eines mürrischen Brummens, wenn er gezwungen war, mit ihnen zu sprechen. Sie speisten gemeinsam in seiner Kajüte, wie sie es vor dem unglücklichen Vorfall taten, aber der Kapitän sorgte dafür, daß seine Pflichten es ihm niemals erlaubten, zu gleicher Zeit mit ihnen zu essen.

Die andern Offiziere waren derbe ungebildete Kerle und nur zu froh, gesellschaftlichen Verkehr mit dem seinen englischen Edelmann und seiner Gattin zu meiden, so daß die Claytons sehr viel sich selbst überlassen waren.

An und für sich entsprach dies ihren Wünschen vollkommen, aber dadurch waren sie auch von dem Leben und Treiben auf dem kleinen Schiff abgesondert und nicht imstande, in Fühlung mit den täglichen Vorkommnissen zu bleiben, die schon so bald in einer blutigen Tragödie endigen sollten.

In der ganzen Atmosphäre des Schiffes lag ein unbestimmtes Etwas, das Unheil verkündete.

Äußerlich ging auf dem kleinen Fahrzeug alles, soweit die Claytons es sahen, seinen gewohnten Gang, aber daß sie einer unbekannten Gefahr entgegengingen, fühlten beide, obschon sie sich gegenseitig nicht darüber aussprachen.

Am zweiten Tag, nachdem der schwarze Michel verwundet worden war, kam Clayton gerade rechtzeitig auf das Deck, um zu sehen, wie der schlaffe Körper eines Matrosen von vier Kameraden hinuntergebracht wurde, während der erste Steuermann, einen schweren Knüppel in der Hand haltend, der kleinen Gruppe trotziger Matrosen nachsah.

Clayton stellte keine Frage – er hatte es auch nicht nötig –, aber als am folgenden Tage der große Umriß eines englischen Schlachtschiffes am fernen

Horizont auftauchte, war er halb entschlossen, zu verlangen, daß er und seine Gattin an dessen Bord übergesetzt würden, denn seine Befürchtung, daß ihnen bei ihrem Verbleiben auf der düsteren „Fuwalda“ noch etwas Übles zustoßen könnte, wuchs ständig.

Gegen Mittag kamen sie in Sichtweite des britischen Schiffes, aber wenn Clayton auch nahezu entschlossen war, den Kapitän zu bitten, sie übersetzen zu lassen, so wurde ihm jetzt das augenscheinlich Lächerliche eines solchen Ersuchens plötzlich klar. Welchen Grund sollte er dem befehlenden Offizier von Ihrer Majestät Schiff angeben, um in der Richtung zurückzufahren, aus der er soeben gekommen war?

Wahrhaftig, wenn er den Offizieren erzählt hätte, daß zwei widerspenstige Matrosen rauh behandelt worden seien, so hätten sie nur heimlich über ihn gelacht und ihn der Feigheit bezichtigt, wenn er das kleine Schiff nur aus diesem Grunde verlassen hätte.

So verzichtete Lord Greystoke darauf, an Bord des britischen Kriegsschiffs gebracht zu werden; aber am späten Nachmittag, noch bevor die Mastspitzen des Kriegsschiffes am fernen Horizont ganz verschwunden waren, fand er seine größten Befürchtungen bestätigt, und er verwünschte nun seinen falschen Stolz, der ihn einige Stunden vorher davon abgehalten hatte, sein junges Weib in Sicherheit zu bringen, als sich ihm diese Rettung bot – eine Rettung, die nun für immer vorbei war.

Es war am Nachmittag, als der kleine alte Mann, der vor einigen Tagen so unmenschlich von dem Kapitän niedergeschlagen worden war, sich an Clayton und seine Frau, die dem entschwindenden Schlachtschiff nachsahen, heranschlich. Der Alte polierte Messingstangen, und als er näher an Clayton herankam, sagte er in flüsterndem Tone:

Er wird's bezahlen, Herr! Das glauben Sie mir aufs Wort. Er wird's bezahlen!

Was meinen Sie, mein Bester? fragte Clayton.

Wie? Haben Sie nicht gesehen, was hier vorgeht? Dieser Teufels-Kapitän! Gestern zwei zerschlagene Köpfe und heute drei. Der vom schwarzen Michel ist wieder so gut wie neu, und er ist nicht der Kerl, der sich das gefallen läßt, er nicht, mein Wort darauf!

Sie meinen, lieber Mann, daß die Mannschaft meutern will?

Meutern? erwiderte der Alte, meutern? Totschlagen wird man, Herr, mein Wort darauf!

Wann?

Es kommt, Herr, es kommt, aber ich darf nicht sagen, wann, und ich habe jetzt schon verflucht viel gesagt, aber Sie waren neulich so gut gegen mich, und da dachte ich, es wäre nicht mehr als recht, Sie zu warnen. Aber halten Sie die Zunge fest, und wenn Sie schießen hören, so gehen Sie hinunter und bleiben Sie dort! Das ist alles, aber schweigen Sie, oder man wird Ihnen eine Pille zwischen die Rippen jagen, – verlassen Sie sich darauf, Herr!

Und der alte Mann polierte weiter und entfernte sich allmählich von der Stelle, wo die Claytons standen.

Das sind ja schöne Aussichten, Alice, sagte Clayton.

Du mußt den Kapitän sofort warnen, John! sagte sie. Die Unruhen können dann vielleicht noch verhütet werden.

Eigentlich müßte ich es tun, aber vom selbstsüchtigen Standpunkt aus möchte ich lieber „die Zunge festhalten“. Was die Leute auch unternehmen mögen, uns werden sie schonen, aus Dank dafür, daß ich für den schwarzen Michel Partei ergriffen habe, aber wenn sie herausfänden, daß ich sie verraten hätte, so würden wir keine Gnade vor ihnen finden, Alice!

Du hast aber nur eine Pflicht, John, und die liegt auf der Seite der verletzten Autorität! Wenn du den Kapitän nicht warnst, so machst du dich der Mithilfe schuldig, genau so, als ob du an der Anzettelung der Verschwörung mit beteiligt gewesen wärest.

Du faßt die Sache falsch auf, mein Liebling, erwiderte Clayton. An dich denke ich, – darin liegt meine erste Pflicht. Der Kapitän hat sich selbst in diese Lage gebracht. Warum soll ich in dem wahrscheinlich nutzlosen Versuch, ihn vor seinem eigenen brutalen Wahnsinn zu retten, es riskieren, meine Frau undenkbaren Greueln auszusetzen? Du hast keinen Begriff, meine Liebe, von dem, was folgen würde, wenn dieses Pack von Halsabschneidern die „Fuwalda“ in ihre Gewalt bekäme.

Pflicht ist Pflicht, mein Lieber, und kein Scheingrund kann etwas daran ändern. Das müßte ein armseliges Weib für einen englischen Lord sein, wenn es ihn verhindern wollte, einfach seine Pflicht zu tun. Ich verstehe die Gefahr, die daraus entstehen kann, aber ich kann ihr mit dir vereint entgegentreten, und zwar tapferer als ich es im Bewußtsein der Schuld könnte, daß du eine Tragödie hättest vermeiden können, wenn du deine Pflicht nicht vernachlässigt hättest.

So geschehe denn dein Wille, Alice, antwortete er. Vielleicht machen wir uns auch unnötige Sorgen. Wenn mir auch die Vorgänge an Bord dieses Schiffes nicht gefallen, so sind sie doch vielleicht nicht so tragisch, denn es ist möglich, daß der alte Seemann mehr die Wünsche seines bösen alten Herzens geäußert als von wirklichen Tatsachen gesprochen hat. Meuterei auf hoher See mag vor hundert Jahren häufig gewesen fein, aber im Jahre 1888 ist es das unwahrscheinlichste Vorkommnis, das man sich denken kann. – Doch da geht der Kapitän in seine Kajüte! Wenn ich ihn warnen soll, so möchte ich diese unangenehme Sache gleich erledigen, denn ich habe überhaupt wenig Lust, mit dem brutalen Menschen zu sprechen.

Indem er so sprach, schlenderte er mit sorgloser Miene der Kajütentreppe zu, die der Kapitän eben passiert hatte, und klopfte einen Augenblick später an dessen Tür.

Herein! brummte der tiefe Baß des mürrischen Offiziers. Und als Clayton eingetreten war und die Tür hinter sich geschlossen hatte, fragte er:

Nun?

Ich komme, um Ihnen den Hauptpunkt einer Unterredung mitzuteilen, die ich heute gehört habe, denn ich habe die Empfindung, daß, wenn auch nichts Wahres daran sein sollte, es auf alle Fälle gut sein wird, wenn Sie bewaffnet sein werden. Die Mannschaft beabsichtigt in Kürze Meuterei und Totschlag!

Das ist gelogen! brüllte der Kapitän. Und wenn Sie sich noch einmal in die Disziplin dieses Schiffes einmischen oder sich um Dinge kümmern, die Sie nichts angehen, so sollen Sie die Folgen tragen und zum Teufel gehen! Es ist mir gleich, ob Sie englischer Lord find oder nicht. Ich bin Kapitän dieses Schiffes, und von jetzt ab stecken Sie Ihre Nase nicht mehr in meine Angelegenheiten!

Indem er so sprach, redete er sich in eine solche Wut hinein, daß er puterrot im Gesicht wurde und die letzten Worte nur so hinausschrie, indem er mit der einen gewaltigen Faust auf den Tisch schlug und mit der andern Clayton bedrohte.

Greystoke verzog keine Miene, sondern sah nur mit Staunen auf den erregten Mann.

Kapitän Billings, sagte er mit langsamer Betonung, wenn Sie meine Offenheit verzeihen wollen, so möchte ich Ihnen sagen, daß Sie ein Esel sind. Verstehen Sie?

Darauf drehte er sich um und verließ die Kajüte mit derselben Gemütsruhe, die ihm stets eigen war und die den Zorn eines Mannes wie Billings mehr steigerte, als eine Flut von Schimpfworten.

Wenn Clayton versucht hätte, ihn zu versöhnen, so hätte der Kapitän seine jähzornigen Worte vielleicht bedauert. So aber verblieb er in derselben Wut, wie Clayton ihn verlassen hatte, und somit war die letzte Aussicht auf ein Zusammenarbeiten für ihr gemeinsames Wohl und die Erhaltung ihres Lebens dahin.

Nun, Alice, sagte Clayton, als er zu seiner Frau zurückkehrte, wenn ich meinen Atem gespart hätte, so hätte ich mir auch ein wenig Ärger erspart. Der Kerl zeigte sich sehr undankbar. Er fiel mich an wie ein toller Hund. Er mag mit seinem alten Schiff zum Henker gehen! Was liegt mir daran. Und bis wir glücklich hier loskommen, werde ich nur noch auf unser eigenes Wohl bedacht sein. Und ich denke, daß der erste Schritt auf diesem Wege der sein wird, nach unserer Kajüte zu gehen und nach meinem Revolver zu sehen. Ich bedauere jetzt, daß ich die größeren Gewehre und die Munition ganz unten in die Koffer gepackt habe.

Sie fanden ihre Kabine in einem üblen Zustand. Kleider aus ihren offenen Koffern lagen in dem kleinen Raum umhergestreut und selbst die Betten waren auseinandergerissen.

Da hat offenbar einer sich mehr für unser Eigentum interessiert als wir selbst, sagte Clayton. Ich möchte aber wissen, was der freche Kerl gesucht hat. Laß uns doch einmal nachsehen, Alice, ob etwas fehlt.

Nach gründlichem Suchen stellte sich heraus, daß nichts weiter gestohlen worden war, als die zwei Revolver und etwas Munition, die dabei lag.

Das sind gerade die zwei Dinge, auf die ich am meisten Wert gelegt hätte, sagte Clayton. Und die Tatsache, daß sie nur diese mit fortgenommen haben, ist das Schlimmste von allem, was wir bis jetzt auf diesem erbärmlichen Kasten erfahren haben.

Was sollen wir nun tun, John? fragte seine Frau. Ich werde dich nicht mehr drängen, nochmals zum Kapitän zu gehen, denn ich möchte dich nicht noch einmal einer Beschimpfung aussetzen. Vielleicht liegt unsere beste Aussicht auf

Rettung in einem neutralen Verhalten. Wenn die Offiziere imstande sind, eine Meuterei zu verhindern, so haben wir nichts zu befürchten, während, wenn die Meuterer siegen, unsere einzige schwache Hoffnung darin liegt, nicht versucht zu haben, ihre Pläne zu durchkreuzen oder zu bekämpfen.

Du hast Recht, Alice. Halten wir den goldenen Mittelweg ein.

Als sie sich anschickten, ihre Kabine in Ordnung zu bringen, bemerkten Clayton und seine Frau, daß ein Stück Papier unter der Türe hereingeschoben wurde. Als Clayton sich darnach bückte, war er verwundert, daß es sich weiter bewegte, und er erkannte, daß es jemand von außen hereinschob.

Schnell und lautlos näherte er sich der Türe, aber als er diese aufreißen wollte, faßte seine Frau ihn beim Handgelenk.

Nein, John, flüsterte sie, sie wollen nicht gesehen werden, und deshalb wollen wir sie auch nicht überraschen. Vergiß nicht, daß wir den goldenen Mittelweg gehen wollen.

Clayton zog seine Hand zurück. So standen sie da und beobachteten das kleine Stück weiße Papier, bis es vollständig diesseits der Türe war.

Dann hob Clayton es auf. Es war ein schmutziges Blatt, das unordentlich zusammengefallen war. Beim Öffnen lasen sie darauf einige Zeilen in einer Schrift, die offenbar von einer des Schreibens nicht gewohnten Hand herrührte.

Dem Inhalt nach war es eine Warnung an die Claytons, sich bei Todesstrafe einer Meldung über das Abhandenkommen der Revolver oder einer Mitteilung über das, was der alte Matrose gesagt hatte, zu enthalten.

Ich glaube, es geht gut, sagte Clayton mit traurigem Lächeln. Alles, was wir tun können, ist uns ruhig zu verhalten und abzuwarten, was auch kommen mag.

Das Heim in der Wildnis

Lord Greystoke und seine Gemahlin brauchten nicht lange zu warten, denn am nächsten Morgen, als er auf Deck gehen wollte, um seinen gewohnten Spaziergang vor dem Frühstück zu machen, fiel ein Schuß und dann ein zweiter und ein dritter.

Der Anblick, der sich ihm bot, bestätigte seine schlimmsten Befürchtungen. Der kleinen Gruppe von Offizieren stand die ganze bunte Schiffsmannschaft der „Fuwalda“ gegenüber, der schwarze Michel an der Spitze.

Nach der ersten Salve der Offiziere eilten die Matrosen in Deckung und feuerten hinter Mastbäumen, Ruderhaus und Kombüse heraus auf die fünf Männer, die die verhaßte Autorität des Schiffes darstellten.

Zwei Matrosen waren schon unter den Kugeln des Kapitäns gefallen. Sie lagen noch, wie sie gefallen waren, zwischen den Kämpfenden.

Jetzt stürzte der erste Steuermann vornüber aufs Gesicht, und auf einen Befehl des schwarzen Michels feuerten die wütenden Gesellen auf die vier Überlebenden. Die Mannschaft hatte nur sechs Feuerwaffen auftreiben können; deshalb war sie mit Boothaken, Äxten, Beilen und Brecheisen bewaffnet. Der Kapitän hatte seinen Revolver abgeschossen und war im Begriff, ihn wieder zu laden. Des zweiten Steuermanns Gewehr hatte versagt, und so waren nur noch zwei Waffen den Meuterern gegenüber, als diese sich rasch den jetzt zurückweichenden Offizieren näherten. Auf beiden Seiten wurde fürchterlich geflucht; dazu kam das Knallen der Feuerwaffen und das Schreien und Stöhnen der Verwundeten, so daß es auf dem Verdeck der „Fuwalda“ wild genug aussah.

Noch ehe die Offiziere ein Dutzend Schritte nach rückwärts gemacht hatten, fielen die Leute über sie her. Ein dicker Neger spaltete dem Kapitän den Kopf, und einen Augenblick später waren auch die andern niedergeschlagen, teils tot, teils durch Dutzende von Schlägen und Schüssen verwundet.

Kurz und grausig war das Werk der Meuterer auf der „Fuwalda“, und bei all diesen Vorgängen stand John Clayton unbekümmert an die Schiffstreppe angelehnt, rauchte nachdenklich seine Pfeife, als ob er einer gleichgültigen Kricketpartie zusähe.

Als der letzte Offizier gefallen war, dachte er daran, daß es Zeit sei, zu seiner Frau zurückzugehen, da sonst einer von der Mannschaft sie allein finden könnte.

Obgleich äußerlich ruhig und gleichgültig, war Clayton doch ängstlich und erregt, denn er fürchtete für die Sicherheit seiner Frau in der Nähe dieser Entmenschten, in deren Hände das Schicksal sie so unbarmherzig geworfen hatte.

Als er sich umdrehte, um die Treppe hinunterzusteigen, sah er zu seiner Überraschung seine Frau auf den Stufen stehen.

Seit wann bist du hier, Alice?

Von Anfang an, antwortete sie. Wie schrecklich, John! O, wie schrecklich! Was können wir aus den Händen solcher Menschen erwarten?

Ein Frühstück, hoffe ich, antwortete er, tapfer lächelnd, um ihre Furcht zu zerstreuen.

Ich will sie wenigstens fragen, fügte er hinzu. Komm mit mir, Alice. Wir dürfen sie nicht glauben lassen, daß wir etwas anderes als eine höfliche Behandlung von ihnen erwarten.

Unterdessen umringten die Matrosen die toten und verwundeten Offiziere, und ohne Unterschied und ohne Mitleid begannen sie Tote und Verwundete über Bord zu werfen. Mit derselben Herzlosigkeit verfuhren sie mit ihren eigenen Verwundeten und mit den Leichen dreier Seeleute, denen ein gütiges Geschick einen sofortigen Tod durch die Kugeln der Offiziere beschieden hatte.

Plötzlich bemerkte einer von der Mannschaft die sich nähernden Claytons, und mit dem Rufe: Hier sind noch zwei für die Fische! stürzte er mit erhobener Axt auf sie zu.

Aber der schwarze Michel war flinker, so daß der Kamerad, ehe er noch einige Schritte gemacht hatte, durch einen Schuß niedergestreckt war.

Mit lautem Rufen zog er die Aufmerksamkeit der andern auf sich, und, auf Lord und Lady Greystoke zeigend, rief er:

Diese sind meine Freunde, und sie sollen in Ruhe gelassen werden. Versteht ihr? Ich bin jetzt Kapitän dieses Schiffes, und was ich befehle, geschieht, fügte er, sich zu den Claytons wendend, hinzu. Bleiben Sie für sich allein, und kein Mensch wird Ihnen ein Leid zufügen! Dabei sah er drohend zu seinen Kameraden hinüber.

Die Claytons beachteten denn auch die Anweisungen des schwarzen Michels so genau, daß sie nur wenig von der Mannschaft sahen und nichts von den Plänen der Leute erfuhren.

Gelegentlich hörten sie einen schwachen Widerhall von Zank und Streit zwischen den Meuterern, und zwei Mal erschütterten Schüsse die stille Lust. Der schwarze Michel eignete sich aber sehr gut zum Führer dieses zusammengewürfelten Volkes, denn er verstand es, sie in seiner Gewalt zu behalten.

Am fünften Tage nach der Ermordung der Offiziere wurde vom Ausguck Land gemeldet. Ob es eine Insel oder Festland war, wußte der schwarze Michel nicht, aber er kündete Clayton an, daß, wenn es sich herausstellte, daß die Gegend bewohnbar sei, er und Lady Greystoke mit ihrem Gepäck dort an Land gesetzt werden sollten.

Für ein paar Monate werden Sie dort gut aufgehoben sein, erklärte er ihnen, und unterdessen werden wir wohl an irgend einer unbewohnten Küste landen und uns zerstreuen können. Dann will ich der britischen Regierung melden, wo Sie sind und sie wird bald ein Kriegsschiff senden, um Sie abzuholen. Es wäre eine schwierige Sache, Sie in einer zivilisierten Gegend landen zu lassen, ohne daß eine Menge Fragen gestellt würden, die keiner von uns glaubhaft beantworten könnte.

Clayton wehrte sich gegen die Unmenschlichkeit, sie an einer unbekannten Küste zu landen und den wilden Tieren und vielleicht noch wilderen Menschen preiszugeben.

Seine Worte waren aber vergeblich und nur geeignet, den schwarzen Michel zu erzürnen. Schließlich ließ er es dabei bewenden, und suchte nur noch seiner üblen Lage die beste Seite abzugewinnen.

Gegen drei Uhr nachmittags kamen sie in die Nähe einer wundervollen bewaldeten Küste, an der eine Landungsstelle zu sein schien.

Der schwarze Michel sandte ein kleines, mit einigen Mann besetztes Boot aus, um zu untersuchen, ob die „Fuwalda“ dort einfahren könnte.

Nach etwa einer Stunde kehrten sie zurück und meldeten, das Wasser sei tief genug, sowohl in der Einfahrt, als auch im Innern der Bucht.

Ehe es dunkelte, lag das Schiff friedlich vor Anker auf der stillen, spiegelglatten Fläche des Busens.

Die Umgebung des Strandes war von prächtigem, halbtropischem Grün bewachsen, während in der Ferne die Gegend, die sich als Hügel- und Tafelland vom Ozean abhob, fast lückenlos mit Urwald bedeckt war.

Kein Zeichen einer menschlichen Wohnung war sichtbar, aber daß Menschen sehr wohl dort leben konnten, bewies die Fülle der Vögel und anderen Tiere, die man vom Deck der „Fuwalda“ erblickte, als auch der Schimmer eines kleinen Flusses, der in die Bucht mündete und frisches Wasser in Fülle spendete.

Als sich die Nacht auf die Erde senkte, standen Clayton und feine Frau noch an der Reeling, in stilles Nachdenken über ihr künftiges Schicksal versunken. Aus dem finsteren Schatten des mächtigen Waldes kamen die Lockrufe der wilden Tiere, das dumpfe Brüllen des Löwen und gelegentlich der schrille Schrei eines Panthers.

Die Frau drückte sich fester an ihren Mann, von ahnungsvollem Schauder ergriffen über das Grausige, das in dem schrecklichen Dunkel der kommenden Nächte vor ihnen lag, wenn sie beide ganz allein auf dieser wilden einsamen Küste sein würden.

Spät am Abend kam der schwarze Michel zu ihnen und wies sie an, ihre Vorbereitungen zu ihrer für den nächsten Tag angesetzten Landung zu treffen. Sie versuchten ihn zu bewegen, sie an einer wohnlicheren Küste zu landen, so daß sie hoffen könnten, in freundliche Hände zu fallen, aber keine Bitten, keine Drohungen und keine Versprechungen konnten ihn rühren.

Er antwortete ihnen: Ich bin der einzige Mann an Bord, der Sie beide nicht lieber tot sähe, und wenn ich auch weiß, daß dies der einzig vernünftige Weg wäre, unsern eigenen Kopf zu sichern, so ist der schwarze Michel doch nicht der Mann, der eine Wohltat vergißt. Sie haben mir einmal das Leben gerettet, – ich rette das Ihrige, aber das ist auch alles, was ich tun kann. Die Leute wollen sich nicht länger hier aufhalten, und wenn wir Sie nicht schnellstens landen, so könnten sie leicht anderen Sinnes werden. Ich will alles, was Ihnen gehört, ans Land setzen, ebenso Küchengeräte und einige alte Segeltücher für Zelte und genug Essen, bis sie Früchte und Wild finden werden. Da Sie auch ihre Gewehre zum Schutz haben, können Sie hier leicht leben, bis Hilfe kommt. Wenn ich glücklich von hier fort bin, will ich sehen, daß die britische Regierung erfährt, wo Sie sind. Wo ich in Zukunft leben werde, kann ich Ihnen nicht genau sagen, denn ich weiß es selbst noch nicht. Aber man wird Sie schon finden.

Als der schwarze Michel fort war, ging das junge Paar schweigend hinunter; beide waren in düstere Ahnungen versunken.

Clayton glaubte nicht, daß der schwarze Michel auch nur im geringsten die Absicht hatte, die britische Regierung von ihrem Aufenthalt zu benachrichtigen. Auch war er nicht sicher, daß nicht irgend ein Verrat für den nächsten Tag beabsichtigt war, wenn sie mit den Seeleuten landeten, die sie mit ihrem Gepäck begleiten sollten. Sobald sie aus des schwarzen Michels Sicht waren, konnten einige der Leute sie niederschlagen, so daß das Gewissen des schwarzen Michels rein blieb.

Und selbst wenn sie diesem Schicksal entgingen, sahen sie nicht noch schwereren Gefahren entgegen? Wäre er allein gewesen, so hätte er hoffen können, noch viele Jahre zu leben, denn er war ein kräftiger, athletisch gebauter Mann.

Aber was würde aus Alice und dem andern kleinen Leben werden, das schon so früh den Mühseligkeiten und schweren Gefahren einer Wildnis ausgesetzt würde?

Der Mann erschauerte, als er über den schrecklichen Ernst und die fürchterliche Hilflosigkeit ihrer Lage nachdachte. Aber eine gütige Vorsehung bewahrte ihn davor, die schreckliche Wirklichkeit vorauszusehen, die sie in den Tiefen des düsteren Waldes erwartete.

Am nächsten Morgen wurden in aller Frühe ihre zahlreichen Koffer und Kisten aufs Deck befördert und in bereitliegende Boote heruntergelassen, die sie an Land bringen sollten.

Es war eine große Menge der verschiedenartigsten Sachen, denn da die Claytons mit der Möglichkeit gerechnet hatten, fünf bis acht Jahre in ihrem neuen Aufenthaltsort zu bleiben, so hatten sie neben dem Notwendigen auch viele Luxussachen mitgenommen.

Der schwarze Michel sorgte dafür, daß nichts von Claytons Eigentum an Bord blieb. Ob aus Mitleid für sie oder in seinem eigenen Interesse, wäre schwer zu sagen. Auf alle Fälle wäre das Vorhandensein von Eigentum eines vermißten britischen Beamten auf einem verdächtigen Schiff in jedem zivilisierten Hafen schwer zu erklären gewesen. Der schwarze Michel war denn auch so eifrig bemüht, über die Ausführung seiner Anordnung zu wachen, daß er bei den Seeleuten sogar darauf drang, Clayton seine Revolver zurückzugeben.

In die Boote wurden auch verladen: Salzfleisch und Schiffszwieback, etwas Kartoffeln und Bohnen, Streichhölzer und Kochgeschirr, ein Werkzeugkasten und die alten Segel, die der schwarze Michel ihnen versprochen hatte.

Als ob der schwarze Michel dieselben Befürchtungen gehegt hätte, wie Clayton, begleitete er die beiden an Land, und verließ sie als letzter, nachdem die Seeleute die mitgenommenen Schiffstonnen mit frischem Trinkwasser gefüllt hatten.

Als die Boote sich langsam über die glatten Wasser der Bucht bewegten, sahen Clayton und sein Weib schweigend deren Abfahrt zu, mit einem Gefühl von drohendem Unglück und äußerster Hilflosigkeit.

Und hinter ihnen, über dem Rand eines niedrigen Hügels, lauerten auf sie andere böse Augen, die unter zottigen Brauen leuchteten.

Als die „Fuwalda“ durch die enge Ausfahrt der Bucht fuhr und ihnen hinter einer Landspitze außer Sicht kam, schlang Lady Alice ihre Arme um Claytons Hals und brach in ein fassungsloses Schluchzen aus.

Tapfer hatte sie die Gefahren der Meuterei über sich ergehen lassen und mit heldenmütiger Stärke der schrecklichen Zukunft entgegengesehen, aber nun, da die Schrecken der völligen Verlassenheit sie überfielen, ließen ihre überreizten Nerven nach und der Rückschlag trat ein.

Ihr Mann versuchte nicht, ihre Tränen zu hemmen. Es war besser, der Natur ihren Lauf zu lassen, damit die lang verhaltene Gemütsbewegung sich auslöste, und es verging manche Minute, ehe das junge Weib, das eigentlich noch ein Kind war, sich wieder beherrschen konnte.

O John, rief sie schließlich, wie entsetzlich! Was fangen wir an? Was sollen wir nur tun?

Wir können nur eins tun, Alice, und er sprach so ruhig, als ob sie in ihrem traulichen Heim säßen, und das ist arbeiten! Die Arbeit muß unser Heil sein. Wir dürfen uns keine Zeit zum Nachdenken lassen, denn sonst würden wir verrückt werden. Wir müssen arbeiten und warten. Ich bin sicher, daß Hilfe kommen wird und daß sie schnell kommt, sobald es bekannt wird, daß die „Fuwalda“ verloren ist, selbst wenn der schwarze Michel sein Wort nicht halten sollte.

Ja, John, wenn es sich nur um uns beide handelte, sagte sie seufzend, so könnten wir es schon aushalten, das weiß ich, aber –

Liebes Weib, antwortete er sanft, ich habe daran gedacht, aber wir müssen auch mit diesem Ereignis rechnen, wie mit allem, was noch kommen wird, tapfer und mit Vertrauen in unsere Geschicklichkeit. Vor hunderttausend Jahren standen unsere Vorfahren einer entlegenen düsteren Vergangenheit vor denselben Schwierigkeiten wie wir jetzt, vielleicht sogar in diesem selben Urwalde. Daß wir heute hier sind, ist ein Beweis ihres Sieges. Was sie taten, sollten wir es nicht auch tun? Und sogar besser, denn sind wir nicht mit höherem

Wissen ausgerüstet, und besitzen wir nicht Schutz-, Verteidigungs- und Verpflegungsmittel, die die Wissenschaft uns gab, die jenen aber noch völlig unbekannt waren? Was sie mit unvollkommenen Werkzeugen und Waffen aus Stein und Knochen vollbrachten, das können wir sicher auch.

Ach John, ich wünschte ein Mann zu sein mit der Philosophie eines Mannes, aber ich bin bloß ein Weib, das mehr mit dem Herzen als mit dem Verstand sieht, und alles, was ich sehe, ist zu schrecklich, zu undenkbar, als daß ich es in Worte fassen könnte. Ich hoffe nur, daß du recht hast, John. Ich will mein Bestes tun, um eine wackere Urwaldfrau zu sein, der tapfere Kamerad eines Wildnismannes.

Claytons erster Gedanke war, ein Obdach für die Nacht herzustellen, worin sie vor den umherstreichenden Raubtieren geschützt wären.

Er öffnete den Koffer, der seine Gewehre und die Munition enthielt, damit sie wenigstens bewaffnet wären, wenn sie über der Arbeit angegriffen würden, und dann suchten sie einen Ort für ihre erste Nachtruhe.

Etwa hundert Meter vom Ufer war eine ziemlich lichte, ebene Stelle, und sie beschlossen, gegebenenfalls hier ein festes Haus zu bauen. Vorläufig hielten sie es aber für das beste, eine kleine Plattform in den Bäumen zu errichten und zwar so hoch, daß sie außer der Reichweite der wilden Tiere wären. Zu diesem Zweck wählte Clayton vier im Rechteck stehende Bäume aus, die etwa acht Fuß von einander entfernt waren. Dann hieb er von andern Bäumen lange Äste ab und band diese mit den Stricken, die ihm der schwarze Michel überlassen hatte, etwa zehn Fuß über der Erde an den erwähnten vier Bäumen fest.

So hatte er ein Gerüst, über das er dann dünnere Äste eng zusammenlegte, um einen Fußboden in der Höhe herzustellen. Diesen Boden belegte er mit riesigen Wedeln von „Elefanten-Ohr", das ringsum massenhaft wuchs, und zuletzt noch mit einem großen mehrfach gefalteten Segeltuche.

Sieben Fuß höher legte er in ähnlicher Weise ein Dach an. Die Wände des Gemaches aber stellte er einfach dadurch her, daß er rings herum Segeltuch aufhing.

Als dieses vollendet war, hatte er ein ziemlich gemütliches, kleines Nest, in das er Bettdecken und einiges von dem leichten Gepäck trug.

Es war inzwischen Spätnachmittag geworden, und die Abendstunden wurden dazu benützt, um eine kräftige Leiter herzustellen, auf der Lady Alice in ihr neues Heim gelangen konnte. Den ganzen Tag über war der Wald voll von lebhaften, prächtig gefiederten Vögeln und von springenden, schwatzenden Affen gewesen, die diese neuen Ankömmlinge und ihren wundervollen Nestbau mit allen Zeichen des Interesses betrachteten.

Obwohl Clayton und seine Frau scharf aufpaßten, sahen sie keine größeren Tiere, aber zweimal kamen ihre kleinen Affen-Nachbarn herbei, sahen schreiend und schwatzend zu und zogen offenbar erschreckt über die geheimnisvollen Vorgänge, die sie hier beobachteten, wieder ab.

Als die Nacht hereingebrochen war, hatte Clayton die Leiter fertig, und als er einen großen Behälter mit Wasser aus dem nahen Fluß gefüllt hatte, stiegen die beiden in ihr verhältnismäßig sicheres, luftiges Gemach.

Da es warm war, hatte Clayton die Seitenvorhänge über das Dach zurückgeschlagen. Als sie nun sich wie Türken über ihre Bettdecken kauerten, schrie Lady Alice, die angestrengt in die dunkeln Schatten des Waldes hinaussah, plötzlich auf, indem sie Claytons Arm erfaßte.

John! flüsterte sie. Sieh doch! Was ist das? Ein Mann! Als Clayton nach der angegebenen Richtung schaute, sah er die Schattenrisse einer großen, aufrechtstehenden Gestalt.

Einen Augenblick stand sie horchend still, drehte sich langsam um und verschwand in dem Schatten des Dickichts.

Was ist das, John?

Ich weiß es nicht, Alice, antwortete er ernst, es ist zu dunkel, um so weit zu sehen, und es war vielleicht nur ein Schatten, den der aufgehende Mond geworfen hat.

Nein, John, es war kein Mann, es war eine riesige, groteske Karikatur eines Menschen. O, wie ich mich fürchte!

Er schloß sie in seine Arme, ihr liebe und ermutigende Worte ins Ohr flüsternd, denn für ihn gab es nichts Schmerzlicheres, als die Angst seines jungen Weibes. Er verstand diese Angst sehr wohl, obschon er selbst tapfer und furchtlos war, – eine seltene Gabe, wenn auch nur eine der vielen Eigenschaften, die ihn bei allen, die ihn kannten, beliebt gemacht hatten.

Bald darauf ließ er die Vorhänge herunter, befestigte sie an den Bäumen und ließ nur eine kleine Öffnung nach dem Ufer hin frei.

Als es nun in ihrem luftigen, kleinen Raume stockdunkel war, legten sie sich auf die Decken und versuchten im Schlaf ihre traurige Lage zu vergessen.

Clayton legte Büchse und Revolver neben sich und sah immer nach der Öffnung hin.

Kaum hatten sie die Augen geschlossen, als der schreckenerregende Schrei eines Panthers hinter ihnen aus der Dschungel erscholl. Es kam näher und näher, bis sie das große Tier unmittelbar unter sich hörten.

Über eine Stunde lang hörten sie es schnuppernd und an den Bäumen unter ihnen kratzend, bis es sich schließlich nach dem Strand verzog, wo Clayton es deutlich im hellen Mondschein erkannte – ein großes, schönes Tier, das größte, das er je gesehen.

In den langen Nachtstunden fanden sie wenig Schlaf, denn die Nachtgeräusche des von Myriaden von Tieren wimmelnden Dschungels hielten ihre überreizten Nerven wach, so daß sie hundertmal durch die durchdringenden Schreie oder die heimlichen Bewegungen von Körpern unter ihnen aufgeschreckt wurden.

Leben und Tod

Der Morgen fand die beiden nur wenig erfrischt, obwohl sie dem Tagesgrauen mit einem Gefühl der Erleichterung entgegensahen.

Sobald sie ihr Frühstück, bestehend aus gesalzenem Schweinefleisch, Kaffee und Schiffszwieback, eingenommen hatten, begann Clayton mit dem Bau des Hauses, denn er sah ein, daß sie auf keine Sicherheit und keine Ruhe in der Nacht rechnen konnten, solange nicht vier starke Wände das Leben der Dschungel von ihnen abschloß.

Die Aufgabe war schwierig und erforderte den größten Teil eines Monats, obschon es sich nur um einen kleinen Raum handelte. Clayton baute die Hütte aus schmalen Baumstämmen von etwa sechs Zoll im Durchmesser. Die Ritzen verschmierte er mit Lehm, den er einige Fuß tief in der Erde fand.

An einem Ende legte er eine Feuerstelle aus kleinen Steinen vom Strande an. Diese wurden ebenfalls mit Lehm verschmiert. Als das Haus fertig war, bewarf er die ganze Außenseite mit einer vier Zoll dicken Lehmschicht.

In die Fensteröffnung brachte er wagrechte und senkrechte Äste von etwa einem Zoll im Durchmesser an, die so verflochten waren, daß sie ein festes Gitter bildeten, das auch einem kräftigen Tier widerstehen konnte.

So erhielten sie die nötige Luft, ohne befürchten zu müssen, die Sicherheit ihrer Hütte zu vermindern.

Das nach zwei Seiten steil abfallende Dach war aus schmalen, dicht aneinandergefügten Ästen gebildet, die mit langem Dschungelgras und Palmwedeln bedeckt waren, über die noch eine Lehmschicht kam.

Die Türe fertigte er aus Brettern der Kisten an; er nagelte ein Brett auf das andere und dann andere quer darüber, bis er eine so solide Türe zusammengenagelt hatte, daß sie beide darüber vergnügt waren, als sie das fertige Werk begutachteten.

Jetzt stand Clayton aber vor der größten Schwierigkeit, denn er hatte nichts, um die massive Türe einzuhängen. Nach zweitägiger Arbeit gelang es ihm aber, zwei Scharniere aus Hartholz anzufertigen, und mit diesen hängte er die Türe ein, so daß sie sich leicht öffnen und schließen ließ.

Das Verputzen und die übrigen letzten Arbeiten nahm er erst vor, als sie schon eingezogen waren. Sobald nämlich das Dach angebracht war, hatten sie schon ihr Heim bezogen. Solange die Türe sich nicht verschließen ließ, stellten sie ihre Koffer dagegen, und so hatten sie eine verhältnismäßig sichere und gemütliche Wohnung.

Die Herstellung des Bettes, der Stühle, eines Tisches und der Regale war verhältnismäßig leicht, so daß sie am Ende des zweiten Monats gut eingerichtet und, abgesehen von der steten Angst vor den wilden Tieren und der immer fühlbarer werdenden Einsamkeit, nicht gerade unglücklich waren.

Nachts knurrten und brüllten große Tiere um ihre Hütte herum, aber man gewöhnt sich allmählich an immer wiederkehrende Geräusche, und so beachteten sie sie nur noch wenig und schliefen fast die ganze Nacht hindurch.

Dreimal hatten sie flüchtig eine mannsgroße Gestalt erblickt, aber sie hatten nie unterscheiden können, ob es sich um die eines Menschen oder eines wilden Tieres handelte.

Die prächtigen Vögel und die kleinen Affen hatten sich bald an ihre neuen Bekannten gewöhnt, und da sie offenbar niemals menschliche Wesen gesehen hatten, kamen sie, sobald sie die erste Furcht abgelegt hatten, immer näher, angetrieben durch die eigenartige Neugier, die die wilden Geschöpfe des Waldes und der Dschungel beherrscht. Innerhalb eines Monats hatten mehrere Vögel ihre Scheu soweit abgelegt, daß sie Futterbissen aus den freundlichen Händen der Claytons entgegennahmen.

Eines Nachmittags, als Clayton an seiner Hütte arbeitete, denn er hatte die Absicht, mehrere Räume anzubauen, kam eine Anzahl der drolligen kleinen Freunde schreiend und keifend aus der Richtung des nahen Hügels. Auf ihrer Flucht warfen sie ängstliche Blicke nach rückwärts, um schließlich in Claytons Nähe aufgeregt zu ihm hinzuschnattern, als ob sie ihn vor einer herannahenden Gefahr warnen wollten. Endlich erkannte er, was die kleinen Affen so fürchteten, es war das mannsgroße Tier, das er und seine Frau bereits bei früheren Gelegenheiten flüchtig erblickt hatten.

Es näherte sich aus der Dschungel in einer halbaufgerichteten Stellung, indem es zuweilen die geschlossenen Fäuste auf den Boden setzte, – es war ein großer Menschenaffe. Beim Vorrücken gab er tiefe Kehllaute und gelegentlich bellende Töne von sich.

Clayton war etwas entfernt von der Hütte, da er dabei war, einen schönen Baum, der sich gerade für seine Bauzwecke besonders eignete, zu fällen. Er war sorglos geworden, da er und seine Frau monatelang in den Tagesstunden kein gefährliches Tier gesehen hatten. So hatte er denn auch seine Büchsen und Revolver in der Hütte gelassen, und als er nun den großen Affen durch das Unterholz direkt auf sich zukommen sah, und zwar in einer Richtung, die ihm praktisch ein Entkommen unmöglich machte, fühlte er doch einen Schauder den Rücken entlang rieseln.

Da er nur mit einer Axt bewaffnet war, wußte er, daß seine Aussichten in einem Kampfe mit dem wilden Tiere sehr gering waren, – und Alice! O Gott, sagte er sich, was wird aus Alice werden?

Es war kaum daran zu denken, die Hütte zu erreichen. Er wandte sich aber dorthin und rannte darauf los, indem er seinem Weibe laut zurief, hineinzueilen und die Türe zu schließen, falls der Affe ihm den Weg abschnitt.

Lady Greystoke saß in einiger Entfernung vor der Hütte, und als sie sein Schreien hörte, schaute sie auf und sah, wie der Affe mit einer für ein so schweres und ungelenkes Tier fast unglaublichen Schnelligkeit vorwärts sprang, um Clayton zu überholen.

Mit einem lauten Schrei stürzte sie nach der Hütte, und während sie hineineilte, warf sie nach rückwärts einen Blick, der ihre Seele mit Schrecken erfüllte, denn das Tier hatte ihrem Gatten den Rückweg abgeschnitten, und er stand nun vor dem Braunen, die Axt mit beiden Händen fassend, bereit, sie gegen das wütende Tier zu schwingen, sobald es seinen Endangriff machte.

Schließ die Tür und verriegle sie, Alice! rief Clayton. Ich kann den Kerl mit meiner Axt erledigen.

Er wußte aber, daß er von einem schrecklichen Tod bedroht war, und auch sie wußte es.

Der Affe war ein schweres Tier, das wohl drei Zentner wiegen mochte. Seine düsteren, nahe beieinanderstehenden Augen leuchteten vor Haß unter den buschigen Brauen, und seine großen Fangzähne wurden sichtbar während eines furchtbaren Knurrens, das er ausstieß, indes er einen Augenblick vor seinem Opfer stillhielt.

Clayton sah den Eingang seiner Hütte nicht zwanzig Schritte entfernt, und ein furchtbarer Schrecken erfaßte ihn, als er sein Weib darin auftauchen sah, bewaffnet mit einem Gewehr.

Sie hatte immer Angst vor einer Feuerwaffe gehabt und hatte nie eine berühren wollen, aber jetzt stürzte sie auf den Affen los mit dem Mute einer Löwin, die ihr Junges verteidigt.

Zurück, Alice! rief Clayton, um Himmelswillen, geh' zurück! Sie wollte aber nicht darauf hören, und da gerade im selben Augenblick der Affe zum Angriff überging, konnte Clayton weiter nichts mehr sagen.

Mit gewaltiger Kraft schwang Clayton seine Axt, aber das mächtige Tier erfaßte sie mit seinen schrecklichen Händen, riß sie ihm aus der Hand und schleuderte sie weit zur Seite.

Knurrend kam es näher an sein schutzloses Opfer heran, aber ehe es ihn noch umfassen konnte, hatte Frau Clayton einen Schuß abgefeuert. Die Kugel drang dem Affen zwischen den Schultern in den Rücken.

Wütend warf das Ungetüm Clayton zu Boden und rückte nun gegen seinen neuen Feind los. Vor ihm stand die angsterfüllte Frau. Sie versuchte dem Tier nochmals eine Kugel in den Leib zu jagen, aber sie verstand den Mechanismus der Waffe nicht, und der Schuß versagte.

Schreiend vor Schmerz stürzte der Affe auf die Frau los, und vor Schrecken fiel sie ohnmächtig nieder.

Im selben Augenblick sprang Clayton wieder auf und eilte auf den Affen zu, ohne zu bedenken, daß er mit bloßen Händen nichts gegen ihn ausrichten könne. Aber er wollte das Letzte versuchen, um sein geliebtes Weib zu retten.

Kaum hatte er die Hand an das mächtige Tier gelegt, als es leblos vor ihm auf den Rasen rollte. Der Affe war tot! Die Kugel hatte ihn tödlich getroffen.

Als Clayton sah, daß die Gefahr beseitigt war, wandte er sich sofort seiner Frau zu. Zum Glück war sie nicht verletzt, aber sie war noch immer bewußtlos.

Vorsichtig hob er sie auf und trug sie in ihre Hütte, wo er sie sanft aufs Bett legte.

Es vergingen aber zwei Stunden, bis sie die Besinnung wieder erlangte. Verwundert schaute sie in der Hütte umher, und dann sagte sie seufzend:

O John, es ist doch gut, daß wir wirklich zu Hause sind! Ich hatte einen fürchterlichen Traum. Es war mir, als ob wir nicht mehr in London, sondern an einem schrecklichen Ort wären, wo wir von wilden Tieren angefallen wurden.

Beruhige dich, Alice, sagte er, indem er ihre Stirne streichelte, versuche wieder zu schlafen, und denke nicht mehr an den bösen Traum.

Noch in derselben Nacht wurde in der Hütte am Urwald ein Sohn geboren, während ein Leopard vor der Türe schrie und aus der Ferne das Brüllen eines Löwen erklang – – –

Lady Greystoke erholte sich aber nie wieder von der Nervenerschütterung, die sie bei dem Überfall durch den Affen erlitten hatte. Obschon sie nach der Geburt ihres Sohnes noch ein Jahr lang lebte, verließ sie die Hütte nicht mehr, und es kam ihr nie mehr ganz zum Bewußtsein, daß sie nicht in England war.

Manchmal wollte sie Clayton über die merkwürdigen nächtlichen Geräusche befragen, über die rohe und kunstlose Einrichtung ihres Heimes, in dem sie ihre Bedienten und ihre Freunde vermißte, und obschon er keinen Versuch machte, sie zu täuschen, so konnte sie doch den Zusammenhang des Ganzen nicht erfassen.

Im übrigen war sie ganz vernünftig. Sie war glücklich, einen kleinen Sohn zu haben, und sie freute sich, daß ihr Gatte ihr beständig so viel Aufmerksamkeit erwies.

So war jenes Jahr trotzdem für sie ein glückliches, ja das glücklichste ihres jungen Lebens.

Daß es nur von Angst und Sorgen erfüllt gewesen wäre, wenn sie noch ihre vollen geistigen Fähigkeiten besessen hätte, wußte Clayton sehr wohl. Obschon er entsetzlich darunter litt, sie in diesem Zustand zu sehen, so war es ihretwegen doch ein Trost für ihn, daß sie ihre Lage nicht mehr erkannte. Schon lange hatte er die Hoffnung auf Hilfe aufgegeben. Er wußte sehr wohl, daß sie ihm nur noch durch einen günstigen Zufall zuteil werden könnte.

Inzwischen hatte er mit unermüdlichem Eifer an der Verschönerung seines Heims gearbeitet.

Löwen- und Pantherfelle bedeckten den Boden. Schränke und Bücherregale standen an den Wänden. Merkwürdige Vasen, die er mit eigener Hand aus Lehm geformt hatte, waren mit prächtigen tropischen Blumen gefüllt, Vorhänge aus Gras und Bambus bedeckten die Fenster, und – was besonders schwierig gewesen – er hatte mit seinen einfachen Werkzeugen Holzleisten angefertigt, um die Ritzen in den Wänden und der Decke zu verschließen, und er hatte sogar einen glatten Fußboden in der Hütte gelegt.

Er selbst wunderte sich darüber, daß er imstande war, solcher ungewohnter Arbeiten Herr zu werden.

Aber er liebte die Beschäftigung, weil sie dazu beitrug, sein Heim wohnlicher zu machen. Dabei dachte er nicht bloß an seine Frau, sondern auch an ihren kleinen Sohn, über den er sich so sehr freute, obschon die Geburt dieses Weltbürgers seine Verantwortlichkeit und die Schrecken seiner Lage noch hundertfach vermehrt hatte.

Im Laufe des Jahres ward Clayton mehrmals von großen Affen angefallen. Diese schienen jetzt fortgesetzt die Nähe der Hütte aufzusuchen. Da er sich aber nie wieder ohne Gewehr und Revolver hinauswagte, brauchte er sich vor den riesigen Tieren nicht mehr so zu fürchten.

Da er beständig für Nahrung sorgen mußte, ging er häufig auf die Jagd und auf die Suche nach Früchten. Damit nun nicht ein Tier in seine Hütte einbrechen könnte, brachte er an der Türe einen Holzverschluß an und verstärkte auch den Schutz an den Fenstern.

Anfangs konnte er viel Wild von seinem Fenster aus schießen, aber allmählich wurden die Tiere scheu und kamen nicht mehr so häufig in die Nähe seiner Hütte.

In seinen Mußestunden las Clayton seiner Frau oft aus den Büchern vor, die er mitgebracht hatte. Es waren darunter auch Bücher für kleine Kinder, Bilderbücher, ABC-Bücher und Lesebücher, denn, da er damit gerechnet hatte, daß er erst nach einer Reihe von Jahren nach England zurückkehren könne, hatte er schon diesbezüglich vorgesorgt.

Zuweilen schrieb Clayton an seinem Tagebuch, das er in französischer Sprache führte und in das er alle Einzelheiten seines seltsamen Lebens eintrug. Dieses Buch bewahrte er sorgfältig in einem Metallkästchen auf.

Ein Jahr nach der Geburt ihres Sohnes starb Lady Alice. Sie schied so friedlich hinüber, daß Stunden vergingen, ehe Clayton es fassen konnte, daß seine Frau tot war.

Seine schreckliche Lage kam ihm erst langsam zum Bewußtsein, und es ist zweifelhaft, ob er die ganze Größe seiner Sorgen und die schreckliche Verantwortung, die ihm jetzt für den kleinen Sohn zufiel, voll erkannte.

Die letzte Eintragung in sein Tagebuch machte er am Morgen nach dem Tode seiner Frau. Er erzählt darin die traurigen Tatsachen in einem so schlichten Tone, daß dadurch deren Wirkung nur noch erhöht wird. Es liegt darüber eine müde Stumpfheit, erzeugt durch lange Sorge und Hoffnungslosigkeit, und selbst der letzte schmerzliche Schlag konnte kaum sein Leid vergrößern.

Mein kleiner Sohn weint vor Hunger. – O Alice, Alice, was soll ich anfangen?

Als Clayton diese letzten Worte geschrieben hatte, sollte seine Hand nie wieder die Feder ergreifen.

Er legte sein müdes Haupt auf seine ausgestreckten Arme auf den Tisch, den er für sie angefertigt, die jetzt still und kalt im Bette neben ihm lag.

In der Dschungel herrschte eine Grabesstille, und sie wurde nur durch das Wimmern des kleinen Knaben unterbrochen …

Die Affen

Im Walde des Tafellandes, eine Meile vom Ozean, tobte der alte Affe Kerschak voller Wut unter seinem Volke. Die jüngeren und leichteren Mitglieder seines Stammes kletterten auf die höheren Äste der großen Bäume hinauf, um seinem Grimm zu entfliehen. Sie setzten lieber ihr Leben aufs Spiel, indem sie sich den schwachen Ästen anvertrauten, als daß sie im Bereich des zornigen alten Kerschak geblieben wären.

Die andern Männchen stoben nach allen Richtungen auseinander, wenn das wutschäumende Tier einem von ihnen das Rückgrat zwischen seinen Zähnen zerbrochen hatte.

Ein unglückliches junges Weibchen glitt von dem unsicheren Halt eines hohen Astes herunter und fiel gerade vor Kerschaks Füße.

Mit einem wilden Schrei stürzte der Alte sich darauf, riß ihm mit seinem gewaltigen Gebiß ein großes Stück aus der Seite und schlug das arme Wesen mit einem zerbrochenen Ast nieder.

Und dann erspähte er Kala, die mit ihrem Säugling von der Futtersuche kam. Sie wußte nichts von der Wut des gewaltigen Männchens, bis sie schließlich durch die schrillen Rufe ihrer Kameraden gewarnt wurde und nun auch ihr Heil in wahnsinniger Flucht suchte.

Aber Kerschak war ihr so nahe auf den Fersen, daß er sie beinahe beim Fuß erwischt hätte, wenn sie nicht von einem Baum auf einen andern weit davonstehenden gesprungen wäre, – ein Wagnis, das Affen nur in der größten Gefahr, in der es keinen andern Ausweg mehr gibt, unternehmen.

Der Sprung gelang ihr, aber als sie den Ast des Baumes erfaßte, lockerte sich durch die plötzliche Erschütterung der Halt des kleinen Säuglings, und sie sah, wie dieser dreißig Fuß tief hinunterfiel.

Mit lautem Brüllen kletterte Kala schleunigst hinunter, der Gefahr, die ihr von Kerschak drohte, jetzt nicht mehr achtend, aber als sie das winzige verstümmelte Ding aufhob, war es schon tot.

Stöhnend legte sie den Leichnam neben sich. Kerschak belästigte sie nicht mehr. Mit dem Tode des Kleinen war der Anfall von teuflischer Wut so schnell verraucht, wie er über ihn gekommen war.

Kerschak war ein riesiger König unter den Affen; er wog wohl an die dreihundertundfünfzig Pfund. Seine Stirn war außerordentlich niedrig und zurücktretend, seine Augen waren blutunterlaufen, schmal und nahe über seiner groben flachen Nase liegend; seine Ohren waren groß und dünn, aber schmäler als die seiner Art.

Sein schrecklicher Zorn und seine gewaltigen Kräfte hatten ihm die Herrschast über seinen Stamm verschafft, dem er vor etwa zwanzig Jahren entsprossen war.

Da er jetzt im besten Alter stand, hätte keiner seinesgleichen in dem großen Walde, den er durchstreifte, es gewagt, ihm sein Herrscherrecht streitig zu machen. Er wurde nicht einmal von den andern größeren Tieren belästigt.

Nur der alte Tantor, der Elefant, fürchtete ihn nicht, und vor ihm allein hatte Kerschak Respekt. Wenn Tantor trompetete, floh der große Affe mit seinen Kameraden auf die höchsten Bäume.

Der Stamm der Menschenaffen, über den Kerschak mit eisernen Händen herrschte, zählte sechs bis acht Familien, von denen jede aus einem erwachsenen Männchen mit seinen Frauen und Jungen bestand. Es waren im ganzen sechzig bis siebzig Affen.

Kala war das jüngste Weib eines Männchens namens Tublat, d. h. „gebrochene Nase“, und das Kind, das durch den Absturz zerschmettert worden war, war ihr erstes, denn sie war erst neun oder zehn Jahre alt.

Trotz ihrer Jugend war sie groß und stark, ein prächtiges, wohlgebautes Tier mit einer runden, hohen Stirne, die auf mehr Intelligenz schließen ließ, als sie die meisten ihrer Art besaßen. Sie war denn auch einer größeren Mutterliebe fähig.

Aber sie war immerhin ein Affe, ein riesiges, wildes, schreckliches Tier, das den Gorillas nahe verwandt war, wenn auch klüger als diese.

Als die einzelnen Mitglieder des Stammes sahen, daß Kerschaks Raserei nachgelassen, kamen sie langsam aus ihren Zufluchtsorten in den Bäumen herbei und gingen wieder ihrer Beschäftigung nach.

Die Jungen spielten und scherzten zwischen den Baumen und Sträuchern umher. Von den Erwachsenen lagen einige auf der weichen Matte abgestorbener Pflanzen hingestreckt, während andere über herabgefallene Äste und über Erdschollen turnten, um nach kleinen Käfern und Reptilien zu suchen, die einen

Teil ihrer Nahrung bildeten. Andere wieder suchten in der Umgebung die Bäume nach Obst, Nüssen, kleinen Vögeln und Eiern ab.

Nachdem sie auf diese Weise eine Stunde verbracht hatten, rief Kerschak sie alle zusammen und befahl ihnen, ihm zu folgen.

Jetzt hieß es: Fort zur See hinunter!

Sie gingen zumeist auf der Erde, und folgten dem Weg, den die großen Elefanten durch das Dickicht der Bäume, Sträucher und Schlingpflanzen gebrochen hatten. Ihr Gehen war eine rollende, unbeholfene Bewegung, indem sie die Knöchel ihrer geschlossenen Hände auf den Boden setzten und ihren plumpen Körper vorwärts schwangen. Wenn aber der Weg zwischen niederen Bäumen hindurchführte, bewegten sie sich schneller, indem sie sich von Ast zu Ast mit der Gewandtheit ihrer Vettern, der kleinen Kletteraffen, schwangen.

Auch Kala war bei der Truppe, und sie trug den ganzen Weg ihr kleines, totes Kind fest an ihre Brust gedrückt.

Es war kurz nach Mittag, als sie eine Anhöhe erreichten, von wo sie den Strand übersehen konnten, an dem die Hütte lag.

Dorthin führte sie Kerschak!

Er wollte das Geheimnis ergründen, das diese Wohnung barg. Mehr als einmal hatte er gesehen, daß einer seines Stammes dort getötet wurde. Da drinnen war nämlich ein merkwürdiger weißer Affe; der hatte einen seltsamen schwarzen Stock, und wenn er diesen in die Hand nahm, gab es einen lauten Knall und dann blieb einer tot liegen.

Kerschak wollte sich dieses todbringende Werkzeug aneignen und das Innere dieses geheimnisvollen Baues erforschen.

Das mußte ein wunderliches Tier sein, das da drinnen hauste. Er haßte es und hätte es gern in den Hals gebissen. Aber er fürchtete es auch, und deshalb kam er oft mit seinem Stamme dorthin auf Kundschaft. Er wollte eine Zeit abwarten, wo der Weiße nicht auf seiner Hut wäre.

Aber noch jedesmal hatte er Pech gehabt. Sobald er sich mit seinen Angehörigen zeigte, erschien auch der Weiße mit seinem Stock und tötete irgendeinen von ihnen.

So hatte Kerschak es allmählich aufgegeben, einen Angriff zu wagen oder auch nur sich zu zeigen.

Nun war er gespannt, wie es heute gehen würde.

Der Weiße war nirgends zu erblicken. Kerschak wanderte mit seinen Angehörigen um die Hütte.

Als sie sahen, daß die Türe offen stand, krochen sie langsam, vorsichtig und geräuschlos heran. Da gab es kein Knurren und keine Wutschreie, denn sie durften den schwarzen Stock nicht wecken.

Sie kamen näher und näher, bis Kerschak selbst an der Türe war und heimlich hineinguckte. Hinter ihm waren zwei Männchen und dann Kala, die ihr totes Kleines noch immer fest an ihre Brust drückte.

In der Hütte sahen sie den seltsamen weißen Affen halb über dem Tisch liegen, die Arme um den Kopf gestreckt, und auf dem Bette lag eine mit einem Segeltuch bedeckte Gestalt, während von einer kleinen, einfachen Wiege das Wehklagen eines Säuglings herkam.

Kerschak war geräuschlos eingetreten und hielt sich zum Angriff bereit.

Da erhob sich John Clayton plötzlich und sah ihn an.

Er wurde starr vor Schrecken bei dem Anblick, der sich ihm bot: innerhalb der Türe standen drei große Affen, und hinter ihnen kamen deren noch mehr zum Vorschein, – wie viele, wußte er nicht.

Clayton sah, daß er verloren sei, denn seine Revolver und seine Gewehre hingen weit hinten an der Wand, und Kerschak ging zum Angriff vor.

Der riesige Affe stürzte sich auf den Wehrlosen, umfaßte ihn und erdrückte ihn. Es war das Werk einer Minute.

Als er den schlaffen Körper des Leblosen losließ, wandte er seine Aufmerksamkeit der kleinen Wiege zu. Dabei kam Kala ihm aber zuvor. Das Wimmern des Säuglings hatte in ihrer Brust die Gefühle der Mutterschaft geweckt, und da sie diese an ihrem toten Kinde nicht mehr stillen konnte, ließ sie dieses in die Wiege fallen und nahm dafür den lebenden Säugling der Alice Clayton.

Als Kerschak das Kind ergreifen wollte, hatte sie es ihm schon weggeschnappt, und ehe er dazwischen fahren konnte, war sie zur Türe hinausgerannt und auf einen hohen Baum geflüchtet.

Hier liebkoste sie das schreiende Kind an ihrem Busen, und der Instinkt, der in diesem wilden Weibchen ebenso vorherrschte, wie in der Brust der zarten, schönen Mutter, der Instinkt der Mutterliebe, erstreckte sich auch auf das kleine Menschenkind.

Der Hunger hob allen Unterschied auf, und so wurde der Sohn eines englischen Lords und einer englischen Lady an der Brust von Kala, der großen Äffin, genährt.

Inzwischen untersuchten die Affen vorsichtig den Inhalt des Hauses, in das sie eingedrungen waren.

Als Kerschak sich von dem Tod Claytons überzeugt hatte, wandte er seine Aufmerksamkeit der Gestalt zu, die auf dem Bette lag und mit einem Stück Segeltuch bedeckt war.

Bedächtig hob er einen Zipfel des Leichentuches auf, aber als er den Körper der Frau darunter sah, riß er das Tuch mit einem Ruck von ihr weg und packte den stillen weißen Hals mit seinen riesigen behaarten Händen an.

Einen Augenblick drückte er seine Finger tief in ihr kaltes Fleisch ein, aber als er erkannte, daß sie schon tot sei, ließ er von ihr ab, um den Inhalt des Zimmers zu mustern.

Das Gewehr an der Wand zog zuerst seine Aufmerksamkeit auf sich. Das war jener seltsame, todbringende Donnerstock, den er nun schon seit Monaten in der Hand des weißen Affen gesehen hatte und dessen er sich so gern bemächtigt hätte, und nun, da er ihn ergreifen konnte, hatte er nicht den Mut, ihn anzufassen.

Vorsichtig näherte er sich dem Ding, jeden Augenblick bereit, zu fliehen, sobald das Mordwerkzeug losgehen würde. Er erinnerte sich noch sehr wohl, welch lauten Knall es von sich gab, wenn der wunderbare weiße Affe sich seiner bediente, sobald er angegriffen wurde, und wie dann jedesmal einer seines Stammes tot zurückblieb.

Ein dunkles Bewußtsein sagte ihm allerdings, daß der Donnerstock nicht von selbst losgehe und daß er nur gefährlich wurde, wenn einer ihn in die Hand nahm.

Dennoch wagte er nicht, ihn zu berühren. Er ging vielmehr auf und ab, drehte dabei den Kopf, aber so, daß er den Gegenstand seiner Wünsche nicht aus dem Auge verlor.

Der große König der Affen gebrauchte seine langen Arme, wie ein Mensch sich der Krücken bedient; bei jedem Schritt rollte er seinen schweren Rumpf weiter, knurrte oder stieß auch einen jener ohrenbetäubenden Schreie aus, die das Schreckenerregendste im ganzen Dschungel waren.

So ging er auf und ab.

Auf einmal machte er Halt vor dem Gewehr. Langsam streckte er die Hand darnach aus, bis er den glänzenden Lauf beinahe berührte, zog sie abermals zurück und setzte seine eiligen Schritte im Zimmer fort.

Und doch schien es, als ob das große Tier zeigen wollte, daß es keine Furcht kenne und durch sein wildes Brüllen seine Wut bis zu dem Punkte steigern wolle, daß es das Gewehr in die Hand zu nehmen wagte.

Abermals blieb Kerschak stehen, und diesmal gelang es ihm, seine widerstrebende Hand an den kalten Stahl zu führen, um sie aber augenblicklich wieder zurückzuziehen.

Von Zeit zu Zeit wiederholte er diesen seltsamen Griff, aber jedesmal mit wachsendem Vertrauen, bis er schließlich das Gewehr vom Nagel herunterriß.

Da er sah, daß ihm kein Leid geschah, untersuchte er es genauer und befühlte es von einem Ende zum andern, schaute in die schwarze Mündung hinein, betastete das Visier, den unteren Teil, den Schaft und schließlich den Hahn.

Während er so mit der Waffe hantierte, saßen die andern Affen, die mit ihm hereingekommen waren, in der Nähe der Türe zusammengedrängt und beobachteten ihren Herrn, während die da draußen sich drückten und drängten, um wenigstens etwas von dem zu erblicken, was da drinnen vorging. Plötzlich bewegte Kerschak den Hahn. Da gab es einen fürchterlichen Knall in dem kleinen Raum, und die Affen, die innerhalb und außerhalb der Türe waren, stolperten einer über den andern in wilder Angst davon.

Kerschak war ebenfalls erschrocken und zwar so sehr, daß er ganz vergaß, dieses merkwürdige Ding, das den schrecklichen Knall von sich gegeben hatte, beiseite zu werfen, und daß er, es fest in der Hand haltend, zur Türe hinauspolterte.

Beim Hinausstürmen stieß er mit dem Gewehr an die offene Türe, so daß sie hinter ihm zuflog.

Als Kerschak in kurzer Entfernung von der Hütte Halt machte, ließ er das Gewehr fallen, als ob es ein Stück heißen Eisens wäre. Er versuchte auch nicht mehr, es aufzuheben. Der Knall war für die Nerven des wilden Tieres zu fürchterlich gewesen. Aber er war nun überzeugt, daß der schreckliche Stock ganz harmlos sei, wenn man ihn in Ruhe ließ.

Es verging eine Stunde, bis die Affen es wagten, sich wieder der Hütte zu nähern, um ihre Nachforschungen fortzusetzen, aber zu ihrem Leidwesen fanden sie, daß die Türe geschlossen war und daß sie nicht imstande waren, sie zu öffnen.

Die geschickt gearbeitete Klinke, die Clayton an der Türe angebracht hatte, war nämlich zugeklappt, als Kerschak hinausstürzte. Die Affen wußten auch nicht, wie sie sich durch die stark vergitterten Fenster Zutritt verschaffen könnten.

Nachdem sie eine Weile um die Hütte herumgestreift waren, zogen sie sich in das Dickicht zurück, um wieder nach dem höher gelegenen Lande zu wandern, von wo sie hergekommen waren. Kala war die ganze Zeit über mit ihrem angenommenen Kinde auf dem mächtigen Baume geblieben, aber Kerschak rief sie mit den andern herunter, und da seine Stimme keinen Zorn verriet, ließ sie sich leicht von einem Ast auf den andern herunter und gesellte sich zu den andern auf den Heimweg.

Wenn einzelne versuchten, Kalas merkwürdiges Kind zu besehen, so zeigte sie ihnen knurrend die Zähne und stieß sie warnend zurück.

Als sie aber versicherten, daß sie dem Kinde kein Leid antun wollten, erlaubte Kala ihnen, näherzukommen, aber niemand durfte es anrühren.

Kala schien zu wissen, daß ihr Säugling zart und gebrechlich sei, und sie fürchtete, daß die rauhen Hände ihrer Kameraden das kleine Wesen verletzen könnten. Sie dachte an den Tod ihres eigenen Jungen, und um nicht auch ihr neues Kind zu verlieren, drückte sie dieses auf dem Marsche fest an sich, so daß der Weg für sie natürlich sehr beschwerlich war.

Die andern Jungen ritten auf den Rücken ihrer Mütter, wobei sie die kleinen Arme fest um den haarigen Hals legten, während ihre Beine sich unter den Achselhöhlen der Mutter festhielten.

Der kleine Lord Greystoke war an der Brust seiner neuen Mutter besser geborgen, und seine Händchen spielten mit den langen schwarzen Haaren ihres Busens.

Der weiße Affe

Kala pflegte ihren kleinen Findling zärtlich, wunderte sich indessen im Stillen, warum er nicht so kräftig und so gewandt wurde, wie die kleinen Affen der anderen Mütter.

Es war nun beinahe ein Jahr, daß der kleine Schelm in ihren Besitz gelangte, und doch konnte er kaum allein gehen, und was gar das Klettern betraf, – o du meine Güte! wie dumm war er dabei!

Manchmal unterhielt sich Kala mit den andern Weibchen über ihr hoffnungsvolles Kind, aber sie konnten nicht verstehen, daß ein Kind so langsam für sich selbst sorgen lernte. Schon mehr als zwölf Monate waren vergangen, seit Kala das Junge mitgebracht hatte, und es konnte noch nicht einmal allein Futter suchen.

Hätten sie gar gewußt, daß das Kind schon dreizehn Monate alt war, als es in Kalas Besitz kam, so hätten sie den Fall als völlig hoffnungslos angesehen, denn die kleinen Affen ihres Stammes waren in zwei bis drei Monaten derart fortgeschritten, wie dieser Findling in fünfundzwanzig Monaten. Tublat, Kalas Ehemann, war sehr ärgerlich, und wenn das Weibchen nicht so wachsam und besorgt gewesen wäre, hätte er das Junge beiseite geschafft.

Es wird niemals ein großer Affe werden, sagte er. Immer wirst du ihn zu tragen und zu beschützen haben. Was kann er dem Stamme nützen? Nichts! Er wird nur eine Last sein. Wir wollen ihn in das hohe Gras legen und ihn dort ruhig einschlafen lassen. Dann kannst du Mutter anderer, stärkerer junger Affen werden, die uns in unsern alten Tagen pflegen können.

Niemals, gebrochene Nase, antwortete Kala, ich behalte ihn, und wenn ich ihn mein ganzes Leben lang tragen müßte.

Und dann ging Tublat zu Kerschak und drängte ihn, seine Autorität bei Kala geltend zu machen, daß sie Tarzan ausgeben sollte; so nannten sie nämlich den kleinen Lord Greystoke: Tarzan, d. h. Weißhaut.

Als aber Kerschak mit Kala darüber sprach, drohte sie, vom Stamme wegzulaufen, wenn man sie mit dem Kinde nicht in Ruhe ließe. Da das Fortlaufen eines der unveräußerlichen Rechte des Dschungelvolks ist, sobald ein Mitglied mit den Angehörigen unzufrieden ist, so plagte man Kala weiter nicht mehr damit, denn sie war ein wohlgebautes, junges Weib und man mochte sie nicht verlieren.

Als Tarzan heranwuchs, machte er schnellere Fortschritte, so daß er mit zehn Jahren ein vorzüglicher Kletterer war, und auf der Erde konnte er so wundervolle Dinge ausführen, wie sie seine kleinen Brüder und Schwestern nicht fertig bekamen. In manchen Dingen unterschied er sich von ihnen, und sie staunten oft über seine überragende Geschicklichkeit, aber in bezug auf Kräfte und Wachstum war er sehr zurückgeblieben, denn mit zehn Jahren waren die großen Menschenaffen voll erwachsen; manche von ihnen waren über sechs Fuß hoch, während der kleine Tarzan erst ein halberwachsener Knabe war.

Und doch – was für ein Junge war er!

Von frühester Jugend an hatte er seine Hände darin geübt, sich nach dem Beispiel seiner Riesenmutter von Ast zu Ast zu schwingen, und als er größer wurde, verbrachte er ganze Stunden damit, mit seinen Brüdern und Schwestern von einer Baumkrone zur andern zu klettern.

Er konnte in der schwindelnden Höhe der Baumkronen zwanzig Fuß weit springen und mit unfehlbarer Genauigkeit einen vom Wirbelsturm bewegten Ast ergreifen.

Er konnte sich zwanzig Fuß tief in raschem Abstieg von Ast zu Ast herunterfallen lassen, und er konnte den höchsten Gipfel des stolzesten tropischen Riesen mit der Schnelligkeit eines Eichhörnchens erklettern. Obschon er erst zehn Jahre zählte, war er kräftig wie ein Durchschnittsmensch von dreißig Jahren und behender als die meisten geübten Athleten es je werden. Und seine Kräfte wuchsen von Tag zu Tag.

Sein Leben unter diesen wilden Affen war glücklich, denn in seiner Erinnerung gab es kein anderes Leben; auch wußte er nicht, daß es in dem Weltall außer diesem Wald und den Dschungeltieren, mit denen er vertraut war, noch etwas Anderes gab.

Er war schon fast zehn Jahre alt, als er anfing, zu erkennen, daß ein Unterschied zwischen ihm und seinen Kameraden bestand. Sein kleiner, von der

Sonne gebräunter Körper verursachte ihm plötzlich ein tiefes Schamgefühl, denn er erkannte, daß er vollständig unbehaart war, wie eine Schnecke oder ein Reptil.

Er versuchte diesem Übelstand abzuhelfen, indem er sich vom Kopf bis zu den Füßen mit Lehm bekleisterte, aber dieser trocknete und fiel ab. Außerdem fühlte er sich so unbehaglich dabei, daß er sich lieber schämte, als die Unbequemlichkeit weiter auf sich zu nehmen.

In dem höher gelegenen Landstrich, in dem sich sein Stamm aufhielt, war ein kleiner See und in dessen klarem stillen Wasser sah Tarzan zuerst sein Spiegelbild.

An einem schwülen Tag der trockenen Jahreszeit ging er mit einem seiner Vetter an das Ufer, um zu trinken. Als sie sich hinüberbeugten, spiegelte die ruhige Fläche beider Gesichter wieder: die wilden, schrecklichen Gesichtszüge des Affen, neben denen des aristokratischen Sprößlings eines alten englischen Hauses.

Tarzan war entsetzt. Es war schon schlimm genug, unbehaart zu sein, aber wie konnte er nur eine solche Gesichtsbildung haben! Er wunderte sich, daß die anderen Affen ihn überhaupt noch ansahen.

Dieser kleine Schlitz von einem Mund und diese winzigen, kleinen Zähne! Wie kümmerlich sahen diese aus neben den mächtigen Lippen und den gewaltigen Fängen seiner glücklicheren Brüder! Und diese kleine, schmale Nase, so dünn, daß sie halb verkümmert aussah. Er errötete, als er sie mit der schönen, breiten Nüster seines Gefährten verglich. Welch großartige Nase! Sie bedeckte ja das halbe Gesicht. Es muß doch gewiß schön sein, so stattlich auszusehen, dachte der arme kleine Tarzan.

Aber als er in seine eigenen Augen sah, da war er noch mehr entsetzt: ein brauner Fleck, ein grauer Kreis, und dann reines Weiß! Fürchterlich! Die Schlangen hatten nicht einmal so häßliche Augen wie er.

Er war so sehr in die Betrachtung seiner Gesichtszüge vertieft, daß er nicht hörte, wie das hohe Gras sich hinter ihm teilte und ein großer Körper sich verstohlen durch die Dschungel schlich. Auch sein Kamerad, der Affe, hörte nichts, denn er trank, und das Geräusch seiner saugenden Lippen und das Gurgeln übertönten die leisen Schritte des Eindringlings.

Keine dreißig Schritte hinter den beiden duckte sich Gabor, die Riesen-Löwin, indem sie den Schwanz hin und her warf. Vorsichtig bewegte sie ihre große Tatze vorwärts, und sie setzte sie geräuschlos nieder, ehe sie die andere hob. So schlich sie näher. Ihr Bauch berührte fast den Boden. Sie glich ganz einer großen Katze, die den Sprung auf ihre Beute vorbereitet.

Jetzt war sie bis auf etwa zehn Fuß an die zwei kleinen, ahnungslosen Spielkameraden herangekommen. Sorgfältig zog sie ihre Hinterfüße unter ihren Körper, während die starken Muskeln sich sichtlich unter dem herrlichen Fell bewegten.

Sie lag fast flach auf der Erde. Nur die obere Krümmung des glänzenden Rückens war sichtbar, als sie sich zum Sprunge anschickte.

Nun wedelte sie nicht mehr mit dem Schweife; ruhig und gerade lag er hinter ihr.

Einen Augenblick hielt sie inne, als ob sie in Stein verwandelt wäre, und dann sprang sie mit einem schrecklichen Schrei auf. Nun hätte man denken können, das wäre von ihr unklug gehandelt, denn ohne diesen Schrei hätte sie sicherer über ihre Opfer herfallen können. Aber Sabor, die Löwin, war eine kluge Jägerin. Sie kannte das unglaublich seine Gehör und die erstaunliche Schnelligkeit des jungen Dschungelvolkes, und sie wußte, daß sie den mächtigen Sprung nicht ohne Geräusch ausführen konnte. Der wilde Schrei aber sollte nicht eine Warnung sein, sondern die armen Opfer vor Schrecken lähmen, wenn auch nur für eine Sekunde, die ihr genügte, um ihre gewaltigen Krallen in das weiche Fleisch zu schlagen und sie am Entfliehen zu verhindern.

Was den Affen betraf, so war ihr Kunstgriff richtig. Der kleine Kerl duckte sich einen Augenblick zitternd, und dieser Augenblick wurde zu seinem Verderben.

Anders war es mit Tarzan, dem Menschenkind. Sein Leben inmitten der Gefahren der Dschungel hatte ihn gelehrt, unerwarteten Vorfällen mit Selbstvertrauen zu begegnen, und die Folge seiner höheren Geisteskräfte war ein schnelles Denken, das weit über den Fähigkeiten der Affen stand.

So regte der Schrei der Löwin das Hirn und die Muskeln des kleinen Tarzan zum augenblicklichen Handeln an.

Vor ihm lag das tiefe Wasser des Sees, hinter ihm der sichere Tod, ein grausamer Tod unter den Klauen und zwischen den Fängen der Löwin.

Tarzan hatte einen Abscheu vor dem Wasser, soweit es nicht dazu diente, seinen Durst zu stillen. Seine wilde Mutter hatte ihn auch gelehrt, das tiefe Wasser des Sees zu meiden, und hatte er nicht erst vor einigen Wochen die kleine Neeta unter der glatten Fläche versinken sehen, so daß sie nie wieder zu ihrem Stamm zurückkehrte?

Aber von zwei Übeln wählte Tarzan rasch entschlossen das kleinere, und noch ehe Gabors Schrei an das Ende der stillen Dschungel gedrungen war und noch bevor das Tier seinen Sprung halb ausgeführt hatte, war Tarzan in das kalte Wasser gesprungen, das über seinem Kopfe zusammenschlug. Er konnte nicht schwimmen, und das Wasser war sehr tief, aber er verlor auch nicht einen Augenblick das Selbstvertrauen und seine Findigkeit, die Kennzeichen eines höheren Wesens waren.

Bei dem Versuch, auf die Oberfläche zu gelangen, bewegte er schnell Hände und Beine, und wahrscheinlich mehr durch Zufall als durch Absicht ahmte er die Stöße eines schwimmenden Hundes nach, so daß er in ein paar Sekunden die Nase über Wasser hatte. So fand er, daß, wenn er sich weiter so bewegte, er weiter im Wasser fortkam.

Er war freudig überrascht über diese neue Fähigkeit, die er sich so schnell angeeignet hatte, wenn er auch keine Zeit hatte, weiter darüber nachzudenken.

Jetzt schwamm er am Ufer entlang, und dort sah er das wilde Tier, das ihm nachstellte, über den leblosen Körper seines kleinen Spielgenossen geduckt.

Die Löwin beobachtete Tarzan gespannt; sie erwartete offenbar, daß er ans Land zurückkehrte.

Der Knabe hütete sich aber wohl davor. Er erhob vielmehr seine Stimme zu dem Hilfe- und Warnruf, der bei den Affen üblich war.

Gleich darauf kam eine Antwort aus der Ferne, und in wenigen Minuten schwangen sich vierzig bis fünfzig große Affen schnell und majestätisch durch die Bäume, dem tragischen Schauplatz entgegen.

Allen voran war Kala, denn sie hatte die Stimme ihres lieben Kindes erkannt, und bei ihr war die Mutter des kleinen Affen, der jetzt tot unter der schrecklichen Sabor lag.

Obschon die Löwin mächtiger und besser zum Kampfe ausgerüstet war als die Affen, so hatte sie doch keine Lust, es mit einer ganzen Schar dieser wütenden großen Tiere aufzunehmen, und mit einem ärgerlichen Knurren sprang sie schnell in das Gebüsch und verschwand.

Tarzan schwamm jetzt ans Ufer und kletterte schnell aufs Land. Er fühlte sich so erfrischt und so behaglich zu Mute, daß er fortan keine Gelegenheit versäumte, täglich im See, im Fluß oder im Meer zu baden.

Lange konnte Kala sich nicht an diesen Anblick gewöhnen, denn obschon ihr Volk schwimmen konnte, wenn es dazu gezwungen war, so ging ein Affe doch nur ungern und nie freiwillig ins Wasser.

Das Erlebnis mit der Löwin hatte übrigens eine Abwechslung in Tarzans eintöniges Dasein gebracht, das nur in der stumpfsinnigen Wiederholung des Futtersuchens, Essens und Schlafens bestand.

Der Stamm, zu dem er gehörte, durchstreifte eine Strecke von annähernd fünfundzwanzig Meilen längs der Küste und etwa fünfzig Meilen ins Binnenland hinein. In dieser Gegend zogen die Affen fast ohne größere Unterbrechung hin und her; doch blieben sie gelegentlich auch monatelang an einem Ort. Sobald sie sich aber die schnelle Wanderung von Baumkrone zu Baumkrone aufnahmen, durchmaßen sie das ganze Gebiet in wenigen Tagen.

Viel hing von der Futterversorgung, der Witterung und der Bedrohung durch Raubtiere ab. Kerschak führte seinen Stamm oft auf weite Märsche, bloß weil es ihn langweilte, an ein und derselben Stelle auszuhalten.

Nachts schliefen die Affen auf der Erde, wo die Dunkelheit sie gerade überfiel. Manchmal bedeckten sie den Kopf, selten den übrigen Körper, mit den großen Blättern des Elefantenohrs. Wenn die Nächte kalt waren, lagen sie zu zwei oder drei aneinandergeschmiegt, um sich gegenseitig zu wärmen, und so schlief Tarzan alle diese Jahre hindurch in Kalas Armen. Daß das riesige wilde Tier dieses Kind einer anderen Rasse liebte, ist nicht zu bezweifeln, und auch er liebte dieses große, haarige Tier, wie er seine junge Mutter geliebt hätte, wenn sie am Leben geblieben wäre.

War er unfolgsam, so knuffte sie ihn allerdings, aber sie war nie grausam gegen ihn, und sie liebkoste ihn häufiger als sie ihn strafte.

Tublat, ihr Gatte, haßte ihn, und mehr als einmal war er nahe daran, seinem jungen Leben ein Ende zu bereiten.

Tarzan ließ seinerseits nie eine Gelegenheit vorübergehen, seinem Pflegevater zu zeigen, daß er seine Gefühle voll erwiderte. Und wenn er, geborgen in seiner Mutter Arme oder von den schlanken Ästen hoher Bäume, ihn ärgern, ihm Gesichter schneiden oder Schimpfworte zurufen konnte, so tat er es.

Dank seiner höheren Intelligenz und seiner Geschicklichkeit konnte er tausend lose Streiche ersinnen, die Tublat das Leben sauer machten.

Früh in seiner Kindheit hatte er gelernt, aus langen Gräsern, die er drehte und aneinander knüpfte, Stricke zu formen, und diese brachte er so an, daß Tublat darüber stolperte, wenn er nicht gar von einem überhängenden Aste aus versuchte, ihm den Strick um den Hals zu legen.

Beim Spielen und durch allerlei Versuche lernte er kräftige Knoten und Fangschlingen knüpfen, und mit diesen spielten er und die jüngeren Affen. Auch diese versuchten seine Kunst nachzuahmen, aber keiner von ihnen war so erfinderisch wie er. Eines Tages hatte Tarzan beim Spielen einem fliehenden Kameraden seinen Strick nachgeworfen, indem er das Ende in der Hand behielt. Durch Zufall fiel die Schlinge um den Hals des laufenden Affen, so daß dieser gezwungen war, stehen zu bleiben.

Tarzan war über diese Wirkung verwundert. Das ist ein neues, schönes Spiel, dachte er, und er versuchte das Kunststück noch einmal. So lernte er durch fortgesetzte Übung die Kunst des Schlingenwerfens.

Von nun an war das Leben Tublats ein stetes Alpdrücken. Im Schlaf, auf dem Marsche, bei Tag und bei Nacht, immer mußte er damit rechnen, daß der boshafte Junge ihm heimlich eine Schlinge um den Hals zu legen und ihn damit zu erwürgen versuchte.

Kala strafte Tarzan zwar, und Tublat schwor ihm schreckliche Rache. Auch der alte Kerschak nahm sich der Sache an, warnte und drohte, aber alles war vergebens.

Tarzan trotzte ihnen allen, und die dünne, starke Schlinge legte sich auch ferner um Tublats Hals, wenn er es am wenigsten vermutete.

Die andern Affen hatten ihre Freude daran, denn Tublat war ein unangenehmer, alter Patron, den niemand leiden mochte. In Tarzans klugem, kleinen Geist drehten sich manche Gedanken, und hinter diesen war die göttliche Macht des Verstandes.

Tarzan sagte sich, wenn er mit einer solchen Schlinge einen Affen fangen konnte, weshalb nicht auch Gabor, die Löwin? Es war der Keim eines Gedankens, der vorläufig nur in seinem Unterbewußtsein lebte, bis er in späteren Jahren zur Vollendung gedieh.

Dschungel-Kämpfe

Auf seinen Wanderungen kam der Stamm oft in die Nähe der stillen, verschlossenen Hütte an der kleinen Bucht. Tarzan hätte gar zu gerne gewußt, welches Geheimnis darin verborgen war.

Er versuchte zwar, durch die Fenster zu schauen, aber sie waren verhängt. Dann dachte er daran, auf das Dach zu klettern, um durch den Kamin hinunterzukommen; vielleicht könnte er auf diese Weise erfahren, welche Wunder innerhalb dieser Wände verborgen waren.

In seiner kindlichen Einbildung stellte er sich allerlei merkwürdige Dinge vor, die darin enthalten sein müßten, und je mehr er einsah, daß er nicht ohne weiteres hineingelangen könne, desto lebhafter wurde sein Wunsch, das Rätsel zu lösen.

Er kletterte stundenlang um das Dach und die Fenster herum, um ein Mittel zu entdecken, sich Eingang zu verschaffen, aber auf die Türe achtete er nur wenig, denn sie schien ihm ebenso fest zu sein, wie die Wände der Hütte.

Kurz nachdem er das Abenteuer mit Sabor erlebt hatte, kam er wieder in die Nähe der Hütte. Da schien es ihm, als ob die Türe ein unabhängiger Teil der Wand sei, in die sie eingesetzt war, und zum erstenmal kam ihm der Gedanke, daß dies der Weg sei, ins Innere zu gelangen, nach dem er so lange vergeblich gesucht hatte.

Er war allein, wie schon so oft, wenn er die Hütte aufsuchte, denn die Affen hatten eine Abneigung dagegen. Die Geschichte von dem Donnerstock hatte in diesen zehn Jahren nichts an Schrecken verloren, und sie umgab noch immer die verlassene Wohnung des weißen Mannes mit einer für die Affen unheimlichen Atmosphäre.

Niemand hatte Tarzan erzählt, in welcher Beziehung er selbst zu der Hütte gestanden. Die Sprache der Affen ist so wortarm, daß sie nur wenig darüber berichten konnten, was sie in der Hütte gesehen. Sie hatten auch keine Worte, um die seltsamen Leute und ihre Sachen zu beschreiben, und so kam es, daß, als Tarzan alt genug war, um zu verstehen, die Sache längst vom Stamm vergessen war.

Nur in einer ganz unklaren und unbestimmten Weise hatte Kala ihm erklärt, daß sein Vater ein seltsamer, weißer Affe gewesen sei, aber er wußte nicht, daß Kala nicht seine Mutter war.

An diesem Tage nun ging er sofort auf die Türe zu, untersuchte sie stundenlang und machte sich an den Scharnieren, am Knopf und an der Klinke zu schaffen. Schließlich fand er den richtigen Griff, und vor seinen erstaunten Augen sprang die Türe knarrend auf.

Zuerst wagte er sich nicht hinein, aber als seine Augen sich allmählich an das Halbdunkel im Innern gewöhnt hatten, betrat er langsam und vorsichtig den Raum.

In der Mitte lag ein Skelett auf dem Boden. Das Fleisch war von den Knochen vollständig verschwunden; nur die vermoderten Überreste der Kleider hingen noch daran. Auf dem Bette lag ein ähnliches, grauenhaftes, schmäleres Gerippe, während daneben in einer Wiege ein drittes, winziges Skelett lag.

Tarzan warf nur einen flüchtigen Blick auf diese Zeugen einer furchtbaren Tragödie. Sein wildes Dschungelleben hatte ihn an den Anblick toter und sterbender Tiere gewöhnt, auch wenn er gewußt hätte, daß er auf die Überreste seiner Eltern blickte, so wäre er nicht gerührter gewesen.

Die Möbel und der übrige Inhalt des Raumes fesselten seine Aufmerksamkeit mehr. Er besichtigte manche Dinge minutenlang, das fremdartige Handwerkszeug, die Waffen, die Bücher, Papier und Kleider, die den Verheerungen der Zeit in der feuchten Luft der Dschungelhütte nur wenig widerstanden hatten.

Er öffnete Kasten und Schränke, die ihm völlig neu waren, und in diesen fand er den Inhalt viel besser erhalten.

Unter anderem entdeckte er ein scharfes Jagdmesser, mit dem er sich schon gleich in den Finger schnitt. Das verhinderte ihn aber nicht, weitere Versuche damit anzustellen, und er fand, daß er mit seinem neuen Spielzeug Holzsplitter vom Tisch und von den Stühlen abschneiden konnte. Das amüsierte ihn eine ganze Weile, aber schließlich wurde er dessen überdrüssig, und setzte seine Nachforschungen fort.

In einem mit Büchern gefüllten Schrank fand er eine Kinderfibel mit schönen farbigen Bildern, die seine Neugier aufs höchste erregten.

Da gab es mancherlei Affen, die ein ähnliches Gesicht hatten, wie er, und gleich beim ersten Buchstaben A fand er auch kleine Affen, wie er sie täglich im Urwalde auf den Bäumen umherklettern sah. Aber nirgends fand er im Buche ein Bild von seinem eigenen Volke, kein Bild von Kerschak, Tublat oder Kala.

Zuerst versuchte er, die kleinen Figuren von den Blättern wegzunehmen, aber bald sah er, daß sie nicht lebend waren, obschon er nicht wußte, was sie eigentlich seien und er auch keine Worte hatte, sie zu beschreiben.

Die Schiffe und Eisenbahnzüge, die Kühe und Pferde, die er im Buche sah, waren ganz sinnlos für ihn, da er sich nicht vorstellen konnte, was das sein mochte, aber noch viel weniger konnte er begreifen, was die Buchstaben sein sollten, diese kleinen Dinger, die sich unter und zwischen den farbigen Bildern befanden. Er dachte, es könnte eine seltene Art Käfer sein, denn viele von ihnen hatten Beine, obgleich nirgends Augen oder ein Mund zu sehen war.

Das war also Tarzans erste Bekanntschaft mit den Buchstaben des Alphabets, und dabei war er schon über zehn Jahre alt! Natürlich hatte er nie etwas Gedrucktes gesehen, hatte auch nie mit einem lebenden Wesen gesprochen, das etwas von dem Vorhandensein einer geschriebenen Sprache wußte. Auch hatte er noch nie jemand lesen gesehen.

Es war also kein Wunder, daß der Junge den Sinn der seltsamen Figuren nicht erraten konnte.

Gegen die Mitte des Buches fand er seine alte Feindin, die Löwin Sabor, und weiter sah er Histah, die Schlange, sich winden.

O, das war sehr interessant I Niemals in all diesen Jahren hatte er sich über etwas so gefreut. Er war so vertieft in die Betrachtung der Bilder, daß er nicht bemerkte, wie die Dunkelheit hereinbrach, bis er die Figuren nicht mehr deutlich unterscheiden konnte.

Er legte das Buch in den Schrank zurück und schloß die Türe, denn er wollte nicht, daß sonst jemand seine Schätze finden und zerstören sollte. Als er in die Abenddämmerung hinausging, schloß er die Türe der Hütte so hinter sich zu, wie sie war, ehe er das Geheimnis der Hütte entdeckt hatte. Zuvor aber hatte er noch das Jagdmesser vom Boden aufgehoben, um es seinen Kameraden zu zeigen.

Er war noch kaum zwölf Schritte gegangen, als sich aus dem Schatten eines Gebüsches vor ihm eine große Gestalt erhob. Zuerst dachte er, es sei einer von seinem eigenen Volke, aber dann erkannte er plötzlich Bolgani, den Riesen-Gorilla.

Er war so nahe, daß sich ihm keine Aussicht zur Flucht bot. Der kleine Tarzan wußte, daß er für sein Leben zu kämpfen hatte, denn die großen Tiere waren die Todfeinde seines Stammes.

Wäre Tarzan ein voll erwachsener Affe gewesen, da hätte er den Kampf mit dem Gorilla schon aufgenommen, aber er war nur ein kleiner englischer Junge, wenn auch sehr muskulös für sein Alter. Wenn er auch seinem grausamen Feinde nicht gewachsen war, so floß in seinen Adern doch das Blut einer mächtigen Kämpferrasse, und dazu kam, daß er sich während seiner kurzen Lebenszeit unter diesem wilden Dschungelvolke ordentlich trainiert hatte.

Er kannte keine Furcht, obgleich sein Herz schneller schlug, wenn er ein Abenteuer erlebte. Wohl hätte er versucht, zu entkommen, weil er sich sagte, daß er dem großen Gorilla nicht gewachsen war, aber da er einsah, daß die Flucht unmöglich war, trat er ihm tapfer entgegen, ohne auch nur mit einer Muskel zu zucken.

Er kam dem wilden Tier sogar bei seinem Angriff halbwegs entgegen. Mit den Fäusten schlug er auf das Ungetüm ein, und wenn das auch an und für sich so unnütz gewesen wäre wie der Kampf einer Fliege gegen einen Elefanten, so hielt er doch noch in der einen Hand das Messer, das er in der Hütte gesunden hatte, und als das Tier sich ihm schlagend und beißend näherte, richtete er die Spitze des Messers zufällig gegen dessen haarige Brust. Als es sich nun tief in den Körper hineinbohrte, schrie der Gorilla vor Schmerz und Wut auf.

In dieser kurzen Sekunde lernte der Knabe sein scharfes glänzendes Spielzeug als Waffe gebrauchen, und als das Tier ihn zu Boden schlug, um ihn zu zerreißen, stieß er ihm die Klinge wiederholt bis ans Heft in die Brust.

Der Gorilla, der auf seine Art kämpfte, versetzte dem Knaben schreckliche Schläge mit seiner Hand und riß ihm mit seinen gewaltigen Händen das Fleisch von Hals und Brust.

Einen Augenblick lang wälzten sich die beiden in wildem Kampfe auf dem Boden. Die Stöße, die der Junge mit seinem blutigen, zerfleischten Arme ausführte, wurden immer schwacher, und endlich erstarben die Bewegungen mit einem krampfhaften Ruck: Tarzan, der junge Lord Greystoke, rollte wie leblos auf die abgestorbene Pflanzendecke des Dschungelbodens.

Eine Meile weit im Walde hatte der Stamm den wilden Angriffsschrei des Gorilla gehört. Kerschak hatte die Gewohnheit, seine Angehörigen zusammenzurufen, wenn Gefahr drohte, teils um sich gegenseitig gegen einen gemeinsamen Feind zu schützen, teils um sich zu überzeugen, ob auch noch alle Mitglieder seines Stammes vorhanden waren.

Das tat er denn auch diesmal, zumal man nicht wissen konnte, ob jener Gorilla vielleicht nur einer von mehreren war. So merkte man, daß Tarzan fehlte. Tublat wehrte sich aber heftig dagegen, ihm zu Hilfe zu eilen. Kerschak selbst mochte den kleinen fremden Findling auch nicht ordentlich leiden, und so ließ er sich von Tublat überreden: mit einem Achselzucken kehrte er zu der Stelle zurück, wo er sich auf einem Haufen Blätter sein Lager bereitet hatte.

Kala dachte aber anders. Kaum hatte sie bemerkt, daß Tarzan fehlte, als sie schleunigst durch die Äste hindurchbrach und zwar in der Richtung, von wo die Schreie des Gorillas noch immer deutlich herkamen.

Die Dunkelheit war nun völlig hereingebrochen, und der früh aufsteigende Mond warf mit seinem schwachen Lichte seltsame Schatten in das dichte Laubwerk des Waldes.

Hier und dort drangen die silberhellen Strahlen auf die Erde, aber sie trugen nur dazu bei, die Dunkelheit der Dschungelwildnis noch stärker hervortreten zu lassen.

Wie ein riesiges Gespenst schwang Kala sich geräuschlos von einem Baum zum andern; bald glitt sie flink an einem großen Ast entlang, bald schwang sie sich von einem Ast auf einen weiteren Baum, um möglichst schnell an den Ort der Katastrophe zu kommen, denn ihre Kenntnis des Dschungellebens ließ sie erraten, was vorgefallen sein mochte.

Die Schreie des Gorilla verkündeten, daß er sich im Kampf auf Leben und Tod mit einem anderen Bewohner des wilden Waldes befand. Plötzlich hörte das Geschrei auf und eine Todesstille herrschte in der Dschungel.

Das konnte Kala nicht verstehen, denn sie hatte zuletzt Bolganis Stimme voll Schmerz und Todesangst vernommen, aber sie hatte keinen Ton gehört, aus dem sie auf die Natur seines Gegners hätte schließen können.

Daß ihr kleiner Tarzan einen großen Gorilla töten könnte, schien ihr unwahrscheinlich. Als sie sich der Stelle näherte, von wo die Laute des Kampfes hergekommen waren, bewegte sie sich behutsamer, und zuletzt drang sie langsam und mit äußerster Vorsicht zwischen den niedrigen Ästen hindurch vor, indem sie überall, wo der Mondschein hinkam, nach den Kämpfenden forschte.

Auf einmal stieß sie darauf. Sie lagen auf einer freien, vom Mond beschienenen Stelle: der zerfleischte, blutige Körper des kleinen Tarzan und daneben ein großer Gorilla – mausetot.

Mit einem lauten Schrei stürzte sie auf Tarzan zu, und den armen, blutbedeckten Körper an ihre Brust legend, horchte sie auf ein Lebenszeichen. Kaum hörte sie noch den schwachen Laut seines kleinen Herzens.

Zärtlich trug sie ihn durch die dunkle Dschungel zurück an die Stelle, wo der Stamm lag.

Nun wachte sie viele Tage und Nächte an seiner Seite, brachte ihm Nahrung und Wasser und jagte die Fliegen und andere Insekten von seinen schmerzenden Wunden.

Von Arznei und Wundheilkunde wußte das arme Wesen natürlich nichts. Es konnte nur die Wunden lecken, und auf diese Weise hielt es sie rein, so daß die heilende Natur ihr Werk rascher vollenden konnte.

Anfangs wollte Tarzan nichts essen, und wälzte sich im wilden Fieberdelirium ruhelos auf seinem Lager. Alles, was er verlangte, war Wasser, und dieses brachte Kala ihm auf dem einzigen möglichen Wege, nämlich in ihrem eigenen Maule. Keine menschliche Mutter hätte sich selbstloser aufopfern können als dieses arme wilde Tier für den kleinen verwaisten Findling, den das Schicksal ihrer Obhut anvertraut hatte. Endlich ließ das Fieber nach, und der Junge war auf dem Wege der Besserung. Keine Klage kam über seine Lippen, obschon die Wunden ihn sehr schmerzten.

Ein Teil des Brustkastens war bis auf die Rippen bloßgelegt, von denen drei durch die wuchtigen Schläge des Gorillas gebrochen waren. Ein Arm war durch die riesigen Fänge fast abgetrennt, und ein großes Stück war ihm vom Halse gerissen, und nur durch ein Wunder war die Schlagader verschont geblieben.

Mit der Ergebenheit der wilden Tiere, die ihn aufgezogen hatten, ertrug Tarzan die Leiden geduldig, und schlich sich lieber von den andern hinweg, um sich irgendwo in das hohe Gras niederzukauern, als ihnen sein Elend vor Augen zu führen.

Nur mit Kala war er gerne zusammen. Jetzt aber, da er auf dem Wege der Besserung war, blieb sie etwas länger aus, um Futter zu suchen, denn so lange Tarzan schwer krank war, hatte das treue Tier kaum soviel gefressen, um sein

Leben zu erhalten, und es war infolgedessen kaum noch ein Schatten seines früheren Selbst.

Das Licht der Erkenntnis

Es dünkte dem kleinen Dulder eine Ewigkeit, bis er wieder imstande war, zu gehen. Von da an machte seine Genesung aber rasche Fortschritte, so daß er in einem weiteren Monat wieder so kräftig und gelassen war wie zuvor.

Während seiner Krankheit hatte er oft über seinen Kampf mit dem Gorilla nachgedacht, und seine erste Idee war, die wunderbare kleine Waffe wiederzufinden, die ihn, den hoffnungslosen fremden Schwächling, zum Sieger über den gewaltigsten Dschungelschrecken gemacht hatte.

Es drängte ihn daher, zu der Hütte zurückzukehren und seine Nachforschungen über die merkwürdigen Dinge, die sich darin befanden, fortzusetzen.

So ging er denn eines Morgens allein fort. Nach einigem Suchen fand er die Stelle des Kampfes wieder. Die Knochen seines Feindes waren schon rein abgenagt. Nahe dabei entdeckte er auch das Messer, das zum Teil von den abgefallenen Blättern verdeckt war. Durch die Feuchtigkeit des Bodens und das inzwischen getrocknete Blut des Gorillas war es verrostet.

Die Veränderung der früher so glänzenden Oberfläche gefiel Tarzan zwar nicht, aber das Messer war immerhin noch eine schreckliche Waffe, die er vorteilhaft gebrauchen konnte, sobald sich ihm eine Gelegenheit dazu bot. Er war auch nicht mehr gewillt, vor den mutwilligen Angriffen des alten Tublat zu fliehen.

Nun war er bei der Hütte angelangt, und schon bald hatte er den Drücker geöffnet und war eingetreten. Sein erstes Interesse galt dem Mechanismus des Schlosses. Er untersuchte es näher, während die Tür offen stand, und fand jetzt heraus, was die Türe zuhielt und wie sie geöffnet werden konnte.

Er sah ferner, daß man sie auch von innen schließen konnte, und das tat er denn auch, um bei seinen Nachforschungen nicht etwa gestört zu werden.

Er fing an, die Hütte gründlich zu durchsuchen, aber seine Aufmerksamkeit wurde bald durch die Bücher gefesselt, die ihn ganz gewaltig anzogen, weil sie eine Menge Rätsel für ihn enthielten.

Unter den Büchern waren eine Fibel, einige Lesebücher für Kinder, zahlreiche Bilderbücher und ein großes Wörterbuch. Er durchmusterte sie alle, aber die Bilder erregten seine Phantasie am meisten, wenn auch die merkwürdigen krabbligen Dinger, die die übrigen Seiten bedeckten, allerlei Gedanken in ihm wachriefen.

Hockend über dem Tisch, den sein Vater angefertigt hatte, war sein geschmeidiger, brauner, nackter Körper gebeugt über dem Buch, das er in der schlanken, aber kräftigen Hand hielt, indes sein langes, wirres schwarzes Haar von dem wohlgeformten Kopf über die hellen, intelligenten Augen herabhing. So bot Tarzan das Bild eines jungen Urmenschen, der aus der dunklen Nacht der Unwissenheit nach dem Lichte der Belehrung strebt.

An seinem Gesichte konnte man erkennen, daß er eifrig über etwas nachsann, denn er hatte, wenn auch noch ganz undeutlich, einen Gedanken erfaßt, der ihm den Weg zeigen sollte, das Rätsel der merkwürdigen kleinen Zeichen zu lösen.

In seiner Hand war eine Fibel, geöffnet bei einem Bilde, das einen ihm ähnlichen Affen darstellte, der aber mit Ausnahme des Gesichtes und der Hände mit einem seltsamen farbigen Pelz bedeckt war, denn er hielt den Rock und die Hose für einen Pelz. Unter dem Bilde standen einige Zeichen:

Knabe

Und nun entdeckte er in dem Text auf derselben Seite, daß diese fünf Zeichen sich noch öfter wiederholten.

Er erkannte noch eine andere Tatsache, nämlich daß es verhältnismäßig wenig verschiedene Zeichen seien, daß diese sich oft wiederholten, manchmal allein, aber noch häufiger in Gesellschaft anderer Zeichen.

Langsam schlug er die Blätter um, indem er die Bilder und den Text genau prüfte, ob sich nicht das Wort Knabe wiederholte. Auf einmal fand er es unter einem Bilde, das einen anderen kleinen Affen und ein sonderbares Tier darstellte, das auf vier Beinen ging, wie ein Schakal, aber ihm gar nicht glich. Unter diesem Bilde standen folgende Zeichen:

Das waren also wieder die fünf Zeichen, die den kleinen Affen begleiteten.

So machte er langsame Fortschritte in der mühevollen Aufgabe, die er sich stellte, eigentlich ohne es selbst zu wissen, eine Aufgabe, die manchem unmöglich erscheinen wird, nämlich lesen zu lernen, ohne auch nur die geringste Kenntnis der Buchstaben und der geschriebenen Sprache zu besitzen, ja auch nur ohne zu ahnen, daß es solche Dinge überhaupt gab. Das erreichte er allerdings nicht in einem Tage oder einer Woche, auch nicht in einem Monat oder einem Jahr, aber er lernte langsam, sehr langsam, nachdem er einmal die Möglichkeit erfaßt hatte, die in den kleinen Zeichen lag.

So wurde er fünfzehn Jahre alt, bis er die verschiedenen Verbindungen der Buchstaben erfaßt hatte, die unter jeder gemalten Figur in der Fibel und in den Bilderbüchern standen.

Über die Bedeutung und den Gebrauch der Artikel und Beiwörter, der Zeitwörter und Umstandswörter und Fürwörter hatte er allerdings nur die nebelhaftesten Begriffe.

Eines Tages, – er war damals schon etwa zwölf Jahre alt – hatte er eine Anzahl Bleistifte in einer bis dahin unentdeckten Schublade unter dem Tisch gefunden, und als er damit auf der Tischplatte kritzelte, war er erstaunt, daß eine schwarze Linie darauf zurückblieb.

Er war so eifrig mit diesem neuen Spielzeug beschäftigt, daß der Tisch bald ganz mit seinen Kritzeleien bedeckt und der Bleistift bis zum Holze abgenutzt war. Dann nahm er einen andern Bleistift, aber diesmal hatte er ein bestimmtes Ziel im Auge.

Er wollte versuchen, einige der kleinen Zeichen nachzumachen, die die Seiten seiner Bücher bedeckten.

Das war aber eine schwierige Sache, denn er hielt den Bleistift wie wenn er den Griff eines Dolches packen sollte, und das trug nicht gerade dazu bei, ihm die Arbeit zu erleichtern oder die Lesbarkeit seiner Buchstaben zu erhöhen.

Aber er hielt es monatelang aus, und so oft er in die Hütte gehen konnte, setzte er seine Versuche fort, bis er zuletzt die richtige Haltung für den Bleistift fand, so daß er die Buchstaben, wenn auch nur in roher Nachahmung, wiedergeben konnte.

So fing er an zu schreiben.

Während er aber die Buchstaben nachzeichnete, lernte er noch etwas anderes: das Zählen, und wenn er auch nicht zählen lernte, wie wir es tun, so hatte er doch einen Begriff von dem Mengenverhältnis, da die Grundlage seiner Rechenkunst die Zahl der Finger seiner Hand war.

Seine Nachforschungen in den verschiedenen Büchern überzeugten ihn davon, daß er all die verschiedenen Arten der am meisten in Verbindungen gebrauchten Wörter entdeckt hatte, und es war ihm leicht, sie in einer eigenen Reihenfolge aufzustellen, da er das fesselnde ABC-Buch mit den Bildern so oft benutzt hatte.

Er machte gute Fortschritte beim Lernen. Aber seine größten Funde verdankte er dem unerschöpflichen Vorrat des dicken, illustrierten Wörterbuches; allerdings lernte er mehr durch Vermittlung der Bilder als durch den Text, auch nachdem er die Bedeutung der Buchstaben erfaßt hatte.

Als er die alphabetische Anordnung der Wörter entdeckt hatte, freute es ihn, die Wortgebilde, die er schon kannte, auszusuchen; er studierte auch die nachfolgenden Wörter und ihre Begriffsbestimmung, und so fand er sich immer mehr im Labyrinth der Bildung zurecht. Er war imstande, die einfache Kinderfibel zu lesen, und kannte sich über den Zweck des Buchstabensystems aus.

Jetzt fühlte er sich nicht mehr beschämt über seinen unbehaarten Körper und seine menschlichen Züge, denn jetzt sagte ihm sein Verstand, daß er einer andern Rasse angehörte als seine wilden, behaarten Genossen. Er war ein *Mensch*, und sie waren *Affen*. Jetzt wußte er auch, daß die alte Gabor eine *Löwin* war, Histah eine *Schlange* und Tantor ein *Elefant*. So lernte er lesen.

Von da an machte er schnellere Fortschritte. Mit Hilfe des großen Wörterbuches und seines ererbten gesunden Menschenverstandes, mit dem er manches richtig erriet, konnte er sein Wissen immer mehr vervollständigen.

Allerdings traten manche Unterbrechungen in dieser Ausbildung ein, weil sein Stamm immer hin und her wanderte, aber immer wieder kehrte er zu seinen Büchern zurück und sein unermüdlicher Geist suchte immer mehr in die Geheimnisse des Wissens einzudringen.

Zum Schreiben benützte er Rindenstücke, flache Blätter und glatt gestrichene Erdstellen, in die er mit der Spitze seines Jagdmessers einritzte, was er gelernt hatte.

Während er seiner Neigung folgte, die Geheimnisse seiner Bücher zu erforschen, vernachlässigte er aber nicht die ernsteren Aufgaben seines Lebens. So übte er sich auch weiterhin mit seiner Schlinge, und spielte mit seinem scharfen Messer, das er auf einem glatten Stein zu schärfen gelernt hatte.

Der Stamm der Affen hatte sich vermehrt, seitdem Tarzan zu ihm gekommen war, denn unter der Führung Kerschaks war es den Tieren gelungen, die andern Stämme aus ihrem Teil der Dschungel zu vertreiben, so daß sie reichlich Nahrung fanden und fast keinen Verlust durch die räuberischen Einfälle der Nachbarn mehr erlitten.

Wenn die jungen Männchen heranwuchsen, fanden sie es bequemer, sich ein Weibchen aus dem eigenen Stamm zu wählen oder wenn sie schon ein solches aus einem andern Stamme holten, so brachten sie es doch zu Kerschaks Truppe, damit sie in Freundschaft mit dieser leben konnten. Das alles war leichter, als einen eigenen Stamm zu begründen oder mit dem furchtbaren Kerschak um die Oberherrschaft zu kämpfen. Gelegentlich versuchten es zwar einzelne wildere Männchen mit dem letzteren, aber keinem gelang es, dem grimmigen Affen die Siegespalme zu entreißen.

Tarzan nahm eine eigentümliche Stellung im Stamme ein. Die Affen schienen ihn als einen der Ihrigen und doch wieder als einen andern zu betrachten. Die älteren Männchen kümmerten sich entweder gar nicht um ihn, oder zeigten ihm einen so starken Haß, daß er ohne seine wundervolle Gewandtheit und Schnelligkeit und den starken Schutz der kräftigen Kala schon sehr bald erledigt gewesen wäre.

Tublat war sein ausdauerndster Feind. Aber als Tarzan dreizehn Jahre alt war, mußte gerade jener die Ursache abgeben, daß diese Verfolgungen plötzlich aufhörten. Von nun an wurde er unbehelligt gelassen, ausgenommen wenn einer von den Affen einen jener wilden Wutanfälle hatte, in denen er auch die Männchen der stärkeren Tiere der Dschungel angriff. Dann war eben keiner sicher.

Es kam so: An dem Tage, an dem Tarzan sich Respekt zu verschaffen wußte, war der Stamm in einem natürlichen Amphitheater versammelt, einer Senkung mit einigen niedrigen Hügeln, die von dem Gewirr der Schlingpflanzen der Dschungel frei geblieben war.

Es war ein runder, freier Raum. Ringsum erhoben sich die gewaltigsten Bäume, und auch das Unterholz war so dicht, daß die kleine Arena völlig geschlossen und nur nach oben offen war.

Hier versammelte sich der Stamm des öfteren, wenn er nicht auf der Wanderung war. Mitten im Amphitheater war eine jener sonderbaren Erdtrommeln, wie die Menschenaffen sie für ihre seltsamen Zeremonien bauen, deren Klänge die Menschen im Dschungel zwar schon gehört haben, denen aber noch keiner hat zuschauen können.

Der erste Mensch, der Gelegenheit hatte, dem tollen, berauschenden Dum-Dum-Gelage einer Affensippe beizuwohnen, war Tarzan, der junge Lord Greystoke.

Aus jenen Zeremonien, die heute noch bei den Menschenaffen üblich sind, haben sich im Laufe von unzähligen Jahren die menschlichen Feste entwickelt. Ihre Anfänge waren die Tänze der Affen, die diese beim Dum-Dum ihrer Erdtrommeln im hellen Scheine des tropischen Mondes inmitten des Urwaldes vollführten.

An dem Tage, wo Tarzan sich von den grausamen Verfolgungen befreite, denen er zwölf Jahre lang ausgesetzt war, hatte sich der Stamm, der jetzt wohl an die hundert Köpfe stark war, schweigend auf dem Boden des Amphitheaters niedergelassen.

Die Dum-Dum-Tänze bezeichneten stets ein wichtiges Ereignis im Leben des Stammes: einen Sieg, die Gefangennahme eines Feindes, die Tötung irgendeines großen Bewohners der Dschungel, den Tod oder die Thronbesteigung eines Königs, und sie wurden stets mit einer gewissen Förmlichkeit begangen.

Diesmal hatte man einen riesigen Affen aus einem andern Stamme erschlagen, und als Kerschaks Volk in die Arena einzog, konnte man zwei mächtige Männchen sehen, die den Körper des Besiegten herbeitrugen.

Sie legten die Last vor der Erdtrommel nieder, und dann hockten sie daneben als Wache, während die andren Mitglieder der Gemeinschaft sich bald hier bald dort im Grase zusammenrollten und schliefen, bis der aufgehende Mond das Zeichen zum Beginn der wilden Orgie geben sollte.

Jetzt herrschte stundenlang völlige Ruhe in der kleinen Lichtung. Sie wurde nur unterbrochen durch die unharmonischen Töne der farbenprächtigen Papageien oder das Gezwitscher der tausend Dschungelvögel, die zwischen den Orchideen und anderen prächtigen Blumen im Rankenwerk der uralten, moosbedeckten Bäume umherflatterten.

Als die Dunkelheit über die Dschungel hereinbrach, fingen die Affen an, sich zu regen, und bald bildeten sie einen großen Kreis um die Erdtrommel. Die Weibchen und die Jungen hockten in einer Reihe am äußeren Rande des Kreises nieder, während ihnen gegenüber die erwachsenen Männchen saßen. Vor der Trommel hatten drei alte Weibchen Platz genommen, jedes mit einem Knüttel bewaffnet.

Langsam und sanft fingen sie an, auf die klingende Fläche der Trommel zu schlagen, als die ersten schwachen Strahlen des aufgehenden Mondes die Baumspitzen ringsum zu versilbern begannen.

Als der Mondschein im Amphitheater zunahm, schlugen die Weibchen schneller und kräftiger darauf los, so daß bald ein wilder Lärm meilenweit in die Wälder erklang. Die wilden Tiere, die auf der Jagd begriffen waren, hielten mit gespitzten Ohren inne, um auf den tollen Lärm zu horchen, den das Dum-Dum der Affen verursachte.

Zuweilen hatte wohl das eine oder andere Lust, mit einem schrillen Geschrei auf den wilden Lärm der Menschenaffen zu antworten, aber keines von ihnen kam zu einem Angriff heran, denn wenn die großen Affen in großer Zahl versammelt waren, hatten die andern Tiere der Dschungel Respekt vor ihnen.

Als der Trommellärm alles ringsum betäubte, sprang Kerschak in den freien Raum zwischen den die Wache haltenden beiden Männchen und den Trommlerinnen.

Aufrechtstehend warf er den Kopf zurück, und indem er dem Mond ins Angesicht sah, schlug er sich mit seinen großen, haarigen Händen auf die Brust und stieß ein fürchterliches Gebrüll aus.

Einmal – zweimal – dreimal drang der grauenerregende Ton in die vorher so lebendige, jetzt unsagbar stille Welt.

Dann ging Kerschak in gebückter Haltung geräuschlos um den offenen Kreis; er hatte sich von dem toten Körper, der vor der als Altar dienenden Trommel lag, abgewandt, aber beim Vorübergehen richtete er seine kleinen, wilden, rotunterlaufenen Augen auf den Leichnam.

Nun sprang ein anderes Männchen in die Arena, wiederholte das fürchterliche Geschrei des Königs und folgte dann schweigend seiner Spur. So kam einer nach dem andern in schneller Folge, so daß die Dschungel jetzt von dem fast ununterbrochenen blutdürstigen Geschrei widerhallte.

Als alle erwachsenen Männchen in die Reihe der ringsum Tanzenden zurückgekehrt waren, begann der Angriff.

Kerschak ergriff einen starken Knüttel von dem bereitliegenden Haufen, stürzte wütend auf den toten Affen und versetzte ihm einen fürchterlichen Schlag, indem er zugleich knurrende Töne von sich gab. Nun verstärkte sich der Lärm der Trommel, und die Zahl der Schläge nahm zu, und jedesmal, wenn ein Krieger dem Opfer einen Keulenschlag versetzt hatte, nahm er an dem tollen Totentanz teil.

Tarzan war ebenfalls bei der wilden, wirbelnden Horde. Sein braungebrannter, muskulöser Körper, der im Mondlicht glitzerte, erschien biegsam und graziös inmitten der plumpen, behaarten Tiere.

Keines von ihnen war aber listiger in der dargestellten Jagd, keines wilder im Angriff und keines konnte so hoch wie er im Totentanz springen.

So wie der Lärm und die Schnelligkeit der Trommelschläge zunahm, so beschleunigte sich auch der wilde Rhythmus und das Geschrei der Tänzer. Sie sprangen immer toller drauflos.

Der unheimliche Tanz dauerte schon eine halbe Stunde, als auf ein Zeichen von Kerschak der Trommellärm aufhörte und die Trommlerinnen durch die Linie der Tänzer zu der äußeren Reihe der dort hockenden Zuschauer eilten. Dann stürzten die Männchen alle zusammen auf den Leichnam, der infolge ihrer schrecklichen Schläge nur mehr eine unförmliche haarige Masse war.

Fleisch kam ihnen nur selten in genügender Menge zwischen die Zähne, und so war es ein willkommener Schluß ihrer wilden Orgie, einmal wieder frisches Fleisch zu genießen. Deshalb wandten sie jetzt ihre ganze Aufmerksamkeit darauf, ihren getöteten Feind zu verschlingen.

Die großen Fänge senkten sich in das Gerippe und rissen gewaltige Bissen herab. Die mächtigsten Affen erhielten auch die besten Stücke, während die schwächeren erst in zweiter Linie herankamen und knurrend einen günstigen

Augenblick abwarten mußten, um noch ein Stück Fleisch oder einen übrig gebliebenen Knochen zu erwischen.

Tarzan hatte noch mehr als die Affen Bedürfnis und Sehnsucht nach Fleisch. Von einer Rasse von Fleischessern abstammend schien es ihm, als habe er noch nie seinen Appetit nach tierischer Nahrung befriedigt, und so bemühte er sich gewaltsam, zwischen den Affen hindurchzugelangen, um wenigstens ein ordentliches Stück zu erhaschen.

An seiner Seite hing das Jagdmesser seines ihm unbekannten Vaters in einer Scheide, die er sich selbst nach einem auf einem Bilde eines seiner Bücher befindlichen Muster angefertigt hatte.

Schließlich gelangte er an den fast verschwindenden Schmaus und mit seinem scharfen Messer schnitt er sich ein größeres Stück ab, als er noch erwartet hatte. Dies hatte nämlich unter den Beinen des mächtigen Kerschak hervorgeragt, der auf sein königliches Vorrecht der Gefräßigkeit so eifrig bedacht war, daß er Tarzans Tat fast als ein Majestätsverbrechen ansah.

Tarzan aber suchte mit seiner Beute zwischen den Ringenden hindurchzugelangen, indem er sie fest an seine Brust drückte.

Unter denen, die sich außerhalb des Kreises der Schmausenden bewegten, befand sich auch der alte Tublat. Er war aber einer der ersten gewesen, die sich über die Beute hergemacht hatten, er hatte sich bereits mit einem ordentlichen Happen zurückgezogen, um ihn in Ruhe aufzufressen, und nun bahnte er sich den Weg zurück, um noch mehr einzuhamstern.

Da bemerkte er Tarzan, wie dieser sich mit seiner Beute aus dem Gedränge herausarbeitete.

Die kleinen, halbgeschlossenen, blutunterlaufenen bösen Augen Tublats warfen haßvolle Blicke auf Tarzan. Zugleich aber auch verrieten sie die Gier nach dem Leckerbissen, den der Knabe trug.

Tarzan hatte seinen Erzfeind schnell erblickt, und da er die Absicht des wilden Tieres sofort erriet, lief er schnell zwischen die Weibchen und die Kinder, da er hoffte, sich unter ihnen verbergen zu können. Tublat folgte ihm aber auf den Fersen, und als der Knabe sah, daß er sich nicht verbergen könne, mußte er suchen, ihm zu entrinnen.

Er eilte nach einem der nächsten Bäume, ergriff mit gewandtem Sprung einen Ast und kletterte in die Höhe – seine Beute zwischen den Zähnen.

Tublat hinter ihm drein.

Tarzan aber kletterte den himmelanstrebenden Baumriesen hinan bis in den Gipfel, so daß sein schwerer Feind ihm nicht folgen konnte. Von seinem hohen Sitz aus rief er dem vor Wut schäumenden, fünfzig Fuß tieferen Tiere höhnische Schmähworte zu.

Und nun ward Tublat geradezu rasend.

Mit einem schrecklichen Gebrüll stieg er vom Baume, stürzte zwischen die Weibchen und die Jungen, biß mit seinen großen Fängen in ein Dutzend Nacken und schlug den Weibchen, die ihm zwischen die Fäuste fielen, große Wunden.

In dem glänzenden Mondlicht konnte Tarzan die ganze Szene beobachten. Er sah die Weibchen und die Jungen sich auf die Bäume flüchten.

Auch die großen Tiere in der Mitte der Arena fühlten die mächtigen Fänge ihres rasenden Genossen, und ihr Schmerzensschrei drang zwischen den Bäumen hinauf.

Bald war nur mehr ein Affe im Amphitheater in der Nähe Tublats, ein Weibchen, das sich verspätet hatte, und langsam nach dem Baume ging, auf dem Tarzan saß.

Es war Kala, der Tublat auf dem Fuße folgte.

Als Tarzan sah, daß seine Pflegemutter bedroht war, eilte er mit der Schnelligkeit eines fallenden Steines von Ast zu Ast hinunter.

Eben war Kala unter den herabhängenden Ästen, und dicht über ihr hockte Tarzan, den Verlauf des Kampfes abwartend. Sie sprang in die Höhe, wobei sie einen Ast erhaschte, und zwar fast über dem Kopf Tublats; so dicht war dieser ihr gefolgt. Nun wäre sie gerettet gewesen, aber der Ast brach, und sie stürzte gerade auf den Kopf Tublats, der unter ihrer Last zu Boden sank.

Im nächsten Augenblick waren beide wieder auf den Beinen, aber noch schneller war Tarzan heruntergesprungen, und als der wütende Tublat aufblickte, sah er das Menschenkind vor Kala.

Das war ihm gerade recht, und mit einem Triumphgeschrei stürzte er auf den kleinen Lord Greystoke. Aber seine Fänge sollten keine Arbeit mehr bekommen. Eine muskulöse Hand faßte ihn an der haarigen Kehle, und eine andere stieß ihm ein scharfes Jagdmesser ein dutzendmal in die breite Brust. Wie Blitze fielen die Stöße, und sie hörten erst auf, als Tarzan merkte, daß der Körper zuckend unter ihm zusammenbrach.

Der Körper des mächtigen Tieres stürzte zu Boden. Tublat war erledigt!

Tarzan setzte seinem lebenslänglichen Feind den Fuß auf den Nacken, und indem er die Augen nach dem Vollmond richtete, warf er den stolzen jungen Kopf zurück und stieß den schrecklichen wilden Schrei seines Volkes aus.

Nun kam einer nach dem andern vom Affenstamme von den Bäumen, auf denen sie Zuflucht gesucht hatten, herunter und bildeten einen Kreis um Tarzan und seinen besiegten Feind. Als sie nun alle da waren, wandte sich Tarzan zu ihnen und rief:

Ich bin Tarzan! Ich kann töten! Habt Respekt vor Tarzan und seiner Mutter Kala! Es ist keiner unter euch so mächtig wie Tarzan. Mögen seine Feinde auf der Hut sein!

Der junge Lord Greystoke schaute tief in die bösen, roten Augen Kerschaks, schlug sich auf die starke Brust und stieß noch einmal den schrillen, trotzigen Schrei aus.

Der Baumjäger

Am Tage nach dem Dum-Dum-Fest brach der Stamm langsam gegen die Küste auf.

Tublats Körper lag noch dort, wo er hingefallen war, denn das Volk Kerschaks verzehrte seine eigenen Toten nicht.

Auf dem Marsche suchte man gemütlich nach Futter. Palmen, graue Pflaumen und Ananas fand man in Menge, gelegentlich auch kleine Säugetiere, Vögel, Reptilien und Insekten. Die Nüsse knackten die Affen zwischen ihren mächtigen Kinnbacken oder wenn sie zu hart waren, zwischen zwei Steinen.

Als die alte Sabor einmal ihren Weg kreuzte, kletterten sie schleunig auf hohe Äste, denn wenn auch die Löwin ihre Zahl und ihre scharfen Zähne achtete, so hatten die Affen selbst nicht weniger Respekt vor der gewalttätigen grausamen Wildheit der Löwin.

Auf einem niedrigen Aste saß Tarzan direkt über dem majestätischen Körper der geschmeidigen Katze, als sie still durch die dichte Dschungel strich. Er schleuderte eine Ananas auf die alte Feindin ihres Volkes. Die Löwin blieb stehen und betrachtete, sich umwendend, die Gestalt des spottenden Tarzan.

Zornig mit ihrem Schweife umherschlagend, fletschte sie ihre gelben Zähne, indem sie ihre großen Lippen knurrend verzog und ihre bösen Augen voll Wut und Haß zu zwei schmalen Schlitzen zusammenschloß. Ihre Blicke direkt auf Tarzan schleudernd, stieß sie dann ein wildes herausforderndes Gebrüll aus.

Aber auch der Affenknabe, der sich auf seinem Ast in Sicherheit fühlte, antwortete ihr mit der ganzen Macht seiner Stimme.

Einen Augenblick sahen sich die Beiden noch schweigend in die Augen, dann kehrte die große Katze in das Dickicht zurück.

In Tarzans Kopf entwickelte sich aber ein großer Plan. Er hatte den wilden Tublat getötet. War er also nicht ein mächtiger Kämpfer? Nun wollte er die gewaltige Sabor niederschlagen und töten. Dann wäre er auch ein mächtiger Jäger.

Im Grunde seines kleinen Herzens hegte er den lebhaften Wunsch, seine Nacktheit mit Kleidern zu bedecken, denn aus den Bilderbüchern hatte er ersehen, daß alle Menschen bekleidet waren, während die Affen und andere lebende Wesen nackt umhergingen.

Kleider mußten also ein Kennzeichen von Größe sein, der Ausdruck der Überlegenheit des Menschen über alle anderen Tiere, denn es gab doch sicher keinen andern Grund, etwas so Häßliches wie Kleider zu tragen.

Vor Jahren, als er noch viel kleiner war, hatte er sich das Fell Gabors, der Löwin, Numas, des Löwen, oder Scheetas, des Leoparden, gewünscht, um seinen unbehaarten Körper zu bedecken, da er nicht länger mehr Histah, der widerlichen Schlange, gleichen mochte, aber jetzt war er stolz auf seine glatte Haut, denn sie war der Beweis seiner Abstammung von einer mächtigen Rasse, und so schwankte er zwischen dem Wunsche, nackt zu gehen, um seine Abstammung erkennen zu lassen, und dem Wunsche, nach Art der Menschen eine unschöne und unbequeme Kleidung zu tragen.

Als der Stamm nach der Begegnung mit Sabor seinen Weg langsam durch den Wald fortsetzte, dachte Tarzan über den Plan nach, seinen Feind zu erlegen, und auch an den folgenden Tagen war sein Kopf stets damit beschäftigt.

An diesem Tage aber mußte er sich vorläufig noch um andere Dinge kümmern.

Auf einmal war es wie um Mitternacht. Die Geräusche hörten in der Dschungel auf, und die Bäume standen unbeweglich, wie wenn sie gelähmt auf ein bevorstehendes großes Unheil harrten. Die ganze Natur wartete.

Aber es sollte nicht lange dauern, denn schon hörte man aus der Ferne ein leises, dumpfes Stöhnen. Dann kam es immer näher und wurde lauter.

Die großen Bäume beugten sich gleichzeitig, als ob sie durch eine mächtige Hand niedergedrückt wurden. Immer mehr neigten sie sich gegen die Erde, während der Wind schrecklich heulte.

Dann schnellten die Urwald-Riesen plötzlich zurück, indem ihre mächtigen Kronen wie in zornigem Proteste hin und her schwankten. Aus den dahineilenden schwarzen Wolken zuckte ein lebhaftes, blendendes Licht, gleich darauf fing die Kanonade des Donners mit fürchterlichem Tosen an. Und nun setzte ein gewaltiger Regen ein. Die ganze Hölle brach über die Dschungel herein.

Vom kalten Regen fröstelnd drängte sich der Stamm der Affen unter den großen Bäumen zusammen. Die Blitze schössen durch die Dunkelheit, und bei ihrem Leuchten konnte man wildwogende Äste, reißende Bäche und umgerissene Baumstämme erkennen.

Manch alter Patriarch des Waldes wurde durch einen Blitzstrahl gespalten und fiel krachend in tausend Stücke zwischen den andern Bäumen, zahllose Äste und kleinere Nachbarn mit sich reißend.

Aber auch sonst prasselten große und kleine Äste, die durch den Wirbelsturm abgeschlagen wurden, durch das wild wogende Grün und brachten Tod und Verderben über unzählige Bewohner der dicht bevölkerten Welt des Urwaldes.

Stundenlang tobte der Sturm in unverminderter Heftigkeit fort, und noch immer kauerten die Affen fröstelnd und angstvoll eng zusammen. In steter Gefahr, von den fallenden Baumstämmen und Ästen erschlagen zu werden und durch das lebhafte Zucken des Blitzes und das Rollen des Donners gelähmt, saßen sie elend zusammengeduckt, bis der Sturm vorüber war.

Das Ende kam so plötzlich wie der Anfang. Wind und Regen hörten auf einmal auf, die Sonne schien und die Natur lächelte wieder.

Die tropfenden Blätter und Äste und die nassen Blüten glitzerten in der Herrlichkeit des wiedergekehrten Tages. Und wie die Natur vergißt, so vergessen auch ihre Kinder. Geschäftiges Leben setzte wieder ein, gerade wie vor der Dunkelheit und dem Schrecken.

In Tarzan aber war eine Erkenntnis aufgedämmert, die ihm das Geheimnis der Kleider erklärte. Wie behaglich hätte er sich unter dem schweren Pelze Gabors gefühlt! Und dieser Gedanke gab ihm einen weiteren Anreiz zu dem geplanten Abenteuer.

Mehrere Monate lang verweilte der Stamm in der Nähe des Strandes, wo die Hütte stand, und so konnte Tarzan seine meiste Zeit dem Studium widmen. Wenn er aber durch den Wald wanderte, hielt er stets seinen Strick in Bereitschaft, und so konnte er mit der schnell geworfenen Schlinge viele kleinere Tiere fangen.

Meist legte er sich auf einen überhängenden Ast auf die Lauer und warf von dort seine Schlinge herunter.

So hatte er einmal Horta, den Eber, in der Schlinge gefangen, aber das Tier machte wahnsinnige Anstrengungen, die Freiheit wieder zu erlangen, und riß infolgedessen Tarzan von seinem Sitz herunter.

Der mächtige Grunzer wandte sich um und ging mit gesenktem Kopf auf den überraschten Jüngling los.

Zum Glück war Tarzan bei dem Fall unverletzt geblieben, da er nach Katzenart auf allen Vier, die er bereits ausgestreckt hatte, heruntergefallen war und so den Ausstoß gemildert hatte. Im Augenblick war er wieder auf den Beinen, und sprang mit der Behendigkeit eines Affen auf einen niederen Ast, so daß Horta, der Eber, vergeblich auf ihn losstürzte.

So lernte Tarzan aus der Erfahrung erkennen, was er mit seiner eigenartigen Waffe erreichen konnte, aber auch, welche Gefahren damit verbunden waren.

Bei dieser Gelegenheit verlor er ein langes Stück seiner Schlinge, aber er verkannte nicht, daß der Ausgang wohl schlimmer gewesen und es um sein Leben geschehen wäre, wenn an Stelle des Ebers die grimme Sabor ihn heruntergerissen hätte.

Viele Tage brauchte er, um einen neuen Strick anzufertigen, aber als er ihn fertig hatte, konnte er damit wirklich auf die Jagd gehen. Er kletterte auf einen großen Ast gerade über einem Pfade, der zum Wasser führte, und legte sich in dem dichten Laubwerk auf die Lauer.

Manche Tiere ließ er unbehelligt vorüberziehen. Sie waren ihm zu unbedeutend. Es mußte ein starkes Tier sein, an dem er die Wirksamkeit seines neuen Planes erproben wollte.

Endlich kam sie, die Tarzan suchte, mit geschmeidigen Sehnen, die sich unter dem leuchtenden Fell bewegten; stark und glänzend kam Sabor, die Löwin.

Ihre großen gepolsterten Pfoten setzte sie leise und geräuschlos auf den schmalen Gang. Ihren Kopf hielt sie in steter Wachsamkeit erhoben. Ihr langer Schweif bewegte sich langsam in graziösen Wellen.

Immer mehr näherte sie sich der Stelle, wo Tarzan sich auf dem Aste duckte. Den langen Strick hielt er in seiner Hand bereit. Er rührte sich nicht.

Sabor kam heran. Sie tat einen Schritt, einen zweiten, einen dritten, und dann flog der Strick auf sie herab.

Einen Augenblick hing die ausgeworfene Schlinge wie eine große Schlange über ihrem Kopfe, und als sie dann aufblickte, um die Ursache dieser Störung zu erkennen, legte sich der Strick um ihren Hals. Mit einem schnellen Ruck zog Tarzan die Schlinge fest, und dann ließ er das Seil weiter herunter und hielt sich mit beiden Händen daran fest.

Sabor war in der Falle!

Mit einem Satz wandte sich das erschrockene Tier in das Dickicht hinein, aber Tarzan wollte nicht noch einmal einen Strick verlieren wie das vorige Mal; die Erfahrung hatte ihn bereits belehrt. Die Löwin hatte noch nicht ihren zweiten Sprung gemacht, als sie auch schon fühlte, daß die Schlinge sich enger um ihren Hals zog; ihr Körper drehte sich in der Luft, und mit einem schweren Krachen fiel sie auf den Rücken.

Tarzan hatte das Ende des Strickes an dem Stamm des großen Baumes befestigt, auf dem er saß.

Soweit war sein Plan vorzüglich gelungen. Als er aber den Strick erfaßte, wobei er sich auf zwei mächtige gabelförmige Äste stützte, fand er, daß es nicht leicht sei, das mächtige Tier mit den Eisenmuskeln, das sich beißend und brüllend sträubte und kratzte, zum Baume hinzuschleppen, und erst recht nicht, es aufzuhängen.

Die alte Sabor hatte ein ungeheures Gewicht, und wenn sie sich mit ihren Klauen festhielt, so hätte kein anderer als Tantor, der Elefant, sie von der Stelle bringen können.

Die Löwin war nun wieder auf dem Pfade, und da konnte sie den Urheber der ihr zugefügten schimpflichen Behandlung sehen.

Brüllend vor Wut ging sie plötzlich zum Angriff über. Sie sprang in die Höhe, aber als ihr mächtiger Körper den Ast erreichte, auf dem Tarzan gesessen hatte, war dieser schon verschwunden.

Er thronte luftig auf einem leichteren Ast, zwanzig Fuß hoch über dem rasenden Tier.

Einen Augenblick hing Sabor halb über dem Ast, während Tarzan ihr zum Spotte Zweige und Äste auf das Gesicht herunterwarf.

Nun fiel das Tier wieder auf die Erde und Tarzan kam schnell herunter, um den Strick zu erfassen.

Sabor hatte aber inzwischen herausgefunden, daß sie nur durch ein dünnes Seil festgehalten wurde. Sie erfaßte es mit ihren riesigen Zähnen und zerriß es, ehe Tarzan noch die Schlinge ein zweites Mal enger ziehen konnte.

Tarzan war sehr ärgerlich. Sein schön angelegter Plan war zunichte geworden, nun saß er da, und schrie das unter ihm brüllende Tier im ohnmächtigen Zorn an.

Stundenlang ging die alte Sabor unter dem Baume auf und ab. Viermal duckte sie sich und sprang auf den Kobold los, der über ihr in den Ästen herumkletterte und Gesichter schnitt; aber das war ebenso vergeblich, wie wenn sie den Wind, der durch die Baumgipfel säuselte, hätte fassen wollen.

Zuletzt war Tarzan des Spieles müde. Noch einmal richtete er eine lärmende Herausforderung an die Löwin, warf ihr mit einem wohlgezielten Schwung eine reife Frucht ins Gesicht, wo sie weich und klebrig zerstob, und schwang sich, während seine Feindin knurrte, eilends durch die Bäume, hundert Fuß über dem Boden, bis er ihren Blicken entzogen war.

Schon nach kurzer Zeit war er wieder unter den Genossen seines Stammes. Hier erzählte er die Einzelheiten seines Abenteuers mit geschwellter Brust und so großtuend, daß er sogar seinen erbittertsten Feinden imponierte, während Kala vor Freude und Stolz tanzte.

Mensch und Mensch

Tarzan lebte in der wilden Dschungel noch mehrere Jahre ohne nennenswerte Abwechslung dahin. Er wurde größer und vernünftiger, und durch seine Bücher erfuhr er immer mehr von der fremden Welt, die irgendwo außerhalb seines Urwaldes lag.

Für ihn war das Leben niemals eintönig. Da war ja Pisah, der Fisch, der in den vielen Flüßchen und kleinen Seen zu fangen war, und Sabor mit ihren wilden Vettern, vor denen man immer auf der Hut sein mußte, und die jedem Augenblick, den er auf dem Erdboden zubrachte, einen eigenen Gefahrenreiz gaben.

Oft verjagten sie ihn, aber noch öfter jagte er hinter ihnen drein, aber wenn sie ihn auch niemals mit ihren grausamen, scharfen Pranken ganz erreichten, so waren sie ihm doch mehr als einmal sehr dicht auf den Fersen.

Schnellfüßig war Sabor, die Löwin, und behend waren auch Numa und Sheeta, aber Tarzan war schnell wie der Blitz.

Mit Tantor, dem Elefanten, schloß er Freundschaft. Wie das kam, weiß man nicht, aber die Bewohner der Urwälder sahen manchmal in mondhellen Nächten Tantor mit Tarzan auf dem Rücken spazieren gehen.

Alle anderen aus der Dschungel waren seine Feinde, ausgenommen sein eigener Stamm, unter dem er jetzt viele Freunde hatte.

In diesen Jahren verbrachte er manchen Tag in der Hütte seines Vaters, in der die Gebeine seiner Eltern und das kleine Skelett von Kalas Jungem noch immer still und unberührt lagen.

Mit achtzehn Jahren konnte Tarzan fließend lesen, und verstand fast alles, was er in den verschiedenen Büchern las, die sich auf den Regalen befanden.

Er konnte auch geläufig mit gedruckten Buchstaben schreiben, aber die Schreibschrift beherrschte er nicht. Unter seinen Sachen befanden sich zwar einige Hefte, aber in der Hütte war so wenig geschrieben worden, daß er sich mit dieser Schreibform nicht weiter plagen wollte, wenn er auch das Geschriebene mühsam lesen konnte.

So finden wir den jungen englischen Lord, der mit achtzehn Jahren noch nicht englisch sprechen konnte und doch seine Muttersprache las und schrieb.

Noch nie hatte er einen andern Menschen als sich selbst gesehen, denn das Gebiet, das sein Stamm bewohnte, war von keinem großen, schiffbaren Fluß durchzogen, auf dem die wilden Eingeborenen aus dem Innern hätten herunterfahren können.

Hohe Hügel schloßen es auf drei Seiten ein und das Meer war auf der vierten Seite. Der Landstrich war belebt mit Löwen, Leoparden und giftigen Schlangen. In das dichte Gestrüpp seiner Dschungel war noch kein menschliches Wesen gedrungen.

Eines Tages aber, als Tarzan in der Hütte seines Vaters saß und in die Geheimnisse eines seiner Bücher einzudringen suchte, wurde die alte Sicherheit seiner Dschungel für immer durchbrochen.

An der äußersten östlichen Grenze erschien nämlich ein merkwürdiger Zug, der sich über den Rand eines niedrigen Hügels bewegte.

In der Vorhut gingen fünfzig schwarze Krieger, bewaffnet mit dünnen, hölzernen Speeren, langen Bogen und vergifteten Pfeilen. Auf dem Rücken trugen sie ovale Schilde, in der Nase mächtige Ringe, während ihr wollhaariger Kopf mit bunten Federn geschmückt war.

Auf der tätowierten Stirn zogen sich drei farbige parallele Linien hin und die Brust trug drei Kreise. Ihre gelben Zähne waren scharf gespitzt, und ihre großen, vorhängenden Lippen machten ihr wildes Aussehen noch häßlicher.

Der Vorhut folgten einige hundert Frauen und Kinder. Die ersteren trugen auf dem Kopfe große Lasten von Kochgeschirr, Haushaltgeräten und Elfenbein.

Die Nachhut aber bestand aus etwa hundert Kriegern, die in allem der Vorhut glichen.

Daß man eher einen Angriff auf die Nachhut als auf die Vorhut befürchtete, bewies die Zusammensetzung des Zuges. Die Leute flohen nämlich vor den Soldaten des weißen Mannes, die sie so sehr wegen Gummi und Elfenbein gequält hatten, daß sie sich eines Tages gegen ihre Eroberer gewandt und einen weißen Offizier mit einer kleinen Abteilung seiner schwarzen Truppe niedergemacht hatten.

Tagelang konnten sie sich nur von Fleisch sättigen, aber schließlich kam eine stärkere Truppenabteilung und fiel in der Nacht über ihr Dorf her, um den Tod ihrer Kameraden zu rächen.

Was von dem einst mächtigen Stamme übrig blieb, zog dann in die düstere Dschungel – dem Unbekannten und der Freiheit entgegen.

Aber diese Freiheit und dieses Suchen nach Glück bedeutete Verfolgung und Tod für viele wilden Bewohner ihrer neuen Heimat.

Drei Tage lang marschierte der Zug der wilden Schwarzen langsam durch das Innere des unbekannten und noch unbetretenen Waldes, bis sie früh am vierten Tage nahe am Ufer eines kleinen Flusses an eine Stelle kamen, die ihnen weniger dicht bewachsen schien als das Gebiet, das sie bisher durchzogen hatten.

Hier fingen sie an, ihr neues Dorf zu erbauen. Nach einem Monat hatten sie eine große Lichtung geschlagen, Hütten und Zäune errichtet, Bananen, Yamswurzeln und Mais gepflanzt, und setzten nun in ihrem neuen Heim ihr altes Leben fort. Hier gab es keine weißen Männer und keine Soldaten, und hier konnten keine grausamen undankbaren Aufseher Gummi und Elfenbein eintreiben.

Mehrere Monate vergingen, bis die Schwarzen sich in das Gebiet, das sich rings um ihr neues Dorf dehnte, hineinwagten. Mehrere von ihnen waren schon eine Beute der alten Sabor geworden, und da die Dschungel so bevölkert von blutdürstigen Katzentieren, von Löwen und Leoparden war, so wagten die schwarzen Krieger sich nicht über den Zaun hinaus, der ihr Dorf umgab.

Eines Tages aber wanderte Kulonga, ein Sohn des alten Königs Mbonga, nach Westen in das Dickicht. Behutsam ging er vorwärts, seine lange Lanze immer bereit haltend und mit der linken Hand einen langen ovalen Schild fest an seinen schwarzen Körper drückend. Auf dem Rücken den Bogen und im Köcher über dem Schild eine Reihe dünner, gerader Pfeile, wohl eingerieben mit jener dicken, dunklen, teerartigen Masse, die schon bei dem geringsten Nadelstich tödlich wirkte. Die Nacht fand Kulonga fern von dem Zaune seines väterlichen Dorfes, aber er strebte noch weiter westwärts. Auf einem großen Baum machte er sich in einer Ästegabelung ein einfaches Lager, auf das er sich zusammenduckte, um zu schlafen.

Drei Meilen westlich entfernt von ihm schlief Kerschaks Stamm.

Früh am nächsten Morgen waren die Affen auf den Beinen und durchsuchten die Dschungel nach Futter. Tarzan aber ging seiner Gewohnheit gemäß in der Richtung nach der Hütte suchen, so daß er, wenn er auch nur gemächlich unterwegs jagte, bei der Ankunft am Strande den Magen schon befriedigt hatte.

Die Affen zogen nach allen Richtungen davon, teils einzeln, teils zu zweien oder dreien, aber so, daß sie immer noch im Bereich eines Alarmsignals blieben.

Kala war auf einer Elefantenfährte langsam nach Osten gegangen, und sprang eifrig über Stock und Stein auf der Suche nach eßbaren Käfern und Pilzen, als ein schwaches Geräusch aus der Ferne ihre Aufmerksamkeit erregte.

Fünfundzwanzig Meter weit vor ihr tat sich der Dschungelweg auf, durch diesen Blätter-Tunnel sah sie ein merkwürdiges furchtbares Geschöpf vorsichtig herankommen.

Es war Kulonga.

Kala wandte sich sofort um und kehrte auf den Pfad zurück. Sie lief zwar nicht, aber nach Art ihrer Sippe, wenn sie nicht erregt war, suchte sie eher auszuweichen, als davonzulaufen.

Dicht hinter ihr kam Kulonga. Er betrachtete sie schon als seine Beute, denn er brauchte nur einen vergifteten Pfeil nach ihr abzuschießen.

Nach einer Wendung des Pfades konnte er auf einer weiteren geraden Strecke sie wieder vor sich sehen. Seine rechte Hand griff rückwärts, seine Muskeln spannten sich unter der glatten Haut. Sein Arm dehnte sich aus und der Speer flog auf Kala zu.

Es war ein schlechter Wurf und die Äffin wurde nur an der Seite gestreift.

Aber mit einem Schrei der Wut und des Schmerzes wandte sie sich gegen ihren Peiniger. Im Augenblick erzitterten die Bäume unter der Last der Affen, die auf Kalas Hilferuf herbeieilten.

Als sie zum Angriff vorging, nahm Kulonga seinen Bogen und schoß mit unglaublicher Schnelligkeit einen Pfeil ab. Das vergiftete Geschoß traf gerade in das Herz des Menschenaffen.

Mit einem furchtbaren Schrei fiel Kala vorwärts aufs Gesicht, direkt vor die entsetzten Genossen ihres Stammes.

Brüllend und klagend stürzten die Affen auf Kulonga los, aber dieser vorsichtige Wilde hatte sich bereits wie eine erschrockene Antilope zur Flucht gewandt.

Er kannte die Wildheit dieser behaarten Menschen, lief mit allen Kräften den Pfad zurück, um möglichst schnell aus der Reichweite dieser Affen zu kommen.

Die Affen folgten ihm noch eine weite Strecke zwischen den Bäumen hindurch, aber schließlich gab einer nach dem andern die Verfolgung auf und kehrte zu der Stelle zurück, wo das Trauerspiel sich ereignet hatte.

Keiner von ihnen hatte je zuvor einen Mann gesehen, außer Tarzan, und so wunderten sie sich über das merkwürdige Geschöpf, das in ihre Dschungel eingedrungen war.

Tarzan hatte in seiner Hütte ein fernes Echo des Zusammenstoßes gehört, und da er vermutete, daß irgendein Unheil geschehen sei, eilte er schnell in der Richtung herbei, in der er das Geschrei vernommen hatte.

Bei seiner Ankunft fand er den ganzen Stamm versammelt, wehklagend um den Körper seiner erschlagenen Mutter.

Tarzans Kummer und Zorn waren grenzenlos. Immer wieder stieß er seinen schrecklichen Racheruf aus. Mit den Fäusten schlug er sich auf die Brust, und dann warf er sich auf den Körper Kalas und stöhnte tief aus seinem vereinsamten Herzen.

Grenzenlos war sein Schmerz über den Verlust des einzigen Geschöpfes in der weiten Welt, das ihm Liebe und Anhänglichkeit bewiesen hatte.

Kala war zwar ein wilder, häßlicher Affe, aber gegen Tarzan war sie gütig gewesen, und in seinen Augen war sie schön. Verschwenderisch hatte er ihr, ohne es zu wissen, all die Achtung und Liebe entgegengebracht, die ein normaler englischer Junge seiner Mutter beweist. Er hatte nie eine andere Mutter gekannt, und so war Kala all das zuteil geworden, was der schönen, liebenswerten Lady Alice zugekommen wäre, wenn sie nur ihr Leben behalten hätte.

Nach dem ersten Ausbruch seines Schmerzes suchte Tarzan sich wieder zu beherrschen. Er befragte die Mitglieder des Stammes, die etwas davon wußten, wie Kala getötet worden war, und so bekam er wenigstens so viel davon zu wissen, wie ihre dürftige Sprache ihm mitzuteilen vermochte.

Es war aber genug für das, was er brauchte. Er erfuhr nämlich, daß es ein fremdartiger, unbehaarter schwarzer Affe mit Federn auf dem Kopf gewesen sei, der mit einem dünnen Ast den Tod verbreitete und dann mit der Schnelligkeit Baras, des Hirschen, die Fährte zurückgelaufen war.

Tarzan wartete nicht länger. Er sprang auf die Äste der Bäume und setzte quer durch den Wald. Er kannte die Windungen des Elefantenweges, auf dem Kalas Mörder geflohen war, und da der schwarze Krieger diesem Pfade offenbar folgte, so konnte er ihn noch erreichen, wenn er die Dschungel geradewegs durchquerte.

An seiner Seite hatte er das Jagdmesser seines unbekannten Vaters und auf der Schulter die zusammengerollte starke Schlinge.

In einer Stunde kam er wieder an die Fährte. Er stieg auf die Erde herunter und untersuchte sorgfältig den Boden.

Im weichen Boden am Rande eines Baches fand er Fußspuren derselben Art, wie nur er in der Dschungel sie hinterließ, aber viel größer. Bei diesem Anblick schlug sein Herz heftig. Konnte es möglich sein, daß das die Spur eines *Menschen* war, eines Angehörigen seiner eigenen Rasse?

Es waren Fußspuren in zwei verschiedenen Richtungen. Offenbar war der Feind den gleichen Weg zurückgekehrt, den er gekommen war. Als Tarzan die jüngere Spur untersuchte, fiel vom Rande einer Fußspur ein Stückchen Erde ab, ein Beweis, daß sie noch frisch war und daß der Betreffende erst kurz vorher dort durchgekommen sein konnte.

Tarzan schwang sich denn auch wieder auf die Bäume und setzte seinen Weg möglichst schnell und geräuschlos in der Höhe fort.

Er hatte ungefähr eine Meile zurückgelegt, als er auf einmal unter sich den schwarzen Krieger sah, der vor einer kleinen Lichtung stand. In der Hand hielt er den dünnen Bogen, mit dem er einen der todbringenden Pfeile abgeschossen hatte.

Ihm gegenüber stand am Rande der Lichtung Horta, der Eber, mit gesenktem Kopfe und schaumbedeckten Hauern, bereit zum Angriff.

Tarzan schaute erstaunt auf das seltsame Geschöpf unter sich. In der Gestalt war es ihm so ähnlich, und doch im Gesicht und in der Farbe so verschieden. In seinen Büchern hatte er Bilder von Negern gesehen, aber wie verschieden waren diese unbeholfenen toten Abdrücke von diesem glatten, häßlichen schwarzen Wesen, das voll Leben war.

Während der Mann mit dem gespannten Bogen dastand, erkannte Tarzan in ihm nicht so sehr den Neger als den Schützen aus seinem Bilderbuch.

Wie wunderbar! In der Aufregung, in die ihn diese Entdeckung versetzte, hätte er beinahe seine Anwesenheit verraten.

Inzwischen aber entwickelten sich die Ereignisse unter ihm. Der sehnige schwarze Arm hatte den Pfeil abgeschossen, und Tarzan sah, wie er blitzschnell in den borstigen Hals des Ebers drang, der eben im Begriff stand, auf seinen Feind loszustürzen.

Kaum hatte der Pfeil den Bogen verlassen, als Kulonga schon einen zweiten hineintat, aber Horta, der Eber, rannte nun so schnell auf ihn zu, daß er keine Zeit mehr hatte, ihn abzuschießen. Mit einem Sprung fiel der Schwarze über das Tier her und stieß ihm mit unglaublicher Gewandtheit einen zweiten Pfeil in den Rücken.

Dann sprang Kulonga auf einen nahen Baum.

Horta wandte sich um, um seinen Feind wieder anzugreifen; er machte noch ein Dutzend Schritte, dann schwankte er und fiel um. Einen Augenblick zuckten die Muskeln noch, und dann lag er still.

Nun kam Kulonga von dem Baume herunter.

Mit dem Messer, das er an seiner Seite getragen hatte, schnitt er einige große Stücke aus dem toten Eber. Dann machte er auf dem Pfad ein Feuer, briet das Fleisch und aß davon nach Herzenslust. Den Rest ließ er einfach liegen.

Tarzan schaute all dem aufmerksam zu. In seiner wilden Brust brannte zwar die Lust, den Schwarzen zu töten, aber noch größer war seine Begierde, zu lernen. Er wollte dem Wilden eine Weile folgen, um zu sehen, woher er gekommen war. Später konnte er ihn bei passender Gelegenheit erschlagen, sobald er den Bogen und die tödlichen Geschosse beiseite gelegt hatte.

Als Kulonga seine Mahlzeit beendet hatte und hinter der nahen Biegung des Pfades verschwunden war, kam Tarzan ruhig herunter. Mit seinem Messer schnitt er einige Stücke Fleisch von dem Eber ab, aber er briet sie nicht.

Feuer hatte er bisher nur gesehen, wenn Ara, der Blitz, einen großen Baum zerstörte. Daß irgend ein Geschöpf in der Dschungel die roten und gelben Flammen erzeugen konnte, die das Holz verzehrten und nichts als seinen Staub zurückließen, überraschte Tarzan gewaltig, und daß der schwarze Krieger sein köstliches Mahl dadurch verdarb, daß er es in die blendende Hitze hielt, ging erst recht über sein Begriffsvermögen. Vielleicht war Ara ein Freund des Schützen, der mit ihm seine Nahrung teilte.

Aber wie dem auch sein mochte, Tarzan wollte sein gutes Fleisch nicht so töricht verderben. Er nahm sich ein ordentliches Stück von dem rohen Fleisch, das er gierig verschlang, und den Rest des Tieres legte er neben den Pfad, wo er ihn bei seiner Rückkehr finden konnte.

Und dann wischte Lord Greystoke sich die fettigen Finger an den nackten Schenkeln ab und machte sich wieder auf den Weg, den Kulonga, der Sohn des Häuptlings Mbonga, eingeschlagen hatte. – Zu gleicher Zeit saß im fernen London ein anderer Lord Greystoke, der jüngere Bruder des Vaters des wirklichen Lord Greystoke, im Klub und sandte seine Fleischschnitten in die Küche zurück, weil sie nicht gar genug seien, und als er seine Mahlzeit beendet hatte, tauchte er seine Fingerspitzen in eine mit wohlriechendem Wasser gefüllte Schale und trocknete sie an einem schneeweißen Damast-Handtuch ab.

Den ganzen Tag folgte Tarzan Kulonga, indem er wie ein böser Geist in den Bäumen über ihm schwebte. Noch zweimal sah er ihn einen verderbenbringenden Pfeil abschießen, das eine Mal auf Dango, die Hyäne, das andere Mal auf Manu, den Kletteraffen.

In beiden Fällen war das Tier sofort tot, denn Kulongas Gift war frisch und unbedingt tödlich.

Tarzan dachte viel über diese wundervolle Art zu töten nach, während er dem Schwarzen in sicherer Entfernung folgte. Er sagte sich, die dünne Spitze des Pfeiles allein könne nicht die Wirkung haben, denn die wilden Tiere der Dschungel würden bei ihren Kämpfen oft in ganz anderer Weise verletzt oder geschunden und erholten sich meist doch wieder.

Es mußte also irgend etwas Geheimnisvolles mit jenen dünnen Pfeilen verbunden sein, und er wollte die Sache unbedingt aufklären.

Diese Nacht schlief Kulonga in der Gabelung eines mächtigen Baumes, und weit über ihm hockte Tarzan.

Als Kulonga erwachte, sah er, daß sein Bogen und seine Pfeile verschwunden waren. Er war wütend, noch mehr aber erschrocken. Er untersuchte den Boden unter dem Baume und auch den Baum selbst, aber er konnte nirgends weder Bogen und Pfeile noch Spuren eines nächtlichen Diebes entdecken. Kulonga war geradezu entsetzt. Seinen Speer hatte er auf Kala geschleudert und ihn nicht wiedererlangt, und jetzt, da er auch Bogen und Pfeile verloren hatte, war er, abgesehen von einem Messer, wehrlos. Seine einzige Hoffnung lag jetzt darin, Mbongas Dorf so schnell als möglich zu erreichen.

Er wußte, daß er nicht mehr weit davon entfernt war, und so folgte er dem Pfade so schnell als seine Beine ihn nur zu tragen vermochten.

Einige Meter davon entfernt saß Tarzan inmitten eines undurchdringlichen Laubwerks ruhig auf der Wache.

Kulongas Bogen und Pfeile hatte er auf der Spitze eines riesigen Baumes versteckt, und um diesen später wiederzufinden, hatte er mit seinem scharfen Messer unten am Stamm ein Stück Rinde herausgeschnitten und in der Höhe einen Ast halb abgeschnitten, so daß er herunterhing.

Als Kulonga seine Wanderung fortsetzte, folgte Tarzan ihm in der luftigen Höhe. Seine Schlinge hielt er jetzt in der rechten Hand bereit. Er wartete nur auf einen günstigen Augenblick, um sie zu benützen.

Die Verzögerung rührte nur daher, daß Tarzan sich davon vergewissern wollte, wohin der Schwarze ging. Diesen Zweck sollte er jetzt erreichen, denn plötzlich kam eine große Lichtung in Sicht, an deren einem Ende sonderbare Lager waren.

Tarzan war gerade über Kulonga, als er diese Entdeckung machte. Der Wald hörte ganz plötzlich auf, und zwischen der Dschungel und dem Dorfe lagen bebaute Felder.

Nun mußte Tarzan schleunigst handeln, sonst entwischte ihm sein Opfer, aber er war gewohnt sich schnell zu entschließen, wenn die Lage es erforderte.

Als nun Kulonga aus dem Schatten des Waldes trat, fiel gerade am Rande der Felder von dem untersten Aste eines mächtigen Baumes die Schlinge über ihn, und ehe der Häuptlingssohn noch ein paar Schritte gemacht hatte, zog sie ihm fest den Hals zusammen.

Das geschah so schnell, daß Kulongas Hilferuf ihm im Halse erstickte. Tarzan zog die Schlinge so fest zu, daß der Schwarze halb in der Luft baumelte. Dann kletterte Tarzan auf einen stärkeren Ast und zog sein Opfer in das grüne Laub hinauf. Hier befestigte er den Strick an einem Aste, stieg hinunter und stieß Kulonga sein Jagdmesser ins Herz.

Kala war gerächt!

Tarzan untersuchte den Schwarzen genau, denn er hatte noch nie einen andern Menschen gesehen.

Das Messer mit der Scheide und der Gürtel, an dem es hing, erregten seine Aufmerksamkeit, und er nahm sie an sich. Auch eine kupferne Fußspange gefiel ihm, und er steckte sie an sein eigenes Bein.

Er untersuchte voll Bewunderung die Tätowierung auf der Stirn und der Brust. Neugierig betrachtete er auch die zugespitzten Zähne. Dann eignete er sich den Federschmuck vom Kopfe an.

Zuletzt dachte er ans Essen, denn er war hungrig. Hier war Fleisch, und zwar Fleisch des erlegten Gegners, und nach der Dschungel-Moral durfte er dieses essen.

Nach welchen Regeln aber sollen wir ihn beurteilen, diesen Affenmenschen mit dem Herzen, dem Kopfe und dem Leibe eines englischen Gentlemans und den Lebensgewohnheiten eines wilden Tieres?

Tublat, den er gehaßt hatte und der ihn gehaßt hatte, hatte er in einem regelrechten Kampfe getötet, und doch war nie der Gedanke, von dessen Fleisch zu essen, ihm in den Kopf gekommen. Es widerstand ihm in seinem Innern, gerade wie der Kannibalismus uns.

Aber was war denn Kulonga, daß er glaubte, von ihm nicht ebensogut essen zu können wie von Horta, dem Eber, oder von Bara, dem Hirsch? War es nicht einfach eines dieser zahllosen wilden Wesen der Dschungel, von denen eines das andere zu erbeuten sucht, um seinen Hunger zu stillen?

Plötzlich aber lähmte ein sonderbarer Zweifel seine Hand. Hatten die Bücher ihn nicht gelehrt, daß er ein Mensch sei? Und war der Schütze nicht auch ein Mensch?

Aß der Mensch vom Menschen? Ach, er wußte es nicht. Daher rührte sein Zögern. Noch einmal wollte er sich entschließen, einen Versuch zu machen, aber ein widerstrebendes Gefühl übermannte ihn.

Er konnte das nicht verstehen, aber er sah ein, daß er das Fleisch des schwarzen Mannes nicht essen durfte. Der aus uralter Zeit ererbte Instinkt bewahrte ihn davor, ein Wertgesetz zu übertreten, von dem er keine Kenntnis hatte. Schnell ließ er Kulongas Körper hinab auf die Erde. Er nahm die Schlinge wieder an sich und kehrte in den Wald zurück.

Geheimnisvolle Ereignisse

Von einem luftigen Sitz aus besah Tarzan sich das Dorf, das aus strohbedeckten Hütten jenseits der Felder bestand.

Er sah, daß das Dorf an einer Stelle an den Wald grenzte, und er beeilte sich, dorthin zu gelangen, denn ihn trieb eine fieberhafte Neugier, die Tiere oder Menschen seiner Art zu betrachten, ihre Gebräuche zu erfahren und die sonderbaren Hütten zu beobachten, in denen sie wohnten.

Bei dem wilden Leben, das er inmitten der Tiere der Urwälder führte, konnte er sich nichts anderes vorstellen, als daß dies Feinde seien. Wenn es auch Menschen ähnlicher Gestalt waren wie er, und zwar die ersten, die er sah, so war er doch keinen Augenblick im Zweifel über den Empfang, den sie ihm bereiten würden, wenn sie ihn entdeckten.

Er war nicht empfindsam. Von einer Brüderlichkeit der Menschen wußte er nichts. Außerhalb seines Stammes betrachtete er alle Wesen als seine Todfeinde, mit wenigen Ausnahmen, unter denen Tantor, der Elefant, an erster Stelle stand.

Bei diesen Vorstellungen leitete ihn keinerlei Bosheit oder Haß. Das Töten beruhte auf einem Gesetz seiner wilden Welt. Er kannte nur wenige bescheidene Vergnügen, aber das größte von diesen war die Jagd und das Töten. So gestand er denn auch andern ohne weiteres das Recht zu, selbst wenn es sich gegen ihn richtete.

Sein seltsames Leben hatte ihn weder mürrisch noch blutdürstig gemacht. Daß er Freude am Töten hatte und daß er mit einem frohen Lachen auf seinen schönen Lippen tötete, war noch kein Beweis von angeborener Grausamkeit. Meist tötete er, um sich Nahrung zu verschaffen, aber da er ein Mensch war, tötete er manchmal aus Vergnügen, und das tut kein anderes Tier, denn unter allen Geschöpfen ist es dem Menschen allein vorbehalten, sinnlos und leichtfertig zu töten, bloß aus Vergnügen, einem andern Wesen Leid zuzufügen oder es umzubringen.

Wenn Tarzan aus Rache oder zur Selbstverteidigung tötete, so geschah das immer ohne Leichtfertigkeit oder Bosheit.

Als er sich nun dem Dorfe Mbongas näherte, machte er sich denn auch ganz darauf gefaßt, entweder töten zu müssen oder getötet zu werden, wenn er entdeckt wurde. Er ging mit ungewöhnlicher Vorsicht vor, denn Kulonga hatte ihm großen Respekt vor den kleinen scharfen Holzpfeilen eingeflößt, die den Tod so rasch und so unfehlbar herbeiführten.

Zuletzt kam er auf einen großen Baum, der schwer mit dichtem Laubwerk beladen und mit hängenden Schlingpflanzen überwuchert war. Er duckte sich in dieses undurchdringliche Nest und schaute auf das Dorf herunter.

Er wunderte sich über jeden Zug dieses neuen, fremdartigen Lebens. Da sah er nackte Kinder, die in der Dorfstraße umherliefen und spielten, und Frauen, die in rohen Steinmörsern getrocknete Bananen zerrieben, während andere Kuchen aus dem gemahlenen Mehl formten. Draußen auf den Feldern konnte er wieder andere Frauen sehen, die hackten, jäteten oder ernteten.

Alle trugen auffallende Gürtel von getrocknetem Gras um die Hüften, und manche waren mit messingenen und kupfernen Fußspangen, Armbändern und Armspangen überladen. Andere trugen um ihren schwarzen Hals ein sonderbares Band aus Draht, und verschiedene waren auch mit riesigen Nasenringen geschmückt.

Tarzan schaute verwundert auf diese merkwürdigen Geschöpfe. Mehrere Männer sah er schlafend im Schatten liegen, während er am äußersten Ende der Lichtung zuweilen bewaffnete Krieger sehen konnte, die das Dorf offenbar gegen einen feindlichen Überfall bewachten.

Es fiel ihm auf, daß nur die Frauen arbeiteten. Nirgends sah man einen Mann, der etwa auf dem Felde gepflügt oder im Dorfe irgend eine häusliche Arbeit verrichtet hätte.

Schließlich blieben seine Augen auf einer Frau dicht unter ihm haften.

Vor ihr stand ein kleiner Kochkessel über einem niederen Feuer, und darin sprudelte eine dicke, rötliche Masse. Auf der einen Seite lag eine Anzahl hölzerner Pfeile, deren Spitzen die Frau in den siedenden Kessel tauchte, um sie dann auf ein schmales Gestell auf der anderen Seite zu legen.

Das fesselte Tarzan ganz besonders, denn hier hatte er das gesuchte Geheimnis entdeckt. Jetzt wußte er, weshalb die winzigen Wurfgeschoße des Bogenschützen so verderblich waren! Er bemerkte, mit welcher Sorgfalt die Frau darauf achtete, daß nichts von dem Stoff ihre Hände berührte. Als einmal ein Teilchen auf einen ihrer Finger sprang, tauchte sie ihn sofort in ein Gefäß mit Wasser und rieb den kleinen Fleck schnell mit einer Handvoll Blätter ab.

Tarzan kannte kein Gift, aber sein Scharfsinn sagte ihm, dieses müsse der Stoff sein, der tötete, nicht aber der kleine Pfeil, denn dieser war offenbar nur der Bote, der es in den Körper seines Opfers hineintrug.

Wie gern hätte er noch mehr von diesen kleinen, todbringenden Pfeilen gehabt! Wenn die Frau ihre Arbeit nur einen Augenblick verlassen würde, so könnte er hinunterklettern, eine Handvoll zusammenraffen und wieder auf den Baum steigen, ehe sie noch drei Atemzüge getan hatte.

Als er darüber nachdachte, wie er wohl ihre Aufmerksamkeit ablenken könnte, hörte er einen wilden Schrei von der Lichtung her. Er sah und hörte einen schwarzen Krieger, der unter demselben Baum stand, an dem er Kalas Mörder getötet hatte.

Der Mann schrie und schwang seinen Speer über seinem Kopfe. Immer wieder zeigte er auf etwas vor sich auf dem Boden.

In einem Nu war das ganze Dorf in Aufruhr. Aus den Hütten stürzten bewaffnete Männer und rannten wie wahnsinnig auf die Schildwache zu. Hinter ihnen drein trollten die alten Männer, die Frauen und Kinder, so daß das Dorf auf einmal verlassen war.

Tarzan erriet, daß sie die Leiche seines Opfers gefunden hatten, aber das interessierte ihn weit weniger als die Tatsache, daß keiner im Dorfe zurückblieb, der ihn davon abgehalten hätte, sich einen Vorrat von den unter ihm liegenden Pfeilen zu holen. Schnell und geräuschlos ließ er sich auf den Boden neben dem Giftkessel herab. Einen Augenblick stand er unbeweglich. Seine lebhaften hellen Augen prüften das Innere der Umzäunung genau.

Niemand war in Sicht. Seine Blicke hafteten auf dem Eingang einer nahen Hütte. Er wollte nur hineinsehen, und er näherte sich vorsichtig dem strohbedeckten Baue.

Einen Augenblick horchte er von draußen aufmerksam. Kein Laut war zu hören, und so schlich er sich in das Halbdunkel des Inneren hinein.

An den Wänden hingen Waffen, fremdartig geformte Messer und ein paar schmale Schilder. In der Mitte des Raumes war ein Kochtopf und im Hintergrund ein Lager von getrockneten Gräsern, die mit gewebten Matten bedeckt waren und offenbar als Betten dienten. Mehrere Menschenschädel lagen auf dem Boden.

Tarzan befühlte jeden Gegenstand, hob die Speere auf, um ihr Gewicht zu prüfen und roch an ihnen, denn sein Geruch sagte ihm oft mehr als seine Augen. Er hätte gern einen dieser langen spitzen Stöcke mitgenommen, aber das war diesmal nicht möglich, da er schon die Pfeile zu tragen hatte.

Sowie er die Gegenstände von der Wand nahm, legte er sie mitten im Raume auf einen Haufen und darüber stülpte er den Kochtopf, legte einen der grinsenden Schädel darauf, den er mit dem Kopfputz des toten Kulonga schmückte.

Dann trat er zurück, übersah sein Werk und lachte über den Scherz, den er sich geleistet hatte.

Aber da hörte er mehrere Stimmen, dann ein langgezogenes Trauergeheul und ein gewaltiges Klagen. Jetzt hieß es sich beeilen! Vielleicht hatte er schon zu lange verweilt. Er sprang zum Eingang und schaute die Dorfstraße nach dem Eingangstor hinunter.

Die Eingeborenen waren noch nicht in Sicht, obwohl er sie deutlich durch die Anpflanzungen herankommen hörte. Sie mußten also schon sehr nahe sein. Wie ein Blitz sprang er auf den Haufen Pfeile zu. Alles zusammenraffend, was er unter dem Arm tragen konnte, stieß er den siedenden Kessel um und verschwand gerade oben im Laubwerk, als der erste der wiederkehrenden Eingeborenen durch das Dorftor eintrat. Dann beobachtete er, was unten vorging; er schwebte auf dem Baume wie ein wilder Vogel, der auf das erste Zeichen von Gefahr bereit ist, davon zu fliegen.

Die Eingeborenen kamen im Zuge die Straße herauf. Vier von ihnen trugen die Leiche Kulongas. Dahinter gingen die Frauen, seltsame Schreie und Klagerufe ausstoßend. Sie näherten sich dem Eingang der Hütte, in die Tarzan eingedrungen war; das war also Kulongas Wohnung gewesen!

Kaum hatte ein halbes Dutzend der Eingeborenen den Bau betreten, als sie auch schon in wilder schwatzender Verwirrung herausstürzten. Auch die andern liefen hastig umher. Sie gestikulierten eifrig, zeigten mit dem Finger und plapperten. Mehrere Krieger näherten sich der Hütte und schauten hinein.

Schließlich trat ein alter Neger in die Hütte. Er trug viel Metallzierrat an Arm und Bein und ein schreckliches Halsband.

Es war Mbonga, der Häuptling, Kulongas Vater.

Einen Augenblick war alles still. Dann kam Mbonga wieder heraus. Grimm und abergläubische Furcht malten sich auf seinen Gesichtszügen. Er sprach ein paar Worte zu den versammelten Kriegern, und im Augenblick stoben die Männer durch das kleine Dorf, jede Hütte und jede Ecke innerhalb der Umwallung sorgfältig durchsuchend.

Kaum hatte das Suchen begonnen, als der umgekippte Kessel und das Verschwinden der vergifteten Pfeile entdeckt wurden, und nun kauerte eine von Angst und Schrecken erfüllte Gruppe von Wilden um den Häuptling.

Mbonga konnte sich dieses seltsame Ereignis nicht erklären. Das Auffinden der noch warmen Leiche Kulongas an der Grenze ihrer Felder und noch in Hörweite ihres Dorfes, erstochen und beraubt in der Nähe seines väterlichen Heims, war schon geheimnisvoll genug, aber noch mehr erfüllten die furchtbaren Entdeckungen im Dorfe selbst, in Kulongas Hütte, ihre Herzen mit Furcht und erzeugten in ihren armen Köpfen die schrecklichsten abergläubischen Vorstellungen.

Sie standen in kleineren Gruppen, mit leiser Stimme sprechend und immer furchtsame Blicke aus ihren großen rollenden Augen um sich werfend.

Tarzan beobachtete sie eine Weile von seinem luftigen Sitze auf dem hohen Baume. Vieles in ihrem Benehmen verstand er nicht, denn Aberglauben kannte er nicht und von Furcht hatte er nur eine unklare Vorstellung.

Die Sonne stand schon hoch am Himmel. Tarzan hatte Hunger, und er war noch manche Meile von der Stelle entfernt, wo die schmackhaften Reste Hortas, des Ebers, lagen.

So drehte er denn dem Dorfe Mbongas den Rücken und verschwand im sicheren Laubwerk des Waldes.

König der Affen

Es war noch nicht dunkel, als Tarzan seinen Stamm erreichte, obschon er sich dabei aufgehalten hatte, die Überreste des wilden Ebers, die er am vorhergehenden Tage versteckt hatte, auszugraben und zu verzehren, und auch um Kulongas Bogen und Pfeile von dem Baumgipfel herunterzuholen.

Tarzan war also reich beladen, als er sich an den Ästen mitten in Kerschaks Stamm herunterließ.

Mit geschwellter Brust erzählte er seine heldenmütigen Abenteuer und breitete seine Siegesbeute aus.

Kerschak knurrte und ging davon, denn er war neidisch auf dieses seltsame Mitglied seiner Bande. In seinem bösen Hirn suchte er nach einem Vorwand, seinen Haß an Tarzan auszulassen.

Am andern Tage, früh im Morgengrauen, übte Tarzan sich schon mit seinem Bogen und seinen Pfeilen. Anfänglich verlor er fast jeden Pfeil, den er abschoß, aber schließlich lernte er es, die kleinen Schäfte einigermaßen genau zu leiten.

Ehe ein Monat verging, war er ein ziemlich guter Schütze, aber durch seine Übungen hatte er schon fast alle seine Pfeile verloren.

Der Stamm fand noch immer genügend Nahrung auf der Jagd in der Nähe des Strandes, und so konnte Tarzan zwischen seinen Schießversuchen mit dem Bogen noch weitere Untersuchungen in dem kleinen, aber auserlesenen Büchervorrat seines Vaters anstellen.

Dabei fand er hinten in einem der Schränke ein metallenes Kästchen versteckt. Der Schlüssel steckte im Schloß, und so brauchte der junge englische Lord nur einige Versuche zu machen, bis es ihm gelang, das Kästchen zu öffnen.

Er fand darin ein verblichenes Bild eines jungen bartlosen Mannes, ein goldenes mit Diamanten besetztes Medaillon, das an einer kleinen goldenen Kette hing, ein paar Briefe und ein kleines Buch.

Tarzan betrachtete jeden Gegenstand genau.

Das Bild gefiel ihm am besten, denn die Augen waren freundlich und das Gesicht war offen und frei. Es war sein Vater.

Auch das Medaillon beschäftigte seine Phantasie, und er hing sich die Kette um den Hals, ähnlich dem Zierat, den er bei den Schwarzen gesehen hatte. Die glänzenden Sterne glitzerten seltsam auf seiner glatten braunen Haut.

Die Briefe konnte er kaum entziffern, denn er hatte wenig oder gar nichts Geschriebenes gelernt, und deshalb legte er sie mit dem Bilde in das Kästchen zurück und beschäftigte sich nur mit dem Buche.

Dieses war fast ganz mit einer feinen Schrift angefüllt, aber während die einzelnen Zeichen ihm alle bekannt waren, war ihm die Anordnung und die Zusammensetzung, in der sie vorkamen, fremd und ganz unverständlich.

Tarzan hatte schon lange den Gebrauch des Wörterbuchs kennen gelernt, aber in diesem schwierigen Fall erwies es sich zu seinem Leidwesen als ganz zwecklos. Nicht ein Wort von all dem, was in dem Buche geschrieben stand, konnte er finden, und so legte er dieses in das Metallkästchen zurück, aber er war entschlossen, später doch einmal das Geheimnis zu ergründen.

Der arme einsame Affenmensch! Hätte er nur gewußt, daß dieses Buch das Geheimnis seiner Herkunft enthielt und ihn über die Rätsel seines seltsamen Lebens hätte aufklären können.

Dieses Buch war nämlich das Tagebuch John Claytons, aber Lord Greystoke hatte es seiner Gewohnheit gemäß in französischer Sprache geschrieben.

Tarzan stellte das Kästchen in den Schrank zurück, und seither trug er immer in seinem Herzen das Bild der kräftigen, freundlichen Gesichtszüge seines Vaters, und er war auch fest entschlossen, das Geheimnis der fremden Worte in dem kleinen schwarzen Buch zu lösen.

Einstweilen hatte er aber Wichtigeres zu tun, denn sein Vorrat an Pfeilen war erschöpft, und er mußte nach dem Dorfe der Schwarzen reisen, um ihn zu erneuern.

Am nächsten Morgen zog er in aller Frühe aus, und da er den Weg schnell zurücklegte, kam er vor Mittag zu der Lichtung. Er nahm wieder seine Stellung auf dem großen Baume ein, und wie früher sah er die Frauen auf den Feldern und in der Dorfstraße und den Kessel mit kochendem Gift unmittelbar unter seinem Sitz.

Vier Stunden lang wartete er auf eine Gelegenheit, um ungesehen hinunterzusteigen und die Pfeile zusammenzuraffen, aber es ereignete sich nichts, was die Dorfbewohner von ihrer Heimstätte hätte fortziehen können. Der Tag rückte vor, und Tarzan hockte noch immer über der nichtsahnenden Frau am Kessel.

Jetzt kamen die Arbeiterinnen vom Felde zurück. Aus dem Walde erschienen die von der Jagd heimkehrenden Krieger, und als sie innerhalb der Umzäunung waren, wurde das Tor verschlossen und verriegelt.

Nun kamen viele Kochtöpfe im Dorfe zum Vorschein. Vor jeder Hütte hatte eine Frau die Aufsicht über einen Kochtopf, während in jeder Hand kleine Kuchen von Bananenmehl und Kassawa-Puddings zu sehen waren.

Plötzlich ertönte Freudengeschrei aus der Ecke der Lichtung.

Tarzan sah auf.

Es waren Jäger, die vom Norden her kamen und sich verspätet hatten. Sie führten zwischen sich ein sich sträubendes Tier, das sie halb führten, halb trugen.

Als sie sich dem Dorfe näherten, wurde das Tor aufgerissen, und sobald das Volk die Jagdbeute erblickte, erhob sich ein wilder Schrei gegen den Himmel, denn die Beute war ein Mensch!

Als der Gefangene noch immer widerstrebend in die Dorfstraße gezerrt wurde, drangen die Frauen mit Stöcken und Steinen auf ihn ein, so daß Tarzan, das junge wilde Wesen aus der Dschungel, sich über die Grausamkeit seiner eigenen Rasse wunderte.

Vom ganzen Dschungelvolk war es nur Sheeta, der Leopard, der seine Beute quälte. Alle andern Tiere gewährten ihren Opfern einen raschen, barmherzigen Tod.

Tarzan hatte aus seinen Büchern nur Bruchstücke von den Gebräuchen der menschlichen Wesen kennen gelernt.

Als er Kulonga durch den Wald gefolgt war, hatte er erwartet, allerlei von den Dingen zu sehen, die in seinen Bilderbüchern abgebildet waren. So hatte er geglaubt, in eine Stadt zu kommen, in der fremdartige Häuser auf Rädern ständen, eines davon mit einem riesigen Baum auf dem Dach, der schwarze Rauchwolken hinauspuffte, oder zu einem See, der mit mächtigen schwimmenden Gebäuden bedeckt war, die, wie er gelesen hatte, Schiffe, Boote oder Dampfer genannt wurden.

Er war deshalb enttäuscht über das ärmliche kleine Dorf der Schwarzen, das in seiner eigenen Dschungel versteckt lag und in dem nicht ein einziges Haus so groß war, wie seine eigene Hütte am fernen Strande.

Nun sah er, daß diese Leute noch böser waren als seine eigenen Affen und so wild und grausam wie Sabor selbst. Tarzan fing an, seine eigene Rasse nur sehr gering zu achten.

Jetzt hatten die Wilden ihr armes Opfer zu einem großen Pfahl nach der Mitte des Dorfes geschleppt, direkt vor der Hütte Mbongas, und hier bildete sich ein Kreis von heulenden Kriegern, die mit gezückten Messern und drohenden Speeren herumtanzten.

In einem weiteren Kreise hockten die Frauen, kreischend auf ihre Trommeln schlagend. Es erinnerte Tarzan an die Dum-Dum-Feier, und so wußte er, was kommen würde. Er war neugierig, ob sie über ihren Raub herfallen würden, solange der Mensch noch am Leben war. Die Affen taten das nicht. Der Kreis der Krieger zog sich immer enger um den sich krümmenden Gefangenen. Sie tanzten in wilder Ungebundenheit zu dem tollen Trommellärm. Jetzt stieß einer mit dem Speer in das Opfer, und das war das Zeichen für fünfzig andere, dem Beispiel zu folgen.

Frauen und Kinder schrien vor Entzücken. Die Krieger überboten einander an Wildheit und Grausamkeit, mit der sie den noch immer nicht bewußtlosen Gefangenen marterten.

Jetzt bot sich Tarzan eine günstige Gelegenheit, denn aller Augen waren auf das Schauspiel am Marterpfahl gerichtet.

Der Tag war einer dunklen, mondlosen Nacht gewichen, und nur die Feuer in der unmittelbaren Nähe der Orgie warfen noch ein flackerndes Licht auf die bewegte Szene.

Sachte ließ sich der geschmeidige junge Mann auf die weiche Erde am Ende der Dorfstraße herunter. Schnell sammelte er die Pfeile, diesmal alle, denn er hatte ein langes Seil mitgebracht, um sie in ein Bündel zusammenzubinden.

In aller Ruhe wickelte er sie fest zusammen; bevor er abzog, kam der Übermutsteufel über ihn. Er schaute umher, ob er diesen absonderlichen Geschöpfen nicht irgend einen Possen spielen könnte, damit sie sähen, daß er noch unter ihnen war. Sein Bündel mit den Pfeilen legte er an den Fuß des Baumes nieder. Dann schlich er im Schatten an der Seite der Straße weiter, bis er zu der Hütte kam, der er das erstemal einen Besuch abgestattet hatte.

Drinnen war alles dunkel, aber seine tastenden Hände fanden den gesuchten Gegenstand, und ohne Verzug wollte er zur Türe zurückkehren.

Er hatte jedoch erst einen Schritt gemacht, als sein scharfes Ohr Schritte vernahm, die sich von außen näherten. Im nächsten Augenblick verdunkelte eine Frauengestalt den Eingang der Hütte.

Tarzan drückte sich still an die Wand, und seine Hand suchte das lange, scharfe Messer seines Vaters. Die Frau war schnell bis in die Mitte der Hütte gegangen. Dann stand sie einen Augenblick still und suchte tastend nach einem Gegenstand. Er war offenbar nicht mehr an seinem Platze, denn sie suchte immer näher an der Wand, an der Tarzan stand.

Sie war jetzt so nahe, daß der Affenmensch die tierische Wärme ihres nackten Körpers fühlte. Schon hob er das Messer empor, aber im selben Augenblick wandte sich die Frau ab, und aus ihrer Kehle kam ein Ton wie „Ah“, der bewies, daß sie das Gesuchte gefunden hatte.

Gleich darauf verließ sie die Hütte, und als sie in der Türe war, sah Tarzan, daß sie einen Kochtopf in der Hand trug.

Gleich darauf ging auch er hinaus. Von der Türe aus sah er, daß alle Frauen des Dorfes aus den verschiedenen Hütten mit Töpfen und Kesseln herbeieilten, sie mit Wasser füllten und sie über eine Anzahl Feuer stellten, die in der Nähe des Marterpfahles brannten, an dem das Opfer jetzt leblos hing.

In einem Augenblick, wo niemand in der Nähe zu sein schien, eilte Tarzan zu seinem Pfeilbündel unter dem großen Baum am Ende der Dorfstraße. Wie das erstemal stürzte er den Giftkessel um, bevor er sich mit katzenartiger Gewandtheit auf die unteren Äste des Baumes schwang.

Schweigend kletterte er dann so hoch hinauf, bis er einen Punkt fand, von wo er durch eine Öffnung des Laubwerks die Szene unter sich beobachten konnte.

Die Frauen waren jetzt beschäftigt, den Getöteten für ihre Kochtöpfe vorzubereiten, während die Männer abseits standen und sich von ihren Strapazen erholten. Im Dorfe war es jetzt ziemlich still.

Tarzan hob das Ding empor, das er aus der Hütte mitgenommen hatte, und mit der Sicherheit, die er sich beim Werfen von Kokosnüssen und anderen Früchten angeeignet hatte, schleuderte er es mitten in die Gruppe der Wilden.

Es traf gerade einen Krieger auf den Kopf, so daß er zu Boden stürzte. Dann rollte es zwischen die Frauen und blieb vor dem Opfer liegen, das sie für ihr Festmahl zubereiteten.

Alle schrien vor Entsetzen auf, und im Nu rannten alle nach ihren Hütten.

Es war ein grinsender Menschenschädel, der aus dem Himmel herabgefallen war. Das war ein Wunder, das wohl imstande war, ihre abergläubische Furcht zu erregen.

Tarzan hatte sie durch diese neue Kundgebung eines unsichtbaren und unhörbaren Teufels, der in dem Walde um ihr Dorf lauerte, mit Schrecken erfüllt.

Als die Wilden später den umgekehrten Kessel erblickten und bemerkten, daß ihre Pfeile wieder geraubt worden waren, kamen sie auf den Gedanken, daß sie irgend einen großen Geist, der diesen Teil der Dschungel beherrschte, beleidigt hatten, weil sie ihr Dorf ohne seine Einwilligung an dieser Stelle erbauten. Von da an brachten sie ihm täglich zur Versöhnung ein Speiseopfer an den großen Baum, wo die Pfeile verschwunden waren.

Die Furcht war aber tief in sie eingedrungen, und Tarzan hatte, ohne es zu wissen, dadurch den Grund zu manchem zukünftigen schwerem Unheil für sich und seinen Stamm gelegt.

Diese Nacht schlief er nicht weit von dem Dorfe im Walde, und am nächsten Morgen brach er leise auf, um sich heimwärts zu begeben.

Unterwegs suchte er nach Nahrung, aber er fand nur einige Beeren und Insektenlarven, und er war halb ausgehungert, als er von einem Stück Holz, unter dem er gesucht hatte, aufschauend, Sabor, die Löwin, erblickte. Sie stand noch nicht zwanzig Schritte von ihm im Pfade.

Die großen gelben Augen waren mit einem unheilvollen Blicke auf ihn gerichtet, und die rote Zunge leckte die lüsternen Lippen, als Sabor sich duckte und ihren Bauch auf die Erde schmiegte.

Tarzan versuchte nicht, zu entkommen. Ihm war die Gelegenheit willkommen, denn er hatte schon die letzten Tage darnach gesucht, und er war jetzt nicht nur mit einem Strick aus Gräsern bewaffnet.

Ruhig nahm er seinen Bogen und schoß einen wohlgezielten Pfeil ab. Als Sabor aufsprang, traf das Geschoß sie mitten in der Luft. Im selben Augenblick sprang Tarzan auf die Seite, und als die große Katze wieder auf dem Boden landete, traf ein anderer Pfeil sie in die Lende.

Mit einem mächtigen Schrei ging das Tier wieder zum Angriff vor, und gleich darauf traf ein dritter Pfeil es in eins der Augen. Aber diesmal war es Tarzan so nahe, daß er vor ihm nicht mehr auf die Seite springen konnte. So geriet er unter den schweren Körper seines Feindes, aber er stieß mit seinem blinkenden Messer auf ihn ein. In den wenigen Augenblicken des Ringens sorgte Tarzan dafür, daß Sabor keinem Menschen und keinem Affen mehr etwas zu leide tun konnte.

Mit Mühe wand er sich unter der schweren Last heraus, und als er aufrecht stand und auf seine Siegesbeute herabsah, erfüllte ihn ein gewaltiges Frohlocken.

Von Stolz geschwellt setzte er einen Fuß auf die Leiche seiner mächtigen Feindin, und indem er seinen feinen, jungen Kopf zurückwarf, stimmte er ein gewaltiges Siegesgeheul an.

Der Wald hallte wider von dem wilden Triumphgeschrei. Die Vögel verstummten und die größeren Raubtiere schlichen still davon, denn in der ganzen Dschungel waren nur wenige, die es auf einen Kampf mit einem großen Menschenaffen ankommen lassen mochten.

In London aber sprach ein anderer Lord Greystoke zu Menschen seiner Art, doch niemand zitterte beim Klange seiner sanften Stimme.

Sabor war selbst für Tarzan kein saftiges Essen, aber bei dem Hunger, den er hatte, schmeckte ihm das zähe Fleisch doch. Er zog das Fell ab, denn dieses hatte ihn ja hauptsächlich dazu veranlaßt, die Löwin zu erlegen.

Schnell hatte er den großen Pelz abgezogen, da er sich oft an kleineren Tieren darin geübt hatte. Als er seine Arbeit beendet hatte, trug er seine Trophäe auf einen hohen Baum, dort legte er sich mit wohlgefülltem Magen in eine Gabelung und fiel bald in einen tiefen, traumlosen Schlaf.

Infolge seiner Anstrengungen schlief Tarzan so fest, daß er erst am nächsten Mittag erwachte. Sofort begab er sich zu den Überresten Labors zurück, fand aber zu seinem Erstaunen nur mehr die Knochen übrig, denn andere Bewohner der Dschungel hatten bereits alles Fleisch abgenagt.

Ein halbe Stunde lang ging er gemütlich durch den Wald, als ihm ein junges Wild zu Gesicht kam. Noch ehe das Tier wußte, daß ein Feind in der Nähe sei, war es von einem kleinen Pfeil im Nacken getroffen.

Das Gift wirkte so schnell, daß das Tier, bevor es noch ein Dutzend Sprünge gemacht hatte, kopfüber tot ins Unterholz fiel. Tarzan ah nun noch einmal, aber diesmal legte er sich nicht wieder zum Schlafe nieder.

Er ging vielmehr sofort nach der Stelle, wo sich sein Stamm aufhielt, und dort breitete er das Fell Sabors, der Löwin, stolz vor seinen Genossen aus.

Seht! rief er ihnen zu, Affen Kerschaks, seht, was Tarzan, der mächtige Kämpfer getan hat! Wer von euch hat jemals einen von Numas Stamm erschlagen? Tarzan ist der mächtigste unter euch, denn Tarzan ist kein Affe. Tarzan ist – Doch hier stockte er, denn in der Sprache der Menschenaffen gibt es kein Wort für Mensch, und Tarzan konnte das Wort bloß auf englisch schreiben, aber er konnte es nicht aussprechen.

Der Stamm hatte sich um ihn versammelt, um den Beweis seiner wunderbaren Macht zu betrachten und seinen Worten zuzuhören.

Nur Kerschak hielt sich zurück, denn er war voll Haß und voll Wut.

Plötzlich aber schoß ein Gedanke durch das böse kleine Hirn des Menschenaffen. Mit einem fürchterlichen Gebrüll sprang er mitten unter die Versammlung.

Beißend und mit seinen riesigen Händen schlagend, tötete oder verstümmelte er ein Dutzend von ihnen, ehe sie noch, wie die übrigen, sich auf die Baumwipfel hatten flüchten können.

In seiner tollen Wut schäumend und schreiend, sah er sich nach dem um, den er am meisten haßte, als er ihn auf einem nahen Aste erblickte.

Komm herunter, Tarzan, großer Held, rief Kerschak ihm zu. Komm herunter, und du wirst die Fänge eines Größeren verspüren! Fliehen mächtige Kämpfer, wenn ihnen eine Gefahr naht? Und dann stimmte Kerschak sein herausforderndes Gebrüll an.

Ruhig ließ Tarzan sich herunter auf den Boden. Atemlos schaute der Stamm aus seiner luftigen Höhe hinunter, als Kerschak, noch immer brüllend, auf die verhältnismäßig schwache Gestalt zum Angriff schritt.

Kerschak war fast sieben Fuß hoch. Seine ungeheuren Schultern hatten riesige Muskeln. Sein kurzer Nacken war eine einzige Masse eiserner Sehnen, die unter seinem Schädel hervortrat, so daß sein Kopf wie ein kleiner Ball aussah, der aus einem hohen Fleischberg hervorragte.

Seine zurückgeworfenen mürrischen Lippen ließen seine großen Fangzähne sehen, und seine kleinen, blutrünstigen Augen glühten vor Wut.

Tarzan erwartete ihn. Er war selbst ein gewaltiges, muskulöses Tier, aber seine Höhe von sechs Fuß und seine starken Sehnen schienen doch einem Kampfe gegen einen so riesigen Affen nicht gewachsen zu sein.

Sein Bogen und seine Pfeile lagen in einiger Entfernung, wo er sie hingelegt hatte, während er seinen Kameraden Sabors Fell zeigte, so daß er Kerschak nur mit seinem Jagdmesser und seinem überlegenen Verstände gegenübertreten konnte.

Als sein Feind brüllend auf ihn zukam, zog Lord Greystoke sein langes Messer aus der Scheide, und mit demselben herausfordernden Brüllen wie der Affe es ausgestoßen hatte, stürzte er schnell vor, um dem Angriff zu begegnen. Er war zu klug, sich von den langen, haarigen Armen seines Feindes umfangen zu lassen, und gerade als ihre Körper beinahe zusammenstießen, erfaßte Tarzan eines der Handgelenke des Affen, und etwas auf die Seite springend, stieß er ihm sein Messer bis zum Heft ins Herz.

Ehe er aber die Klinge wieder herausziehen konnte, hatte der Affe durch eine plötzliche Bewegung ihm die Faust von der Waffe gerissen.

Kerschak richtete mit der flachen Hand gegen Tarzans Kopf einen so fürchterlichen Schlag, daß er ihn sicher zerschmettert hätte, wenn die Pranke ihr Ziel getroffen hätte.

Tarzan war jedoch zu flink, und indem er auswich, führte er mit der Faust einen mächtigen Schlag auf Kerschaks Magengrube.

Der Affe schwankte, und mit der tödlichen Wunde wäre er fast zusammengebrochen, als er mit einer gewaltigen Anstrengung seine Kräfte zusammennahm, seinen Arm von Tarzans Griff freimachte und seinen zähen Gegner packte.

Indem er ihn an sich heranzog, suchte er ihn in den Hals zu beißen, aber bevor seine grausamen Fänge in die glatte, braune Haut eindringen konnten, hatte der junge Lord mit seinen sehnigen Fingern ihn an der Gurgel gepackt.

So rangen sie mit einander, indem der Affe seinen Gegner mit seinen schrecklichen Zähnen vernichten wollte, während Tarzan dem Affen die Luftröhre zuzudrücken suchte.

Die größeren Kräfte des Affen erlangten allmählich die Oberhand, und die Zähne des wilden Tieres waren kaum noch einen Zoll von Tarzans Gurgel, als der schwere Körper zusammenzuckte und dann schlaff zu Boden fiel.

Kerschak war tot!

Tarzan zog das Messer heraus, mit dem er schon so oft einen mächtigen Feind überwunden hatte; dann setzte er den Fuß auf den Nacken seines besiegten Gegners, und wieder einmal erscholl der wilde Schrei des Siegers durch den Wald.

So wurde der junge Lord Greystoke der König der Affen.

Der menschliche Verstand

Nur einer von Tarzans Stamm stellte seine Autorität in Frage, und das war Terkop, der Sohn Tublats, aber er fürchtete das scharfe Messer und die tödlichen Pfeile seines neuen Herrn, und deshalb begnügte er sich, seine Unzufriedenheit durch kleine Widerspenstigkeiten zu äußern. Tarzan wußte jedoch, daß er nur auf eine Gelegenheit lauerte, um ihm durch einen unerwarteten falschen Streich die Königswürde zu rauben. Deshalb war er immer aus der Hut vor Überraschungen.

Monatelang nahm das Leben des kleinen Trupps wieder seinen gewohnten Lauf, mit dem Unterschied jedoch, daß Tarzan dank seiner größeren Intelligenz und seiner Gewandtheit als Jäger sie reichlicher mit Nahrung versorgte als es je zuvor geschehen war. Die meisten Affen waren daher mit dem Herrscherwechsel sehr zufrieden.

Tarzan führte sie des Nachts auf die Felder der Schwarzen, aber auf seine Anweisung verzehrten sie nur, was ihnen zusagte, während Manu und andere Affen sich damit nicht begnügten, sondern auch das verwüsteten, was sie nicht hatten auffressen können.

So wurden die Schwarzen, wenn sie auch über die fortgesetzten Diebstähle auf ihren Feldern sehr ärgerlich waren, doch nicht entmutigt, sie weiter zu bebauen, wie es sicher geschehen wäre, wenn Tarzan seinem Volke erlaubt hätte, die Pflanzungen mutwillig zu verwüsten.

In dieser Zeit besuchte Tarzan das Dorf des Nachts, um seinen Vorrat an Pfeilen zu erneuern. Bald bemerkte er, daß immer Speisen am Fuße des Baumes standen, von dem er seinen Zugang zu der Niederlassung hatte, und deshalb fing er an, alles aufzuessen, was dort hingestellt wurde.

Als die Schwarzen sahen, daß das Essen über Nacht verschwand, gerieten sie in große Angst und Bestürzung, denn es ist etwas ganz anderes, ob man Speisen hinstellt, um einen Gott oder Teufel zu versöhnen, oder ob der Geist wirklich ins Dorf kommt und sie aufißt.

Diese unerhörte Erscheinung erfüllte ihre abergläubischen Köpfe mit allen möglichen unklaren Befürchtungen.

Das war aber noch nicht alles, das periodische Verschwinden ihrer Pfeile und die von unsichtbarer Hand verübten seltsamen Streiche hatten in ihnen eine solche Unruhe hervorgerufen, daß ihnen das Leben im Dorfe zur Last geworden war, und so fingen Mbonga und seine Häuptlinge an, davon zu sprechen, das Dorf zu verlassen und weiter in der Dschungel hinein sich einen Ort für eine neue Niederlassung zu suchen.

Die schwarzen Krieger begannen nun auf ihrer Jagd weiter südlich in das Innere des Waldes zu streifen, um sich nach einem Platz für die Siedlung umzusehen.

So wurde Tarzans Stamm oft durch diese Streifzüge gestört. Nun wurde die Stille der wilden Einsamkeit des Urwaldes durch neue, fremdartige Schreie unterbrochen. Für Vögel und für große Tiere gab es keine Sicherheit mehr. Der Mensch war gekommen ...

Andere Tiere gingen in der Dschungel hin und her, bei Tag und bei Nacht, wilde, grausame Tiere, aber ihre schwächeren Nachbarn flohen nur vor deren unmittelbaren Nähe, um zurückzukehren, sobald die Gefahr vorüber war.

Bei dem Menschen ist es anders. Wenn er kommt, verlassen viele größere Tiere instinktiv den Bezirk ganz und kehren nur selten zurück. So ist es auch bei den großen Menschenaffen: sie fliehen den Menschen, wie der Mensch die Pest flieht.

Eine kurze Zeit verweilte Tarzans Stamm in der Nähe des Strandes, weil ihr neuer König sich nicht entschließen konnte, die Hütte mit ihrem kostbaren Inhalt für immer zu verlassen. Aber als eines Tages ein Mitglied seines Stammes die Schwarzen in großer Zahl an den Ufern des Flusses entdeckte, der schon seit Generationen der Wasserplatz der Affen war, und als er bemerkte, daß sie im Begriffe waren, eine Lichtung in die Dschungel zu schlagen und viele Hütten dort zu errichten, wollten die Affen nicht mehr länger bleiben. Tarzan führte sie tief in den Wald hinein, in eine Gegend, die noch keines Menschen Fuß betreten hatte.

Einmal im Monat schwang Tarzan sich durch die Äste, um einen Tag bei seinen Büchern zuzubringen und seinen Vorrat an Pfeilen zu ergänzen.

Diese letztere Aufgabe wurde aber immer schwieriger, denn die Schwarzen pflegten jetzt ihre Vorräte des Nachts in Kornkammern oder in ihren bewohnten Hütten zu verstecken. Tarzan mußte jetzt bei Tage beobachten, wohin sie ihre Pfeile brachten.

Schon zweimal war er des Nachts in eine Hütte gegangen, während die Insassen auf ihren Matten schliefen, und hatte die Pfeile von der Seite der Krieger gestohlen. Er sah aber ein, daß dieser Weg zu gefährlich war, und schlug deshalb ein anderes Verfahren ein: Wenn er einen Schwarzen allein auf der Jagd sah, so fing er ihn mit seiner langen, tödlichen Schlinge, mit der er ihn erwürgte, nahm ihm seine Waffen und Zieraten ab, und des Nachts ließ er die Leiche von dem Baume aus in die Dorfstraße hinunterfallen.

All diese Streiche versetzten die Schwarzen in einen solchen Schrecken, daß sie ihr Dorf schon längst verlassen hätten, wenn nicht Tarzan jedesmal nach einem Besuch sie einen Monat lang in Ruhe gelassen hätte. Sie hofften dann, der Besuch des fremden Geistes wäre der letzte gewesen.

Bis zu Tarzans Hütte am fernen Strande waren die Schwarzen noch nicht gekommen, aber er lebte beständig in der Furcht, sie könnten seine Schätze entdecken und vernichten, während er mit seinem Stamme fort war.

So kam es, daß er immer mehr beim letzten Heim seines Vaters verweilte und nur wenig bei seinem Stamme war. Die Affen hatten unter seiner Vernachlässigung zu leiden, denn oft entstanden unter ihnen Zank und Streit, die nur der König schlichten konnte. Deshalb sprachen einige ältere Affen mit Tarzan hierüber, und dieser blieb dann einen Monat beständig bei seinem Stamme.

Die Pflichten des Königs unter den Menschenaffen waren weder mannigfaltig noch sehr anstrengend.

Am Nachmittag kam vielleicht Thaka, um sich zu beklagen, daß der alte Mungo ihm sein neues Weib gestohlen habe. Dann mußte Tarzan alle zusammenberufen, und wenn er fand, daß das Weib seinen neuen Herrn lieb hatte, so befahl er, daß die Angelegenheit auf sich beruhen bliebe oder daß Mungo wenn möglich dem Thaka eine seiner Töchter im Austausch gebe.

Wie auch seine Entscheidung ausfallen mochte, die Affen nahmen sie an und kehrten zufrieden zu ihrer Beschäftigung zurück.

Dann kam Tana, schreiend und ihre Seite haltend, von der das Blut herabfloß. Gunto, ihr Mann, hatte sie grausam gebissen! Gunto wurde nun vorgeladen. Er erklärte, Tana sei faul, sie wolle ihm keine Nüsse und Käfer bringen und ihm den Buckel nicht kratzen.

Tarzan erteilte beiden eine Rüge. Gunto drohte er, er werde mit einem todbringenden Pfeil Bekanntschaft machen, wenn er Tana noch einmal mißhandle, und Tana mußte ihrerseits versprechen, in Zukunft ihre Frauenpflichten besser zu erfüllen.

So ging es weiter. Es handelte sich meist um kleine Familiendifferenzen, die aber, wenn sie nicht beigelegt worden wären, weiter um sich gegriffen und schließlich zu einer Spaltung des Stammes geführt hätten.

Tarzan ward dieser Streitigkeiten bald überdrüssig, zumal er sah, daß sein Amt ihn in seiner Freiheit behinderte. Er sehnte sich nach der kleinen Hütte und der sonnenbeschienenen See, nach dem kühlen Innern des wohlgebauten Hauses und nach den vielen Büchern mit ihren nimmer endenden Wundern.

Je mehr er heranwuchs, desto mehr fand er, daß er seinem Volke entfremdet war.

Seine Interessen und die der Affen gingen weit auseinander. Sie hatten nicht Schritt gehalten mit ihm, und sie konnten nichts von den vielen wunderbaren Träumen verstehen, die den regen Geist ihres menschlichen Königs beschäftigten. Ihr Wortschatz war so begrenzt, daß Tarzan nicht einmal über die vielen neuen Wahrheiten und den großen Gedankenkreis, den die Lektüre seinen sehnsuchtsvollen Augen eröffnet hatte, mit ihnen sprechen, noch sie mit dem ehrgeizigen Streben seiner Seele bekannt machen konnte.

Unter dem Stamm hatte er keine Freunde und Vertraute mehr, wie in früheren Tagen. Ein kleines Kind mag bei manchem sonderbaren einfachen Geschöpf Anschluß finden, aber ein erwachsener Mann kann sich mit jemanden anderem nur befreunden, wenn die Anschauungen wenigstens einigermaßen gleich sind.

Wäre Kala am Leben geblieben, so hätte Tarzan alles andere aufgeopfert, um bei ihr bleiben zu können, aber nun, da sie tot war und die mutwilligen Freunde seiner Kindheit zu großen wilden Tieren herangewachsen waren, zog er immer mehr den Frieden und die Einsamkeit seiner Hütte den lästigen Pflichten seiner Häuptlingswürde unter einer wilden Horde vor.

Der Haß und die Eifersucht Terkops, des Sohnes Tublats, verzögerten Tarzans Absicht, auf seine Königswürde zu verzichten, denn ein so hartnackiger junger Engländer wie er konnte sich nicht entschließen, vor einem so boshaften Gegner zurückzuweichen.

Er wußte sehr wohl, daß Terkop an seiner Stelle zum Führer gewählt zu werden wünschte, denn schon wiederholt hatte das wilde Tier Anspruch auf seine Herrschaft über die wenigen männlichen Affen, die es gewagt hatten, ihm zu widerstehen, erhoben.

Tarzan wollte den gräßlichen Kerl klein kriegen, ohne zum Messer oder zu den Pfeilen zu greifen. Seine Stärke und seine Gewandtheit hatten so zugenommen, daß er den furchtbaren Terkop in einem Kampfe Mann gegen Mann bemeistern wollte, wenn nicht die schrecklichen Fänge dem Menschenaffen eine so große Überlegenheit gewährt hätten.

Die ganze Sache wurde eines Tages durch Tarzan infolge zufälliger Ereignisse zum Austrag gebracht, und zwar so, daß er nunmehr für die Zukunft freie Hand hatte, ohne daß sein Ehrenschild bei den Affen irgend einen Fleck davontrug.

Das geschah nämlich wie folgt:

Der Stamm war über ein weites Gebiet zerstreut und ruhig am Futtersuchen, als sich ein großes Geschrei erhob und zwar in einiger Entfernung östlich von der Stelle, wo Tarzan über einen kleinen Bach gebeugt lag, um mit seiner flinken braunen Hand einen Fisch zu erwischen.

Der ganze Stamm eilte einmütig nach dem Ort, von wo das erschreckende Geschrei herkam, und da fand man Terkop, der ein altes Weibchen am Pelz festhielt und mit seiner großen Hand unbarmherzig auf sie einschlug.

Als Tarzan herankam, gab er Terkop ein Zeichen, daß er aufhören solle, denn das Weib war nicht das seinige, sondern gehörte einem armen alten Affen, der schon lange wehrlos war und deshalb seine Familie nicht mehr beschützen konnte. Terkop wußte, daß es gegen die Gesetze seines Stammes war, das Weib eines andern zu prügeln, aber da er die Schwäche ihres Mannes kannte, hatte er sie dafür gezüchtigt, daß sie sich weigerte, ihm ein zartes junges Nagetier abzutreten, das sie gefangen hatte.

Als Terkop Tarzan ohne seine Pfeile herannahen sah, fuhr er fort, das arme Weib zu bearbeiten, um den verhaßten Häuptling zu ärgern.

Tarzan wiederholte sein Warnungszeichen nicht, sondern stürzte sich im Nu auf den wartenden Terkop.

Nie mehr hatte er einen so furchtbaren Kampf zu bestehen gehabt seit dem schon längst verflossenen Tage, wo Bolgani, der große Gorilla-König, ihn so schrecklich angriff.

Tarzans Messer war jetzt nur ein schwacher Ausgleich für die blinkenden Fänge Terkops, aber der Vorteil, den der Affe in bezug auf Stärke gegenüber dem Menschen hatte, wurde durch Tarzans wundervolle Gewandtheit und Beweglichkeit beinahe ausgeglichen.

Im ganzen hatte der Menschenaffe aber eine bessere Aussicht, den Kampf zu gewinnen als Tarzan, und hätte dieser nicht andere persönliche Eigenschaften gehabt, um den Ausgang des Kampfes zu beeinflussen, so wäre der junge Lord Greystoke gestorben, wie er gelebt hatte: als ein unbekanntes wildes Tier in Äquatorial-Afrika.

Das war es eben, was ihn weit über seine Genossen der Dschungel emporgehoben hatte, der kleine Funke, der den ganzen ungeheuren Unterschied zwischen Mensch und Tier bedeutet: der Verstand! Das war's, was ihn vom Tode zwischen den eisernen Muskeln und den beißenden Zähnen Terkops rettete.

Die beiden hatten kaum ein Dutzend Sekunden mit einander gekämpft, als sie auf den Boden rollten, sich schlagend, beißend und stoßend, zwei große wilde Tiere, auf Leben und Tod ringend.

Terkop hatte ein Dutzend Messerstiche am Kopf und an der Brust, und Tarzan blutete auch, denn er hatte auf den Schädel einen solchen Schlag erhalten, daß ein großes Hautstück ihm über dem Auge hing und ihn am Sehen verhinderte.

Aber nachdem der junge Engländer imstande gewesen war, die schrecklichen Fänge von seiner Halsader fernzuhalten, und beide jetzt einen Augenblick weniger angestrengt kämpften, um etwas Atem zu schöpfen, faßte Tarzan einen schlauen Plan. Er suchte hinter den Rücken des andern zu gelangen und sich mit den Zähnen und den Nägeln an ihm festhaltend, ihm das Messer so fest in den Leib zu stoßen, bis es mit Terkop vorbei wäre.

Das Manöver gelang leichter, als Tarzan erwartet hatte, denn das dumme Tier, nicht wissend, was sein Gegner beabsichtigte, machte keine sonderliche Anstrengung, um es zu verhindern.

Als es aber endlich merkte, daß sein Gegner sich an ihm festhielt, während es mit seinen Zähnen und Fäusten nichts ausrichten konnte, warf Terkop sich selbst so heftig auf die Erde, daß Tarzan sich kaum noch an ihm festhalten konnte. Ehe er noch dem Affen einen Stoß zu versetzen vermochte, wurde ihm das Messer durch einen schweren Stoß auf die Erde entrissen, und so war er waffenlos.

Während des Ringens der nächsten wenigen Minuten, wurde Tarzans Halt ein Dutzend mal gelockert, bis schließlich ein Zufall ihm einen neuen Halt mit der rechten Hand gab, so daß er seinen Plan verwirklichen konnte.

Sein Arm war von hinten unter Terkops Arm gelegt und mit der Hand und dem Vorderarm hielt er dessen Nacken umschlungen. Es war der Halb-Nelson-Griff der modernen Ringkämpfer, auf welchen der unerfahrene Tarzan gestoßen war; im Augenblick erkannte er den Wert seiner Entdeckung.

So bemühte er sich, auch mit der linken Hand dasselbe zu erreichen, und in wenigen Augenblicken knackte Terkops Nacken unter einem Voll-Nelson.

Jetzt hörte das Ringen auf. Die beiden lagen ganz still auf dem Boden, Tarzan auf Terkops Rücken. Der Kopf des Affen ward ihm immer mehr auf die Brust gedrückt.

Tarzan wußte, was geschehen würde. In einem Nu konnte er seinem Feind den Nacken brechen. Dann aber kam Terkop von derselben Seite, die ihn in diese schlimme Lage gebracht hatte, eine Hilfe, nämlich von Tarzans Überlegung.

Dieser sagte sich nämlich: Welchen Vorteil habe ich davon, wenn ich ihn töte? Wird nicht dadurch der Stamm bloß eines großen Kämpfers beraubt? Und wenn Terkop tot ist, weiß er nichts mehr von meiner Überlegenheit, während er lebend immer den andern Affen ein Exempel sein wird.

Ka-goda? flüsterte Tarzan Terkop ins Ohr. Das heißt in der Affensprache ungefähr so viel wie: Ergibst du dich?

Terkop antwortete nicht, und Tarzan verstärkte den Druck etwas, so daß das große Tier einen lauten Schmerzensschrei ausstieß.

Ka-goda? wiederholte Tarzan.

Ka-goda! schrie Terkop.

Höre zu! sagte Tarzan, indem er einen Augenblick aufatmete, aber ohne von der Umklammerung abzulassen. Ich bin Tarzan, König der Affen, ein mächtiger Jäger, ein mächtiger Kämpfer. In der ganzen Dschungel ist keiner so groß. Du hast zu mir gesagt: Ka-goda! Der ganze Stamm hat es gehört. Zanke nun nicht weiter mit deinem König oder deinem Volke, denn das nächstemal würde ich dich töten. Hast du mich verstanden?

Huh! antwortete Terkop.

Und bist du zufrieden?

Huh! antwortete der Affe wiederum.

Tarzan ließ ihn nun los, so daß er sich wieder erheben und frei bewegen konnte.

In wenigen Minuten waren alle Affen wieder bei ihrer gewöhnlichen Beschäftigung, als ob nichts geschehen wäre. In den Urwald war wieder Ruhe eingekehrt.

Tief in das Gehirn der Affen war aber die Überzeugung eingedrungen, daß Tarzan ein mächtiger Kämpfer und ein sonderbares Geschöpf sei. Sonderbar, weil er es in seiner Gewalt hatte, seinen Feind zu töten und doch ihn frei hatte laufen lassen.

Tarzan wusch seine Wunden in dem klaren Wasser des Flusses aus. Gegen Abend aber, als der Stamm seiner Gewohnheit gemäß zusammenkam, bevor die Dunkelheit über die Dschungel hereinbrach, rief Tarzan die alten Männchen zu sich.

Ihr habt heute wieder gesehen, sagte er zu ihnen, daß Tarzan der größte unter euch ist.

Huh! antworteten alle einstimmig, Tarzan ist groß.

Dann fuhr er aber fort:

Tarzan ist kein Affe. Er gleicht eurem Volke nicht. Seine Wege sind nicht eure Wege, und deshalb wird Tarzan davongehen zu dem Lager seiner eigenen Art am Wasser des großen Sees, der sich endlos weit ausdehnt. Ihr müßt nun einen andern wählen, der euch regieren soll, denn Tarzan wird nicht zurückkehren.

Damit tat der junge Lord Greystoke den ersten Schritt nach dem Ziele, das er sich gesteckt hatte: andere weiße Menschen seiner Art zu finden.

Von seiner Art

Der schwere Kampf mit Terkop hatte Tarzan doch stark mitgenommen, aber obschon er noch müde war, ging er am folgenden Morgen nach Westen in der Richtung auf die Küste.

Er ging nur langsam und schlief die Nacht über in der Dschungel. Spät am folgenden Morgen gelangte er zu seiner Hütte.

Einige Tage lang blieb er dort. Er ging nur soweit aus, als es nötig war, um Nüsse und andere Früchte zu finden, mit denen er seinen Hunger stillen konnte.

In einigen Tagen hatte er sich wieder völlig erholt, aber am Kopfe hatte er noch die erst halb zugeheilte Wunde, die vom linken Auge ausgehend sich über den Schädel hinzog bis zum rechten Ohr. Es war das Mal, das Terkop ihm hinterlassen hatte, als er ihm einen Streifen der Kopfhaut abriß.

Während seiner Erholung hatte Tarzan versucht, sich aus dem Felle Sabors, das während der ganzen verflossenen Zeit in der Hütte gelegen hatte, einen Mantel herzustellen, aber er bemerkte, daß die Haut trocken und hart geworden war wie ein Brett, und da er nichts vom Gerben wußte, war er gezwungen, seinen Lieblingsplan aufzugeben.

Darum entschloß er sich, sich einige Kleidungsstücke von einem der schwarzen Männer aus Mbongas Dorf anzueignen, denn er wollte auf jeden Fall seine höhere Entwicklung beweisen, und nichts schien ihm ein bezeichnenderes Merkmal der Menschenwürde zu sein als Schmuck und Kleidung.

Zu diesem Zwecke suchte er die verschiedenen Arm- und Bein-Schmucksachen zusammen, die er den in seiner Schlinge erlegten Schwarzen abgenommen hatte, und legte sie genau so an, wie seine Opfer sie getragen hatten.

Vorerst hing er sich an den Hals die goldene Kette mit dem diamantenbesetzten Medaillon seiner Mutter, der Lady Alice. Seinen Köcher mit Pfeilen trug er auf dem Rücken und zwar an einem über der Schulter hängenden Ledergurt, den er ebenfalls einem Schwarzen abgenommen hatte.

Um den Leib trug er einen Gürtel aus dünnen Streifen einer ungegerbten Haut, die er ebenfalls für die selbstgemachte Scheide des Jagdmessers zurechtgeschnitten hatte. Der lange Bogen, der Kulonga gehört hatte, hing über seiner linken Schulter.

So sah der junge Lord Greystoke wirklich wie ein wilder Krieger aus, zumal die Fülle seines schwarzen Haares ihm über die Schultern fiel, während er das über die Stirne herabhängende Haar mit seinem Messer abgeschnitten hatte, um nicht am Sehen verhindert zu sein.

Seine starke, gut entwickelte Gestalt war muskulös wie die eines römischen Gladiators, und sie wies die schönen Linien einer griechischen Gottheit auf, in der sich Kraft, Geschmeidigkeit und Schnelligkeit verkörperten.

Tarzan war aber auch gleichzeitig eine Verkörperung des Urmenschen.

Mit der edlen Haltung seines schönen Kopfes über den breiten Schultern und dem lebhaften Blick seiner intelligenten klaren Augen hätte er bei einem wilden kriegerischen Volke des Urwaldes als ein Halbgott gelten können.

Solche Gedanken lagen Tarzan aber augenblicklich fern. Er war betrübt, daß er keine Kleider hatte, um all dem Dschungelvolk zu zeigen, daß er ein Mensch, nicht aber ein Affe sei, und oft erfaßte ihn ein Zweifel, ob er nicht doch ein Affe würde.

Das Haar fing an, ihm auch im Gesicht zu sprossen. Alle Affen hatten Haare im Gesicht, aber die Schwarzen waren, mit sehr wenigen Ausnahmen, bartlos.

Allerdings hatte es in seinen Büchern Bilder von Männern gegeben, die eine Menge Haare auf den Lippen, den Backen und dem Kinn hatten, aber trotzdem war Tarzan entsetzt. Täglich schärfte er sein Messer und suchte damit seinen aufsprossenden Bart, das entwürdigende Zeichen des Affen, fortzukratzen.

So lernte er mit vieler Mühe sich zu rasieren, wenn es ihm auch nicht vollkommen gelang.

Als Tarzan sich nach dem blutigen Kampfe mit Terkop wieder gekräftigt fühlte, begab er sich auf den Weg nach Mbongas Dorf. Anstatt sich auf den Bäumen fortzubewegen, folgte er sorglos einem gewundenen Pfad durch die Dschungeln, als er plötzlich einem schwarzen Krieger begegnete.

Das erstaunte Gesicht des Schwarzen war geradezu komisch, und noch ehe Tarzan seinen Bogen zur Hand nehmen konnte, hatte der Mann kehrt gemacht und lief davon, indem er laute Hilferufe ausstieß, und die andern zugleich zu warnen.

Tarzan kletterte in die Höhe, um auf den Bäumen die Verfolgung fortzusetzen. In wenigen Minuten erblickte er die Wilden, die zu entkommen suchten.

Es waren ihrer drei, die – einer hinter dem andern – sich durch den dichten Urwald hindurcharbeiteten.

Tarzan überholte sie bald. Sie merkten nicht, daß er sich über ihren Köpfen fortbewegte, und sie gewahrten ihn auch nicht, als er sich über einen unteren Ast duckte, der sich über ihren Pfad ausdehnte.

Die zwei ersten ließ Tarzan ruhig durch, als aber der dritte kam, warf er leise seine Schlinge herunter, die den Schwarzen gerade um den Hals traf. Ein fester Ruck, – und die Schlinge war zu.

Das Opfer stieß einen röchelnden Schrei aus, und als seine Genossen sich umsahen, erblickten sie ihn, wie er in der Luft baumelte und gleichsam durch Zauberkraft in das dichte Laubwerk der Bäume hinaufgezogen wurde.

Vor Entsetzen schreiend liefen sie weiter.

Tarzan erledigte seinen Gefangenen schnell und ruhig. Er nahm ihm seine Waffen und Zierat ab und – was ihn am meisten freute – ein zierliches Schurzfell, aus einem Tuchlappen bestehend, das er sich nun selbst umband.

Jetzt war er wenigstens ordentlich wie ein Mensch angezogen. Nun konnte niemand mehr an seiner hohen Abstammung zweifeln. Wie gern wäre er jetzt zum Affenstamme zurückgekehrt, um sich ihren erstaunten Blicken in seinem ganzen würdevollen Staate zu zeigen.

Den Leichnam des Schwarzen nahm er auf die Schulter und ging dann leise damit nach dem Dorfe, wo er sich die Pfeile holen wollte.

Als er sich der Umzäunung näherte, sah er eine aufgeregte Gruppe um die zwei Flüchtlinge, die, vor Schrecken und Erschöpfung zitternd, kaum imstande waren, die Einzelheiten ihres fürchterlichen Abenteuers wiederzugeben.

Mirando, – so erzählten sie – der ihnen etwas voraus war, habe plötzlich laut schreiend kehrt gemacht und ihnen zugerufen, ein furchtbarer weißer nackter Krieger verfolge ihn. Alle drei seien dann so schnell, wie ihre Beine sie nur tragen konnten, nach dem Dorfe zu gelaufen. Dann aber habe ein tödlicher Schrei Mirandos sie veranlaßt, umzuschauen, und da hätten sie etwas ganz

Entsetzliches gesehen: den Körper ihres Kameraden aufwärts nach den Bäumen fliegend; die Arme und die Beine hätten in der Luft gezappelt, und aus dem offenen Munde habe die Zunge herausgehangen. Keinen andern Ton habe man mehr gehört, und es sei auch kein Geschöpf mehr bei ihm zu sehen gewesen.

Die schwarzen Dorfbewohner gerieten nun auch in eine furchtbare Angst, aber der weise alte Mbonga schien der ganzen Sache sehr zweifelnd gegenüberzustehen. Er dachte, das Ganze sei bloß eine Erfindung, weil sie vor irgend einer wirklichen Gefahr zurückgewichen seien.

Ihr erzählt uns da, sagte er zu den beiden, eine große Geschichte, weil ihr es nicht wagt, uns die Wahrheit zu sagen. Ihr seid nicht so kühn, zu gestehen, daß, als der Löwe auf Mirando sprang, ihr davonliefet und ihn im Stiche ließet. Ihr seid Feiglinge!

Kaum hatte Mbonga dies gesagt, als ein Krachen in den Zweigen der Bäume über ihm die Schwarzen in erneuter Angst zum Aufschauen veranlaßte. Bei dem Anblick, der sich ihnen bot, erschauerte auch der weise alte Mbonga, denn der Leichnam Mirandos kam aus der Höhe heruntergepurzelt und fiel gerade zu ihren Füßen auf den Boden.

Mit einem Nu waren alle Schwarzen auf den Beinen. Sie liefen aber nicht in ihre Hütten, sondern verschwanden in dem dunkeln Schatten der umgebenden Dschungel.

Nun kam Tarzan in das Dorf herunter und holte sich wieder die nötigen Pfeile. Er aß auch die Speisen auf, die die Schwarzen ihm dorthin gesetzt hatten, um seinen Zorn zu besänftigen.

Bevor er sich entfernte, trug er den Leichnam Mirandos an die Dorfpforte und band ihn an dem Zaune fest. So schien das tote Gesicht um die Ecke nach dem Pfade auszuschauen, der nach der Dschungel führte.

Dann kehrte Tarzan, jagend, immer jagend, nach der Hütte am Strande zurück.

Die zitternden Schwarzen machten wohl ein Dutzend Anläufe, ehe sie in ihr Dorf zurückkehrten, da sie an dem schrecklich grinsenden Gesicht ihres toten Genossen vorbeigehen mußten. Als sie nun die Speisen und die Pfeile verschwunden fanden, wußten sie, was sie nur zu sehr befürchtet hatten, daß Mirando den bösen Geist der Dschungel gesehen hatte.

Sie konnten sich jetzt alles erklären. Nur *die* starben, die den furchtbaren Geist der Dschungel gesehen hatten, denn es war kein Lebender im Dorfe, der ihn je erblickt hatte. Deshalb mußten die, die durch seine Hand getötet worden waren, ihn gesehen haben.

Tarzan wollte die Schwarzen nicht weiter belästigen, solange sie ihn mit Pfeilen und Nahrung versahen. Mbonga befahl übrigens, daß dem Geist auch weiterhin nicht bloß ein Speiseopfer dargebracht werde, sondern daß ihm auch Pfeile beigelegt werden sollten, und das geschah dann auch seither.

Sollte der freundliche Leser einmal nach jenem fernen Dorf in Afrika kommen, so wird er noch heute knapp vor der Umzäunung eine kleine strohbedeckte Hütte sehen, vor der ein kleiner eiserner Topf mit einer Menge Speisen und daneben ein Köcher mit wohlgetränkten Pfeilen steht.

*

Als Tarzan wieder die Küste mit der Hütte erblickte, wurde ihm ein ganz ungewohntes Schauspiel zuteil.

Auf dem ruhigen Wasser des vom Land umschlossenen Hafens schwamm ein großes Schiff, und am Strande selbst lag ein kleines Boot.

Aber das Wunderbarste war eine Anzahl weißer Männer, so wie er, die sich zwischen dem Strande und seiner Hütte bewegten.

Tarzan sah, daß sie in mancher Hinsicht aussahen wie die Männer in seinen Bilderbüchern. Er kroch vorsichtig durch die Bäume, bis er dicht über ihnen war.

Es waren zehn Männer, dunkelfarbige, sonnengebräunte, häßliche Gestalten. Sie waren jetzt bei dem Boot versammelt und sprachen laut aufeinander ein, wobei sie erregt mit Händen und Fäusten umherfuchtelten.

Da legte einer von ihnen, ein kleiner, schwarzbärtiger Kerl mit häßlichem Gesicht, dessen Haltung Tarzan an Pamba, die Ratte, erinnerte, seine Hand auf die Schulter eines Riesen, der nahe bei ihnen stand und mit dem all die andern sich herumgezankt hatten.

Der Kleine zeigte landeinwärts, so daß der Große gezwungen war, sich von den andern abzuwenden, um in die angegebene Richtung schauen zu können. Als er sich umdrehte, zog der kleine häßliche Mensch einen Revolver aus seinem Gürtel und schoß den Riesen in den Rücken.

Der Getroffene griff mit den Händen nach seinem Kopfe, aber seine Knie brachen zusammen, und ohne einen Laut von sich zu geben, stürzte er nieder. Er war tot.

Der Knall des Schusses, der erste, den Tarzan gehört, erfüllte ihn zwar mit Staunen, aber seine Nerven waren zu gesund, als daß der ungewohnte Klang Entsetzen in ihm hervorgerufen hätte.

Am meisten war er über das Verhalten der weißen Fremden verwirrt. Mit gerunzelter Stirne dachte er über allerlei nach. Er sagte sich, es sei doch gut, daß er seinem ersten Einfall, diesen weißen Männern entgegenzugehen und sie als seine Brüder zu begrüßen, nicht gefolgt sei. Sie waren offenbar nicht anders als die Schwarzen, nicht mehr gesittet als die Affen und nicht weniger grausam als Sabor.

Einen Augenblick standen die andern da und schauten auf den kleinen häßlichen Kerl und auf den auf dem Strande liegen, den Riesen.

Dann lachte einer von ihnen und gab dem Kleinen einen Klaps auf den Rücken. Das geschah aber offenbar nicht in einer feindlichen Absicht.

Gleich darauf setzten sie das Boot aufs Wasser; alle sprangen hinein und ruderten nach dem großen Schiff, auf dessen Deck Tarzan andere Gestalten sich bewegen sah.

Als sie an Bord geklettert waren, kam Tarzan von seinem Baume herunter und schlich sich nach seiner Hütte und zwar so, daß diese immer zwischen ihm und dem Schiffe war.

Er ging durch die Türe hinein und fand, daß im Innern alles durchwühlt worden war. Seine Bücher und seine Bleistifte lagen auf dem Boden, seine Waffen und Schilde und seine anderen Sachen waren ringsum zerstreut.

Als er sah, was hier angerichtet worden war, erfaßte ihn ein großer Schrecken, und eine lebhafte Röte überzog sein gebräuntes Gesicht.

Er eilte zu dem Schranke und durchsuchte das Fach, in dem er das Kästchen verborgen hatte, das seine wertvollsten Schätze enthielt. Erleichtert atmete er auf, als er es noch vorfand.

Das Bild des jungen Mannes und das kleine schwarze Buch lagen noch unversehrt darin.

Doch was war das?

Sein aufmerksames Ohr hatte einen schwachen, aber ungewohnten Ton gehört.

Er stürzte nach dem Fenster und schaute hinaus nach dem Hafen. Da sah er, daß von dem großen Schiff ein Boot zu dem andern heruntergelassen worden war, das schon auf dem Wasser lag. Zugleich kletterten allerlei Leute von dem großen Schiff in die Boote herunter.

Einen Augenblick später wurden eine Anzahl Kisten und Ballen in die wartenden Boote heruntergelassen, die dann vom Schiffe abstießen.

Tarzan ergriff ein Stück Papier, und mit einem Bleistift schrieb er darauf einige Zeilen voll kräftiger Buchstaben.

Diesen Zettel befestigte er mit einem kleinen Holzsplitter an die Türe. Dann nahm er sein Kästchen, seine Pfeile und so viel Bogen und Speere, als er nur tragen konnte, stürmte damit zur Türe hinaus und verschwand im Walde.

Als die beiden Boote auf dem Silbersand des Ufers aufgelaufen waren, stieg eine sonderbare Gesellschaft von Menschen ans Land.

Es waren im ganzen zwanzig Seelen, wenn man von den fünfzehn rohen, häßlichen Seeleuten überhaupt sagen konnte, daß sie einen unsterblichen Funken hatten, denn sie waren wahrhaftig eine äußerst unangenehme Gesellschaft.

Die andern Mitglieder der Gruppe waren sehr verschiedener Art.

Der eine von ihnen war ein ältlicher Mann mit weißem Haar und großer Hornbrille. Sein Rücken war schon etwas gebeugt. Er trug einen schlecht sitzenden, aber sauberen Gehrock, der ebensowenig wie der glänzende Zylinderhut als Tracht für die afrikanische Dschungel paßte.

Das zweite Mitglied der Gesellschaft war ein schlanker junger Mann in weißer Hose, hinter dem ein anderer ältlicher Mann mit hoher Stirn und lautem, herausfordernden Wesen kam.

Dann folgte eine riesige Negerin, die so farbenprächtig gekleidet war wie Salomo. Ihre großen rollenden Augen richtete sie in offensichtlicher Furcht zuerst nach der Dschungel und dann nach der fluchenden Bande von Matrosen, die im Begriffe waren, die Kisten und Ballen aus den Booten herauszuholen.

Das letzte Mitglied der ans Land gekommenen Gesellschaft war ein Mädchen von ungefähr neunzehn Jahren. Ein junger Mann, der am Bug des Boots stand, hob sie hoch und trocken aufs Land, und sie dankte ihm mit einem freundlichen Lächeln, doch wurde zwischen den beiden kein Wort gewechselt.

Schweigend ging die Gesellschaft nach der Hütte. Welches auch ihre Absicht sein mochte, jedenfalls sah man, daß sie sich über einen bestimmten Plan geeinigt hatten, bevor sie das Schiff verließen, und so gingen sie auf die Hütte zu: erst die Matrosen mit den Kisten und Ballen und dann die fünf so ungleichen Leute. Die Männer setzten ihre Last nieder; da bemerkte einer von ihnen die Notiz, die Tarzan an der Türe angebracht hatte.

Ho, Kameraden! rief er. Was ist das? Dieser Zettel war vor einer Stunde noch nicht da!

Die andern drängten sich heran, reckten den Kopf in die Höhe, aber da die meisten von ihnen nicht lesen konnten und die andern sehr ungeschickt darin waren, wandte einer von ihnen sich schließlich zu dem alten Herrn im Gehrock und hohen Hut und sagte zu ihm:

Herr Professor, kommen Sie mal her und lesen Sie diesen schönen Zettel!

Der Gerufene kam langsam heran, gefolgt von den andern Mitgliedern der Gesellschaft. Seine Brille zurechtsetzend, betrachtete er einen Augenblick den Zettel, wandte sich dann ab und ging weiter, indem er vor sich hinmurmelte:

Sonderbar! Höchst sonderbar!

He, altes Fossil, rief ihm der Mann zu, der ihn herbeigerufen hatte, glauben Sie, wir hätten Sie gerufen, bloß damit Sie den Zettel für sich lesen sollten? Kommen Sie mal wieder her und lesen Sie ihn laut vor!

Der alte Herr kehrte zurück und sagte: Gewiß, liebe Leute, entschuldigen Sie vielmals. Es war ganz gedankenlos von mir. Aber es ist wirklich sonderbar, ganz sonderbar.

Er betrachtete die Notiz wieder und las sie durch, und jedenfalls wäre er wieder weiter gegangen, um darüber nachzudenken, wenn nicht der Matrose ihn am Kragen gepackt und ihm ins Ohr geschrien hätte:

Lesen Sie es laut, alter Idiot!

Gewiß, gewiß! antwortete der Professor sanft, und nachdem er seine Brille nochmals zurechtgesetzt hatte, las er laut:

Dies ist Tarzans Haus, der wilde Tiere und manchen Schwarzen getötet hat.
Man bleibe von den Dingen, die Tarzan gehören. Tarzan wacht.

Affen-Tarzan.

Wer zum Teufel ist Tarzan? fragte der Mann, der zuerst gesprochen hatte.

Er spricht offenbar englisch, sagte der junge Mann.

Aber was heißt Affen-Tarzan? fragte das junge Mädchen.

Ich weiß es nicht, Miß Porter, antwortete der junge Mann. Vielleicht haben wir einen flüchtigen Affen aus dem Londoner zoologischen Garten entdeckt, der eine europäische Erziehung in dieses Dschungelheim mitgebracht hat. Was halten Sie davon, Herr Professor Porter? fügte er hinzu, indem er sich an den alten Herrn wandte.

Professor Archimedes Q. Porter rückte wieder seine Brille zurecht.

Ach ja, in der Tat; ja, wirklich sehr sonderbar, sagte der Professor, aber ich kann dem nichts hinzufügen, als was ich schon über diesen merkwürdigen Fall gesagt habe. Und damit wandte er sich um, um wieder nach der Dschungel zu gehen. Aber Papa, rief das junge Mädchen, du hast ja bisher noch nichts darüber gesagt.

Schon gut, schon gut, Kind! antwortete Professor Porter in mildem, nachgiebigen Tone. Plage nur deinen kleinen Kopf nicht mit so schweren, sonderbaren Problemen. Und wieder ging er in einer andern Richtung fort, seine Blicke auf den Boden gerichtet, die Hände hinterm Rücken, unter den herabfallenden Schößen seines Rockes.

Ich wette, der alte Affe weiß selbst nicht mehr als wir, murmelte der häßliche Matrose.

Reden Sie ein bißchen höflicher, schrie ihn der junge Mann an, der über den beleidigenden Ton des Matrosen wütend war. Sie haben unsere Offiziere ermordet, und Sie bestehlen uns. Wir sind zwar in Ihrer Gewalt, aber wenn Sie Professor Porter und seine Tochter nicht anständig behandeln, so breche ich Ihnen mit meinen bloßen Händen das Genick. Dabei trat der junge Mann so dicht an den Matrosen heran, daß dieser beschämt sich entfernte, obschon er zwei Revolver und ein Dolchmesser im Gürtel hatte.

Verfluchter Feigling! schrie der junge Mann. Wage es nur nicht, auf jemand zu schießen! Und entschlossen drehte er ihm den Rücken und ging scheinbar gleichgültig von dannen.

Die Hand des Matrosen griff heimlich nach einem seiner Revolver. Seine bösen Augen glänzten vor Rache, als der junge Engländer in dieser Weise davonging. Die Blicke seiner Kameraden waren neugierig auf ihn gerichtet, aber er zögerte noch, denn im Grunde genommen war er ein noch größerer Feigling, als William Cecil Clayton es sich vorgestellt hatte.

Was er eigentlich tun wollte, weiß man nicht, denn plötzlich trat ein anderes Ereignis ein, mit dem bisher keiner der Beteiligten gerechnet hatte und das ihr Leben auf dieser unwirtlichen Küste Afrikas stark beeinflussen sollte.

In dem Laub eines nahen Baumes hatten zwei scharfe Augen alle ihre Bewegungen verfolgt. Tarzan hatte gesehen, welches Aufsehen sein Zettel erregt hatte, und da er von der gesprochenen Sprache dieser sonderbaren Menschen nichts verstehen konnte, so sagten ihm ihre Bewegungen und der Ausdruck ihrer Gesichter desto mehr.

Tarzan war entrüstet, als er sah, daß der kleine Matrose mit dem Rattengesicht einen seiner Kameraden erschoß, und als er nun bemerkte, daß dieser sich mit dem fein aussehenden jungen Mann zankte, wurde sein Ärger noch größer.

Noch nie hatte er die Wirkung einer Feuerwaffe gesehen, obschon er in seinen Büchern manches darüber gelesen hatte, aber als er gewahrte, daß der Matrose nach einem Revolver griff, dachte er an die Szene, die er kurz vorher beobachtet hatte, und er glaubte, jetzt werde auch der junge Mann ermordet werden.

Er nahm deshalb einen vergifteten Pfeil aus seinem Bogen und zielte auf den Matrosen, aber das Laub war so dicht, daß er sich sagte, der Pfeil werde durch die Blätter oder die Zweige abgelenkt werden, er nahm deshalb einen schweren Speer, den er aus seiner luftigen Höhe herabschleuderte.

Clayton war erst ein Dutzend Schritte weit gegangen. Der Matrose hatte seinen Revolver halb herausgezogen. Die anderen standen da und harrten der Dinge, die da kommen sollten.

Professor Porter war schon in der Dschungel verschwunden, und auch der aufgeregte Samuel T. Philander, sein Sekretär und Assistent, war ihm dorthin gefolgt.

Esmeralda, die Negerin, war eifrig beschäftigt, das Gepäck ihrer Herrin aus dem neben der Hütte hingeworfenen Haufen von Kisten und Ballen herauszusuchen.

Miß Porter hatte sich abgewandt, um Clayton zu folgen, als etwas sie veranlaßte, sich wieder dem Matrosen zuzuwenden. Und da geschahen nun drei Dinge fast gleichzeitig: Der Matrose hatte seine Waffe herausgezogen und feuerte sie auf Claytons Rücken ab; Miß Porter stieß einen lauten Warnungsruf aus, und gleichzeitig kam wie ein Blitz aus heiterem Himmel ein langer Speer geflogen und traf den Matrosen in die rechte Schulter.

Der Revolverschuß war in der Luft verhallt; er hatte sein Ziel verfehlt. Der Matrose aber krümmte sich zusammen, indem er vor Schrecken und Schmerz aufschrie.

Clayton wandte sich rasch um und kehrte zurück. Die Matrosen standen erschrocken zusammen und hielten ihre Waffen bereit, während sie gleichzeitig die Dschungel scharf beobachteten. Der Verwundete lag auf dem Boden und wand sich schreiend vor Schmerzen.

Unbemerkt hob Clayton den Revolver auf, den der Matrose hatte fallen lassen, und steckte ihn heimlich ein. Dann trat er zu den Matrosen, die noch immer mit ihren Blicken die Dschungel durchsuchten.

Wer kann das gewesen sein? flüsterte Jane Porter, und der junge Mann wandte sich um, um sie zu betrachten, wie sie mit großen erstaunten Augen neben ihm stand.

Ich glaube, es ist der Affen-Tarzan, der auf uns aufpaßt, sagte er in einem etwas zweifelnden Tone. Ich frage mich nur, für wen der Speer eigentlich bestimmt war. Wenn für Snipes, dann ist unser Affenfreund wirklich ein guter Freund. Aber um Himmelswillen, wo ist denn Ihr Vater und Mr. Philander? In der Dschungel treibt sich was herum, und dazu bewaffnet. – Hallo, Professor! Mr. Philander! rief der junge Clayton in den Wald, aber es kam keine Antwort.

Was ist da zu tun. Miß Porter? fragte der junge Mann besorgt und unentschlossen. Ich kann Sie nicht hier allein mit den Mordgesellen lassen, und Sie können nicht mit mir in die Dschungel gehen. Es muß aber jemand Ihren Vater suchen gehen. Er ist imstande, ganz sorglos weiter zu gehen, ohne der Gefahren zu achten und ohne auf die Richtung aufzupassen, und Mr. Philander ist auch nicht viel praktischer als er. Entschuldigen Sie meine Offenheit, aber unser aller Leben steht hier auf dem Spiel, und wenn wir Ihren Vater finden, so muß etwas geschehen, um ihm die Gefahren klar zu machen, denen er Sie und sich selbst durch seine Sorglosigkeit und Zerstreutheit aussetzt.

Ich bin ganz mit Ihnen einverstanden, antwortete das junge Mädchen, und ich nehme Ihnen Ihre Offenheit gar nicht übel. Der teure alte Papa würde ohne Zögern sein Leben für mich aufopfern, vorausgesetzt, daß es gelänge, seine Aufmerksamkeit einen Augenblick an eine unbedeutende Sache zu fesseln. Es gibt nur ein Mittel, ihn in Sicherheit zu bringen, und das ist, ihn an einen Baum anzuketten. Der arme teure Vater ist so unpraktisch!

Ich hab's! rief Clayton plötzlich aus. Können Sie mit einem Revolver umgehen?

Jawohl! Weshalb?

Ich habe einen. Mit ihm werden Sie und Esmeralda in dieser Hütte verhältnismäßig sicher sein, während ich nach Ihrem Vater und Mr. Philander suchen gehe. Kommen Sie, rufen Sie die Schwarze, und ich will davoneilen. Sie können noch nicht weit gegangen sein.

Jane Porter tat, wie er es ihr vorgeschlagen, und als Clayton die Tür fest hinter ihnen verschlossen sah, wandte er sich nach der Dschungel.

Mehrere Matrosen hatten ihrem verwundeten Kameraden den Speer aus der Schulter gezogen. Als nun Clayton herankam, fragte er, ob er von einem von ihnen einen Revolver geliehen bekommen könne, weil er die Dschungel nach dem Professor durchsuchen wolle.

Als der vom Speer getroffene Matrose bemerkt hatte, daß er nicht starb, hatte er seine Fassung bald wiedergefunden, und mit einem Hagel von Schimpfworten verweigerte er dem jungen Mann im Namen seiner Kameraden eine Waffe.

Der Mensch namens Snipes hatte nämlich die Rolle des Führers übernommen, seitdem er den andern ermordet hatte, und es war noch so wenig Zeit verflossen, daß noch keiner seiner Genossen diese Autorität in Frage gestellt hatte.

Clayton antwortete nicht, sondern zuckte nur mit der Schulter. Beim Fortgehen hob er aber den Speer auf, der Snipes die Schulter durchstochen hatte, und mit dieser primitiven Waffe ging der Sohn des damaligen Lord Greystoke in die dichte Dschungel.

Einige Augenblicke später rief er laut die Namen der Gesuchten. Die beiden in der Hütte Wartenden hörten den Schall seiner Stimme immer schwächer und schwächer, bis er zuletzt unter der Myriade von verschiedenartigen Urwald-Geräuschen unterging.

Als Professor Archimedes Q. Porter und sein Assistent Samuel T. Philander auf das vielfache Drängen des letzteren sich zur Rückkehr entschlossen hatten, waren sie in dem wilden Labyrinth der Dschungel völlig verirrt, ohne es auch nur zu ahnen.

Es war der reinste Zufall, daß sie die Richtung nach der West-Küste Afrikas einschlugen, statt nach Sansibar auf der entgegengesetzten Seite des schwarzen Weltteils.

Als sie nun in kurzer Zeit an den Strand kamen, aber kein Lager erblickten, war Philander überzeugt, daß sie nördlich ihres Bestimmungsortes seien, während sie in Wirklichkeit etwa zweihundert Meter südlich davon waren.

Diesen unpraktischen Theoretikern fiel es gar nicht ein, laut nach ihren Freunden zu rufen, um deren Aufmerksamkeit auf sich zu lenken. Statt dessen nahm Mr. Samuel T. Philander mit der ganzen Sicherheit, die eine Schlußfolgerung aus seiner falschen Voraussetzung ergibt, den Herrn Professor Archimedes Q. Porter fest am Arm und führte den nur schwach widersprechenden alten Herrn in die Richtung nach Kapstadt, das fünfzehnhundert Meilen weiter südlich lag.

Als Jane Porter und Esmeralda sich heil in der Hütte befanden, war der erste Gedanke der Negerin, die Tür von innen zu verrammeln. Sie wandte sich deshalb um, um nach geeigneten Gegenständen dafür zu suchen, aber beim ersten Blicke in das Innere der Hütte stieß sie einen Schrei des Entsetzens aus, und wie ein erschrockenes Kind lief das große schwarze Weib zu ihrer Herrin und verbarg ihr Gesicht zwischen ihren Schultern.

Bei dem Schrei hatte Jane Porter sich umgewandt und das bleiche Menschengebein auf dem Boden liegen sehen, und gleich darauf erblickte sie auch das Skelett auf dem Bette.

In welchen schrecklichen Ort sind wir geraten! murmelte das erschrockene Mädchen, das sich trotzdem zu beherrschen suchte.

Zuletzt befreite sie sich von der Umarmung Esmeraldas, die noch immer am Schreien war, ging durch den Raum zu der kleinen Wiege und fand auch darin ein Skelett.

Welch schreckliche Tragödie mußte sich in dieser Hütte abgespielt haben! Das Mädchen schauderte bei dem Gedanken an die Gefahren, denen sie und ihre Freunde in dieser schrecklichen Hütte ausgesetzt sein konnten, in der böse Geister zu Hausen schienen.

Von diesen düsteren Ahnungen suchte sie sich aber schnell zu befreien, und mit ihrem kleinen Fuße ungeduldig auf den Boden stampfend, bat sie Esmeralda, doch mit Weinen aufzuhören.

Hör auf, Esmeralda, sofort! rief sie ihr zu. Du machst es nur schlimmer. Ich habe nie ein so böses Kind gesehen.

Sie schlug schon einen sanfteren Ton an, und ihre Stimme zitterte, als sie an die drei Männer dachte, auf deren Schutz sie angewiesen war, und die nun in dem schrecklichen, tiefen Wald umherirrten.

Als das Mädchen sah, daß die Tür im Innern mit einer starken hölzernen Stange versehen war, versuchte sie diese mit Hilfe Esmeraldas als Riegel vorzuschieben, und das gelang denn auch ihren vereinten Anstrengungen.

Dann setzten sie sich Arm in Arm auf die Bank und warteten.

Die Schrecken der Dschungel

Die Matrosen waren Meuterer der „Arrow“. Sobald Clayton in der Dschungel verschwunden war, beratschlagten sie über ihre nächsten Pläne. Sie hielten es aber für angebracht, schleunigst auf die vor Anker liegende „Arrow“ zurückzukehren, wo sie wenigstens vor den Speeren des unsichtbaren Feindes sicher waren. Während Jane Porter und Esmeralda sich in der Hütte verbarrikadierten, ruderte die feige Schiffsmannschaft schleunigst in den zwei Booten zu ihrem Schiff zurück.

Tarzan hatte an diesem Tage so viel gesehen, daß es ihm vor lauter Wundern im Kopfe wirbelte. Aber das wundervollste von allem, was er gesehen, war das Gesicht des schönen weißen Mädchens.

Hier war doch wenigstens eine von seiner eigenen Art; dessen war er sicher. Auch der junge Mann und die zwei älteren Herren waren so, wie er sich sein eigenes Volk vorgestellt hatte.

Aber sie waren jedenfalls so wild und so grausam wie die andern Menschen, die er gesehen hatte. Die Tatsache, daß sie allein von der ganzen Gesellschaft unbewaffnet waren, konnte allerdings als Beweis gelten, daß sie niemand getötet hatten. Wenn sie Waffen gehabt hätten, wären sie jedenfalls ganz anders gewesen.

Tarzan hatte gesehen, wie der junge Mann den Revolver des verwundeten Snipes aufgehoben hatte und ihn an der Brust verbarg, und er hatte auch beobachtet, wie er ihn dem Mädchen vorsichtig zusteckte, als es in die Hütte trat.

Er verstand nichts von den Beweggründen all der Erscheinungen, die er beobachtet hatte, aber aus irgendeinem unbestimmten Drange liebte er den jungen Mann und die zwei alten Männer, und zu dem jungen Mädchen zog ihn eine seltsame Sehnsucht hin, die er kaum verstand. Was aber die schwarze Frau betraf, so stand sie offenbar in irgendeiner Beziehung zu dem Mädchen, und deshalb liebte er sie auch.

Gegen die Matrosen, und besonders gegen Snipes, hatte er einen großen Haß. Aus ihren drohenden Gebärden und dem Ausdruck ihrer üblen Gesichter hatte er erraten, daß sie der anderen Gesellschaft feindlich gesinnt waren, und so beschloß er, sie scharf zu beobachten.

Tarzan wunderte sich, daß die fremden Männer in die Dschungel gegangen waren. Er dachte aber gar nicht daran, daß jemand sich in dem Labyrinth von Unterholz verlieren könne, mit dem er so vertraut war, wie der Leser mit der Hauptstraße seiner Heimatstadt.

Als die Matrosen auf das Schiff zuruderten und er wußte, daß das Mädchen mit seiner Begleiterin sicher in der Hütte war, beschloß er, dem jungen Manne in die Dschungel zu folgen, um zu erfahren, was er dort eigentlich vorhatte. Er schwang sich deshalb schnell in der Richtung, die Clayton eingeschlagen hatte, und bald hörte er in der Ferne die jetzt nur mehr vereinzelten Rufe des Engländers nach seinen beiden Freunden.

Nach kurzer Zeit hatte Tarzan den weißen Mann erreicht, der sich, schon ermüdet, an einen Baum lehnte und den Schweiß von der Stirne wischte. Hinter dichtem Laub versteckt, konnte der Affenmensch diesen neuen Angehörigen seiner eigenen Rasse aufmerksam betrachten.

Von Zeit zu Zeit rief Clayton noch immer, und zuletzt fiel es Tarzan ein, daß er wohl nach dem alten Manne suchte.

Tarzan war schon auf dem Punkte, herunterzugehen, um selbst nach ihm zu suchen, als er den gelben Schimmer eines glatten Fells sich vorsichtig durch die Dschungel auf Clayton zu bewegen sah.

Es war Sheeta, der Leopard. Jetzt hörte Tarzan, wie das wilde Tier das Gras niedertrat, und er wunderte sich, daß der junge weiße Mann dadurch nicht gewarnt wurde. Hatte er denn das Geräusch nicht gehört? Dabei trat Sheeta so plump auf, wie Tarzan es noch nie zuvor gehört hatte.

Nein, der weiße Mann hörte es offenbar nicht. Sheeta duckte sich schon, um zu einem Sprunge auszuholen, als plötzlich durch die Stille der Dschungel das furchtbare Geschrei erscholl, wie es die Menschenaffen bei der Herausforderung zu einem Kampfe ausstoßen. Sheeta war dadurch so verblüfft, daß er sich umwandte und sich durch das krachende Unterholz entfernte.

Clayton war wie erstarrt. Sein Blut rann kalt durch die Adern. Noch nie in seinem Leben war ihm ein so fürchterlicher Schrei in die Ohren gedrungen. Er war kein Feigling, aber wenn je ein Mensch die eisigen Finger der Furcht auf seinem Herzen gespürt hat, so war es William Cecil Clayton, der älteste Sohn des Lord Greystoke aus England, an diesem Tage in der Wildnis der afrikanischen Dschungel.

Das Geräusch eines so großen Tieres, das so nahe bei ihm durch das Unterholz drang, und das furchtbare blutdürstige Geschrei aus der Höhe stellten Claytons Mut auf die höchste Probe, aber er konnte nicht wissen, daß er dieser Stimme sein Leben zu verdanken hatte, und daß das Geschöpf, das diese schrecklichen Töne von sich gegeben hatte, sein eigener Vetter war – der wirkliche Lord Greystoke.

Der Nachmittag neigte sich schon seinem Ende zu, und Clayton, betrübt und entmutigt, war in einer furchtbaren Ungewißheit, welche Richtung er einschlagen sollte. Er fragte sich, ob er weiter nach Professor Porter suchen sollte, in welchem Falle er erhöhter Todesgefahr während der Dschungel-Nacht ausgesetzt sein würde, oder ob er in die Hütte zurückkehren sollte, wo er wenigstens Jane Porter gegen die sie von allen Seiten bedrohenden Gefahren beschützen könnte.

Er kehrte nicht gerne zu ihr zurück, ohne ihren Vater gefunden zu haben. Noch mehr aber entsetzte er sich vor dem Gedanken, sie allein in den Händen der Meuterer der „Arrow“ zu lassen oder sie den hundert unbekannten Gefahren der Dschungel preiszugeben.

Dann aber sagte er sich, der Professor und Philander seien vielleicht schon in die Hütte zurückgekehrt. Das schien ihm sogar das Wahrscheinlichste zu sein. Er entschloß sich also zur Rückkehr und bahnte sich mühsam einen Weg durch das dicke Gestrüpp in der Richtung, in der er die Hütte wiederzufinden glaubte.

Zu Tarzans Überraschung wandte der junge Mann sich in die Richtung nach Mbongas Dorf. Tarzan konnte das kaum fassen, denn er war überzeugt, daß dies dem Fremden zum Verderben gereichen werde.

Überhaupt war ihm das ganze Verhalten des jungen Mannes unverständlich, denn er sagte sich, es werde sich doch niemand nach dem Dorf der grausamen Schwarzen wagen, wenn er nur mit einem Speer bewaffnet war, zumal er diesen noch so ungeschickt trug, daß man schon daraus ersehen konnte, wie ungewohnt ihm die Waffe war.

Tarzan war ganz bestürzt, denn er war überzeugt, der Fremde werde sehr schnell eine Beute der wilden Tiere werden, wenn er nicht bald nach der Bucht geleitet würde.

Da war ja auch schon Numa, der Löwe, der an den weißen Mann heranschlich und nur mehr ein Dutzend Schritte von ihm entfernt war.

Clayton hörte auf seiner rechten Seite die Bewegung des Tieres, und schon erscholl in der Stille des Abends das fürchterliche Gebrüll des Löwen. Der Mann blieb stehen, wobei er den Speer bereit hielt und in das Gestrüpp starrte, aus dem die schrecklichen Töne kamen. Schon senkten sich die Schatten und es wurde immer dunkler.

Ach Gott, hier allein zu sterben – unter den Fängen eines wilden Tieres, den warmen Atem der Bestie im Gesicht zu spüren und die Tatze auf der Brust! Bei lebendigem Leibe zerrissen zu werden!

Bei diesem Gedanken schauderte Clayton.

Einen Augenblick lang war alles still, Clayton merkte nur an einem leisen Geräusch im Buschwerk, daß sich dort etwas bewegte. Der Löwe bereitete sich auf den Sprung vor. Zuletzt erblickte Clayton nicht zwanzig Schritte entfernt den langen geschmeidigen Körper und den gelbbraunen Kopf eines starken

Mähnenlöwen. Die Bestie hielt sich so geduckt, daß ihr Leib den Boden berührte, ihre Bewegungen waren kaum wahrzunehmen. Als ihr Blick Claytons Augen traf, zog sie vorsichtig den Hinterleib an sich.

Der Mann war in Todesangst; er wagte es weder den Speer zu werfen, noch zu fliehen.

Da hörte er ein Geräusch im Baume über sich. Wieder eine neue Gefahr! dachte er, aber er wagte es nicht, den Blick von den gelbgrünen Augen vor sich abzuwenden. Er hörte ein Geräusch wie das Schwirren einer zerrissenen Saite, und im selben Augenblicke sah er schon, daß die gelbe Haut des geduckten Löwen von einem Pfeil getroffen war.

Brüllend vor Schmerz und Schrecken sprang das Tier auf. Clayton stolperte auf die Seite. Als er sich wieder nach dem wütenden König der Tiere umsah, erschrak er über den Anblick, der sich ihm darbot. Im selben Augenblick, wo der Löwe wieder zu einem Angriff ausholen wollte, war ein großer nackter Mensch vom Baum heruntergeeilt und fast direkt auf den Rücken des Löwen gesprungen.

Mit blitzartiger Schnelligkeit hatte er den gewaltigen Nacken mit seinem muskulösen Arm umfaßt, und hob das große Tier auf, als ob es sich um einen harmlosen Hund handelte. Der Löwe aber brüllte und fuchtelte mit den Vordertatzen in der Luft.

Es war eine Szene mitten im Zwielicht der afrikanischen Dschungel, die sich für immer in das Gedächtnis des Engländers eingrub.

Der Mann vor ihm war die Verkörperung leiblicher Vollkommenheit und riesiger Stärke. Und doch hing der Ausgang des Kampfes mit der großen Katze nicht von der Gewalt der Muskeln ab, denn seine Muskeln hielten schließlich doch nicht den Vergleich mit denen Numas aus. Die Überlegenheit des Mannes beruhte nur auf seiner Gewandtheit, seinem Verstand und seinem langen Messer.

Sein rechter Arm hatte den Nacken des Löwen umschlungen, indessen die linke Hand immer wieder das Messer in die ungeschützte Seite hinter der linken Schulter stieß. Das wütende Tier richtete sich auf, so daß es auf den Hinterbeinen stand, und mühte sich in dieser unnatürlichen Stellung ohnmächtig ab.

Hätte der Kampf nur einige Sekunden länger gedauert, so hätte er wohl einen anderen Ausgang genommen, aber alles geschah so schnell, daß der Löwe keine

Zeit hatte, sich von seiner Überraschung zu erholen, als er schon leblos zu Boden sank

Dann löste sich die eigentümliche Gestalt, die ihn besiegt hatte, von dem leblosen Körper, und indem sie den wilden, schönen Kopf zurückbog, stieß sie wieder jenes fürchterliche Gebrüll aus, das wenige Augenblicke vorher Clayton so erschreckt hatte.

Vor sich sah dieser einen jungen Mann, nackt, mit Ausnahme eines Lendentuches und einiger barbarischer Zieraten an Armen und Beinen, während auf seiner schmutzigbraunen Brust ein kostbares, diamantenbesetztes Medaillon glänzte.

Der Mann hatte das Jagdmesser schon wieder in die Scheide gesteckt, und hob Bogen und Köcher auf, die er von sich geworfen hatte, als er den Löwen angriff.

Clayton redete den Fremden auf englisch an. Er dankte ihm für seine wackere Hilfe und beglückwünschte ihn zu seiner wunderbaren Stärke und Gewandtheit, aber er erhielt kein andere Antwort, als daß jener ihn anstarrte und mit seiner mächtigen Schulter zuckte, was entweder bedeutete, daß der ihm geleistete Dienst nicht viel zu sagen habe, oder daß er seine Sprache nicht verstand.

Der Wilde – denn für einen solchen hielt ihn Clayton – hatte kaum seinen Bogen und Köcher umgehängt, als er nochmals sein Messer herauszog und ein Dutzend breite Streifen aus dem Fleisch des Löwen herausschnitt. Dann hockte er sich nieder und fing an zu essen, indem er Clayton einlud, ein Gleiches zu tun.

Offenbar schmeckte es ihm vorzüglich, denn seine starken weißen Zähne bissen eifrig in das rohe, blutige Fleisch. Clayton konnte es aber nicht über sich bringen, das ungekochte Fleisch mit seinem sonderbaren Gastgeber zu teilen. Einstweilen schaute er ihm zu, und da kam ihm die Überzeugung, daß dies der Affen-Tarzan sei, dessen Zettel sie am Vormittag auf der Tür der Hütte gefunden hatten.

Dann mußte er aber englisch sprechen!

Clayton versuchte deshalb nochmals, mit dem Affen englisch zu sprechen, aber die Antwort, die er jetzt erhielt, glich dem Geschnatter der Affen, vermischt mit dem Knurren wilder Tiere.

Nein, das konnte der Affen-Tarzan nicht sein, denn es war doch klar, daß er gar kein Englisch verstand.

Als Tarzan seine Mahlzeit beendet hatte, stand er auf, zeigte nach einer ganz andern Richtung, als Clayton sie bisher verfolgt hatte, und ging voran.

Clayton war ganz verwirrt und zögerte, ihm zu folgen, weil er dachte, er würde nur noch tiefer in die Wirrnisse des Waldes geführt werden; aber als der Affenmensch bemerkte, daß er nicht geneigt sei, ihm zu folgen, kehrte er zurück, faßte ihn an der Seite und zog ihn mit sich, bis er sah, daß Clayton seine Absicht verstanden hatte. Dieser folgte ihm dann auch willig.

Der Engländer hielt sich nämlich für einen Gefangenen, und dachte, es bliebe ihm nichts anderes übrig, als dem Wilden zu folgen. So arbeitete er sich denn weiter durch die Dschungel. Die Nacht war völlig hereingebrochen, man hörte im Dickicht nur die leisen Tritte weicher Pfoten, Geknister der Zweige und Geschrei der wilden Tiere.

Plötzlich vernahm Clayton in der Ferne einen Knall. Es war ein einziger Schuß, auf den gleich wieder völlige Ruhe eintrat.

*

In der dunklen Hütte am Strande saßen zwei ängstliche Frauenzimmer an einander gedrückt auf einer niedrigen Bank. Die Negerin schluchzte aufgeregt und verwünschte den Tag, an dem sie ihr teures Maryland verlassen hatte, während das andere Mädchen zwar nicht weinte und äußerlich ruhig schien, aber in seinem Innern doch voll Angst und trüber Ahnungen war. Mehr als für sich selbst fürchtete es für die drei Männer, die im unergründlichen Labyrinth des Urwaldes umherirrten, aus dem jetzt ununterbrochenes Geschrei und Gebrüll, Gebell und Geknurr kam.

Plötzlich hörte es draußen an der Wand der Hütte ein Geräusch wie von einem schweren Körper, der sich daran bewegte. Schon unterschied es die Tritte auf dem Boden. Dann war einen Augenblick alles ruhig, aber gleich darauf hörte es deutlich ein Tier draußen an der Tür schnuppern, nicht zwei Fuß von der Stelle, wo sie zusammengekauert saßen. Instinktiv zuckte das Mädchen zusammen und duckte sich fester an das schwarze Weib.

Still! flüsterte sie. Still, Esmeralda! Das Schluchzen und Heulen der Schwarzen schien nämlich das Tier an der dünnen Wand draußen angelockt zu haben.

Jetzt hörten sie ein leises Kratzen an der Tür. Das Tier versuchte, hereinzukommen, dann trat wieder Ruhe ein. Man hörte die schweren Pfoten rings um die Hütte. Wieder hielten sie inne – diesmal unter dem Fenster, auf das die angstvollen Blicke des jungen Mädchens gerichtet waren.

O Gott! murmelte es, denn in dem vom Mond erleuchteten kleinen Viereck des Fensters sah es den Kopf einer gewaltigen Löwin. Die glühenden wilden Augen waren auf sie gerichtet.

Schau, Esmeralda, flüsterte es, um Himmelswillen, was sollen wir anfangen?

Esmeralda, die sich noch enger an ihre Herrin gedrückt hatte, warf einen erschrockenen Blick nach dem kleinen Fenster, gerade als die Löwin ein lautes Knurren ausstieß.

Das war zu viel für die ohnehin schon überreizten Nerven der Schwarzen.

O Gabriel! rief sie aus und fiel wie eine leblose Masse auf den Boden.

Inzwischen stand die Löwin mit den Vorderpfoten auf dem Fenster, indem sie wütende Blicke in das Innere der Hütte schleuderte. Schon probierte sie mit ihren großen Krallen die Stärke der Latten, mit denen das Fenster vergittert war.

Dem Mädchen war fast der Atem ausgegangen, aber glücklicherweise verschwand der Kopf. Es hörte die Tritte der Löwin sich vom Fenster entfernen. Gleich darauf vernahm es das Tier aber wieder an der Tür, und alsbald begann das Kratzen von neuem. Diesmal griff das Tier mit aller Gewalt die Bretter an, um zu seinen wehrlosen Opfern zu gelangen. Hätte Jane Porter gewußt, wie stark diese Türe war, die Stück für Stück zusammengesetzt worden war, so hätte sie nicht so sehr zu fürchten brauchen, daß die Löwin sie erbrechen könnte.

Als John Clayton diese rohe, aber starke Tür anfertigte, dachte er sich nicht, daß sie zwanzig Jahre später einmal ein schönes, amerikanisches Mädchen vor den Zähnen und den Pranken eines wilden Tieres bewahren würde.

Volle zwanzig Minuten lang schnüffelte und zerrte das Tier abwechselnd an der Tür, und zuweilen brüllte es vor Wut laut auf. Zuletzt aber gab es den Versuch auf, und Jane Porter hörte, wie es zum Fenster zurückkehrte. Dort wartete es einen Augenblick, und dann sprang es mit seinem gewaltigen Gewicht gegen die Fensterstäbe, die im Laufe der Zeit morsch geworden waren.

Das Mädchen hörte, wie die Holzstäbe unter dem Angriff knackten, doch hielten sie noch stand, und das schwere Tier fiel auf den Boden zurück.

Aber immer wieder ging die Löwin zum Angriff auf das Fenster vor, und schließlich hörte die zum Tode entsetzte Gefangene im Innern der Hütte, daß ein Teil des Gitters nachgab. Gleich darauf erschien im Innern eine Pfote und dann der Kopf des Tieres.

Mit seinem mächtigen Nacken und seinen starken Schultern drückte es die Stäbe auseinander, immer weiter drang der geschmeidige Körper in das Innere.

Entsetzt fuhr das Mädchen auf, die Hand auf der Brust und die Augen in der Angst weit aufgerissen vor dem entsetzlichen Tier, das keine zehn Schritte mehr von ihr entfernt war. Zu ihren Füßen lag noch immer die Negerin. Wenn sie diese wieder auf die Beine brächte, so könnte es vielleicht ihren vereinten Anstrengungen gelingen, den blutdürstigen Eindringling niederzuschlagen.

Jane Porter bückte sich, um das schwarze Weib an der Schulter zu rütteln.

Esmeralda! Esmeralda! schrie sie. Hilf mir, oder wir sind verloren!

Langsam öffnete die Negerin die Augen. Das erste, was sie erblickte, waren die drohenden Fänge der Löwin.

Mit einem Schrei des Entsetzens richtete sie sich auf den Händen und Knien auf, und schrie, in dieser Haltung sich durch den Raum fortbewegend, mit allen Kräften ihrer Lunge: O Gabriel! O heiliger Gabriel!

Esmeralda wog etwa 250 Pfund, und das trug nicht gerade dazu bei, ihrem Gang eine gazellenartige Grazie zu geben. Wenn sie sich auf allen vieren fortbewegte, so war das von geradezu durchschlagender Wirkung.

Die Löwin verhielt sich einen Augenblick ruhig, ihren Blick auf die sich fortbewegende Esmeralda richtend. Das Ziel der Negerin schien der Schrank zu sein, in dem sie ihren gewaltigen Körper verbergen wollte, aber ehe sie ihn noch erreicht hatte, brach sie mit einem lauten Schrei, der das Gebrüll in der Dschungel noch übertraf, wieder ohnmächtig zusammen. Während Esmeralda niedersank, erneuerte die Löwin die Bemühungen, ihren starken Körper durch die Fensterstäbe zu zwängen.

Das Mädchen stand bleich und starr an der inneren Wand und dachte mit steigendem Entsetzen nach, wie es wohl der Gefahr entrinnen könnte. Während sie die Hand fest auf den Busen preßte, fühlte sie die harten Umrißlinien des Revolvers, den Clayton ihr am Vormittag gegeben hatte.

Schnell zog sie ihn aus dem Versteck, und ihn auf den Kopf der Löwin richtend, drückte sie ihn ab.

Ein Aufzucken des Feuerstrahls, ein Knall, und ein Schrei des Tieres voller Schmerz und Schrecken.

Jane Porter sah die große Gestalt aus dem Fenster verschwinden, dann sank auch sie ohnmächtig hin, den Revolver neben sich fallen lassend.

Die Löwin war aber noch nicht tot. Die Kugel hatte ihr lediglich eine schmerzliche Wunde in der Schulter beigebracht. Es war mehr der Schrecken über den Schuß, der sie zu ihrem Rückzug veranlaßt hatte.

Sie war noch keineswegs gewillt, den Angriff aufzugeben. Im Augenblicke war sie wieder am Fenster und suchte sich mit erneuter Wut einen Eingang zu erzwingen. Jetzt war das allerdings schwieriger, denn die verwundete Schulter konnte sie nicht mehr gebrauchen.

Sie sah ihre Opfer – die beiden Frauen, die unbeweglich auf dem Boden lagen. Sie hatte von ihnen weiter keinen Widerstand mehr zu befürchten. Die Beute lag vor ihr, das Raubtier brauchte sich nur noch einen Weg durch die Öffnung zu bahnen, um sich ihrer zu bemächtigen.

Langsam wand sie ihren mächtigen Körper durch das Fenster. Jetzt war ihr Kopf drinnen, jetzt auch die eine Vorderpfote und die Schulter.

Behutsam suchte sie auch die verwundete Schulter hineinzuziehen. Einen Augenblick später war auch diese drinnen, und nun folgte der lange geschmeidige Körper nach.

In diesem Augenblick öffnete Jane Porter wieder ihre Augen.

Der Waldgott

Als Clayton den Knall der Feuerwaffe gehört hatte, geriet er in eine entsetzliche Angst. Er dachte, der Schuß müsse von einem der Matrosen abgefeuert worden sein. Aber da fiel es ihm ein, daß er Jane Porter den Revolver gelassen hatte; in seiner nervösen Überreizung sagte er sich, sie sei jedenfalls von einer großen Gefahr bedroht, vielleicht habe sie sich gerade in diesem Augenblick gegen einen wilden Menschen oder ein wildes Tier verteidigen müssen. Welches die Gedanken seines Führers waren, konnte er nur vermuten, aber daß er den Schuß ebenfalls gehört hatte und in irgend einer Weise davon beeinflußt wurde, war klar, denn er bewegte sich jetzt in den Bäumen mit großer Schnelligkeit weiter.

Clayton suchte ihm zu folgen, aber binnen weniger Minuten stolperte er ein Dutzend mal und gab es daher bald auf, mit ihm gleichen Schritt zu halten.

Da er fürchtete, jetzt unwiederbringlich verloren zu sein, rief er dem wilden, sich über die Bäume dahinschwingenden Manne laut nach, und hatte alsbald die Genugtuung, ihn aus den Zweigen herniederkommen zu sehen.

Einen Augenblick sah Tarzan sich den jungen Mann aus der Nähe an, als ob er noch nicht wüßte, was er wohl am besten tun könne; dann bückte er sich vor Clayton nieder und bedeutete ihm, ihn um den Hals zu fassen. Als er den Engländer auf dem Rücken hatte, kletterte er wieder auf einen Baum, und nun ging die Reise in der luftigen Höhe über die Äste weiter.

Der junge Engländer hatte noch nie so etwas erlebt, und diese Minuten sollte er auch nie vergessen. Über die sich beugenden Äste wurde er fortgetragen und zwar, wie es ihm schien, mit einer unglaublichen Schnelligkeit, wohingegen Tarzan über sein langsames Fortkommen ungehalten war.

Von einem hohen Ast schwang sich der behende Wilde mit Clayton auf dem Rücken in einem schwindelnden Satze auf den nächsten Baum; dann wieder folgten seine Füße einem Durcheinander von Ästen, wobei er wie ein Seiltänzer hoch über der dunklen Tiefe dahinwanderte.

In den ersten Augenblicken hatte Clayton nur das Gefühl einer schaurigen Furcht. Dann aber bewunderte und beneidete er diese rissigen Muskeln und den wunderbaren Instinkt, der diesen Waldgott so leicht und so sicher durch die dunkle Nacht führte.

Zuweilen kamen sie an eine Stelle, wo das Laub über ihnen weniger dicht war, so daß Clayton im Mondlicht den seltsamen Weg bewundern konnte, den der Wilde einschlug.

Wenn er in die Tiefe schaute, so stand ihm fast der Atem still, denn sie waren oft hundert Fuß über der Erde.

Trotz der scheinbaren Schnelligkeit kamen sie verhältnismäßig langsam vorwärts, denn Tarzan mußte immer Äste von genügender Stärke suchen, die auch imstande waren, ein doppeltes Menschengewicht zu tragen.

Nun waren sie an der Lichtung bei der Küste. Dank seinem geübten Ohr hatte Tarzan das Geräusch gehört, das die Löwin machte, als sie durch das Gitter des Fensters hineinzudringen versuchte; er stieg denn auch mit einer solchen Eile hinunter, daß es Clayton vorkam, als seien sie heruntergeflogen. Und doch berührten sie die Erde mit einem kaum merkbaren Ruck.

Kaum hatte Clayton den Affenmenschen losgelassen, als dieser auch schon wie ein Eichhörnchen auf die entgegengesetzte Seite der Hütte eilte.

Der Engländer sprang schnell hinter ihm drein, und konnte eben noch sehen, wie der hintere Teil eines gewaltigen Tieres durch das Fenster in der Hütte verschwand.

Als Jane Porter die Augen wieder öffnete und die Gefahr erkannte, die sie jetzt unmittelbar bedrohte, gab ihr wackeres junges Herz die letzte Hoffnung auf. Sie drehte sich um, um nach der Waffe zu greifen, denn sie wollte lieber sich selbst entleiben, ehe sie von den grausamen Zähnen der Löwin zerrissen würde.

Schon war das Tier fast durch die Öffnung hindurch, als Jane die Waffe fand. Rasch richtete sie den Revolver gegen ihre Schläfe, um den häßlichen Rachen der Löwin nicht mehr zu sehen.

Einen Augenblick zögerte sie, um noch ein kurzes stilles Gebet zu ihrem Schöpfer emporzusenden, als ihr Blick auf die arme Esmeralda fiel, die unbeweglich, aber noch lebend, neben dem Schranke lag.

Konnte sie die arme treue Dienerin den unbarmherzigen gelben Fängen überlassen? Nein, sie mußte der bewußtlosen Frau eine Kugel ins Herz schießen, ehe sie die kalte Mündung gegen sich selbst richtete.

Das war ihr zwar ein schrecklicher Gedanke, aber wäre es nicht tausendmal grausamer, wenn das gute schwarze Weib, das sie mit mütterlicher Liebe und Sorgfalt großgezogen hatte, unter den zerreißenden Tatzen der großen Katze die Besinnung wieder erlangen würde?

Schnell sprang Jane Porter auf und eilte zu der Schwarzen. Sie drückte die Mündung fest gegen das treue Herz, schloß die Augen und – da stieß die Löwin ein fürchterliches Gebrüll aus.

Bestürzt feuerte Jane den Schuß ab und wandte sich dem Tiere zu, indem sie gleichzeitig die Waffe gegen ihre eigene Schläfe richtete.

Sie feuerte aber keinen zweiten Schuß ab, denn zu ihrem Erstaunen sah sie, daß das gewaltige Tier aus dem Fenster zurückgerissen wurde, und dahinter erblickte sie im Mondlicht die Köpfe und Schultern zweier Männer.

Als Clayton um die Ecke der Hütte geeilt war, um das Tier zu sehen, bemerkte er, wie der Affenmensch den langen Schwanz mit beiden Händen erfaßt hatte und, sich mit den Füßen gegen die Wand stemmend, all seine Kraft anwandte, um das Tier herauszuzerren.

Clayton wollte ihm dabei hilfreiche Hand leisten, aber der Affenmensch plapperte etwas in einem so entschiedenen Tone, daß der Engländer es als einen Befehl auffaßte, obschon er kein Wort davon verstand.

Er half aber weiter, an dem Löwen zu ziehen, und endlich gelang es ihren vereinten Anstrengungen, das schwere Tier aus dem Fenster herauszubringen.

Nun erst bekam Clayton einen Begriff von der tollkühnen Tapferkeit seines Gefährten.

Es war in der Tat der höchste Heldenmut von seiten eines nackten Menschen, einen brüllenden und kratzenden Löwen mit dem Schwanz aus einem Fenster herunterzuziehen, um ein unbekanntes weißes Mädchen zu retten.

Bei Clayton war es schon etwas ganz anderes, denn das Mädchen war nicht bloß von seiner eigenen Art und Rasse, sondern auch das einzige weibliche Wesen auf der Welt, das er liebte.

Obschon er wußte, daß die Löwin kurzen Prozeß mit ihnen beiden machen würde, half er mit ganzer Willenskraft, sie herunterzuziehen, bloß um sie von Jane Porter abzuhalten. Dann erinnerte er sich des Kampfes zwischen diesem Mann und dem großen Löwen mit der dunklen Mähne, dessen Zeuge er heute gewesen war, und fing an, wieder mehr Vertrauen zu fassen.

Tarzan erteilte noch immer Befehle, die Clayton nicht verstand. Er versuchte, dem dummen weißen Mann zu sagen, er sollte der Löwin die vergifteten Pfeile in den Rücken und die Seiten stoßen und ihr Herz mit dem langen dünnen Jagdmesser, das an seiner Hüfte hing, durchbohren, aber der Mann verstand ihn nicht, und Tarzan wagte es nicht, von dem Tiere abzulassen, denn er wußte, daß der schwächliche weiße Mann nicht imstande wäre, die Löwin auch nur eine Minute lang allein zu halten.

Langsam kam die Löwin aus dem Fenster heraus. Zuletzt waren auch die Schultern draußen.

Und dann sah Clayton etwas, was er noch nie erlebt hatte. Tarzan hatte sich nämlich den Kopf zerbrochen, wie er wohl allein mit dem rasenden Tier fertig werden könne. Da erinnerte er sich plötzlich seines Kampfes mit Terkop, und als nun die großen Schultern aus dem Fenster kamen, so daß das Tier nur noch mit den Vordertatzen am Rande hing, ließ er seine Hände von ihm los.

Mit der Behendigkeit einer Schlange stürzte er sich auf den Rücken der Löwin. Er suchte sie so zu umfassen, wie er es damals in seinem blutigen Ringkampfe mit Terkop getan hatte.

Mit einem lauten Gebrüll wandte sich die Löwin, um über ihren Feind herzufallen, aber dieser hielt sich an ihr fest.

Mit den Pfoten schlagend und kratzend, wälzte das Tier sich hin und her, um den sonderbaren Feind von sich abzuschütteln, aber immer fester drückte sich der eiserne Griff, der sie bezwang, auf ihre Brust.

Immer höher kletterte der Feind ihr am Nacken hinauf, indes ihre eigenen Anstrengungen immer schwächer wurden.

Zuletzt sah Clayton im Mondlicht, wie Tarzan in einer äußersten Kraftanstrengung seiner gewaltigen Muskeln der Löwin das Genick brach.

Ein scharfer Knacks, – und sie war erledigt.

Im Augenblick war Tarzan auf den Beinen, und zum zweiten Mal an diesem Tage hörte Clayton das wilde Siegesgeschrei.

Als Jane Porter dies aber vernahm, rief sie in Todesangst: Cecil – Mr. Clayton! O was ist das? Was ist das?

Schnell zur Tür eilend, rief Clayton ihr zu, alles sei in Ordnung, und bat sie, zu öffnen. So schnell wie sie nur konnte, entfernte sie die große Stange von der Tür, so daß Clayton eintreten konnte.

Was war das für ein schrecklicher Schrei? fragte sie flüsternd, indem sie ängstlich näher an ihn herankam.

Es war der Kampfruf aus der Kehle des Mannes, der Ihnen eben das Leben gerettet hat, Miß Porter. Warten Sie, ich will ihn holen, damit Sie ihm danken können.

Das noch immer ängstliche Mädchen wollte nicht allein bleiben und so ging sie mit Clayton nach der Hüttenwand hinaus, wo der Körper der Löwin lag.

Tarzan hatte sich schon entfernt.

Clayton rief ihm mehrmals, erhielt aber keine Antwort, und so gingen beide zu ihrer größeren Sicherheit wieder ins Innere.

Welch ein schrecklicher Ton! rief Jane Porter aus. Mir schaudert schon bei dem Gedanken daran. Ich kann nicht glauben, daß eine menschliche Kehle einen so häßlichen, furchtbaren Schrei ausstoßen kann.

Und doch ist es so, Miß Porter, antwortete Clayton, und wenn es keine menschliche Kehle ist, so ist es die eines Waldgottes.

Dann erzählte er ihr seine Erlebnisse mit diesem sonderbaren Geschöpf, wie der wilde Mann ihm zweimal am Tage das Leben gerettet, er sprach ihr von seiner wunderbaren Stärke, Gewandtheit und Tapferkeit, von seiner braunen Haut und seinem schönen Antlitz.

Ich kann mir das alles nicht erklären, sagte er zum Schluß. Zuerst dachte ich, es könnte wohl der Assen-Tarzan sein, aber er spricht kein Englisch und versteht es auch nicht, so daß diese Annahme unhaltbar ist.

Nun, rief das Mädchen, was er auch sein mag, wir schulden ihm unser Leben. Möge Gott ihn segnen und ihn in dieser wilden Dschungel in seinen Schutz nehmen!

Amen! antwortete Clayton inbrünstig.

Da erblickten sie Esmeralda, die aufrecht auf dem Boden saß. Ihre großen Augen rollten hin und her, als ob sie nicht daran glauben könnte, daß sie noch am Leben sei.

Und dabei wußte sie nicht einmal, daß ihre eigene Herrin sie hatte töten wollen. Der Schrei der Löwin hatte sie gerettet, denn Jane Porter war dadurch so zusammengefahren, daß der Schuß sein Ziel verfehlte und die Kugel nur in den Fußboden drang.

Jetzt machte sich auch bei Jane Porter der Rückschlag geltend. Sie sank auf die Bank und fiel in ein nervöses Weinen.

„Sehr merkwürdig“

Einige Meilen südlich von der Hütte, auf einem sandigen Streifen des Strandes, standen zwei ältere Männer und verhandelten mit einander.

Vor ihnen dehnte sich der Atlantische Ozean, hinter ihnen der schwarze Weltteil mit seinen undurchdringlichen dunklen Urwäldern aus.

Wilde Tiere heulten und knurrten, und auch andere häßliche und unheimliche Geräusche drangen an ihr Ohr. Sie waren meilenweit gewandert, um ihre Hütte zu suchen, aber immer in einer falschen Richtung. Sie waren hoffnungslos verloren, als ob sie plötzlich in eine andere Welt versetzt worden wären. In einer solchen Lage mußten doch wohl all ihre Gedanken auf die sie bedrohenden Gefahren und auf den Weg gerichtet sein, der sie nach der Hütte zurückgeführt hätte.

Dem war aber keineswegs so.

Samuel T. Philander war am Sprechen.

Aber mein lieber Professor, sagte er, ich behaupte noch immer, daß wenn Ferdinand und Isabella im fünfzehnten Jahrhundert nicht über die Mauren in Spanien gesiegt hätten, die Welt heute um tausend Jahre voraus wäre. Die Mauren waren ein wesentlich toleranteres, weitherziges, liberales Volk von Ackerbauern, Handwerkern und Kaufleuten, das wirkliche Muster eines Volkes, das eine Zivilisation, wie wir sie heute in Amerika und in Europa vorfinden, möglich gemacht hätte, während die Spanier ...

Halten Sie ein, lieber Herr Philander, unterbrach ihn Professor Porter, ihre Religion schloß von vornherein die Möglichkeit, von der Sie sprechen, aus. Die Lehre Muhameds war, ist und wird immer ein Pesthauch sein, der den wissenschaftlichen Fortschritt tötet.

Verzeihung, Professor, sagte Mr. Philander, der seine Blicke in die Dschungel gerichtet hatte, da scheint sich etwas zu nähern.

Professor Archimedes Q. Porter wandte sich nach der Richtung, die der kurzsichtige Mr. Philander angedeutet hatte.

Lassen Sie doch das, Mr. Philander, versetzte er ärgerlich. Wie oft muß ich Sie auffordern, alle Ihre geistigen Fähigkeiten auf den einen Mittelpunkt zu sammeln, daß Sie die höchsten Kräfte Ihres Verstandes auf die wichtigsten Weltfragen anwenden, die große Geister allein beschäftigen können? Und jetzt muß ich bemerken, daß Sie so unhöflich sind, mich in meinen gelehrten Auseinandersetzungen zu unterbrechen, um meine Aufmerksamkeit auf einen dummen vierfüßigen Vertreter der Felis-Art zu lenken. Aber, was ich sagen wollte, Mr. – –

Herr Professor, ein Löwe! schrie Mr. Philander, indem er seine Augen auf eine undeutliche Gestalt richtete, die sich aus dem dunkeln tropischen Gebüsch abzeichnete.

Ja, ja, Mr. Philander, ein Löwe, wenn Sie durchaus in Straßenausdrücken reden wollen. Aber, was ich sagen wollte ...

Entschuldigen Sie, Herr Professor, unterbrach ihn Mr. Philander wieder, erlauben Sie mir, zu bemerken, daß zweifellos die Mauren, die im fünfzehnten Jahrhundert besiegt wurden, leider auch noch in der gegenwärtigen Zeit fortwirken. Aber ehe wir mit der Unterhaltung darüber fortfahren, wollen wir einmal sehen, wieweit sich die Felis carnivora uns schon genähert hat.

In der Zwischenzeit war nämlich der Löwe ruhig und würdevoll bis auf zehn Schritte an die Männer herangekommen, die dastanden und ihn neugierig betrachteten.

Das Mondlicht überflutete den Strand, und so hoben sich die Gestalten der beiden merkwürdigen Männer auffallend von dem gelben Sande ab.

Das ist doch nicht in Ordnung, rief Professor Porter ziemlich erregt aus. Noch nie, Mr. Philander, habe ich in meinem Leben gesehen, daß es einem dieser Tiere erlaubt wurde, außerhalb seines Käfigs umherzustreifen. Das ist doch ein ganz ungehöriges Vorgehen, das sich sicher der Direktor des nächsten zoologischen Gartens erlaubt hat.

Das ist richtig, Herr Professor, antwortete Mr. Philander, und es ist am besten, schnell zu handeln. Wir wollen weitergehen.

Indem er den Professor am Arme nahm, schritt Mr. Philander weiter, um aus der Nähe des Löwen fortzukommen. Sie waren erst ein Stück weit gegangen, als Mr. Philander zurückschaute und zu seinem Schrecken gewahrte, daß der Löwe ihnen folgte. Er faßte den Professor fester am Arm und beschleunigte seinen Schritt.

Aber was ich sagen wollte, Mr. Philander, fuhr Professor Porter fort.

Mr. Philander warf aber nochmals einen Blick rückwärts und sah, daß auch der Löwe seine Gangart beschleunigt hatte und noch immer dicht hinter ihnen blieb.

Er folgt uns! rief Mr. Philander und fing an zu laufen.

Nur langsam, Mr. Philander! sagte der Professor, diese unziemliche Hast paßt sich nicht für Gelehrte. Was werden unsere Freunde denken, wenn sie uns zufällig von der Straße aus sehen und bemerken, daß wir solche Possen treiben? Wir wollen uns doch würdevoller benehmen!

Mr. Philander warf nochmals einen verstohlenen Blick nach hinten.

O Schrecken! Der Löwe war mit gemächlichen Sprüngen kaum fünf Meter hinter ihnen.

Mr. Philander ließ den Arm des Professors los und fing an, mit solcher Eile zu laufen, als ob er an einem Wettrennen beteiligt wäre.

Wie ich also sagte, hatte Professor Porter wieder angefangen, und er schien jetzt weiter für sich reden zu wollen, aber als er ebenfalls hinter sich schaute, sah er die grausamen gelben Augen und das halb offene Maul der Bestie, und nun fing auch er an, mit fliegenden Rockschößen und seinem glänzenden Seidenhut hinter Mr. Philander her zu laufen.

Kurz vor ihnen streckte sich der Wald auf eine schmale Landzunge vor. Mr. Philander richtete offenbar seine großen Sprünge dorthin, um in den Schutz der Bäume zu gelangen. Zu gleicher Zeit schauten zwei scharfe Augen aus dem Dunkel dieser Bäume dem Verlauf dieses Wettrennens zu.

Es war Tarzan, der mit lächelndem Gesicht die beiden Männer laufen sah. Er wußte, daß sie von dem Löwen einstweilen nichts zu befürchten hätten, denn wenn dieser sich die leichte Beute entgehen ließ, so war das offenbar lediglich dem Umstand zuzuschreiben, daß er schon vollständig satt war.

Solange er den Bauch gefüllt hatte, tat er ihnen nichts zu leide, und wenn er nicht gereizt wurde, so ward er es vielleicht bald müde, ihnen zu folgen und kehrte in sein Lager in der Dschungel zurück.

Die Gefahr bestand aber darin, daß einer der beiden Männer stolpern und stürzen konnte. Der gelbe Teufel würde sofort über ihn herfallen, weil dann die Mordlust in ihm unweigerlich wieder aufflammte.

Als Tarzan die Flüchtlinge herannahen sah, schwang er sich auf einen niederen Ast. Sowie Mr. Samuel T. Philander zitternd unter dem Baum ankam und hinaufzuklettern versuchte, reichte Tarzan hinunter, ergriff ihn am Kragen und hob ihn neben sich auf den Ast.

Gleich darauf kam der Professor. Auch diesen beförderte er herauf und zwar gerade im selben Augenblick, wo der erstaunte Numa zu brüllen anfing, weil er bemerkte, daß seine Beute ihm entgangen war.

Die beiden Männer hielten sich keuchend an dem Aste fest, indes Tarzan mit dem Rücken am Stamm des Baumes saß und sie neugierig betrachtete.

Es war der Professor, der zuerst das Schweigen brach.

Ich bin peinlich berührt, Mr. Philander, sagte er, daß Sie so wenig männlichen Mut bei einer so untergeordneten Sache bewiesen haben, und daß Sie mich in Ihrer Furchtsamkeit veranlaßten, mich in so ungewohnter Weise anzustrengen. Ich muß aber meine Rede wieder kurz zusammenfassen. – Wie ich schon sagte, Mr. Philander, als Sie mich unterbrachen, die Mauren ...

Herr Professor Porter, unterbrach ihn Mr. Philander in eisigem Tone, die Zeit ist gekommen, wo die Geduld zum Verbrechen wird, selbst wenn sie in den Mantel der Tugend gehüllt erscheint. Sie haben mich der Feigheit beschuldigt. Sie geben vor, Sie seien nur gelaufen, um mich einzuholen, nicht aber um den Tatzen des Löwen zu entgehen. Nehmen Sie sich in Acht, Herr Professor! Ich bin ein verzweifelter Mann. Auch ein Wurm windet sich, wenn er getreten wird.

Halt, Mr. Philander, Sie vergessen sich.

Ich vergesse mich gar nicht, Herr Professor, sonst könnte ich die hohe Stellung, die Sie in der Wissenschaft einnehmen, und Ihre grauen Haare vergessen.

Der Professor schwieg einige Minuten, und die Dunkelheit verbarg das grimmige Lächeln, das sich auf seinem runzeligen Gesicht zeigte.

Unter ihnen ging der Löwe noch immer unruhig auf und ab. Das dritte Gesicht auf dem Baum war durch die dichten Schatten am Stamm verdeckt. Tarzan war ebenfalls still und unbeweglich wie ein geschnitztes Bild.

Endlich sagte der Professor zu Mr. Philander:

Sie haben mich sicher gerade rechtzeitig auf den Baum gezogen. Ich möchte Ihnen danken. Sie haben mein Leben gerettet.

Aber ich habe Sie nicht heraufgezogen, Herr Professor, sagte Mr. Philander. Vor lauter Aufregung habe ich vergessen, daß ich selbst von einem andern hier heraufgezogen wurde. Es muß noch einer hier auf dem Baume sein.

So, stieß Professor Porter hervor, sind Sie dessen ganz sicher, Mr. Philander?

Ganz sicher, Herr Professor, antwortete Mr. Philander, und ich denke, wir müssen uns bei ihm bedanken. Er muß rechts von Ihnen sitzen, Herr Professor.

Was sagen Sie da? fragte der Professor, indem er etwas näher an seinen Assistenten heranrückte.

Gerade in dem Augenblick dachte Tarzan, Numa habe nun aber schon lange genug unter dem Baum gelauert. Deshalb hob er seinen jungen Kopf gen Himmel und stieß den fürchterlichen Kampfruf der Menschenaffen aus.

Den beiden alten Herren klang es schauerlich in den Ohren. Zitternd hockten sie in ihrer unbequemen Stellung auf dem Aste. Als sie aber nach dem Löwen schauten, sahen sie, daß dieser auf einmal Halt machte, als er das schreckliche Geschrei hörte, sich umwand und schnell in der Dschungel verschwand.

Sogar der Löwe zittert vor Furcht, flüsterte Mr. Philander. Sehr merkwürdig, sehr merkwürdig, murmelte Professor Porter, indem er ungestüm nach Mr. Philander griff, um das durch den Schrecken gestörte Gleichgewicht wieder zu erlangen. Zum Unglück für beide war es in diesem Augenblick um das Gleichgewicht Mr. Philanders ebenfalls sehr schlecht bestellt, und es bedurfte nur des liebenswürdigen Anstoßes des Professors in Verbindung mit seinem Körpergewicht, um eine Katastrophe herbeizuführen.

Einen Augenblick schwankten beide unsicher auf ihrem Aste, und dann fielen sie beide sich umarmend und beide zugleich schreiend, kopfüber vom Baum.

Das war eine fürchterliche Aufregung, denn beide sagten sich, ein solcher Sturz werde soviel Gliederbrüche zur Folge haben, daß an ein Fortkommen nicht mehr zu denken sei.

Zuerst versuchte Professor Porter ein Bein zu bewegen. Zu seinem Erstaunen war es noch unversehrt. Dann versuchte er auch das andere Bein und streckte es aus.

Merkwürdig, sehr merkwürdig, murmelte er.

Danken Sie Gott, Herr Professor, flüsterte Mr. Philander ihm zu.

Sie sind also nicht tot?

Still, still, Mr. Philander, antwortete der Professor, ich weiß es noch nicht genau.

Mit unendlicher Sorgfalt bewegte Professor Porter seinen rechten Arm hin und her. Gottlob, er war noch unversehrt! Ängstlich zog er dann auch den linken Arm unter seinem Körper hervor. Auch er bewegte sich noch wie früher.

Sehr merkwürdig, sehr merkwürdig! meinte der Professor.

Wem geben Sie eigentlich diese Signale? fragte Mr. Philander spöttisch.

Professor Porter würdigte ihn aber keiner Antwort. Jetzt hob er vielmehr auch seinen Kopf vorsichtig vom Boden und nickte damit wohl ein halbes Dutzend mal.

Sehr merkwürdig, meinte er wieder. Er ist noch unversehrt.

Mr. Philander lag noch genau auf der Stelle, wo er hingefallen war. Er hatte es noch nicht gewagt, aufzustehen, denn er glaubte, er habe Arme, Beine und Rücken gebrochen.

Mit einem Auge war er auf weichen Boden gefallen, und mit dem andern verfolgte er erstaunt die sonderbaren Bewegungen, die Professor Porter mit seinen Gliedern machte.

Wie ärgerlich! rief Mr. Philander halblaut aus. Gehirnerschütterung, und die Folge davon: Geistesgestörtheit. Sehr schlimm in der Tat.

Professor Porter drehte sich jetzt auf der Erde. Vorsichtig bog er den Rücken, bis er einem Kater vor einem kläffenden Hunde ähnelte. Dann richtete er sich auf und befühlte die einzelnen Glieder seines Körpers.

Sie sind noch alle da! rief er aus. Sehr merkwürdig!

Während er sich aufrichtete und einen scharfen Blick auf den noch immer daliegenden Mr. Philander warf, sagte er:

Wohlan, Mr. Philander! Jetzt heißt es nicht länger auf der faulen Haut liegen. Wir müssen weiter gehen.

Mr. Philander hob jetzt auch das eine Auge aus dem schlammigen Boden und schaute in wortloser Wut auf Professor Porter. Dann versuchte er aufzustehen, und er war überaus erstaunt, als das ihm ohne weiteres glückte.

Er war aber sehr ungehalten über die ungerechte Verdächtigung, der er seitens des Professors ausgesetzt war, und er wollte ihm eben scharf erwidern, als seine Blicke auf eine seltsame Gestalt fielen, die nur wenige Schritte von ihnen stand und sie aufmerksam betrachtete.

Professor Porter hatte seinen seidenen Hut wiedergefunden, den er beim Hinaufklettern verloren hatte, und setzte ihn wieder auf. Als er nun sah, daß Mr. Philander scharf nach etwas hinter ihm Befindlichen ausschaute, wandte er sich um und erblickte den wilden Menschen, der nackt bis auf ein Schurzfell und etwas Metallschmuck unbeweglich vor ihnen stand.

Guten Abend, mein Herr, sagte der Professor, indem er den Hut lüftete.

Statt einer Antwort gab der Waldmensch ihnen ein Zeichen, sie möchten ihm folgen. Er ging ihnen schon voraus und zwar in der Richtung, aus der sie vorhin gekommen waren.

Ich denke, wir tun am besten, ihm zu folgen, sagte Mr. Philander.

Bei Leibe nicht, Mr. Philander, erwiderte der Professor. Vorhin behaupteten Sie, die Hütte liege südlich von uns. Ich zweifelte daran, aber schließlich überzeugten Sie mich. Nun bin ich gewiß, daß wir gegen Süden gehen müssen, um unsere Freunde wiederzufinden. Deshalb werde ich südlich weitergehen.

Aber, Herr Professor, dieser Mann muß es besser wissen als wir. Er scheint hier einheimisch zu sein. Wir wollen ihm wenigstens einmal ein kurzes Stück folgen.

Nein, Mr. Philander, erklärte der Professor abermals. Mich überzeugt man nicht leicht, aber wenn ich einmal überzeugt bin, so ist mein Entschluß auch unerschütterlich. Ich werde in meiner Richtung weitergehen und wenn ich um den ganzen afrikanischen Weltteil herumwandern müßte, um mein Ziel zu erreichen.

Eine weitere Auseinandersetzung wurde durch Tarzan unterbrochen. Als er nämlich sah, daß die sonderbaren Männer ihm nicht folgten, kehrte er zu ihnen zurück. Er winkte ihnen nochmals, aber da sie noch stehen blieben und sich auseinandersetzten, verlor er die Geduld.

Er faßte den erschrockenen Mr. Philander bei der Schulter, und ehe dieser noch wußte, wie ihm geschah, hatte der Affenmensch ihm das Ende eines Seiles um den Hals geschlungen. Oho, Mr. Philander, sagte der Professor, wie können Sie sich eine so schimpfliche Behandlung gefallen lassen?

Kaum hatte er dies gesagt, als auch er gepackt und mit demselben Seile um den Hals festgebunden wurde.

Dann machte Tarzan sich auf, und zwar in der Richtung nach Norden, indem er den erschrockenen Professor und seinen Sekretär am Seile führte.

Die beiden alten Herren schwiegen. Sie waren müde und entmutigt, und der Weg kam ihnen stundenweit vor.

Als sie endlich auf eine kleine Anhöhe kamen, waren sie hocherfreut, die Hütte noch nicht hundert Meter weit vor sich liegen zu sehen.

Nun ließ Tarzan sie frei, und auf den kleinen Bau deutend, verschwand er in der Dschungel.

Sehr merkwürdig, sehr merkwürdig! sagte der Professor. Aber Sie sehen, Mr. Philander, daß ich wie gewöhnlich ganz recht hatte. Ohne Ihren hartnäckigen Eigensinn wären wir nicht einer ganzen Reihe demütigender, um nicht zu sagen gefährlicher Vorfälle ausgesetzt gewesen. In Zukunft lassen Sie sich also von einem reiferen und praktischeren Geiste leiten, wenn Sie eines weisen Rates bedürfen.

Mr. Philander fühlte sich durch den glücklichen Ausgang ihres Abenteuers so erleichtert, daß er auf eine Erwiderung verzichtete. Statt dessen nahm er seinen Freund beim Arm und eilte mit ihm auf die Hütte zu.

Es war wie eine Gesellschaft geretteter Schiffbrüchiger, die sich hier wiederfand. Die ganze Nacht hindurch erzählten sie sich ihre Abenteuer, und der Morgen dämmerte schon, ehe sie damit zu Ende waren.

Vor allem wurden sie nicht müde, über den sonderbaren Beschützer, den sie an dieser wilden Küste gefunden hatten, Vermutungen anzustellen.

Esmeralda war überzeugt, daß es niemand anders sei als ein Engel des Herrn, der vom Himmel gesandt wurde, um über sie zu wachen.

Clayton aber sagte lachend:

Esmeralda, hätten Sie gesehen, wie er das rohe Fleisch des Löwen verschlang, so hätten Sie ihn für einen sehr körperlichen Engel gehalten.

Das weiß ich nicht, antwortete Esmeralda, aber wenn er rohes Fleisch gegessen hat, so konnte er es jedenfalls nicht kochen. Wahrscheinlich hatte der liebe Gott in der Eile vergessen, ihm Streichhölzer mitzugeben, und ohne Streichhölzer konnte er doch kein Feuer machen.

Es war auch nichts Himmlisches in seiner Stimme, fügte Jane Porter hinzu, und dabei fuhr sie noch unwillkürlich zusammen, als sie daran dachte, wie schrecklich Tarzan gebrüllt hatte, als er die Löwin erlegt hatte.

Es entspricht auch nicht meinen vorgefaßten Begriffen von der Würde himmlischer Boten, bemerkte Professor Porter, wenn dieser Herr zwei hochgeachtete Gelehrte Hals an Hals bindet und sie durch die Dschungel führt, als ob es Kühe wären.

Begräbnis

Als es ganz hell geworden war, begann die Gesellschaft, sich eine Mahlzeit zuzubereiten, denn keiner von ihnen hatte seit dem vorhergehenden Tage etwas gegessen.

Die Meuterer der „Arrow“ hatten einen kleinen Vorrat von getrocknetem Fleisch, Suppen- und Gemüsekonserven, Zwieback, Mehl, Tee und Kaffee für die fünf Personen, die sie an einer unbewohnten Küste aussetzten, an Land gebracht, und nun machten diese sich darüber her, um ihren Hunger zu stillen.

Die nächste Aufgabe bestand darin, die Hütte bewohnbar zu machen und die grausigen Überreste der Tragödie, die sich vor langer Zeit dort abgespielt hatte, zu entfernen.

Professor Porter und Mr. Philander waren in die Untersuchung der Skelette vertieft. Sie stellten fest, daß die zwei größeren ein männliches und ein weibliches von einer höheren weißen Rasse seien.

Dem kleinen Skelett schenkten sie weniger Beachtung, denn da es in der Wiege lag, zweifelten sie nicht daran, daß es sich um das Kind des unglücklichen Ehepaares handle.

Als sie sich anschickten, das Skelett des Mannes zur Beerdigung hinauszutragen, entdeckte Clayton einen massiven Ring, der offenbar die Hand geschmückt hatte, denn es lag noch ein dürrer Knochen darin.

Als Clayton ihn aufhob und näher prüfte, stieß er einen Ruf der Überraschung aus, denn der Ring trug das Wappen des Hauses Greystoke.

Zu gleicher Zeit entdeckte Jane Porter die Bücher in dem Schranke, und auf dem Vorsatzblatt eines dieser Bände sah sie den Namen: John Clayton, London. In einem zweiten Buche, das sie in der Eile untersuchte, stand bloß der Name Greystoke.

Wie, Mr. Clayton, rief sie, was bedeutet dies? In diesen Büchern stehen die Namen Ihrer eigenen Familie.

Und hier, erwiderte er ernst, ist der große Ring des Hauses Greystoke, der verloren war, seit mein Onkel John Clayton, der frühere Lord Greystoke, verschwand; er ging vermutlich im Meere unter.

Aber, rief das Mädchen, wie können Sie sich denn erklären, daß die Dinge hier in diese afrikanische Wildnis gekommen sind?

Dafür gibt es nur eine Erklärung, Miß Porter, sagte Clayton. Der verstorbene Lord Greystoke ist nicht ertrunken. Er starb hier in der Hütte, und diese armen Reste auf dem Boden sind alles, was sterblich an ihm war.

Dann muß dieses Lady Greystoke gewesen sein, sagte Jane Porter ehrfurchtsvoll, indem sie auf das Häuflein Knochen auf dem Bette zeigte.

Die schöne Lady Alice, fügte Clayton hinzu, von deren Tugenden und persönlichen Reizen meine Eltern oft gesprochen haben. Arme, unglückliche Lady, murmelte er traurig. Ehrfurchtsvoll und feierlich brachte man die Überreste hinaus, nachdem man neben der Hütte ein Grab bereitet hatte.

Als Mr. Philander die zarten Knochen des Kindes in ein Stück Segeltuch legte, betrachtete er den Schädel sorgfältig.

Dann rief er Professor Porter, und beide sprachen mehrere Minuten leise zusammen.

Sehr merkwürdig, sehr merkwürdig! sagte Professor Porter.

Bei Gott, sagte Mr. Philander, wir müssen Mr. Clayton mit unserer Entdeckung bekannt machen.

Pah, Mr. Philander, lassen Sie die Toten ruhen!

So wurden die Gebeine von Lord und Lady Greystoke der Erde übergeben, und zwischen sie legte man das winzige Skelett des Kindes der Äffin Kala.

Der weißhaarige alte Herr sprach die Totengebete über das seltsame Grab, während seine vier Begleiter mit entblößten Häuptern dastanden.

Von den Bäumen herunter beobachtete Tarzan die Feier, aber am meisten betrachtete er das liebliche Gesicht und die reizende Gestalt Jane Porters.

In seiner wilden Brust regten sich neue Gefühle, die er nicht ergründen konnte. Er wunderte sich, warum er diesen Menschen so viel Teilnahme entgegenbrachte und warum er sich solche Mühe mit diesen drei Männern gegeben hatte. Aber er wunderte sich nicht, daß er Sabor von dem zarten Leib des fremden Mädchens gerissen hatte.

Die Männer waren jedenfalls dumm, lächerlich und feige. Sogar Manu, der Affe, war klüger als sie. Wenn dies Geschöpfe seiner eigenen Art waren, so mußte er sich fragen, ob sein früherer Stolz auf seine Abstammung berechtigt war. Aber das Mädchen, – ja, das war etwas anderes! An dem hatte er nichts auszusetzen. Er wußte, daß es geschaffen war, um beschützt zu werden, und er war erschaffen, um es zu beschützen.

Er wunderte sich, warum man ein großes Loch in die Erde gegraben hatte, bloß um dürre Knochen zu begraben. Das hatte doch keinen Sinn, denn es fiel ja niemand ein, trockene Knochen zu stehlen. Wäre noch Fleisch daran gewesen, so hätte er es verstehen können, denn nur durch Vergraben konnte man seinen Fleischvorrat vor Dango, der Hyäne, und den anderen Raubtieren der Dschungel sichern.

Als das Grab mit Erde aufgefüllt war, kehrte die kleine Gesellschaft zu der Hütte zurück. Esmeralda weinte noch immer ausgiebig für die zwei Menschen, die schon vor zwanzig Jahren gestorben waren und von denen sie erst heute gehört hatte.

Als sie aber zufällig nach dem Hafen schaute, hörten ihre Tränen alsbald auf.

Seht, da unten die Weißen, sie rudern fort, rief sie, nach der „Arrow“ zeigend. Sie verlassen uns alle und lassen uns auf dieser bösen Insel zurück!

Tatsächlich fuhr die „Arrow“ langsam aus dem Hafen in die offene See hinaus.

Sie versprachen uns, Waffen und Munition zurückzulassen, sagte Clayton. Die undankbaren Geschöpfe!

Das haben wir sicher dem Burschen zuzuschreiben, den sie Snipes nannten, sagte Jane Porter. King war zwar auch ein Schurke, aber er hatte doch etwas menschliches Gefühl. Wenn sie ihn nicht getötet hätten, so hätte er gewiß dafür gesorgt, daß wir reichlich mit Vorräten versehen worden wären, ehe man uns unserem Schicksal überließ.

Professor Porter ging langsam auf die Dschungel zu, seine Hände unter den langen Rockschößen und die Augen auf den Boden gerichtet.

Seine Tochter sah ihm lächelnd nach, und dann sagte sie zu Mr. Philander:

Bitte, lassen Sie ihn nicht allein gehen. Wir verlassen uns darauf, daß Sie ihn im Auge behalten.

Er wird von Tag zu Tag schwieriger zu behandeln, erwidert? Mr. Philander seufzend und kopfschüttelnd. Ich vermute, daß er jetzt zum Direktor des zoologischen Gartens gehen will, um ihm zu melden, daß einer seiner Löwen in der vergangenen Nacht ausgebrochen ist. O, Miß Jane, Sie glauben gar nicht, was ich bei ihm auszustehen habe!

Doch, ich weiß es, Mr. Philander, aber obgleich wir alle ihn lieben, eignen Sie sich am besten dazu, mit ihm umzugehen, denn was er Ihnen auch sagen mag, – er schätzt Ihre große Gelehrsamkeit und hat ein ungeheures Vertrauen zu Ihrem Urteil. Der Ärmste kann zwischen Gelehrsamkeit und Klugheit nicht unterscheiden.

Mit einem milden, verlegenen Ausdruck auf dem Gesicht ging Mr. Philander, um Professor Porter zu folgen, und sann darüber nach, ob er sich durch Fräulein Porters doppelsinnigen Ausspruch geschmeichelt oder gekränkt fühlen sollte. Tarzan hatte die Bestürzung auf den Gesichtern der kleinen Gruppe wahrgenommen, als die „Arrow“ abfuhr. Da das Schiff zudem eine wunderbare Neuheit für ihn war, beschloß er, nach der Landspitze nördlich vom Hafeneingang zu eilen, sich das Fahrzeug näher anzusehen und die Richtung seiner Fahrt zu erspähen. Eilig schwang er sich durch die Bäume und erreichte die Landspitze gerade in dem Augenblick, wo das Schiff aus dem Hafen herausgefahren war, so daß er einen vorzüglichen Ausblick auf die Wunder dieses fremdartigen schwimmenden Hauses genießen konnte.

Es waren etwa zwanzig Mann, die auf dem Deck hin- und herliefen und an Tauen zogen und schleppten.

Es wehte eine leichte Landbrise und das Schiff war unter gerefften Segeln durch den Hafen gesteuert worden, aber jetzt, da es draußen war, wurden alle Segel gehißt, um so schnell wie möglich die hohe See zu gewinnen.

Tarzan war entzückt über die Bewegungen des Schiffes und er wünschte, an dessen Bord zu sein.

Da bemerkten seine scharfen Augen nördlich am fernen Horizont schwachen Rauch, und er wunderte sich, daß so etwas aus dem großen Wasser aufsteigen konnte.

Zur selben Zeit mußte aber auch der Ausguck der „Arrow" den Rauch bemerkt haben, denn wenige Minuten später sah Tarzan, daß die Segel gerefft und der Kurs wieder zurück an die Küste ging.

Ein Mann am Bug hielt beständig ein Seil ins Wasser, an dessen Ende ein Ding hing, das Tarzan nicht sehen konnte. Er fragte sich, was das wohl sein möge.

Zuletzt kam das Schiff direkt in den Wind. Der Anker wurde fallen gelassen und die Segel wurden eingeholt. Es gab ein großes Hin- und Herrennen auf dein Deck.

Ein Boot wurde heruntergelassen und eine große Kiste darauf verladen. Dann ergriffen ein Dutzend Matrosen die Riemen und ruderten schnell auf den Punkt zu, wo Tarzan auf seinem Baume saß.

Als das Boot näher kam, sah Tarzan, daß auch der Mann mit dem Rattengesicht dabei war.

Einige Minuten später lief das Boot schon auf den Strand. Die Männer sprangen heraus und hoben die große Kiste auf den Sand. Sie waren an der Nordseite der Landzunge, so daß sie von den Leuten in der Hütte nicht gesehen werden konnten.

Es gab eine heftige Auseinandersetzung zwischen den Matrosen. Dann stiegen einige auf die kleine Anhöhe, auf der der Baum stand, der Tarzan verbarg. Sie schaute einige Minuten um sich.

Hier ist ein guter Platz, sagte der Mann mit dem Rattengesicht, indem er auf eine Stelle in der Nähe jenes Baumes hinwies.

Er ist so gut wie ein anderer, sagte einer seiner Genossen. Wenn man uns mit dem Schatz an Bord entdeckt, so wird er ja doch beschlagnahmt. Wir wollen ihn lieber hier vergraben, und wenn einer von uns dem Galgen entgeht, so kann er hierher zurückkommen und ihn holen.

Der Mann mit dem Rattengesicht rief nun den Männern, die im Boot zurückgeblieben waren, zu, und diese kamen mit Hacken und Schaufeln herbei.

Vorwärts! rief Snipes.

Oho! antwortete ihm einer in ärgerlichem Tone. Du bist doch kein Admiral, du – Lump.

Jetzt bin ich der Kapitän, verstehst du, Lümmel! schrie Snipes ihn an, indem er einen Hagel von Flüchen auf ihn niederprasseln ließ.

Ruhig, Jungens! sagte einer von den andern. Wir wollen uns vertragen. Was brauchen wir uns herumzuzanken?

Gut, antwortete der andere, der sich gegen Snipes aufgelehnt hatte, aber dann soll der da sich auch anständig benehmen.

Snipes zeigte eine Stelle, wo gegraben werden sollte. Während ihr grabet, soll Peter eine Skizze von diesem Orte machen, damit wir die Stelle wiederfinden können. Tom und Bill, ihr beide holt die Kiste herauf.

Und was tust du denn, großer Herr? fragte Tarant ihn.

Es war der Matrose, der ihm schon einmal widersprochen hatte.

Das geht dich nichts an, knurrte Snipes. Euer Kapitän soll wohl schließlich noch mit der Schaufel mitarbeiten!

Alle schauten ärgerlich auf, denn keiner von ihnen mochte Snipes leiden. Seitdem er King, den wirklichen Rädelsführer der Meuterer, ermordet hatte, suchte er sich überall als den Anführer aufzuspielen, und das vermehrte nur noch ihren Haß gegen ihn.

Du willst wohl damit sagen, du hättest nicht nötig, hier Hand anzulegen? Das würde dir aber nicht mehr Mühe machen als uns, antwortete Tarant.

Fällt mir gar nicht ein! versetzte Snipes, indem er sofort seinen Revolver erregt in die Hand nahm.

Dann, bei Gott, wenn du keine Schaufel nehmen willst, so sollst du die Hacke kriegen! antwortete ihm Tarant. Gleichzeitig hatte er seine Hacke erhoben und schlug Snipes damit den Schädel ein. Die andern schauten zu und schwiegen eine Weile. Dann sagte einer, als er Snipes tot daliegen sah: Na, der Kerl wird uns nichts mehr befehlen!

Man kümmerte sich nicht weiter um ihn und fing an, den Boden auszugraben. Die Erde war weich, so daß die Arbeit leicht voranging. Von dem eben erst Erschlagenen war keine Rede mehr. Man arbeitete einträchtiger, als da jener noch mit seinem ewigen Kommandieren ständig dazwischenfuhr.

Als sie ein Loch gegraben hatten, das für die Kiste groß genug war, machte Tarant den Vorschlag, es zu erweitern, so daß sie Snipes Leiche auf die Kiste legen könnten.

Wenn dann einer zufällig hier graben sollte, meinte er, wird er nicht weiter suchen.

Die andern hielten das für einen guten Einfall, und so erweiterten sie das Loch so, daß auch die Leiche hineinging. In der Mitte gruben sie es noch soviel tiefer aus, daß sie die Kiste hineintun konnten. Sie schlugen diese in Segeltuch ein und versenkten sie in die Grube, und obendrauf warfen sie Erde, die sie feststampften.

Dann rollten zwei Männer die Leiche ihres rattenköpfigen Kameraden, der sich die Kapitänswürde selbst beigelegt hatte, in die Grube, aber erst, nachdem sie ihm seine Waffen und sonstigen Sachen abgenommen hatten, die sie unter sich verteilten.

Hierauf füllten sie die Grube gänzlich mit Erde und traten sie nieder, damit die Stelle keine Erhöhung zeigen sollte. Was an loser Erde übrig blieb, zerstreuten sie. Dann warfen sie Reisig und Laub darauf, damit man nicht erkennen sollte, was hier vorgegangen war.

Als die Matrosen ihre Arbeit vollendet hatten, kehrten sie zu dem kleinen Boot zurück und ruderten schnell zur „Arrow“.

Der Wind hatte stark zugenommen, und da jetzt die Rauchfahne am Horizont schon weit größer geworden war, beeilten sich die Meuterer, mit vollen Segeln nach Südwesten abzufahren.

Alle diese Vorgänge hatte Tarzan von seinem Sitze aus beobachtet. Er dachte nun darüber nach, was das alles zu bedeuten habe.

Er sagte sich, die Menschen seien doch verrückter und grausamer als die Tiere im Dschungel. Wie glücklich war er, als er noch im Frieden und der Sicherheit des großen Waldes lebte!

Tarzan fragte sich, was die Kiste, die dort eingegraben worden war, wohl enthalten mochte. Wenn die Männer sie nicht zu behalten wünschten, weshalb warfen sie sie denn nicht einfach ins Wasser? Das wäre doch viel einfacher gewesen.

Ah, sagte er sich, sie wollten sie nicht wegwerfen. Sie haben sie hier verborgen, weil sie später zurückkehren wollen, um sie zu holen. Tarzan stieg von seinem Sitz herunter und fing an, die Erde ringsum zu untersuchen. Er wollte sehen, ob diese Menschen nicht irgend etwas hatten liegen lassen, was er sich aneignen konnte. Da entdeckte er einen Spaten im Gebüsch, den sie hatten stehen lassen.

Er nahm ihn und versuchte damit zu graben, wie es die Matrosen getan hatten. Das war eine unangenehme Arbeit, denn er mußte mit seinen nackten Füßen auf den Spaten drücken, aber er ließ nicht nach, bis er die Erde soweit entfernt hatte, daß die Leiche zum Teil bloßlag. Dann zog er sie aus dem Grabe und legte sie beiseite.

Hierauf grub er weiter, bis er auch die Kiste freigelegt hatte. Auch diese hob er heraus und stellte sie neben die Leiche. Das kleine, von der Kiste verursachte Loch füllte er mit Erde, legte die Leiche darauf und warf Erde darüber. Das Ganze bedeckte er wieder, wie es gewesen war, und beschäftigte sich nun mit der Kiste.

Vier Matrosen hatten unter ihrer Last geschwitzt; Tarzan aber hob sie auf, als ob es eine leere Kiste wäre, band einen Strick darum und hob sie mit dem Spaten auf den Rücken. Dann trug er sie in den dichtesten Teil der Dschungel.

Mit der unbequemen Last konnte er allerdings nicht auf die Bäume steigen, aber er folgte dem von den großen Tieren durch das Dickicht gebahnten Pfad.

Er war schon mehrere Stunden lang gewandert, als er an einen undurchdringlichen Wall von Gestrüpp kam. Hier mußte er auf die untersten Äste steigen, und auf diesen sich weiterbewegen. Nach einer Viertelstunde gelangte er in das Amphitheater, in dem die Affen ihre Versammlungen und ihre Dum-Dum-Feier abzuhalten pflegten.

Nahe am Mittelpunkt der Lichtung, nicht weit von der sogenannten Trommel, fing er an zu graben. Das war eine schwerere Arbeit, als die frisch aufgeworfene Erde aus dem Grabe zu entfernen, aber Tarzan ließ nicht nach, bis er das Loch so tief gemacht hatte, daß die Kiste hineinging und wohl verborgen war.

Tarzan bewies dabei, daß er doch mehr Verstand hatte als die Affen, unter denen er aufgewachsen war. Er sagte sich, die Kiste müsse irgend etwas Wertvolles enthalten, denn sonst hätten die Männer sie nicht verborgen. Bei den Affen hatte er gelernt, alles Neue und Ungewohnte nachzuahmen, und jetzt trieb ihn eine natürliche Neugier, die den Menschen wie den Affen eigen ist, die Kiste zu öffnen und ihren Inhalt zu untersuchen.

Aber die Kiste hatte ein schweres Schloß und starke eiserne Bänder, und so war es ihm nicht möglich, seine Neugier zu befriedigen.

So mußte er sich begnügen, sie einstweilen dort zu verbergen. Jedenfalls war sie jetzt gegen Zugriffe von anderer Seite geschützt.

Wie schon so oft, schlug er nunmehr den Weg nach der Hütte ein. Unterwegs jagte er, was er eben erreichen konnte, und verzehrte es auf der Stelle.

Als er in die Nähe der Hütte kam, war es schon dunkel. Im Innern brannte ein Licht. Clayton hatte nämlich eine gefüllte Ölkanne gefunden, die zu den Sachen gehörte, die der „schwarze Michel" den Claytons überlassen hatte. Zwanzig Jahre lang hatte die Kanne unberührt dort gestanden. Auch die Lampen waren noch brauchbar, und so das Innere der Hütte so klar erleuchtet wie am hellen Tage.

Tarzan war ganz verblüfft darüber. Er hatte sich oft gefragt, welchen Zweck die Lampen eigentlich hätten. Zwar hatte er in den Büchern darüber gelesen und Bilder davon gesehen, aber er konnte nicht verstehen, wie sie ein so wundervolles Sonnenlicht verbreiten konnten.

Als er sich dem der Tür zunächstgelegenen Fenster näherte, sah er, daß die Hütte durch Äste und Segeltuch in zwei Räume geteilt worden war.

Im vorderen Raume befanden sich die drei Männer, die beiden älteren waren in lebhafter Auseinandersetzung begriffen, während der jüngere, auf einen Stuhl zurückgelehnt, in einem von Tarzans Büchern zu lesen schien.

Diese drei Männer interessierten Tarzan nicht sonderlich, desto mehr aber, was er durch das andere Fenster sah. Dort erblickte er das junge Mädchen! Es war wirklich eine prachtvolle Gestalt. Und wie zart war ihre weiße Haut!

Sie schrieb an Tarzans eigenem Tische. In der Ecke des Raumes lag die Negerin auf einer Grasschicht und schlief.

Eine ganze Stunde lang heftete Tarzan seine Augen auf Jane, während sie am Schreiben war. Wie gern hätte er mit ihr gesprochen, aber er wagte es nicht, denn er war überzeugt, sie würde ihn ebenso wie der junge Mann nicht verstehen, und er fürchtete auch, er könnte sie erschrecken und verscheuchen.

Endlich stand sie auf. Das Geschriebene ließ sie auf dem Tische liegen. Sie ging auf das Bett zu, auf dem verschiedene Schichten weichen Grases lagen und schüttelte sie auf. Dann löste sie die weiche Fülle ihres goldenen Haares. Wie ein von der Sonne vergoldeter Wasserfall fiel das üppige Haar um ihr ovales Gesicht und ihre Gestalt.

Tarzan war wie durch einen Zauber gebannt.

Da löschte sie die Lampe, und in der Hütte war alles wieder in Dunkelheit gehüllt.

Ruhig wartete Tarzan draußen. Unter dem Fenster saß er eine halbe Stunde lang in geduckter Haltung. Aus den regelmäßigen Atemzügen des Mädchens erriet er, daß es eingeschlafen sei.

Vorsichtig streckte er nun die Hand zwischen den Stäben des Fensters hinein und fühlte auf dem Tisch herum. Zuletzt fand er die Blätter, auf die Jane Porter geschrieben hatte. Er ergriff sie und zog den Arm wieder heraus.

Tarzan faltete die Blätter zusammen und steckte sie in den Köcher zu den Pfeilen. Dann huschte er leise wie ein Schatten in die Dschungel zurück.

Die Entführung in die Dschungel

Als Tarzan am nächsten Morgen in aller Frühe erwachte, galt sein erster Gedanke dem kostbaren Schatze, den er mitgebracht hatte, nämlich dem Schreiben, das er in seinem Köcher geborgen hatte.

Er holte es alsbald hervor, denn er hoffte, das lesen zu können, was das schöne weiße Mädchen am vorhergehenden Abend geschrieben hatte.

Beim ersten Anblick erlebte er aber eine bittere Enttäuschung. Noch nie hatte er sich so sehr nach etwas gesehnt, als jetzt danach, das Schriftstück von der Hand der goldhaarigen Göttin, die so plötzlich in sein Leben eingedrungen war, zu verstehen.

Das Schriftstück war zwar nicht an ihn gerichtet, aber es enthielt den Ausdruck ihrer Gedanken, und das genügte Tarzan.

Und jetzt wurde er hingehalten durch die sonderbaren geschriebenen Buchstaben, die ihm so ungewohnt waren. Die Buchstaben standen schräg, im Gegensatz zu denen in den gedruckten Büchern und sahen auch anders aus.

Er hatte sich früher bemüht, sie in dem geschriebenen schwarzen Buche zu entziffern, und wenn er auch die Buchstaben lesen konnte, so vermochte er doch damals den Sinn der Worte nicht zu erfassen.

Nun versuchte er sich an diesem Schriftstück. Lange brütete er darüber, aber allmählich erkannte er, daß es dieselben Buchstaben seien, die er schon kannte; nur waren sie seltsam verzerrt und verkrüppelt.

Schon gelang es ihm, hier und dort ein Wort zu entziffern – da jubelte er vor Freude: er konnte das Geschriebene lesen! Es ging zwar langsam, aber allmählich fand er es immer leichter, und schließlich konnte er alles verstehen.

Er las Folgendes:

An Frl. Hazel Strong, Baltimore, Md.
An der Westküste von Afrika, um den 10. Grad südl. Breite (nach Mr. Claytons Angabe.)

3(?). Februar 1909.

Liebe Freundin!

Es hat zwar keinen Sinn, Dir einen Brief zu schreiben, den Du nie zu Gesicht bekommen wirst, aber ich muß Dir einfach Einiges von den schrecklichen Abenteuern erzählen, die wir erlebten, seit wir auf der unglücklichen „Arrow“ von Europa abgefahren sind.

Sollten wir nie in die zivilisierte Welt zurückkehren, wie es jetzt nur zu sehr den Anschein hat, so ist es um so mehr ein Grund, einen kurzen Bericht über die Ereignisse zu erstatten, die uns ins Verhängnis gestürzt haben.

Wie Du weißt, wollten wir eine wissenschaftliche Expedition in den Kongo unternehmen. Papa sollte eine ganz seltsame Mutmaßung untersuchen, wonach in undenkbar alter Zeit ein zivilisiertes Volk im Kongo gelebt habe, dessen Überreste noch dort im Boden verborgen seien. So hieß es vor unserer Abfahrt, aber als wir auf hoher See waren, kam die Wahrheit zutage.

Wie es scheint, hatte ein alter Bücherwurm, der einen Bücher- und Antiquitätenladen in Baltimore besaß, zwischen den Blättern einer sehr alten spanischen Handschrift einen im Jahre 1550 geschriebenen Brief gefunden, in dem die Abenteuer der gemeuterten Mannschaft einer spanischen Galione erzählt werden, die mit einem ungeheuren Schatz von Dublonen und Piastern von Spanien nach Süd-Amerika fuhr. Der Schatz rührte übrigens vermutlich von Seeräubereien her.

Der Schreiber des Briefes hatte zu der Mannschaft gehört und das Schreiben war an seinen Sohn gerichtet, der damals Kapitän eines spanischen Handelsschiffes war.

Manches Jahr war seit den in dem Briese erzählten Ereignissen verflossen, und der alte Mann war ein achtenswerter Bürger einer wenig bekannten spanischen Stadt geworden, aber die Liebe zum Gold war noch so groß in ihm, daß er alles daran setzte, seinem Sohne die Möglichkeit zu geben, den fabelhaften Schatz für sie beide zu holen. Der Schreiber erzählte, wie kaum eine Woche nach der Abfahrt aus Spanien die Mannschaft gemeutert und alle Offiziere und Fahrgäste, die sich ihnen entgegenstellten, ermordet hatte. Sie besiegelte dadurch aber auch ihr eigenes Schicksal, denn sie war nicht imstande, ein Schiff auf hoher See zu führen. Zwei Monate lang wurde das Schiff hin- und hergeworfen, bis die Matrosen, krank und sterbend vor Skorbut, Hunger und Durst, an einer kleinen Insel Schiffbruch erlitten.

Die Trümmer der Galione waren auf den Strand geworfen worden, und es war den zehn Überlebenden nur gelungen, eine von den Goldkisten zu retten.

Diese verbargen sie sorgfältig auf der Insel, und nun lebten sie drei Jahre lang in der steten Hoffnung auf Rettung.

Einer nach dem andern erkrankte und starb, bis nur noch einer übrig blieb, der Schreiber des Briefes.

Der Mann hatte sich aus den Trümmern der Galione ein Boot gebaut, aber da er gar nicht wußte, wo seine Insel lag, hatte er es nie gewagt, sich seinem Fahrzeug anzuvertrauen.

Als nun alle anderen tot waren, bedrückte das Gefühl des Alleinseins ihn so sehr, daß er es nach einem Jahr nicht mehr länger aushalten konnte. Er bestieg sein Boot, selbst auf die Gefahr hin, damit unterzugehen.

Zum Glück fuhr er nordwärts, und kam nach einer Woche in den Kurs der zwischen Spanien und West-Indien verkehrenden Handelsschiffe. So wurde er von einem heimwärts fahrenden Schiffe aufgenommen.

Auf dem Schiffe erzählte er lediglich die Geschichte des Schiffbruchs, ohne etwas von der Meuterei und der vergrabenen Goldkiste zu erwähnen.

Der Kapitän des Kauffahrtei-Schiffes versicherte ihm, daß wenn man die Stelle, wo sie ihn aufgenommen, und die in der vergangenen Woche vorherrschenden Winde berücksichtige, er auf keiner andern Insel als auf einer der Cap Verdischen gewesen sein könne, die an der Westküste von Afrika ungefähr im 16. oder 17. Grad nördlicher Breite liegen.

In dem Brief war die Insel genau beschrieben, auch die Stelle, wo der Schatz verborgen war, und es war eine ganz unbeholfen gezeichnete kleine Karte beigefügt, auf der die Bäume und die Felsen mit allerlei komischen Kritzeleien angegeben waren, damit man genau ersehen sollte, wo die Kiste vergraben war.

Als Papa uns die wahre Natur unserer Reise erklärte, sank mein Mut, denn ich fürchtete, daß der phantastische und unpraktische liebe Mann wieder das Opfer eines Betrügers geworden sei, besonders als er mir sagte, er habe für den Brief und das Kärtchen tausend Dollars bezahlt. Zu meiner Bestürzung erfuhr ich noch, daß Papa noch weitere zehntausend Dollars von Robert Canler geliehen und ihm einen Schuldschein darüber ausgestellt hatte.

Mr. Canler hatte weiter keine Bürgschaft verlangt, und Du weißt, liebe Freundin, was das für mich bedeutet, wenn Papa den Schuldschein nicht einlösen kann. O, wie hasse ich jenen Menschen!

Wir versuchten zwar die Dinge von der günstigsten Seite zu betrachten, aber Mr. Philander und Mr. Clayton – der letztere schloß sich uns in London zu der abenteuerlichen Fahrt an – hegten ebensogroße Zweifel wie ich.

Aber – um die Sache kurz zu machen – wir fanden die Insel und den Schatz. Es war eine große, eisenbeschlagene eichene Kiste, die mehrfach von Wachstuch umhüllt und noch so fest war, als ob sie nicht vor zweihundert Jahren verborgen worden wäre.

Sie war ganz gefüllt mit Goldstücken und so schwer, daß vier Männer sie kaum aufheben konnten.

Das schreckliche Ding schien aber allen, die damit zu tun hatten, nur Unglück zu bringen, denn drei Tage nach unserer Abfahrt von den Cap Vertuschen Inseln meuterte unsere eigene Mannschaft und tötete ihre Offiziere. Oh, es war das schrecklichste Ereignis, das man sich vorstellen kann. Ich vermag es nicht zu beschreiben.

Sie wollten uns sogar töten, aber einer von ihnen, der Anführer, namens King, wollte das nicht zulassen, und so segelten sie südlich längs der Küste, bis zu einer einsamen Stelle, wo sie einen guten Platz zum Landen fanden. Hier setzten sie uns ans Land und ließen uns im Stich.

Heute fuhren sie mit dem Schatz ab, aber Mr. Clayton meint, sie würden demselben Schicksal entgegengehen wie die Meuterer der alten Galione, denn King, der einzige Mann an Bord, der etwas von der Schiffahrt verstand, wurde von einem andern Matrosen am gleichen Tage, an dem sie uns an Land setzten, in der Bucht ermordet.

Sie sollten Herrn Clayton kennen! Er ist der liebste Mensch, den man sich denken kann, und er scheint sich in meine Wenigkeit verliebt zu haben.

Er ist der einzige Sohn des Lord Greystoke, und er wird eines Tages seinen Titel und sein

Vermögen erben. Er ist auch selbst schon vermögend, aber ich bin nicht erbaut davon, daß er ein englischer Lord wird, denn du weißt, was ich immer von den amerikanischen Mädchen gehalten habe, die Ausländer mit hohen Titeln heiraten. Ach, wäre er doch nur ein einfacher amerikanischer Gentleman!

Das ist aber nicht seine Schuld, und abgesehen von seiner Geburt macht er in jeder Hinsicht meiner teuren ehemaligen Heimat alle Ehre, und das ist, glaube ich, das größte Kompliment, das man einem Manne machen kann. Wir haben schon die schlimmsten Dinge erlebt, seitdem wir hier gelandet sind. Papa und Mr. Philander hatten sich in der Dschungel verirrt und wurden von einem wirklichen Löwen verfolgt.

Auch Mr. Clayton hatte sich verirrt und wurde zweimal von wilden Tieren angegriffen. Esmeralda und ich wurden in einer alten Hütte von einer schrecklichen, raubgierigen Löwin bedroht. O, es war einfach fürchterlich.

Aber das Merkwürdigste von allem ist das wunderbare

Geschöpf, das uns gerettet hat. Ich habe es nicht gesehen, aber Mr. Clayton, Papa und Mr. Philander haben es gesehen; sie sagen, es sei ein göttlich-schöner junger Mann, dunkelgebräunt, stark wie ein wilder Elefant, behend wie ein Affe und kühn wie ein Löwe.

Er spricht kein Englisch, und jedesmal, wenn er eine heldenhafte Tat verrichtet hatte, verschwand er so schnell und so geheimnisvoll wie ein körperloser Geist.

Wir haben außerdem noch einen andern, geheimnisvollen Nachbar, der einen in schönen englischen Buchstaben gezeichneten Zettel auf die Türe der von uns besetzten Hütte befestigt hat, um uns zu ersuchen, nichts von seinen Sachen zu zerstören, und der sich mit „Affen-Tarzan" unterzeichnet. Wir haben ihn noch nicht zu Gesicht bekommen, aber wir vermuten, daß er irgendwo in der Nähe ist, denn einer von den Matrosen, der Mr. Clayton in den Rücken schießen wollte, wurde in der Schulter von einem Speer getroffen, der von unsichtbarer Hand aus dem Dickicht auf ihn geschleudert wurde.

Die Matrosen haben uns nur einen geringen Vorrat von Lebensmitteln zurückgelassen. Wir haben auch nur einen Revolver, in dem nur mehr drei Patronen sind. Wir wissen auch nicht, wie wir uns Nahrung verschaffen sollen, aber Mr. Philander meint, wir könnten beliebig lange uns von den Nüssen und andern wilden Früchten ernähren, die im Urwald massenhaft vorkommen.

Jetzt bin ich müde und lege mich in mein Bett, das einfach aus Gräsern besteht, die Mr. Clayton für mich gesammelt hat.

Die weiteren Ereignisse will ich von Tag zu Tag den vorstehenden Zeilen hinzufügen.

Deine Dich liebende
Jane Porter.

Als Tarzan diesen Brief mühsam entziffert hatte, versank er in ein düsteres Sinnen. Er hatte da so viel neue, merkwürdige Dinge erfahren, daß sein Gehirn gar nicht imstande war, das alles auf einmal zu verarbeiten.

Man wußte also nicht, daß er Tarzan war. Na, – das wollte er ihnen schon sagen.

Auf seinem Baume hatte er sich aus Ästen und Blättern ein kleines Schutzdach angefertigt, unter dem er seine wenigen Schätze verborgen hielt, die er aus der Hütte mitgebracht hatte. Darunter waren auch ein paar Bleistifte.

Er nahm einen von diesen und schrieb unter Jane Porters Unterschrift: Ich bin der Affen-Tarzan.

Er dachte, das würde genügen. Später wollte er den Brief wieder nach der Hütte bringen.

Wegen der Ernährung brauchte man nicht besorgt zu sein, dachte Tarzan. Er wollte schon dafür sorgen, und er tat es auch.

Am nächsten Morgen fand Jane Porter den vermißten Brief genau an der Stelle wieder, wo er vorgestern abend gelegen hatte. Sie war ganz erstaunt. Als sie aber den Zusatz Tarzans bemerkte, lief es ihr eiskalt über den Rücken.

Sie zeigte Clayton den Brief oder vielmehr die letzte Seite mit der Unterschrift Tarzans.

Und wenn ich bedenke, sagte sie, daß die ganze Zeit, wo ich schrieb, das unheimliche Wesen mir wahrscheinlich zugeschaut hat, so schaudert es mir.

Er muß aber freundlich sein, beruhigte Clayton sie, denn er hat Ihnen Ihren Brief zurückgebracht, und er belästigt Sie ja auch weiter nicht. Ich glaube sogar, daß er uns einen greifbaren Beweis seiner Freundschaft gegeben hat, denn vor der Türe fand ich einen toten Eber, der vergangene Nacht dorthin gelegt worden ist.

Seitdem verging kaum ein Tag, an dem ihnen nicht ein Wildbret oder sonst ein Nahrungsmittel gebracht wurde. Bald war es ein erlegtes junges Tier, bald sogar eine merkwürdig zubereitete Speise, nämlich Kassawa-Kuchen, dic Tarzan aus dem Dorfe Mbongas geholt hatte, oder ein erlegter Eber, Leopard und einmal sogar ein Löwe.

Tarzan machte es viel Freude, auf die Jagd zu gehen, um die Fremden zu versorgen. Es schien ihm, als könne es kein größeres Vergnügen geben, als für die Wohlfahrt und den Schutz des schönen weißen Mädchens tätig zu sein.

Einmal hatte er die Absicht gehabt, am Tage in die Hütte zu gehen und sich mit den Bewohnern durch Vermittlung der ihnen ja auch bekannten Buchstaben zu verständigen, aber es schien ihm zu schwierig, seine Schüchternheit zu überwinden, und so verging ein Tag nach dem andern, ohne daß er es wagte, seinen Plan auszuführen.

Die Leute in der Hütte wurden immer vertrauensvoller und wanderten immer weiter in die Dschungel hinein, um Nüsse und andere Früchte zu suchen.

Fast jeden Tag streifte Professor Porter in seiner gewohnten Zerstreutheit im Dickicht umher, ohne sich um die wilden Tiere zu kümmern, die ihn zerreißen konnten. Mr. Samuel T. Philander, der nie sonderlich kräftig war, war nur mehr ein Schatten seiner selbst, so sehr hatten die Sorgen um den Professor ihn aufgerieben.

Ein Monat war vorüber. Tarzan war nun endlich entschlossen, bei Tageslicht die Hütte zu besuchen.

Es war am frühen Nachmittag. Clayton war zum Hafeneingang gewandert, um nach Schiffen auszuspähen. Er hatte eine große Menge Holz dort zusammengetragen und aufgeschichtet, und wollte es in Brand stecken, um einen etwa am fernen Horizont vorbeifahrenden Dampfer oder Segler aufmerksam zu machen.

Professor Porter war südlich von der Hütte am Strande entlang gewandert; an seiner Seite ging Mr. Philander, der ihn immer wieder zur Rückkehr mahnte, bevor sie abermals vor irgend einem wilden Tiere fliehen müßten.

Jane Porter und Esmeralda waren in die Dschungel gedrungen, um Früchte zu suchen, und dabei hatten sie sich immer weiter von der Hütte entfernt.

Tarzan wartete schweigend vor der Türe ihres Häuschens auf ihre Rückkehr. Seine Gedanken waren bei dem schönen weißen Mädchen. Er fragte sich, ob es wohl Angst vor ihm haben werde, und er dachte schon daran, seinen Plan wieder aufzugeben.

Schon wurde er ungeduldig, denn er sehnte sich darnach, sich an ihrem Anblick zu ergötzen und sie vielleicht auch berühren zu können. Der Affenmensch kannte keinen Gott, aber er war nahe daran, Jane als eine Göttin zu verehren.

Während des Wartens schrieb er ihr einen Zettel. Zwar hatte er nicht die Absicht, ihr ihn zu geben, aber es machte ihm Vergnügen, seine Gedanken so in Worten ausgedrückt zu sehen, und er war darin ja auch gar nicht so unbewandert.

Er schrieb:

Ich bin der Affen-Tarzan. Ich sehne mich nach Dir. Ich bin Dein, Du bist mein. Wir wollen immer hier zusammen in meinem Hause leben. Ich werde Dir die besten Früchte und das zarteste Fleisch aus der Dschungel bringen. Ich gehe für Dich auf die Jagd. Ich bin der größte Dschungel-Jäger. Ich will für Dich kämpfen.

Ich bin der mächtigste Dschungel-Kämpfer. Du bist Jane Porter. Das habe ich aus Deinem Briefe gesehen. Wenn Du dieses siehst, sollst Du wissen, daß es für Dich bestimmt ist und daß Tarzan Dich liebt.

Als er, kräftig wie ein junger Indianer, an der Tür stand und weiter wartete, nachdem er diese Botschaft zu Papier gebracht hatte, drang ein bekannter Ton an sein scharfes Ohr. Es war ein großer Affe, der durch das Unterholz ging.

Er horchte auf, und da kamen aus der Dschungel die Schreckensschreie einer weiblichen Stimme. Seinen ersten Liebesbrief auf den Boden fallen lassend, schoß Tarzan wie ein Panther in den Wald.

Auch Clayton, sowie Professor Porter und Mr. Philander hatten den Schrei gehört. In wenigen Minuten erschienen sie zitternd vor der Hütte, indem jeder aufgeregte Fragen an den andern richtete. Ein Blick in das Innere bestätigte ihre Befürchtungen: Jane Porter und Esmeralda waren nicht da! Sofort drang Clayton, gefolgt von den beiden älteren Herren, in die Dschungel, indem er laut den Namen des Mädchens rief. Eine halbe Stunde lang stolperten sie im Dickicht umher, bis auf einmal Clayton durch einen Zufall Esmeralda auf dem Boden liegen sah.

Er blieb neben ihr stehen, fühlte ihren Puls und horchte nach ihren Herzschlägen.

Sie war noch am Leben.

Er schüttelte sie.

Esmeralda, schrie er ihr ins Ohr, Esmeralda! Um Himmelswillen, wo ist Miß Porter? Was ist geschehen? Esmeralda! Langsam öffnete die Schwarze ihre Augen. Sie sah Clayton und ringsum das Dickicht.

O Gabriel! rief sie aus und stöhnte wieder.

Inzwischen waren Professor Porter und Mr. Philander herangekommen.

Was sollen wir tun, Mr. Clayton? fragte der alte Professor. Wo sollen wir suchen? Gott kann doch nicht so grausam sein, jetzt meine Tochter von mir zu nehmen.

Wir müssen zuerst Esmeralda wieder ins Bewußtsein zurückrufen, erwiderte Clayton. Sie kann uns sagen, was vorgefallen ist.

Esmeralda! rief er wieder, indem er die Schwarze kräftig an der Schulter rüttelte.

Damit erreichte er aber vorläufig weiter nichts, als daß sie immer wieder laut aufschrie und von dem Teufel sprach, der hinter ihnen hergewesen sei.

Mit vieler Mühe richtete sich die schwere Negerin auf und öffnete die Augen, aber es war immer noch nichts Gescheites aus ihr herauszubringen. Aus ihren verworrenen Redensarten konnte man nur erraten, daß sie verfolgt worden waren. Clayton fragte wieder: Wo ist Miß Porter?

Sie ist fortgeführt worden! schrie die Negerin und fing aufs neue an zu heulen.

Wer hat sie fortgeführt? fragte Professor Porter.

Ein großes wildes Tier, ganz mit Haaren bedeckt!

War es ein Gorilla, Esmeralda? fragte der Professor, und der Atem stockte den drei Männern bei diesem furchtbaren Gedanken.

Ein Gorilla oder der Teufel, – was weiß ich! Es war jedenfalls ein schreckliches Wesen. Und Esmeralda brach wieder in ihr krampfhaftes Weinen aus.

Clayton begann sofort umher nach Fußspuren zu suchen, aber er konnte weiter nichts entdecken als in der Nähe etwas zertretenes Gras. Seine Jagdkenntnisse waren so gering, daß er mit Fußspuren nichts anzufangen wußte.

Den ganzen Rest des Tages suchten die Männer in der Dschungel, aber als die Nacht hereinbrach, waren sie gezwungen, ihre Nachforschungen aufzugeben, denn sie wußten nicht einmal, in welcher Richtung Jane Porter fortgeschleppt worden war.

Niedergeschlagen und hoffnungslos kehrten die Männer zur Hütte zurück, als es schon längst dunkel geworden war.

Eine traurige, kummervolle kleine Gesellschaft war es, die diesen Abend in der Hütte saß.

Professor Porter brach zuerst das Schweigen. Er sprach aber jetzt nicht mehr wie ein schulmeisternder Gelehrter, sondern wie ein Mann der Tat, aber so entschlossen er auch schien, so machte doch die hoffnungslose Miene Claytons keinen guten Eindruck auf ihn.

Ich will nicht zu Bett gehen, sagte der alte Herr, denn ich kann doch nicht schlafen. Aber morgen früh, sobald es hell wird, nehme ich an Essen soviel mit, als ich tragen kann und suche dann nach Jane, bis ich sie gefunden habe. Ich werde nicht ohne sie zurückkehren.

Die andern antworteten nicht sofort. Jeder war in seine sorgenvollen Gedanken versunken, und jeder wußte auch, was die letzten Worte zu bedeuten hatten: Professor Porter werde nie aus der Dschungel zurückkehren!

Endlich stand Clayton auf und legte seine Hand leise auf die gebeugte Schulter des alten Herrn.

Ich gehe mit Ihnen suchen, sagte er.

Ich weiß, daß Sie dazu bereit sind, Mr. Clayton, aber bleiben Sie hier! Kein Mensch kann jetzt Jane helfen. Ich will sie suchen gehen, und wenn ich die wieder gefunden habe, die einst meine liebe Tochter war, so will ich meinem Schöpfer gegenübertreten. Ich will nicht, daß sie allein und freundlos in der schrecklichen Dschungel liegen soll. Dieselben Blätter und Ranken sollen auch mich bedecken, und derselbe Regen soll uns beide benetzen, und wenn der Geist ihrer Mutter draußen ist, so wird er uns im Tode vereint finden, wie er uns stets im Leben beisammen gefunden hat ... Nein, ich gehe allein, sie zu suchen, denn sie war meine Tochter, das einzige, was mir noch Liebenswertes auf der Welt geblieben war ...

Ich gehe mit Ihnen, sagte Clayton ganz einfach.

Der alte Mann schaute auf, und blickte scharf in das energische schöne Gesicht Claytons. Vielleicht las er darin etwas von der Liebe, die der junge Mann in seinem Herzen für Jane hegte.

Er war bisher immer zu sehr mit seinen gelehrten Gedanken beschäftigt gewesen, sonst hätte er schon längst aus allerlei Äußerungen bemerkt gehabt, daß die beiden jungen Leute sich immer näher aneinander schlossen. Jetzt ging ihm auf einmal ein Licht auf.

Wie Sie wünschen! sagte er.

Sie können auch auf mich zählen, sagte Mr. Philander.

Nein, mein teurer alter Freund, erwiderte Professor Porter. Wir wollen nicht alle fortgehen. Es würde mir schwere Sorgen machen, wenn Esmeralda allein hier bleiben müßte, und unser drei werden nicht mehr Erfolg haben als einer. Es gibt schon genug Opfer in dem schrecklichen Walde. Kommen Sie, – wir wollen versuchen, noch ein wenig zu schlafen.

Die Stimme der Natur

Der Stamm der großen Menschenaffen war seit der Zeit, da Tarzan ihn verlassen hatte, fortwährend durch Zwistigkeiten und Streit gespalten. Terkop war ein grausamer, launischer König, so daß viele von den älteren und den schwächeren Affen, an denen er seine Roheit auszulassen pflegte, es vorzogen, sich mit ihren Familien in das Innere der Dschungel zu flüchten, wo sie Ruhe und Sicherheit fanden.

Zuletzt wurden die Zurückgebliebenen durch die fortgesetzte Grausamkeit Terkops zur Verzweiflung getrieben, und so kam es, daß einer von ihnen an die Ermahnung Tarzans bei seinem Abschied erinnerte.

Dieser hatte nämlich gesagt: Wenn ihr einen grausamen Häuptling habt, so macht es nicht wie die andern Affen, bei denen einer ihn allein angreift. Laßt vielmehr zwei oder drei oder vier von euch sich ihm entgegenstellen, dann wird er schon klein beigeben.

Der Affe, der sich dieses weisen Rates erinnerte, wiederholte ihn mehreren seiner Kameraden, die durchaus damit einverstanden waren.

Als nun Terkop zu seinem Stamme zurückkehrte, wurde ihm ein Empfang zuteil, wie er ihn nicht erwartet hatte.

Kaum war er zu der Gruppe herangekommen, da sprangen fünf riesige Tiere ihm entgegen, um auf ihn einzuschlagen.

Im Grunde war Terkop ein abgefeimter Feigling – bei den Affen ist es nämlich nicht anders als bei den Menschen –, er ließ es gar nicht auf einen Kampf ankommen, der ihm hätte verderblich werden können, sondern er eilte, so schnell als er konnte, davon und floh in das schützende Dickicht.

Er versuchte noch zweimal, sich dem Stamme wieder zu nähern, doch wurde er jedesmal wieder angefallen und davongejagt. Schließlich gab er seinen Plan auf und kehrte vor Haß und Wut schäumend in die Einsamkeit zurück.

Mehrere Tage wanderte er ziellos umher und suchte nach irgend einem schwachen Wesen, an dem er seinen Zorn auslassen konnte.

In dieser Geistesverfassung befand sich der schreckliche Menschenaffe, als er, sich von einem Baum auf den andern schwingend, plötzlich zwei Frauen in der Dschungel sah.

Er war gerade über ihnen, als er sie entdeckte.

Jane Porter bemerkte ihn aber erst, als der große haarige Körper neben ihr auf die Erde fiel und sie das furchtbare Gesicht und das knurrende häßliche Maul kaum einen Fuß breit entfernt sah.

Ein einziger durchdringender Schrei entrang sich ihren Lippen, als die wilde Hand ihren Arm ergriff. Dann wurde sie gegen die furchtbaren Zähne gezogen, und schon wollten diese in ihren Hals fahren, als der Affe sich eines anderen zu besinnen schien.

Als der Stamm ihn nämlich verjagte, hatte man seine Frauen zurückbehalten. Da er nun einen Ersatz dafür suchen mußte, so konnte der haarlose weiße Affe die erste Frau in seinem neuen Haushalt sein. Deshalb warf er sie einfach über seine breiten haarigen Schultern und erhob sich in die Bäume. So trug er Jane Porter einem Schicksal entgegen, das tausendmal schlimmer als der Tod war.

Esmeralda hatte gleichzeitig mit Jane Porter aufgeschrien, dann aber war sie, wie gewöhnlich bei einem unerwarteten Schrecken, in Ohnmacht gefallen.

Jane Porter verlor dagegen nicht die Besinnung. Allerdings war sie vor Schrecken gelähmt, zumal als das scheußliche Gesicht sich nahe an das ihrige drückte und der üble Atem des Tieres über ihre Nasenflügel hinwegfegte, aber ihr Geist blieb klar und verstand alles, was vorging.

Das wilde Tier trug sie, wie es ihr schien, mit einer erstaunlichen Schnelligkeit durch den Wald, aber sie schrie und sträubte sich nicht. Sie war so verwirrt, daß sie glaubte, der Affe trüge sie nach der Küste hin. Deshalb wollte sie ihre ganze Energie und ihre Stimme aufsparen, bis sie die Hütte erblicken würde, um dann nach Hilfe zu rufen.

Armes Kind! Sie wußte nicht, daß sie immer tiefer in den undurchdringlichen Wald hineingetragen wurde.

Den Schrei hatten nicht bloß Clayton und die beiden alten Herren gehört, sondern auch Tarzan. Dieser war denn auch geradenwegs zu der Stelle geeilt, wo Esmeralda lag.

Allerdings interessierte er sich nicht so sehr für diese, aber er hielt doch einen Augenblick inne, um sich zu überzeugen, daß sie nicht verletzt sei.

Er untersuchte die Spuren auf dem Boden und auf den Bäumen ringsum, und da er nicht bloß die Erfahrungen der Affen, sondern auch menschlichen

Verstand besaß, so konnte er sich sehr schnell ein Bild von den Vorgängen machen, die sich dort abgespielt hatten.

Sofort erhob er sich wieder in die schwankenden Bäume und folgte den Spuren, die er hier entdeckte, und die sicher kein anderes Wesen erkannt hätte.

An den Enden der Äste, von denen die Menschenaffen sich von einem Baum zum andern schwingen, ist wohl die Spur zu erkennen, nicht aber die Richtung der Flucht; diese kann man eher aus Anzeichen aus dem Innern der Baumkronen erraten. Tarzan sah z. B. eine Raupe, die vom Fuß des Flüchtlings zertreten worden war, und wußte sofort, wohin der flache Fuß seinen nächsten Schritt gesetzt hatte. Oder er bemerkte, daß ein kleines Stück Rinde abgekratzt war, und erriet daraus sofort den von dem Tier eingeschlagenen Weg. Oder irgend ein großer Ast, vielleicht auch der Stamm eines Baumes war von dem haarigen Körper gestreift worden, und die kleinen Haarfetzen zeigten durch ihre Lage, daß Tarzan der richtigen Spur nacheilte.

All diese Zeichen erkannte Tarzan mit seinem geübten Auge so schnell, daß er dadurch nicht einmal aufgehalten wurde. Am meisten aber wurde er durch den Geruch geleitet, denn Tarzan ging gegen den Wind, und seine Nase war so empfindlich wie die eines Hundes.

Manche glauben, die niederen Wesen seien von der Natur mit besseren Geruchsnerven begabt als der Mensch, aber das ist lediglich eine Sache der Entwickelung. Da der Mensch Verstand hat, hat er seine Sinne von vielen Verpflichtungen befreit, und so haben sie sich weniger entwickelt, gerade wie die Muskeln der Ohren und der Schädelhaut, die der Mensch zwar auch besitzt, aber kaum gebraucht. Ähnlich geht es mit den Nerven. Bei Tarzan war es aber anders. Er war ganz auf seine Sinne angewiesen, und diese wurden bei ihm noch nicht durch den Verstand entlastet. Am wenigsten war bei ihm der Geschmack entwickelt, denn ihm schmeckte lang vergrabenes rohes Fleisch ebensogut wie saftige Früchte, aber hierin unterschied er sich im Grunde nur wenig von zivilisierten Feinschmeckern. Fast geräuschlos folgte der Affenmensch der Spur Terkops und seiner Beute, und das fliehende Tier beschleunigte seine Schritte, sobald es sein Herannahen gewahrte.

Schließlich mußte Terkop erkennen, daß es vergeblich sei, noch weiter zu fliehen, denn Tarzan hatte ihn eingeholt. Nun ließ er sich in einer kleinen Lichtung eilig auf den Boden herab, um die nötige Bewegungsfreiheit zu einem Kampfe um seine Beute zu gewinnen.

Er hielt Jane Porter noch mit einem seiner großen Arme gefaßt, als Tarzan wie ein Leopard in die Arena sprang, die die Natur für diesen Kampf im Urwald vorgesehen zu haben schien.

Als Terkop erkannte, daß es Tarzan war, der ihn verfolgte, dachte er, es wäre dessen Frau, da sie von derselben Art war – weiß und unbehaart –, und so frohlockte er, daß er sich an seinem verhaßten Feinde nun doppelt rächen konnte.

Als Jane Porter die seltsame Erscheinung gewahrte, schoß es ihr sofort durch den Sinn, das müßte Tarzan sein, denn er entsprach genau der Beschreibung, die Clayton, ihr Vater und Mr. Philander ihr gegeben hatten, und so hoffte sie, daß er diesmal auch sie beschützen würde, wie er die andern gerettet hatte.

Aber als Terkop sie rasch beiseite stieß, um Tarzans Angriff zu begegnen, und als sie die große Gestalt des Affen mit den gewaltigen Muskeln und den wilden Fängen sah, bebte ihr Herz, denn wie sollte ein so mächtiger Gegner besiegt werden?

Wie zwei wütende Stiere gingen sie auf einander los, und wie zwei Wölfe suchte einer des andern Kehle zu erreichen.

War Tarzan von den gefährlichen Zähnen des Affen bedroht, so hatte er doch eine wirksame Waffe in seinem Messer. In allen Nerven zitternd, verfolgte Jane Porter den Kampf. Ihre schlanke Gestalt war gegen den Stumpf eines großen Baumes gefallen. Ihre Hände preßten sich auf ihrem auf- und niederwogenden Busen, und ihre Augen weiteten sich, indem sie bald Angst und Schrecken, bald Bewunderung und Entzücken widerspiegelten. So betrachtete sie diesen Kampf eines Urwaldaffen mit einem Urwaldmenschen. Sie wußte, daß dieser Kampf um den Besitz eines Weibes – um sie ging.

Sie sah, wie der Jüngling all seine Muskeln anstrengte, wie seine starken Arme die gewaltigen Fangzähne in Schach hielten, und wie er sein langes Messer dem Affen ein Dutzend Mal tief ins Herz stieß, bis das Tier tot auf die Erde rollte.

Wie ein Urwaldweib eilte sie mit ausgebreiteten Armen auf den Urwaldmenschen zu, der für sie gekämpft und sie gewonnen hatte.

Und Tarzan?

Er tat, was ein Mann mit warmem Blut nicht zu lernen braucht. Er nahm sein Weib in seine Arme und bedeckte ihre bebenden Lippen mit Küssen.

Einen Augenblick lag sie mit halbgeschlossenen Augen in seinen Armen, und zum erstenmal in ihrem jungen Leben erfuhr sie, was Liebe ist.

Aber plötzlich schien ihr ein Schleier von den Augen fortgezogen zu werden. Sie fühlte sich so gekränkt, daß sie vor Scham errötete, Tarzan von sich stieß und ihr Gesicht mit den Händen bedeckte.

Tarzan war zuerst erstaunt gewesen, als das Mädchen, das er fast unbewußt geliebt hatte, sich freiwillig in seine Arme warf, und jetzt wunderte er sich, daß sie ihn so zurückschob.

Er kam wieder näher an sie heran und faßte sie am Arm, aber wie eine Tigerin kehrte sie sich von ihm ab, indem sie ihn mit ihren zarten Händen gegen seine Brust stieß.

Das konnte Tarzan nicht verstehen.

Einen Augenblick vorher hatte er die Absicht gehabt, Jane Porter zu ihren Angehörigen zurückzubringen, aber infolge ihrer Haltung gab er diesen Plan jetzt auf.

Seitdem er den warmen schlanken Leib in seinen Armen gehalten und seitdem die süßen Lippen seinen Mund berührt hatten, fühlte er ein neues Leben in sich.

Nochmals legte er seine Hand auf ihren Arm, und wiederum stieß sie ihn zurück.

Da tat Tarzan dasselbe, was schon der erste Urmensch in dieser Lage getan hätte: er nahm sein Weib auf die Arme und trug es in die Dschungel.

*

Früh am andern Morgen wurden die vier Personen in der Hütte am Strande durch einen Kanonenschuß geweckt.

Clayton war der erste, der hinauseilte. Da sah er vor dem Hafen zwei Schiffe vor Anker liegen.

Das eine war die „Arrow“, das andere ein kleiner französischer Kreuzer. Auf diesem konnte man Männer sehen, die alle nach der Küste schauten. Clayton und die andern, die ihn inzwischen eingeholt hatten, waren überzeugt, daß der Kanonenschuß, den sie gehört hatten, abgefeuert worden war, um ihre Aufmerksamkeit auf das Schiff zu lenken.

Beide Schiffe lagen weit vom Ufer entfernt, und es war zweifelhaft, ob die Mannschaft mit ihren Ferngläsern die wild geschwenkten Hüte der Strandleute bemerkte.

Esmeralda hatte ihre rote Schürze losgebunden und wehte damit eifrig über ihrem Kopfe hin und her. Clayton aber fürchtete, das werde alles unbeachtet bleiben. Er lief deshalb nach der nördlichen Spitze der Landzunge, wo er früher den Holzstoß aufgeschichtet hatte.

Der Weg kam ihm endlos lang vor, und als er aus dem dichten Walde herauskam und die Schiffe wieder erblickte, war er ganz bestürzt zu sehen, daß die „Arrow" wieder unter Segel war und daß auch der Kreuzer seine Fahrt fortsetzte.

Schnell steckte er den Scheiterhaufen an ein Dutzend Stellen an und lief bis an die Spitze der Landzunge. Hier zog er eiligst sein Hemd aus, knüpfte es an einen herabgefallenen Ast und harrte dort aus, indem er das Hemd fortwährend hin- und herflattern ließ.

Beide Schiffe hielten ihren Kurs noch immer der hohen See zu, so daß Clayton schon alle Hoffnung aufgegeben hatte. Da bemerkte der Ausguck des Kreuzers die große, sich wie eine Säule vom Walde abhebende Rauchfahne. Gleich darauf richteten sich ein Dutzend Ferngläser mit Spannung auf die Bucht.

Jetzt sah Clayton, daß die beiden Schiffe zurückkehrten, und während die „Arrow" ruhig auf dem Ozean liegen blieb, kam der Kreuzer jetzt an den Strand herangedampft.

In einiger Entfernung vom Lande machte er Halt. Ein Boot wurde heruntergelassen und ruderte nach der Bucht.

Als es ans Ufer gekommen war, stieg ein junger Offizier aus.

Herr Clayton? fragte er.

Gott sei Dank, daß Sie gekommen sind! antwortete Clayton.

Vielleicht ist es noch nicht zu spät!

Wie meinen Sie das? fragte der Offizier.

Clayton erzählte ihm nun die Entführung Jane Porters und erklärte ihm, daß sie die Hilfe bewaffneter Männer brauchten, um sie zu retten.

Der Offizier war ganz ergriffen. Mein Gott, sagte er, gestern wäre es noch nicht zu spät gewesen. Und heute, – wer weiß? Es ist schrecklich!

Inzwischen waren noch andere Boote vom Kreuzer abgelassen worden. Clayton zeigte dem Offizier den Eingang des Hafens, bestieg mit ihm das Boot, das nun dorthin ruderte, gefolgt von den andern kleinen Fahrzeugen.

Bald waren alle an der Stelle gelandet, wo Professor Porter, Mr. Philander und die weinende Esmeralda standen.

Unter den Offizieren in den Booten war auch der Kommandant des Kreuzers. Als er die Geschichte der Entführung Jane Porters hörte, fragte er sofort, wer bereit wäre, Professor Porter und Clayton bei ihren Nachforschungen zu helfen.

Da war auch nicht ein Offizier und nicht ein Mann, der sich nicht sofort als Freiwilliger meldete.

Der Kommandant wählte zwanzig Mann und zwei Offiziere, Leutnant d'Arnot und Leutnant Charpentier, aus. Dann wurde ein Boot nach dem Kreuzer gesandt, um Vorräte, Karabiner und Munition zu holen. Alle Mann waren schon mit Revolvern bewaffnet.

Als nun Clayton fragte, wie es kam, daß der Kreuzer dieses Ufer abgesucht und einen Kanonenschuß abgefeuert habe, erzählte ihm der Kapitän Dufranne die Geschichte der Begegnung mit der „Arrow“.

Einen Monat vorher hatten die Franzosen dieses Schiff mit vollen Segeln in der Richtung nach Südwest fahren sehen, und als sie es aufforderten, heranzukommen, fuhr es schleunigst davon. Sie hatten es bis Sonnenuntergang in Sicht behalten und ihm mehrere Schüsse nachgefeuert, aber am nächsten Morgen war es nirgends mehr zu sehen.

Sie fuhren dann fort, mehrere Wochen lang die Küste auf und ab zu kreuzen und hatten schon den Zwischenfall mit der „Arrow“ vergessen, als vor ein paar Tagen der Ausguck früh morgens ein Schiff entdeckte, das von der schweren See hin- und hergeworfen wurde und offenbar ohne Führung war.

Als sie näher heranfuhren, sahen sie zu ihrer Überraschung, daß es dasselbe Schiff war, das ihnen einige Wochen vorher entwischt war. Man hatte offenbar noch versucht, einen bestimmten Kurs einzuhalten, aber die Segel waren vom Sturme zerfetzt und die Taue gerissen.

In der hochgehenden See war es eine schwere, gefährliche Aufgabe, eine Prisenbesatzung an Bord zu sehen. Als kein Lebenszeichen auf dem Deck gesehen wurde, beschloß man, zu warten, bis der Wind sich gelegt hätte. Da aber bemerkte man eine Gestalt, die sich an die Reeling klammerte und ein schwaches, stummes Zeichen der Verzweiflung gab.

Sofort wurde eine Mannschaft ausgesetzt, und ihr Versuch, an Bord der „Arrow“ zu kommen, gelang.

Der Anblick, der sich den Matrosen bot, als sie über die Schiffswand hinüberkletterten, war entsetzlich. Ein Dutzend tote und sterbende Leute rollten auf dem Deck des stürmisch bewegten Schiffes hin und her. Tote und Lebende untereinander.

Die Prisenmannschaft brachte das Schiff wieder vor den Wind und trug die noch lebenden Leute der Besatzung nach unten in ihre Hängematten. Die Toten wurden, nachdem ihre Persönlichkeiten festgestellt waren, in Segeltuch eingenäht und dann ins Meer versenkt.

Keiner der noch Lebenden war noch bei Bewußtsein, als die Marinesoldaten das Deck der „Arrow“ betraten. Sogar der arme Teufel, der das verzweiflungsvolle Zeichen gegeben hatte, war in Ohnmacht gefallen, ehe er noch den Erfolg seiner letzten Anstrengung gesehen hatte.

Der Offizier fand bald heraus, wodurch die fürchterliche Lage an Bord entstanden war, denn als man nach Wasser und Branntwein suchte, um die Männer zu stärken, stellte es sich heraus, daß keine Getränke und keine Nahrungsmittel mehr vorhanden waren.

Sofort wurde dem Kreuzer ein Signal gegeben, Wasser, Nahrungsmittel und Arzneien zu senden, und gleich darauf unternahm ein zweites Boot die gefahrvolle Fahrt zu der „Arrow“.

Dank der angewandten Stärkungsmittel erlangten mehrere Matrosen das Bewußtsein wieder, so daß sie die ganze Geschichte erzählen konnten.

Wie es scheint, hatte der Kreuzer die Meuterer so erschreckt, daß sie mehrere Tage in den Atlantischen Ozean hineinfuhren; als sie aber bemerkten, wie gering ihr Vorrat an Wasser und Lebensmitteln war, kehrten sie gegen Osten zurück. Da niemand an Bord sich auf die Steuermannskunst verstand, geriet man in Streit über die Frage, wo man sich eigentlich befand, und als nach dreitägiger Fahrt nach Osten kein Land gesichtet wurde, richteten sie ihren Kurs nach

Norden, da sie fürchteten, der starke Nordwind habe sie südlich über die äußerste Spitze Afrikas hinaus getrieben.

Zwei Tage lang fuhren sie nord-nordöstlich, als eine Windstille eintrat, die fast eine Woche lang anhielt. Ihr Wasservorrat war zu Ende, und schon am nächsten Tage hatten sie nichts mehr zu essen.

So verschlimmerte sich die Lage sehr schnell. Ein Mann wurde irrsinnig und sprang über Bord. Ein anderer öffnete sich die Adern und trank sein eigenes Blut.

Als er starb, warfen sie ihn ins Meer, obschon einige unter ihnen ihn an Bord behalten wollten. Der Hunger verwandelte sie in wilde Tiere.

Zwei Tage, bevor sie vom Kreuzer aufgenommen wurden, waren sie schon zu schwach, um noch etwas für die Führung des Schiffes zu tun, und an demselben Tage starben zwei Leute. Am nächsten Tage konnte man sehen, daß einer der Toten teilweise aufgegessen war.

Die Männer starrten einander wie Raubtiere an, und am andern Morgen war von beiden Körpern nicht mehr viel übrig.

Die Leute fühlten sich von ihrem schrecklichen Mahl nur wenig gestärkt, denn der Wassermangel war bei weitem die größte Qual, die sie auszustehen hatten. Und dann kam der Kreuzer. Die Geretteten erzählten zwar ihre Erlebnisse, aber sie vermochten dem Kommandanten den genauen Punkt der Küste, wo der Professor und seine Begleiter ausgesetzt wurden, nicht anzugeben. So dampfte denn der Kreuzer langsam an der Küste entlang. Von Zeit zu Zeit feuerte man einen Kanonenschuß ab und suchte den Strand mit dem Fernglas ab.

Nachts gingen sie vor Anker, um nicht etwa achtlos an der Küste mit der Hütte vorüberzufahren.

Die Kanonenschüsse vom Nachmittag vorher waren vom Professor und seinen Begleitern nicht gehört worden, wahrscheinlich weil sie sich auf der Suche nach Jane Porter im tieferen Walde befanden.

Als beide Teile sich ihre abenteuerlichen Erlebnisse erzählt hatten, war das Boot des Kreuzers mit Nahrungsmitteln und Waffen zurückgekehrt.

Wenige Minuten später zog der kleine, von den zwei Offizieren geführte Matrosentrupp zusammen mit Professor Porter und Clayton auf die Suche in die Wälder.

In der Gewalt des Waldmenschen

Als Jane Porter bemerkte, daß sie als Gefangene fortgeschleppt wurde von dem seltsamen Waldmenschen, der sie aus den Armen des Affen befreit hatte, sträubte sie sich voll Verzweiflung und suchte ihm zu entwischen, aber seine starken Arme, die sie so leicht davon trugen, als ob sie ein kleines Kind wäre, hielten sie nur noch fester.

So gab sie denn ihren vergeblichen Versuch auf und blieb ruhig liegen, indem sie mit halbgeöffneten Augen in das Gesicht des Mannes schaute, der so schnell mit ihr durch das dichte Gestrüpp hindurcheilte.

Das Gesicht, das sie betrachtete, war von außergewöhnlicher Schönheit. Es war das vollkommene Urbild der männlichen Stärke und weder durch Ausschweifungen, noch durch rohe, entwürdigende Leidenschaften verunstaltet. Tarzan hatte zwar Menschen und Tiere getötet, aber er tötete wie der Jäger ohne Leidenschaft, mit Ausnahme der seltenen Fälle, wo er aus Haß tötete, aber auch dann war es nicht der böswillige Haß, der sich in häßlichen Gesichtslinien ausprägt. Wenn Tarzan tötete, dann ging eher ein leichtes Lachen über sein Gesicht, als daß er düster dreinblickte, und dieser Frohsinn ist die Grundlage der Schönheit.

Etwas, was Jane an Tarzan aufgefallen war, als Tarzan auf Terkop losstürzte, war ein roter Streifen, der auf seiner Stirn vom linken Auge über den Schädel hinauflief, aber jetzt sah sie dort nur mehr eine dünne weiße Linie.

Als sie ruhiger in Tarzans Armen liegen blieb, ließ sein Druck erheblich nach.

Einmal schaute er ihr in die Augen und lächelte, und als sie ihre Augen schloß, sah sie immer noch sein schönes, anziehendes Angesicht.

Jetzt schritt Tarzan zwischen den Bäumen hindurch, und Jane Porter wunderte sich, daß sie keine Furcht mehr empfand. Sie sagte sich nämlich, in mancher Hinsicht habe sie sich noch nie in ihrem Leben so sicher gefühlt als jetzt, da sie in den Armen dieses starken, wilden Menschen lag, der sie immer tiefer in die Einsamkeit des Urwaldes brachte.

Wenn sie bei geschlossenen Augen über ihre Zukunft nachdachte und die lebhafte Einbildungskraft ihr allerlei Schrecken vormalte, so brauchte sie bloß ihre Augenlider zu öffnen und auf das edle Gesicht über ihr zu blicken, um auch den letzten Rest von Furcht zu verlieren.

Nein, er würde ihr nichts zu leide tun! Dessen war sie sicher.

Alles, was sie um sich sah, war eine dichte grüne Wand, aber überall schien sich wie durch eine Zauberkraft diesem Waldgott ein Weg zu öffnen, der sich nach seinem Durchgang wieder schloß.

Während Tarzan rüstig weiterschritt, durchzogen allerlei sonderbare neue Gedanken sein Gehirn. Hier war ein Fall, wie er ihm noch nie begegnet war, und er sagte sich, er müsse sich dabei wie ein Mensch, nicht aber wie ein Affe benehmen. Der anstrengende Marsch durch den Wald hatte die Aufregung seiner ersten wilden Leidenschaft abgekühlt. Er dachte jetzt über das Schicksal nach, das das Mädchen ereilt hätte, wenn er es nicht aus Terkops Fäusten befreit hätte.

Er wußte, weshalb der Affe sie nicht getötet hatte, und er fing an, seine eigene Absicht mit der Terkops zu vergleichen.

Es war allerdings in der Dschungel die Regel, daß das Männchen das Weibchen mit Gewalt fortnahm, aber durfte Tarzan sich von dem Gesetz der wilden Tiere leiten lassen? War Tarzan nicht ein Mensch? Aber wie würde ein Mann in diesem Falle handeln?

Er war ganz verwirrt, denn er wußte es nicht.

Gern hätte er das Mädchen befragt, und da fiel es ihm ein, daß sie ihm schon dadurch geantwortet hatte, daß sie versuchte, ihm zu enteilen und daß sie ihn zurückgestoßen hatte.

Nun waren sie an ihrem Bestimmungsort angelangt: in der Lichtung, in der die großen Affen ihre Versammlungen abhielten und ihre wilden Dum-Dum-Tänze aufführten.

Sie hatten schon viele Meilen zurückgelegt, und es war bereits spät am Nachmittag. Über dem Amphitheater breitete sich schon das Halbdunkel aus.

Der grüne Rasen war so weich und kühl und einladend. Das Geräusch der Dschungel schien jetzt weit entfernt zu sein, und man hörte es nur mehr leise wie die Brandung einer fernen Küste.

Das Gefühl einer märchenhaften Stille kam über Jane Porter, als sie auf dem Grase lag, auf das Tarzan sie gelegt hatte, und zu der hohen Gestalt über sich emporblickte.

Als sie mit halbgeöffneten Augen ihn betrachtete, ging er über den Halbkreis der Lichtung nach den Bäumen hin. Dabei fiel ihr seine geschmeidige Bewegung, seine vornehme Haltung und die tadellose Ebenmäßigkeit seines Körpers auf.

Welch vollkommenes Geschöpf! In einem so göttlichen Äußeren konnte doch keine Grausamkeit und keine Niedrigkeit verborgen sein. Noch nie, dachte sie, ist ein solcher Mann über die Erde gewandelt, seitdem Gott den ersten Menschen nach seinem Ebenbilde schuf.

Mit einem Sprung verschwand Tarzan zwischen den Bäumen. Jane Porter fragte sich, wohin er wohl gegangen war. Sollte er sie etwa ihrem Schicksal in der einsamen Dschungel überlassen?

Erregt schaute sie umher. Jeder Busch schien ihr der Versteck irgendeines wilden Tieres zu sein, das auf sie lauerte. Jedes Geräusch schien ihr das Herannahen einer Bestie zu verkünden.

So saß sie einige Minuten in fürchterlicher Angst da, und diese wenigen Minuten kamen ihr wie lange Stunden vor.

Da hörte sie hinter sich ein Geräusch. Mit einem Schrei sprang sie auf, und – sah Tarzan dort stehen, die Arme gefüllt mit reifen, verlockenden Früchten.

Jane Porter taumelte, und sie wäre zu Boden gestürzt, wenn Tarzan, seine Last fallen lassend, sie nicht in seinen Armen auf. gefangen hätte. Sie war nicht ohnmächtig, aber sie drückte sich zitternd an ihn.

Tarzan streichelte ihr weiches Haar und suchte sie zu beruhigen, so wie Kala es mit ihm gemacht hatte, wenn er durch Sabor, die Löwin, oder Histah, die Schlange erschreckt worden war.

Sanft drückte er seine Lippen auf ihre Stirne; sie rührte sich nicht, sondern schloß bloß die Augen und seufzte.

Sie konnte sich über ihre Gefühle nicht klar werden, und versuchte es auch gar nicht. Sie war zufrieden, sich in diesen starken Armen sicher zu fühlen, und überließ der Zukunft ihr Schicksal. In den letzten Stunden hatte sie die Gewißheit erlangt, daß sie diesem merkwürdigen Urmenschen mehr vertrauen konnte als irgend einem Manne ihrer Kreise.

Als sie über die Seltsamkeit dieses Falles nachdachte, kam es ihr zum Bewußtsein, daß sie bei dieser Gelegenheit vielleicht etwas kennen gelernt hatte, was sie vorher noch nicht in Wirklichkeit kannte, nämlich die Liebe. Sie wunderte sich darüber und lächelte.

Und sanft schob sie Tarzan von sich. Mit einem halb lächelnden, halb neckischen Ausdruck, der ihr Gesicht ganz reizend erscheinen ließ, zeigte sie nach den Früchten auf dem Boden und setzte sich auf die Kante der Affen-Erd-Trommel, denn der Hunger meldete sich bei ihr.

Tarzan hob eilig die Früchte auf und legte sie ihr zu Füßen. Dann setzte er sich neben sie und schnitt ihr mit seinem Messer die verschiedenen Früchte zurecht.

Während beide am Essen waren, sahen sie sich gelegentlich verstohlen lächelnd an, bis schließlich Jane Porter in lautes Lachen ausbrach, in das Tarzan mit einstimmte.

Ich wünschte, Sie könnten englisch sprechen, sagte das Mädchen.

Tarzan schüttelte den Kopf, indem er halb wehmütig dreinschaute.

Dann versuchte Jane Porter französisch mit ihm zu sprechen, und dann deutsch, aber sie mußte selbst lachen über den Versuch, den sie mit der deutschen Sprache machte.

Ich sehe wohl, sagte sie dann auf englisch, daß Sie mein Deutsch nicht besser verstehen, als man es in Berlin verstanden hat.

Tarzan hatte schon lange überlegt, wie er sich weiterhin benehmen sollte. Er hatte über all das nachgedacht, was er über den Verkehr zwischen Mann und Weib in den Büchern gelesen hatte. Er wollte denn auch so handeln, wie in den Büchern ein Mann an seiner Stelle gehandelt hätte.

Er stand auf, aber ehe er fortging, suchte er Jane Porter durch Zeichen zu verstehen zu geben, daß er bald wiederkommen werde. Sie begriff es denn auch und erschrak nicht über sein Fortgehen.

Sie schaute aber sehnsüchtig nach der Stelle, wo sie ihn zwischen den Bäumen hatte verschwinden sehen. Als sie ein Geräusch hörte, sah sie ihn mit einem Arm voll belaubter Zweige zurückkehren.

Dann lief er noch ein paar mal in die Dschungel und brachte jedesmal einen Haufen Gras, große Blätter und Farrenwedel mit. Er bereitete ihr damit ein weiches Lager. Große Gras- und Farrenbüschel legte er auf die Erde und steckte die Zweige so in den Boden, daß sie ein Dach bildeten. Das Ganze bekleidete er mit Blättern und schloß das eine Ende der zeltartigen Hütte.

Als er diese Arbeit vollendet hatte, setzten sich die beiden noch eine Weile auf die Erdtrommel und versuchten durch Zeichen mit einander zu sprechen.

Das prachtvolle Diamanten-Medaillon, das an Tarzans Halse hing, hatte schon lange die Neugier Jane Porters erregt. Sie wies mit dem Finger darauf, und er nahm es sofort vom Halse und gab ihr es.

Sie sah, daß es das Werk eines tüchtigen Goldschmieds war, und daß die Diamanten von großem Glanze waren, aber aus ihrer Form konnte man ersehen, daß sie aus einer früheren Zeit stammten.

Da bemerkte sie, daß das Medaillon sich öffnen ließ, und als sie durch einen Druck es geöffnet hatte, sah sie im Innern zwei Elfenbein-Miniaturen.

Die eine stellte eine schöne Frau dar, die andere einen jüngeren Mann, der, abgesehen von einem etwas andern Gesichtsausdruck, dem neben ihr sitzenden jungen Mann sehr ähnlich sah.

Er neigte sich zu ihr, um die Bilder verwundert zu betrachten. Offenbar hatte er diese noch nicht gesehen und nicht gewußt, daß das Medaillon sich öffnen ließ. Er nahm es wieder in die Hand und sah die Bilder mit lebhafter Teilnahme an.

Jane Porter fragte sich, wie dieser schöne Schmuck wohl in den Besitz dieses wilden Menschen in der unerforschten afrikanischen Wildnis gelangt sein konnte. Das war um so sonderbarer, als das eine Bild den Bruder oder wahrscheinlich den Vater dieses Wald-Halbgottes darstellte, der nicht einmal etwas davon gewußt hatte.

Tarzan hatte die beiden Bilder schweigend betrachtet. Dann nahm er seinen Köcher von der Schulter, und nachdem er die Pfeile herausgezogen hatte, holte er unten aus dem Behälter ein kleines Paket, das in weiche Blätter eingewickelt und mit Gräsern zusammengebunden war.

Er öffnete es vorsichtig, entfernte ein Blatt nach dem andern, bis schließlich eine Photographie zum Vorschein kam.

Indem er mit dem Finger auf das eine Miniaturbild zeigte, reichte er Jane Porter die Photographie.

Sie sah auf den ersten Blick, daß das offenbar derselbe junge Mann war, der auf der Miniatur dargestellt war.

Tarzan sah sie fragend an. Sie zeigte mit dem Finger auf die Photographie, dann auf die Miniatur und zuletzt auf ihn, um anzudeuten, daß die zwei Bilder Ähnlichkeit mit ihm hätten, aber er schüttelte den Kopf und zuckte die Schultern; dann nahm er die Photographie, wickelte sie wieder sorgfältig ein und legte sie in den Köcher zurück.

Einige Augenblicke saß er schweigend da, die Augen auf den Boden gerichtet, indes Jane Porter noch immer das Medaillon in der Hand hielt, es hin und her drehte und darüber nachdachte, wen die Bilder wohl vorstellen könnten.

Zuletzt fiel ihr eine einfache Erklärung ein.

Das Medaillon hatte Lord Greystoke gehört, und die Bilder stellten ihn und Lady Alice dar.

Dieser wilde Mensch hatte es in der Hütte gefunden. Wie dumm, daß sie nicht schon früher auf diesen Gedanken gekommen war!

Was aber die sonderbare Ähnlichkeit zwischen Lord Greystoke und diesem Waldgott betraf, so wußte sie sich diese in keiner Weise zu erklären; sie konnte ja auch nicht auf den Gedanken kommen, daß dieser nackte Wilde in Wirklichkeit ein adeliger Engländer sei.

Eine Weile sah Tarzan ihr zu, wie sie das Medaillon prüfte, und er erriet ihr Interesse dafür an dem Ausdruck ihres lieben Gesichtes.

Sie bemerkte, daß er sie betrachtete, und sie dachte, er wünsche sein Schmuckstück zurück. Sie reichte es ihm denn auch hin; er nahm es, hielt aber die Kette auseinander und hing sie ihr um den Hals, und dabei lächelte er, als er auf ihrem Gesicht den Ausdruck der Verwunderung über dieses unerwartete Geschenk las.

Jane Porter schüttelte heftig den Kopf und wollte die goldene Kette wieder von ihrer Brust nehmen, aber Tarzan wollte dies nicht dulden. Er ergriff ihre Hände und hielt sie fest. Zuletzt gab sie nach, und indem sie lächelnd das Schmuckstück an die Lippen führte, stand sie auf und machte einen Knicks vor ihm.

Tarzan wußte nicht recht, was sie damit meinte, aber er nahm an, das sei der Ausdruck ihres Dankes für das Geschenk, und so stand auch er auf, verbeugte sich ernst wie ein Höfling und drückte dann seine Lippen auf dieselbe Stelle, die sie geküßt hatte.

Es war ein galantes Kompliment, das er eigentlich unbewußt vollbrachte, ein Zeichen seiner aristokratischen Geburt, ein natürlicher Ausfluß der ihm angeborenen Höflichkeit, die auch sein Aufwachsen im Urwald nicht hatte zerstören können.

Jetzt war es dunkle Nacht, und so aßen beide noch einmal von den saftigen Früchten, die ihnen gleichzeitig Speise und Trank waren. Dann stand Tarzan auf, und deutete ihr durch Zeichen an, sie möchte sich zur Ruhe hinlegen.

Anfänglich hatte sie etwas Angst, aber die halbtägige Berührung mit dem jungen Mädchen hatte Tarzan völlig verändert. Er war jetzt ein ganz anderer Mensch als er es noch am Vormittag gewesen war. Zwar war er nicht plötzlich aus einem wilden Affenmenschen ein vornehmer Gentleman geworden, aber der ererbte Instinkt seiner Familie siegte über die Triebe der Natur. Er hatte nur den einen Wunsch, dem geliebten Weibe zu gefallen und einen guten Eindruck auf Jane zu machen.

Um sie zu beruhigen, zog er sein Jagdmesser aus der Scheide und gab es ihr.

Sie verstand seine Absicht, nahm das Messer und begab sich in ihre Laubhütte, wo sie es neben sich legte.

Tarzan aber legte sich vor den Eingang ihres Lagers.

So fand die aufgehende Sonne sie am folgenden Morgen.

Als Jane Porter erwachte, konnte sie sich anfänglich gar nicht an all die sonderbaren Ereignisse des vergangenen Tages erinnern. Sie wunderte sich über das merkwürdige Dach über sich, über das weiche Gras ihres Lagers und die Öffnung, die sie zu ihren Füßen sah.

Nach und nach kamen ihr die Einzelheiten wieder zum Bewußtsein, und sie staunte über alles, was sie erlebt hatte. Zugleich aber kam ein mächtiges Gefühl der Dankbarkeit in ihr auf, daß sie aus so großer Gefahr errettet worden und daß ihr kein Leid widerfahren war.

Sie stand auf, um nach Tarzan zu schauen. Er war schon fort, aber es war ihr gar nicht bange, denn sie war überzeugt, daß er zurückkehren würde.

In dem Grase vor ihrem Lager sah sie die Stelle, wo er die ganze Nacht gelegen hatte, um sie zu bewachen. Der Gedanke, daß er nahe bei ihr war, hatte sie ja auch so ruhig schlafen lassen.

Was brauchte sie in seiner Nähe zu fürchten? Sie fragte sich, ob es irgend einen Mann auf der Welt gäbe, bei dem sich ein Mädchen im Herzen dieses wilden afrikanischen Urwaldes so sicher fühlen könnte. Sie brauchte jetzt sogar keine Angst vor den Löwen und den Panthern mehr zu haben.

Als sie aufschaute, sah sie ihn von einem nahen Baume heruntersteigen. Sobald er sie erblickte, leuchtete in seinem Gesicht das frische Lächeln, das am Tage zuvor ihr Vertrauen gewonnen hatte.

Je näher er kam, desto schneller schlug ihr Herz und ihre Augen strahlten, wie noch nie beim Herannahen eines Mannes.

Er hatte wieder Früchte gesammelt, und legte sie vor sie hin. Dann setzten sich beide und aßen.

Jane Porter fing jetzt an, sich zu fragen, welche Pläne er wohl habe. Wollte er sie nach der Bucht zurückbringen oder wollte er sie hier behalten? Einstweilen aber machte sie sich dieserhalb noch keine Sorgen. Sie saß neben dem lächelnden Riesen, aß köstliche Früchte im Waldparadies, tief in der afrikanischen Dschungel, – sie war zufrieden und wirklich glücklich.

Als sie ihr Frühstück beendet hatten, trat Tarzan an ihr Nachtlager und hob sein Messer wieder auf. Jane hatte es ganz vergessen, und doch war es gerade das Messer gewesen, das sie so beruhigt hatte, als er es ihr übergab.

Tarzan winkte ihr, ihm zu folgen. Er führte sie bis zu den Bäumen am Rande der Lichtung; hier nahm er sie auf den Arm und schwang sich mit ihr auf die Äste hinauf.

Sie wußte, daß er sie zu ihren Angehörigen zurückbringen würde, und konnte das Gefühl der Vereinsamung und der Trauer, das sie plötzlich überkam, nicht verstehen.

Stundenlang wanderte nun Tarzan mit ihr durch die Bäume. Er hatte keine Eile. Er wollte so lange als möglich das Vergnügen haben, mit so süßen Armen um den Hals zu wandern, und deshalb hielt er sich südlich von der geraden Linie nach der Bucht.

Mehreremal ruhten sie eine Weile, obschon Tarzan der Ruhe gar nicht bedurfte. Am Nachmittag verweilten sie eine Stunde an einem keinen Bach, wo sie ihren Durst löschten und aßen. So ging die Sonne schon unter, als sie an die Lichtung kamen. Dort stieg Tarzan auf einem großen Baum herunter, schritt durch das hohe Dschungelgras und zeigte auf die Hütte. Sie nahm ihn bei der

Hand, damit er mit ihr gehen sollte, weil sie ihrem Vater sagen wollte, dieser Mann habe sie vor dem Tode und noch Schlimmerem gerettet und habe so sorgfältig wie eine Mutter bei ihr gewacht.

Aber im Anblick der menschlichen Wohnung überkam Tarzan wieder die Schüchternheit, und er kehrte kopfschüttelnd um. Sie trat zu ihm heran und schaute ihn mit bittenden Augen an, aber er schüttelte wieder den Kopf, und schließlich zog er sie sanft an sich und beugte sich über sie, um sie zu küssen, aber nicht ohne zuvor ihr in die Augen geschaut zu haben, um zu erfahren, ob sie gut gestimmt sei oder ihn zurückweisen werde.

Einen Augenblick zögerte sie zwar, dann aber schlang sie ihre Arme um seinen Nacken und küßte ihn, – ohne sich zu schämen.

Ich liebe dich, – ich liebe dich! flüsterte sie.

Aus weiter Ferne hörte man einige Schüsse. Tarzan und Jane Porter richteten die Köpfe auf.

Aus der Hütte kamen Mr. Philander und Esmeralda.

Tarzan und das Mädchen konnten von der Stelle aus, wo sie standen, die beiden im Hafen vor Anker liegenden Schiffe nicht sehen.

Tarzan zeigte mit dem Finger nach der Richtung, wo die Schüsse gefallen waren, zeigte auf seine Brust und dann wieder in die Ferne. Sie verstand.

Er schickte sich an, zu gehen, und sie sagte sich, er vermute jedenfalls, daß einer von den Ihrigen in Gefahr sei.

Noch einmal küßte er sie.

Komm wieder zu mir, flüsterte sie, ich warte auf dich!

Er ging, und Jane Porter wandte sich um, um sich nach der Hütte zu begeben.

Mr. Philander war der erste, der sie erblickte. Er erkannte sie aber nicht, denn es war schon dunkel und er war sehr kurzsichtig.

Schnell, Esmeralda, rief er, in die Hütte! Himmel, es ist eine Löwin!

Esmeralda hielt es nicht für nötig, sich von der Richtigkeit zu überzeugen. Der Ton seiner Worte genügte ihr. Im Nu war sie in der Hütte und hatte die Türe verrammelt.

Wütend sprang er dagegen.

Esmeralda! Esmeralda! schrie er. Lassen Sie mich hinein. Ich werde ja von dem Löwen gefressen.

Die Negerin aber glaubte, es sei schon die Löwin, die an der Türe rumorte, und wie gewöhnlich fiel sie in Ohnmacht.

Mr. Philander warf einen angstvollen Blick hinter sich.

O Schrecken! Das Tier war schon nahe bei ihm. Er versuchte, an der Hütte emporzuklettern und es gelang ihm auch, bis an einen Vorsprung des Daches heranzureichen.

Einen Augenblick hing er daran, aber das Holz, an dem er sich festhielt, gab nach und Mr. Philander fiel auf den Rücken.

In diesem Augenblick erinnerte er sich aus der Naturgeschichte, daß wenn Löwen einen Menschen finden, der sich tot stellt, sie ihn unbehelligt lassen.

So blieb er denn liegen, wie er heruntergefallen war. Arme und Beine von sich gestreckt, als ob er schon erstarrt wäre.

Jane Porter hatte erstaunt den Vorgang beobachtet. Sie konnte sich nicht enthalten zu lachen, und als Mr. Philander ihre Stimme hörte, drehte er sich um und schaute auf. Jetzt erst erkannte er sie.

Jane! rief er. Jane Porter! Um Himmelswillen!

Er sprang auf und stürzte auf sie zu. Er konnte nicht glauben, daß sie es sei, und noch dazu lebendig.

Gerechter Gott! Wo kommen Sie her? Wo in aller Welt sind Sie gewesen? Wie …

Um Himmelswillen, Mr. Philander, unterbrach ihn das Mädchen. So viel Fragen kann ich nicht behalten.

Es sei denn! sagte Mr. Philander. Ich bin so freudig erstaunt, Sie lebend und wohlbehalten zu sehen, daß ich wirklich nicht weiß, was ich sagen soll. Aber kommen Sie und erzählen Sie mir alles, was Sie erlebt haben.

In den Händen der Kannibalen

Als die kleine Expedition der Marinesoldaten mühsam durch die dichte Dschungel vordrang, um nach Jane Porter zu suchen, hatte man nicht viel

Hoffnung auf Erfolg, aber wenn d'Arnot den Schmerz des alten Mannes und den traurigen Blick des jungen Engländers sah, sagte er sich immer wieder, er dürfe den Versuch noch nicht aufgeben.

Er dachte, es wäre immerhin möglich, ihre Leiche oder deren Überreste zu finden, denn er war überzeugt, daß sie von einem Raubtier aufgefressen worden sei. Er hatte seine Leute von dem Punkte aus, wo Esmeralda aufgefunden worden war, in Schützenlinie ausschwärmen lassen, und so drangen sie schwitzend und keuchend durch das Gewirr der Ranken und Schlingpflanzen.

Sie kamen nur langsam voran. In der Mittagsstunde waren sie erst ein paar Meilen ins Innere vorgedrungen. Sie hielten eine kurze Rast. Als sie dann ein Stück weiter vorgedrungen waren, entdeckte einer der Männer einen Pfad durch das Dickicht.

Es war der alte Elefantenpfad. Nachdem d'Arnot mit Professor Porter und Clayton beratschlagt hatte, beschlossen sie, diesem Wege nachzugehen.

Der Pfad wand sich in nordöstlicher Richtung durch die Wälder, aber er war so schmal, daß nur einer hinter dem andern gehen konnte.

Leutnant d'Arnot marschierte an der Spitze, und er ging raschen Schrittes, denn der Weg war verhältnismäßig gut gebahnt. Unmittelbar hinter ihm kam Professor Porter, aber da er mit dem jungen Offizier nicht gleichen Schritt halten konnte, war d'Arnot etwa hundert Meter voraus, als er sich plötzlich einem halben Dutzend schwarzer Krieger gegenübersah.

D'Arnot rief seiner Kolonne einen Warnungsruf zu, aber noch ehe er seinen Revolver abdrücken konnte, war er gefesselt und in die Dschungel geschleppt.

Auf seinen Ruf war ein Dutzend Matrosen an Professor Porter vorbeigesprungen, um ihrem Offizier zu Hilfe zu eilen.

Schon waren sie an der Stelle vorbei, wo d'Arnot gefangen genommen worden war, als ein Speer aus der Dschungel geflogen kam und einen Mann durchbohrte. Gleich darauf ging ein ganzer Hagel von Pfeilen über sie nieder.

Ihre Gewehre anlegend, feuerten sie in das Unterholz nach der Seite, von wo die Wurfgeschosse hergekommen waren.

Inzwischen war der Rest der Mannschaft herbeigeeilt, und eine Salve nach der andern wurde auf den verborgenen Feind abgefeuert. Diese Schüsse waren es, die Tarzan und Jane Porter gehört hatten.

Leutnant Charpentier, der den Nachtrab der Kolonne befehligte, kam jetzt auch herbeigeeilt, und als er die Einzelheiten des Überfalls erfuhr, drang er an der Spitze seiner Leute in das Dickicht hinein.

Schon im nächsten Augenblicke kämpften sie Mann gegen Mann mit etwa fünfzig schwarzen Kriegern aus Mbongas Dorf. Pfeile und Kugeln flogen hin und her.

Im Nahkampf gebrauchten die Schwarzen ihre sonderbaren afrikanischen Messer, die Weißen ihre Gewehrkolben.

Es war ein wildes, blutiges Gefecht, aber bald flohen die Eingeborenen in die Dschungel, und überließen es den Soldaten, ihre Verluste zu zählen.

Von den zwanzig Matrosen waren vier tot, ein Dutzend verwundet und Leutnant d'Arnot wurde vermißt. Die Nacht brach schnell herein, und ihre Lage wurde dadurch erschwert, daß sie nicht einmal den Elefantenpfad wiederfinden konnten. So blieb ihnen nichts anderes übrig, als dort zu übernachten. Leutnant Charpentier ließ eine Lichtung schlagen und einen kreisförmigen Verhau von Unterholz um das Lager errichten. Diese Arbeit wurde erst lange nach Einbruch der Dunkelheit vollendet. Die Leute machten ein großes Feuer mitten in der Lichtung, um bei dessen Schein arbeiten zu können.

Als alles soviel wie möglich zum Schutze gegen Raubtiere und Wilde fertig war, stellte Leutnant Charpentier Wachen um das kleine Lager, und nun warfen die müden und hungerigen Leute sich auf den Boden, um zu schlafen.

Das Stöhnen der Verwundeten, vermischt mit dem Brüllen und Knurren der durch den Lärm und das Feuer angezogenen wilden Tiere, hielt einen ruhigen Schlaf von ihnen fern.

So harrte die traurige, hungrige Gesellschaft die ganze Nacht hindurch sehnlichst dem Morgengrauen entgegen.

*

Die Schwarzen, denen d'Arnot in die Hände gefallen war, hatten an dem folgenden Kampfe nicht mehr teilgenommen. Sie hatten sich vielmehr beeilt, ihn fortzuschleppen.

Sie trieben ihn zur Eile an, und je weiter sie sich vom Kampfplatz entfernten, desto mehr nahm der Lärm des Kampfes ab. Auf einmal erblickte d'Arnot vor sich eine Lichtung, an deren Ende ein strohbedecktes eingefriedigtes Dorf stand.

Es war schon dunkel, als der Torwächter des Dorfes sah, daß zwei Mann mit einem Gefangenen herannahten.

Innerhalb der Umzäunung erhob sich sofort ein Geschrei und eine ganze Schaar Frauen und Kinder stürzte sich den Ankommenden entgegen.

Und dann begann für den weißen Offizier das Schrecklichste, was einem Menschen auf Erden begegnen kann: der Empfang eines weißen Gefangenen in einem Dorfe von afrikanischen Menschenfressern.

Was noch zu der teuflischen Bosheit ihrer grausamen Wildheit beitrug, war die bittere Erinnerung an noch grausamere Unmenschlichkeiten, die an ihnen und den Ihrigen von weißen Offizieren des Erzheuchlers Leopold II. von Belgien begangen wurden. Diese waren die Ursache, daß sie dem Kongo-Freistaat, dem traurigen Überbleibsel eines einst mächtigen Neger-Reiches, entfliehen mußten.

Die Dorfleute fielen über d'Arnot her, schlugen ihn mit Stöcken und Steinen und zerkratzten ihn. Seine ganze Kleidung wurde ihm vom Leibe gerissen, und die unbarmherzigen Schläge fielen auf seinen bloßen, zitternden Körper. Aber der Mann stieß nicht einen Schmerzensschrei aus. Nur ein stilles Gebet stieg zu seinem Schöpfer empor, er möchte ihn bald von seiner Qual erlösen.

Aber der Tod, um den er flehte, sollte ihm nicht so leicht zuteil werden. Bald jagten die Männer die Frauen von ihrem Gefangenen fort. Er sollte für einen edleren Sport geschont werden, und nachdem man die erste Wut an ihm ausgelassen hatte, begnügte man sich damit, ihn zu verhöhnen, zu beschimpfen und anzuspucken.

Jetzt hatten sie die Mitte des Dorfes erreicht. Dort wurde d'Arnot an den Pfahl gebunden, von dem noch niemand lebend gelöst wurde.

Eine Anzahl Frauen gingen in ihre Hütten, um Töpfe und Wasser zu holen, während andere eine Reihe Feuerstellen errichteten, auf denen der Schmaus gekocht werden sollte.

Einstweilen wartete man, bis die anderen Krieger zurückkehren würden. Es wurde aber sehr spät, bis alle ins Dorf zurückgekehrt waren und der Todestanz um den verurteilten Offizier ausgeführt werden konnte.

Vor Schmerz und Erschöpfung halb ohnmächtig, beobachtete d'Arnot mit seinen halbgeschlossenen Augen das Schauspiel, das ihm wie ein toller Fieberwahn oder ein schreckliches Alpdrücken vorkam.

Vor seinen fiebernden Augen tanzten die brutalen, mit Farbe bemalten Gesichter, die gelben, spitz zugefeilten Zähne, die rollenden Teufelsaugen, die glänzenden, nackten Körper, die grausamen Speere. Es mußte ein Wahn sein, denn in Wirklichkeit konnte es solche Menschen doch wohl nicht auf der Erde geben. Er träumte gewiß.

Doch die wilden, sich drehenden Leiber kamen näher. Dann wurde ein Speer geworfen, der seinen Arm traf. Der stechende Schmerz und das warme tröpfelnde Blut ließen ihn die ganze schreckliche Wirklichkeit seiner hoffnungslosen Lage erkennen.

Ein zweiter Speer traf ihn und noch ein dritter.

Er schloß seine Augen und biß die Zähne zusammen. Er wollte nicht aufschreien.

Er war ein Soldat, und er wollte diesen Bestien zeigen, wie ein Offizier und Edelmann stirbt.

*

Tarzan brauchte keinen Dolmetscher, um sich die Bedeutung der entfernten Schüsse erklären zu lassen. Mit Jane Porters warmen Küssen auf den Lippen schwang er sich unglaublich schnell auf den Bäumen geradenwegs auf Mbongas Dorf zu. Er hielt es nicht für nötig, die Örtlichkeit des Gefechtes festzustellen, zumal er annahm, daß es bald beendet sein werde. Er sagte sich, den Toten könne er nicht mehr helfen und die Entkommenen brauchten seinen Beistand nicht.

Er eilte zu denen, die weder getötet noch entkommen waren, und er wußte, daß er diese an dem großen Pfahl in der Mitte von Mbongas Dorf finden werde.

Oft hatte Tarzan die Beutezüge von Mbongas Schwarzen vom Norden her mit Gefangenen zurückkehren sehen, und jedesmal fanden dieselben Auftritte um den grausigen Pfahl beim flackernden Licht der vielen Feuerstellen statt.

Er wußte auch, daß sie selten viel Zeit mit der Vollziehung ihrer teuflischen Absicht verloren, und deshalb war er im Zweifel, ob er noch rechtzeitig käme, um den Opfern zu helfen.

Tarzan hatte ihren früheren Orgien mit Wohlgefallen zugesehen, und nur gelegentlich machte er sich das Vergnügen, die Schwarzen zu stören, aber vordem waren es Gefangene ihrer eigenen Rasse.

Diesmal war es anders: weiße Männer von Tarzans eigener Rasse erlitten jetzt vielleicht die Todesqualen im grausigen Dschungel-Dorf.

Fort ging's in Eile. Die Nacht war schon hereingebrochen, und er strebte noch immer in schwindelnder Höhe durch die mondbeschienenen, sanft sich neigenden Äste der Baumkronen. Jetzt gewahrte er einen Lichtschein, rechts von seinem Wege. Es mußte das Licht von dem Lagerfeuer der zwei Männer sein, denn Tarzan wußte nichts von den Matrosen.

Er war seiner Dschungel-Kenntnis so sicher, daß er nicht von der eingeschlagenen Richtung abwich.

Kaum hatte er noch eine halbe Meile zurückgelegt, als er in den Bäumen über Mbongas Dorf anlangte.

O, er kam nicht ganz zu spät. Oder doch? Er konnte es nicht sagen. Die Gestalt am Pfahl war sehr ruhig, aber die Schwarzen waren im Begriffe, sie zu durchstechen.

Der Todesstreich war noch nicht vollzogen. Er konnte genau sehen, wie weit der Tanz vorgeschritten war.

In der nächsten Minute würde Mbongas Messer dem Opfer ein Ohr abschneiden, und das würde der Anfang vom Ende sein, denn gleich darauf würde nur noch eine sich krümmende, verstümmelte Fleischmasse übrig sein. Vielleicht war noch Leben in dem Unglücklichen, aber der Tod würde dann die einzige Barmherzigkeit sein, nach der er sich noch sehnte.

Von dem dem Pfahle am nächsten stehenden Baume warf Tarzan eine Schlinge, und dann stieß er den fürchterlichen Kampfruf der Menschenaffen aus, der das Geschrei der tanzenden Teufel übertönte.

Wie erstarrt hielten die Tänzer inne. Das Seil schwirrte pfeifend über ihren Köpfen, aber in dem flackernden Licht des Lagerfeuers war es unsichtbar.

D'Arnot öffnete seine Augen. Ein riesiger Schwarzer, der unmittelbar vor ihm stand, fiel rückwärts, als ob er von einer unsichtbaren Hand erschlagen wäre.

Kreischend und sich sträubend drehte sich der Körper von einer Seite zur andern und bewegte sich schnell gegen die tiefen Baumschatten.

Die Augen der Schwarzen traten vor Schreck fast aus ihren Höhlen und sahen wie festgebannt zu.

Sobald sich der Körper unter dem Baum befand, wurde er schnurstracks in die Höhe gezogen. Als er oben im Laubwerk verschwand, rannten die Neger fürchterlich schreiend in tollem Laufe nach dem Dorftor zu.

D'Arnot war allein.

Er war ein tapferer Mann, aber seine kurzen Haare standen ihm zu Berge, als er den unheimlichen Schrei über sich hörte.

Als nun der sich windende Körper des Schwarzen sich wie durch eine überirdische Gewalt in das dichte Laubwerk erhob, fühlte d'Arnot, daß ihm ein eisiges Frösteln den Rücken hinunterlief.

Während er den Punkt beobachtete, wo der Körper an dem Baume emporgezogen wurde, hörte er eine Bewegung von dort. Die Äste bogen sich wie unter der Körperlast eines Menschen. Ein Krach, und der Schwarze fiel wieder zu Boden und blieb still liegen.

Unmittelbar darauf erschien ein weißer Körper, aber dieser ließ sich aufrecht herunter.

D'Arnot sah einen wohlgebauten jungen Riesen aus dem Schatten auftauchen und schnell auf ihn zukommen.

Was sollte das bedeuten? Wer konnte das sein? Offenbar war es ein neues Geschöpf, das ihn quälen und vernichten wollte.

Seine Augen wandten sich nicht von dem Gesicht des Herankommenden. Der freie klare Blick des Mannes beruhigte ihn, und er sagte sich, der Mann könne kein grausames Herz haben, und doch wagte er es noch nicht, an eine Rettung zu glauben.

Ohne ein Wort zu sagen, zerschnitt Tarzan die Fesseln des Offiziers.

Durch die Leiden und den Blutverlust geschwächt, wäre d'Arnot umgefallen, wenn der starke Arm des Fremden ihn nicht gehalten hätte.

Er fühlte sich vom Boden emporgetragen, als ob er flöge, und dann verlor er das Bewußtsein.

Auf der Suche nach d'Arnot

Es war eine traurige, mutlose Gruppe, die in dem kleinen Lager der Weißen mitten im Urwald dem dämmernden Tag entgegensah.

Sobald es hell genug war, um die Umgebung zu überblicken, sandte Leutnant Charpentier je drei Mann nach den verschiedenen Richtungen, um den Pfad ausfindig zu machen. In zehn Minuten war er gefunden, und die Expedition schickte sich zur Rückkehr nach der Küste an.

Das ging aber nicht schnell vonstatten, denn man mußte die Leichen von sechs Mann tragen (zwei waren noch in der Nacht gestorben). Mehrere Verwundete mußten gestützt werden und konnten nur langsam vorwärts kommen.

Charpentier hatte beschlossen, sich Verstärkung zu holen, dann einen Versuch zu machen, die Eingeborenen zu schlagen und d'Arnot zu befreien.

Es war spät am Nachmittag, als die erschöpften Menschen die Lichtung an der Küste erreichten, aber für zwei von ihnen war die Rückkehr ein so großes Glück, daß ihr ganzes Leid im selben Augenblick vergessen war.

Als die kleine Gruppe aus der Dschungel heraustrat, sahen Professor Porter und Cecil Clayton zu ihrem grenzenlosen Erstaunen Jane Porter in der Türe der Hütte stehen.

Mit einem freudigen Ausruf lief sie ihnen entgegen, und indem sie ihre Arme um ihres Vaters Hals schlang, brach sie zum ersten Mal in Tränen aus, seitdem sie auf dieser schrecklichen abenteuerlichen Küste ausgesetzt worden war.

Professor Porter suchte mannhaft seine eigenen Gefühle zu unterdrücken, aber seine Nervenanspannung und körperliche Schwäche waren zuviel für ihn, er legte den Kopf auf die Schulter seiner Tochter und schluchzte leise wie ein müdes Kind.

Jane führte ihn zur Hütte, und die Matrosen begaben sich nach dem Strande. Mehrere Kameraden kamen ihnen von dort entgegen.

Da Clayton Vater und Tochter allein lassen wollte, gesellte er sich zu den Marinesoldaten und unterhielt sich mit den Offizieren, bis ihr Boot zum Kreuzer zurückruderte, wo Leutnant Charpentier über den unglücklichen Verlauf der Expedition zu berichten hatte.

Clayton kehrte langsam zur Hütte zurück. Er fühlte sich ganz glücklich, denn die Frau, die er liebte, war gerettet.

Er fragte sich, durch welches Wunder sie befreit worden sei, denn es erschien ihm fast unglaublich, sie noch am Leben zu sehen.

Als er sich der Hütte näherte, trat Jane Porter heraus. Sobald sie ihn erblickte, eilte sie ihm entgegen.

Jane, rief er, Gott hat es gut mit uns gemeint. Erzählen Sie mir, wie Sie gerettet wurden.

Er hatte sie noch nie bei ihrem Vornamen genannt. Zwei Tage früher wäre sie vor Freude darüber sanft errötet; jetzt aber erschrak sie darüber.

Mr. Clayton, sagte sie ruhig, indem sie ihm die Hand reichte, lassen Sie mich Ihnen zuerst für die ritterliche Treue meinem Vater gegenüber danken. Er hat mir erzählt, wie edel Sie sich aufgeopfert haben. Wie können wir Ihnen das je vergelten?

Clayton bemerkte, daß sie seinen familiären Gruß nicht erwiderte, doch war er weiter nicht beunruhigt darüber. Sie hatte so vieles durchgemacht, und es wäre jetzt nicht angebracht, ihr seine Liebe aufzudrängen, dachte er.

Ich bin schon dadurch belohnt, sagte er, daß ich Sie und Ihren Herrn Vater gerettet, gesund und wieder beisammen sehe. Es war so ergreifend, ihn in seinem stillen klagenlosen Schmerze zu sehen. Es war die traurigste Erfahrung in meinem Leben, Miß Porter, und dazu kam mein eigener Schmerz, der größte, den ich je gehabt habe. Aber der seinige war so hoffnungslos; – es war zum Erbarmen. Er zeigte mir, daß keine Liebe, nicht einmal die eines Mannes für seine Frau, so tief und stark und aufopfernd sein kann als die Liebe eines Vaters für seine Tochter.

Das junge Mädchen senkte den Kopf.

Wo ist der Waldmensch, der Ihnen zu Hilfe kam? fragte sie. Warum kehrte er nicht zurück?

Clayton wurde durch diese Frage so überrascht, daß er sie verwundert ansah.

Wen meinen Sie? fragte er.

Den Waldmenschen, der Sie und den Vater rettete und der mich dem Gorilla entriß.

O, rief Clayton überrascht. Er war es, der Ihnen zu Hilfe kam! Sie haben mir noch nichts von Ihrem Abenteuer erzählt. Bitte, berichten Sie mir doch!

Sie kam aber auf ihre vorige Frage zurück.

Aber den Waldmenschen, haben Sie ihn nicht gesehen? Als wir die Schüsse aus der Ferne hörten, verließ er mich. Wir hatten gerade die Lichtung erreicht, als er nach der Richtung des Kampfplatzes eilte. Ich weiß, daß er Ihnen zu Hilfe kommen wollte.

Sie sagte das in einem so warmen, fast erregten Tone, daß Clayton sich wunderte, warum sie so besorgt sei, den Aufenthalt dieses seltsamen Wesens zu erfahren. Er konnte zwar die Wahrheit nicht vermuten, aber er hatte eine dunkle Ahnung, und so entstand in ihm der erste ihm selbst unbewußte Keim der Eifersucht und des Verdachts gegen den Affenmenschen, dem er sein Leben verdankte.

Wir sahen ihn nicht, erwiderte er ruhig. Er kam nicht zu uns. Und nach einer gedankenvollen Pause: Vielleicht kehrte er zu seinem eigenen Stamme, den Leuten, die uns angegriffen hatten, zurück. Er wußte nicht, warum er dies sagte, denn er selbst glaubte es nicht, aber die Liebe ist eine wunderliche Gebieterin.

Das junge Mädchen sah ihn einen Augenblick mit großen Augen an.

Nein! rief sie heftig. Das kann nicht sein. Das waren Neger, und er ist ein Weißer – und ein Gentleman.

Clayton schaute verlegen drein.

Er ist ein seltsames, halbwildes Geschöpf der Dschungel, Miß Porter, sagte er. Wir wissen nichts über ihn. Er versteht keine europäische Sprache und spricht auch keine. Seine Zieraten und Waffen sind die der Wilden von der Westküste.

Clayton sprach schnell.

Hunderte von Meilen weit gibt es hier keine andern lebenden Wesen als Wilde, Miß Porter. Er muß zu den Stämmen gehören, die uns angegriffen haben oder einem ähnlichen wilden Stamm. Er mag sogar Menschenfresser sein.

Jane Porter erbleichte.

Ich kann es nicht glauben, flüsterte sie. Es ist nicht wahr. Sie werden sehen, sagte sie dann, sich an Clayton wendend, daß er wiederkommen und Ihnen beweisen wird, daß es nicht wahr ist. Ich sage Ihnen: er ist ein Gentleman.

Clayton war ein großmütiger, ritterlicher Mensch, aber das eifrige Eintreten des Mädchens für den Waldmenschen erregte eine unvernünftige Eifersucht in ihm, so daß er für den Augenblick alles vergaß, was sie ihm schuldeten, er antwortete daher mit einem halben Hohnlächeln:

Es ist möglich, daß Sie recht haben, Miß Porter, aber ich glaube nicht, daß einer von uns Wert auf die Bekanntschaft mit diesem Geschöpf, das rohes Fleisch ißt, legen wird. Wahrscheinlich ist er ein halbverrückter Ausgestoßener, der uns schnell vergessen wird, so wie wir ihn vergessen werden. Er ist nur ein wildes Dschungeltier, Miß Porter.

Sie antwortete nicht, aber sie fühlte, daß ihr Herz erzitterte. Zorn und Haß gegen den, den wir lieben, stählt unser Herz, aber Verachtung und Mitleid machen uns still und beschämt.

Sie wußte, daß Clayton nur aussprach, was er dachte, und zum ersten Mal begann sie, ihre neue Liebe einer eingehenden Prüfung zu unterziehen.

Während sie langsam nach der Hütte zurückkehrte, versuchte sie sich ihren Waldgott an ihrer Seite in dem Salon eines Ozeandampfers vorzustellen. Sie sah ihn mit den Händen essen, seine Nahrung wie ein Raubtier an sich reißen und seine fettigen Finger an den Schenkeln abwischen. Sie erschauerte.

Sie sah ihn, wie sie ihn bei ihren Freunden einführte – ungeschlacht, ungebildet, ein Bauer. Es gab dem Mädchen einen Stich ins Herz.

Bald hatte sie ihr Zimmer erreicht, und als sie auf dem Rande ihres Bettes aus Farnen und Gräsern saß und die Hand auf ihren auf- und niederwogenden Busen hielt, fühlte sie die harten Umrisse des Medaillons unter ihrem Mieder.

Sie zog es hervor, hielt es einen Augenblick in der Handfläche und beugte sich mit tränenschweren Augen darüber. Dann drückte sie es an ihre Lippen, vergrub ihr Gesicht in dem weichen Farn und schluchzte:

Er soll ein Tier sein? murmelte sie. Dann, lieber Gott, laß auch mich ein Tier werden, denn – Mensch oder Tier, ich bin sein!

An jenem Tage sah sie Clayton nicht mehr. Esmeralda brachte ihr das Abendessen, und sie ließ ihrem Vater sagen, daß sie infolge der Aufregung sich unwohl fühle und allein bleiben wolle.

Am nächsten Morgen in der Frühe ging Clayton mit der Entsatzungsmannschaft auf die Suche nach Leutnant d'Arnot. Diesmal waren es zweihundert Bewaffnete mit zehn Offizieren und zwei Wundärzten. Neben Lebensmitteln für den Bedarf einer ganzen Woche hatte man auch Bettzeug und Hängematten für den Transport der Kranken und Verwundeten mitgenommen.

Es war eine entschlossene Mannschaft, die sich der Schwere einer Hilfs- und Strafexpedition wohl bewußt war.

Da sie jetzt einem bekannten Pfade folgte und mit dem Auskundschaften keine Zeit verlor, erreichte sie die Stelle, wo das Scharmützel stattgefunden hatte, schon kurz nach Mittag.

Von dort führte der Elefantenpfad sie geradenwegs zu Mbongas Dorf. Es war erst zwei Uhr, als die Spitze der Kolonne am Rand der Lichtung Halt machte.

Leutnant Charpentier, der den Befehl führte, sandte sofort einen Teil seiner Streitkräfte durch die Dschungel nach der entgegengesetzten Seite des Dorfes. Eine andere Abteilung ward nach einem Punkte vor dem Dorftor beordert, während er mit dem Rest auf der Südseite der Lichtung verblieb.

Es war abgemacht, daß der Teil, der die Stellung auf der Nordseite einnehmen und sie deshalb zuletzt erreichen würde, den Sturm beginnen und daß ihr Eröffnungsfeuer das Zeichen für ein gemeinsames Vordringen gegen das Dorf sein sollte, das man beim ersten Angriff erstürmen wollte.

Eine halbe Stunde lagen die Leute mit Leutnant Charpentier in dem dichten Buschwerk der Dschungel, ungeduldig auf ein Signal wartend. Sie konnten die Eingeborenen auf den Feldern sehen. Einzelne gingen ruhig durch das Dorftor ein und aus.

Endlich kam das Signal: ein scharfes Gewehrfeuer. Sofort folgte eine Salve von der West- und Südseite.

Die Eingeborenen auf dem Felde warfen ihr Arbeitsgerät hin und stürzten auf den Dorfzaun zu. Die Kugeln mähten sie nieder, und die Matrosen sprangen über ihre Leichen den Dorftoren entgegen.

Der Angriff war so plötzlich und unerwartet erfolgt, daß die Weißen die Tore erreichten, bevor die entsetzten Eingeborenen sie schließen konnten. In einer Minute war die Dorfstraße erfüllt vom Handgemenge der Kämpfenden.

Einige Augenblicke behaupteten sich die Schwarzen am Eingang der Dorfstraße, aber die Soldaten räumten mit ihren Gewehren, Revolvern und Säbeln unter den nur mit ihren Speeren und Pfeilen bewaffneten Eingeborenen gewaltig auf. So ging der Kampf in ein wildes Gemetzel über, zumal die Matrosen einige Teile der Uniform d'Arnots bei schwarzen Kriegern wiedererkannten.

Die Truppe schonte Kinder und Frauen, soweit sie sich nicht am Kampfe beteiligten. Als sie schließlich keuchend, schwitzend und blutbedeckt einhielten, war im ganzen Dorf kein wehrfähiger Mann mehr, der sich ihnen entgegenstellen konnte.

Sorgfältig durchsuchten sie alle Hütten und Winkel des Dorfes, aber nirgends konnten sie eine Spur von d'Arnot entdecken. Sie befragten die Gefangenen durch Zeichen, erhielten aber keine Auskunft. Schließlich sagte ein Matrose, der im französischen Kongo gedient hatte, er beherrsche die Mischsprache, die im Verkehr zwischen den Weißen und den Küstenstämmen gebraucht wird; er versuchte, sich mit den Gefangenen zu verständigen, aber auch ihm gelang es nicht, Genaues über das Schicksal d'Arnots zu erfahren.

Auf alle Fragen hierüber antworteten die Schwarzen nur mit lebhaften Gebärden und Ausdrücken der Furcht, und so waren die Weißen überzeugt, ihr Kamerad sei abgeschlachtet und verzehrt worden.

Zuletzt gaben sie alle Hoffnungen auf, und bereiteten sich vor, die Nacht über im Dorfe zu lagern. Die Gefangenen wurden in drei Hütten zusammengebracht, die scharf bewacht wurden. Wachen wurden an den verrammelten Toren aufgestellt. Schließlich kehrte in dem Dorfe nächtliche Ruhe ein, die nur durch das Wehklagen der eingeborenen Weiber um den Tod ihrer Männer unterbrochen wurde.

*

Am nächsten Morgen schickte sich die Truppe zum Rückmarsch an. Anfangs hatte man die Absicht gehabt, das Dorf in Brand zu stecken, aber man gab diesen Plan auf und ließ die Gefangenen zurück.

Langsam kehrte die Expedition auf demselben Wege zurück, auf dem sie gekommen war. Zehn beladene Hängematten verzögerten den Marsch. In acht lagen Verwundete, in zweien Tote.

Clayton und Leutnant Charpentier marschierten an der Spitze des Zuges. Der Engländer schwieg aus Achtung vor dem Schmerze seines Begleiters, denn d'Arnot und Charpentier waren seit ihrer Kinderzeit unzertrennliche Freunde gewesen. Clayton konnte sehr wohl verstehen, daß der Schmerz des Leutnants um so größer war, als d'Arnot sich vergeblich aufgeopfert hatte, da Jane Porter aus der Gefahr befreit worden war, bevor d'Arnot in die Hände der Wilden fiel, und er sich für eine unbekannte Fremde aufgeopfert hatte, aber wenn er darüber sprach, schüttelte Leutnant Charpentier den Kopf.

Nein, mein Herr, sagte er, d'Arnot hat hier sterben wollen. Ich bedauere nur, daß ich nicht für ihn oder mit ihm sterben konnte. Ich wünschte, Sie hätten ihn besser gekannt. Er war in der Tat ein Offizier und ein Edelmann. Er starb nicht umsonst, denn sein Tod für ein fremdes, amerikanisches Mädchen wird uns, seinen Kameraden, ein Ansporn sein, dem Tode wacker ins Auge zu schauen, wo er uns auch erreichen mag.

Clayton schwieg, aber seine Achtung vor dem andern, dessen Erinnerung ihm unauslöschlich bleiben sollte, war seither um so größer.

Es war schon spät, als die Truppe in die Nähe der Hütte am Strande kam. Ein einzelner Schuß, bevor man aus der Dschungel trat, deutete den Leuten in der Hütte wie auf dem Schiffe an, daß die Expedition zu spät gekommen war. Man hatte nämlich vorher vereinbart, daß ein Schuß bedeuten sollte, die Expedition sei fehlgeschlagen, während drei Schuß den Erfolg ankündigen sollten und zwei, man habe weder eine Spur von d'Arnot noch von den schwarzen Räubern entdeckt.

Man erwartete feierlich ihre Ankunft. Nur wenige Worte wurden gesprochen, als die Toten und Verwundeten vorsichtig in die Boote verladen wurden, um nach dem Kreuzer gebracht zu werden.

Clayton war erschöpft von dem fünftägigen Marsch durch die Dschungel und der Aufregung der zwei Gefechte mit den Schwarzen. Er ging nach der Hütte, um etwas zu essen und sich dann nach den zwei in den Wäldern verbrachten Nächten auf seinem Graslager auszuruhen.

Bei der Türe stand Jane Porter.

Der arme Leutnant! sagte sie. Haben Sie keine Spur von ihm gefunden?

Wir kamen zu spät. Miß Porter, antwortete er traurig.

Sagen Sie mir, was vorgefallen ist.

Ich kann nicht. Miß Porter, es ist zu schrecklich.

Sie wollen doch nicht sagen, man habe ihn gemartert, flüsterte sie.

Wir wissen nicht, was man mit ihm gemacht hat, bevor man ihn tötete.

Es sind doch nicht ...

Sie dachte an das, was Clayton über die vermutliche Zugehörigkeit des Waldmenschen zu einem Stamme gesagt hatte, aber sie konnte das schreckliche Wort nicht aussprechen.

Jawohl, Miß Porter, es sind – Menschenfresser, sagte er in bitterem Tone, aber da dachte er gerade an den Waldmenschen, und ihn überkam wieder die sonderbare Eifersucht wie vor zwei Tagen. Und dann fügte er in boshafter Roheit hinzu:

Als Ihr Waldgott Sie verließ, eilte er wahrscheinlich zu dem Schmause.

Eigentlich war es ihm schon leid, ehe er die Worte ganz ausgesprochen hatte, aber er dachte doch nicht, daß sie das Mädchen so schwer verletzen würden. Er bedauerte es aber nur, so unehrlich gegen einen gewesen zu sein, der jedem Mitglied seiner Gesellschaft das Leben gerettet und keinem etwas Übles getan hatte.

Das Mädchen richtete den Kopf hoch auf.

Hierauf gäbe es nur eine gehörige Antwort, Mr. Clayton, sagte sie eisig kühl, und ich bedauere, daß ich nicht ein Mann bin, sie Ihnen zu erteilen.

Damit wandte sie sich um und ging in die Hütte.

Clayton überlegte, welche Antwort sie wohl gemeint habe. Wahrhaftig, sagte er zu sich selbst, sie nannte mich einen Lügner. Und ich glaube, ich habe es eigentlich verdient, fügte er nachdenklich hinzu. Clayton, mein Junge, ich weiß, du bist abgespannt, aber das ist doch kein Grund, dich zu blamieren. Es ist am besten, du gehst zu Bett.

Bevor er sich aber niederlegte, rief er höflich Jane Porter, die sich auf der anderen Seite des Segeltuchs befand, das die Hütte in zwei Abteilungen trennte, denn er wollte sich rechtfertigen, aber es war, als ob er sich an eine Sphinx gewandt hätte; – er erhielt keine Antwort.

Dann schrieb er einige Zeilen auf ein Stück Papier und schob es in den andern Raum.

Jane Porter sah das Notizblatt, kümmerte sich aber nicht darum, denn sie fühlte sich allzusehr gekränkt. Sie war jedoch ein Weib, und so trieb die Neugier sie, das Blatt aufzuheben und zu lesen:

Meine liebe Miß Porter!

Ich hatte keinen Grund zu der Behauptung, die ich aufgestellt habe. Meine einzige Entschuldigung ist die Überreizung meiner Nerven, doch das ist eigentlich keine Entschuldigung. Bitte, nehmen Sie an, ich hätte es nicht gesagt. Ich bin sehr traurig. Um alles in der Welt möchte ich Sie nicht verletzen. Bitte, sagen Sie mir, daß Sie mir verzeihen.

Wm. Cecil Clayton.

Der vorletzte Satz hätte noch vor einer Woche sie ganz besonders erfreut, jetzt wirkte er niederdrückend auf sie.

Sie wünschte, sie wäre nie mit Clayton zusammengetroffen. Sie war traurig, daß sie den Waldgott je gesehen hatte, – nein, sie war glücklich darüber.

Sie dachte auch an die andere Notiz, die sie im Grase vor der Hütte gefunden hatte am Tage nach ihrer Rückkehr aus der Dschungel, die Liebeserklärung von Tarzan. Wer mochte dieser neue Bewerber sein? War es ein anderer der wilden Bewohner dieses schrecklichen Waldes, was würde er dann nicht alles tun, um Anspruch auf sie zu erheben?

Esmeralda, wach auf! schrie sie. Ich kann dich nicht ruhig schlafen sehen, wo du doch weißt, daß die Welt voll Schrecken ist.

Die Negerin schrie auf, weil sie meinte, es sei ein wildes Tier da, aber Jane beruhigte sie und sagte, sie möchte doch lieber ins Bett gehen. Sie gab ihr einen Kuß und wünschte ihr gute Nacht!

Mitmenschen

Als d'Arnot wieder zum Bewußtsein kam, sah er, daß er auf einem Lager von weichen Farnkräutern und Gräsern lag, über dem sich ein aus Ästen gebildetes Dach erhob.

Zu seinen Füßen war eine Öffnung, die einen Ausblick ins Grüne gewährte, und in geringer Entfernung strebte die dichte Wand des Dickichts und der Baummassen gen Himmel.

Er war elend und schwach, und war den Schmerzen seiner grausamen Wunden ausgesetzt, aber auch die Knochen und Muskeln schmerzten ihn noch von den Schlägen, die er erhalten hatte.

Sogar jede Bewegung des Kopfes verursachte ihm eine solche Pein, daß er lange mit geschlossenen Augen unbeweglich dalag.

Er versuchte, sich der Einzelheiten seines Abenteuers bis zu dem Augenblick, wo er das Bewußtsein verlor, zu erinnern. Vielleicht konnte das ihm seinen jetzigen Aufenthalt erklären, aber er wußte nicht einmal, ob er sich bei Freunden oder bei Feinden befand.

Allmählich erinnerte er sich der ganzen entsetzlichen Szene am Marterpfahl, und schließlich auch der sonderbaren weißen Gestalt, in deren Armen er in Ohnmacht gefallen war.

D'Arnot fragte sich, welches Schicksal ihm jetzt wohl bevorstände. Er hörte um sich keinen Menschen und kein Lebenszeichen. Nur die Unruhe der Wildnis war zu vernehmen. Bald fiel er wieder in einen sanften Schlummer.

Er erwachte erst am Nachmittag, und zwar wieder in großer Unruhe. Da sah er durch die Öffnung zu seinen Füßen die Gestalt eines Mannes, der dort hockte.

Der breite, muskulöse Rücken war ihm zugekehrt; obschon dieser tief gebräunt war, so sah d'Arnot doch, daß es ein weißer Mann war und dankte Gott.

Der Kranke rief leise.

Der Mann drehte sich um, stand auf und kam zu ihm. Das Gesicht war wirklich schön, das schönste, das d'Arnot je gesehen, wie er meinte.

Der Fremdling bückte sich, kroch zu ihm in sein kleines Zelt und legte ihm die kühle Hand auf die Stirne.

D'Arnot sprach ihn auf französisch an, aber der Mann schüttelte nur den Kopf, und zwar allem Anschein nach traurig.

Dann versuchte d'Arnot es mit dem Englischen, aber wieder schüttelte der Mann den Kopf. Auch mit Italienisch, Spanisch und Deutsch war nichts auszurichten.

D'Arnot wußte ein paar Worte Norwegisch, Russisch und Griechisch, und er radebrechte auch ein wenig von der Sprache eines Negerstammes der Westküste, aber der Mann verstand von allem nichts.

Nachdem er die Wunden des Offiziers untersucht hatte, verschwand er.

Nach einer halben Stunde kam er wieder und brachte Obst sowie einen mit Wasser gefüllten ausgehöhlten Kürbis mit. D'Arnot trank und aß ein wenig. Er war erstaunt, daß er kein Fieber hatte. Nochmals versuchte er, sich mit seinem sonderbaren Pfleger zu unterhalten, aber es war wieder vergeblich.

Plötzlich eilte der Mann hinweg, und kam einige Minuten später wieder mit einigen Rindenstücken und – o Wunder über Wunder! – mit einem Bleistift.

Sich neben d'Arnot hockend, schrieb er einige Minuten lang auf die glatte Innenfläche der Rinde. Dann gab er sie dem Verwundeten.

D'Arnot war erstaunt, als er eine Mitteilung in englischer Sprache las, die in deutlichen Buchstaben ähnlich den gedruckten geschrieben war:

Ich bin der Affen-Tarzan. Was sind Sie? Können Sie diese Sprache lesen?

D'Arnot ergriff den Bleistift, hielt dann aber inne. Dieser merkwürdige Mann schrieb englisch; er war also offenbar ein Engländer.

Ja, sagte d'Arnot, ich lese englisch. Ich spreche es auch. Nun wollen wir uns unterhalten. Vorerst aber lassen Sie mich Ihnen danken für alles, was Sie für mich getan haben.

Der Mann schüttelte wieder den Kopf und wies auf den Bleistift und die Rinde.

Mein Gott! sagte d'Arnot, wenn Sie ein Engländer sind, wie kommt es denn, daß Sie nicht englisch sprechen können?

Und dann kam ihm plötzlich der Gedanke: Der Mann ist stumm, vielleicht taubstumm.

Da schrieb d'Arnot ihm folgende Zeilen auf englisch auf die Rinde:

Ich bin Paul d'Arnot, französischer Marine-Leutnant. Ich danke Ihnen für das, was Sie für mich getan haben. Sie haben mir das Leben gerettet, und alles, was ich habe, gehört Ihnen. Darf ich fragen, wie es kommt, daß Sie englisch schreiben, aber es nicht sprechen?

Tarzans Antwort erfüllte d'Arnot mit noch größerem Erstaunen:

Ich spreche nur die Sprache meines Stammes, – der großen Affen, die Kerschak gehörten; und von den Sprachen Tantors, des Elefanten, und Numas, des Löwen, und des übrigen Dschungelvolkes verstehe ich ein wenig. Mit einem Menschen habe ich nie gesprochen, ausgenommen einmal durch Zeichen mit Jane Porter. Dies ist das erstemal, daß ich mit jemand meiner Art durch geschriebene Worte gesprochen habe.

D'Arnot war verblüfft. Es schien ihm unglaublich, daß es auf Erden einen erwachsenen Menschen geben könne, der nie mit einem Mitmenschen gesprochen, und noch widersinniger, daß ein solcher lesen und schreiben könne.

Er las Tarzans Zeilen nochmals: Ausgenommen einmal durch Zeichen mit Jane Porter. Das war ja das amerikanische Mädchen, das durch einen Gorilla in die Dschungel entführt wurde!

Ihm ging jetzt plötzlich ein Licht auf: Dieser Mensch war der Gorilla. Er ergriff den Bleistift und schrieb:

Wo ist Jane Porter?

Tarzan schrieb darunter:

Zurück zu ihren Leuten in Tarzans Hütte.

D'Arnot fragte dann wieder:

Sie ist also nicht tot? Wo war sie? Was geschah mit ihr?

Hierauf antwortete Tarzan:

Sie ist nicht tot. Terkop hatte sie genommen, um sie zu seinem Weibe zu machen, aber Tarzan nahm sie ihm weg und tötete Terkop, ehe er ihr ein Leid zufügen konnte. Niemand in der ganzen Dschungel kann sich im Kampfe gegenüber Tarzan behaupten. Ich bin Tarzan, ein mächtiger Kämpfer.

D'Arnot antwortete:

Ich freue mich, daß sie am Leben ist. Das Schreiben ermüdet mich, ich muß eine Weile ruhen.

Hierauf Tarzan:

Ja, ruhen Sie. Wenn Sie wieder hergestellt sind, werde ich Sie zu Ihren Leuten zurückbringen.

D'Arnot lag noch tagelang auf seinem weichen Bett aus Farnkräutern. Am zweiten Tage stellte sich Fieber ein, d'Arnot glaubte, es sei eine Vergiftung, und er fürchtete, daran sterben zu müssen.

Da fiel ihm etwas ein, und er wunderte sich, daß er nicht früher daran gedacht hatte.

Er rief Tarzan und bedeutete ihm durch Zeichen, daß er schreiben wolle, und als Tarzan ihm Rinde und Bleistift gebracht hatte, schrieb er:

Können Sie zu meinen Leuten gehen und sie zu mir führen? Ich schreibe Ihnen eine Botschaft, die Sie ihnen bringen können, und man wird dann mit Ihnen gehen.

Tarzan schüttelte den Kopf, und indem er die Rinde nahm, schrieb er:

Ich hatte schon am ersten Tag daran gedacht, aber ich wagte es nicht. Die großen Affen kommen oft an diese Stelle, und wenn sie Sie verwundet und allein fänden, würden sie Sie töten.

D'Arnot legte sich auf die Seite und schloß die Augen. Er wollte noch nicht sterben, aber er fühlte, daß es sich dem Ende zuneigte, denn das Fieber stieg immer höher.

In jener Nacht verlor er das Bewußtsein.

Drei Tage lang lag er in Fieberphantasien, und Tarzan saß neben ihm, badete seinen Kopf und seine Hände und wusch seine Wunden.

Am vierten Tage hörte das Fieber ebenso plötzlich auf, wie es entstanden war, aber d'Arnot fühlte sich sehr schwach, er war nur noch ein Schatten seiner selbst. Tarzan mußte ihn aufrichten, wenn er aus dem Kürbis trinken wollte.

Das Fieber war nicht, wie d'Arnot befürchtet hatte, die Folge einer Vergiftung, sondern es war das Fieber, das die Weißen in den afrikanischen Dschungeln befällt, und entweder ihren Tod herbeiführt, oder ebenso plötzlich verschwindet, wie es bei d'Arnot der Fall war.

Zwei Tage später versuchte d'Arnot in der Lichtung umherzugehen, doch mußte Tarzans starker Arm ihn stützen, damit er nicht umfiel.

Sie setzten sich in den Schatten eines großen Baumes, und Tarzan suchte eine glatte Rinde, damit sie sich unterhalten könnten.

Zuerst schrieb d'Arnot:

Was kann ich tun, um Ihnen all das zu vergelten, was Sie für mich getan haben?

Tarzan antwortete:

Lehren Sie mich die Sprache der Menschen!

D'Arnot fing denn auch sofort an, ihm wohlbekannte Gegenstände zu zeigen und ihm ihre französischen Namen anzugeben, denn er dachte, es wäre leichter, diesen Mann in seiner Sprache zu unterrichten, da er sie selbst am besten beherrschte. Es war natürlich sinnlos für Tarzan, denn er konnte keine Sprache von der andern unterscheiden, und als er auf das von ihm geschriebene Wort „man“ zeigte, lernte er von d'Arnot, daß es „homme“ ausgesprochen werde, und auf dieselbe Weise wurde er gelehrt, für „ape“ „singe“ und für „tree“ „arbre“ zu sagen.

Er war ein eifriger Schüler, und in zwei weiteren Tagen konnte er schon soviel Französisch, daß er kleine Sätze sprechen konnte, wie: „Das ist ein Baum“, „Dieses ist Gras“, „Ich bin hungrig“ und ähnliches.

D'Arnot fand aber, daß es schwer sei, ihm die französische Satzbildung auf Grund des Englischen beizubringen.

Der Franzose schrieb kleine Unterrichtsstücke für ihn auf englisch, und Tarzan mußte sie auf französisch wiederholen, aber eine wörtliche Übersetzung ergab gewöhnlich ein sehr dürftiges Französisch.

D'Arnot erkannte jetzt, daß er einen Fehler begangen hatte, aber es schien ihm zu spät, umzukehren und von vorne zu beginnen, denn dann hätte er Tarzan sagen müssen, er solle alles Gelernte wieder vergessen, und sie näherten sich jetzt schon dem Punkte, wo sie einigermaßen imstande waren, sich zu unterhalten.

Am dritten Tage, nachdem das Fieber aufgehört hatte, schrieb Tarzan eine Anfrage an d'Arnot, ob er sich kräftig genug fühle, sich zur Hütte zurücktragen zu lassen. Tarzan tat dies nicht bloß des Kranken wegen, sondern auch weil er sich darnach sehnte, Jane Porter wiederzusehen.

Es war ihm nämlich nicht leicht gefallen, all diese Tage bei d'Arnot zu bleiben, und diese Selbstlosigkeit sprach mehr für seine gute Gesinnung, als der Mut, mit dem er den Mann aus Mbongas Gewalt befreit hatte.

D'Arnot wäre sehr gern bereit gewesen, zu den Seinigen zurückzukehren, aber er schrieb:

Sie können mich doch nicht den ganzen Weg durch diesen dichten Wald tragen.

Tarzan lachte.

Mais oui (Aber doch), sagte er, und d'Arnot lachte, als er diese Redewendung, die er so oft gebrauchte, von Tarzans Lippen hörte.

So traten sie denn die Reise an, und dabei wunderte sich d'Arnot ebensosehr, wie es schon Clayton und Jane Porter getan hatten, über die ungewöhnliche Stärke und Gewandtheit des Affenmenschen.

Im Laufe des Nachmittags kamen sie zu der Lichtung, und als Tarzan von den Ästen des letzten Baumes sich herunterließ, schlug sein Herz gewaltig, denn er freute sich, Jane Porter wiederzusehen.

Vor der Hütte zeigte sich niemand, und d'Arnot war sehr erstaunt, den Kreuzer und die „Arrow" nicht mehr vor der Bucht zu sehen.

Die beiden Männer überkam eine Ahnung, daß alles fort sei. Keiner sagte etwas, aber noch bevor sie die Türe öffneten, ahnten sie, wie sie die Hütte finden würden.

Tarzan hob den Drücker und stieß die Türe auf. Es war so, wie sie befürchtet hatten, die Hütte war leer!

Beide sahen einander an. D'Arnot wußte, daß seine Leute ihn für tot hielten, aber Tarzan dachte nur an das Mädchen, das ihn in Liebe geküßt hatte und nun von ihm geflohen war, während er einem von ihren Leuten beistand.

Eine große Bitterkeit stieg in seinem Herzen auf. Er wollte tief in die Dschungel hineingehen und zu seinem Stamm zurückkehren. Nie wollte er wieder einen von seiner Art sehen. Er konnte den Gedanken nicht ertragen, die Hütte jemals wieder zu betreten. Alles wollte er dort zurücklassen, gerade wie er jetzt auf all die Hoffnung verzichtete, die er gehegt hatte, als er mit Menschen in Berührung kam.

Und d'Arnot? Was sollte aus ihm werden? Auch er mochte seinen Weg gehen. Tarzan wollte ihn nicht mehr länger sehen. Er wollte von allem fort, was ihn an Jane Porter erinnern könnte.

Während Tarzan brütend auf der Türschwelle stand, war d'Arnot in die Hütte getreten. Hier sah er, daß man manche Dinge zu ihrer Bequemlichkeit zurückgelassen hatte. Er erkannte viele Gegenstände vom Kreuzer wieder: einen Feldofen, Küchengeräte, Gewehre und Munition, konservierte Nahrungsmittel, Decken, zwei Stühle, ein Feldbett, sowie einige Bücher und amerikanische Zeitschriften.

Sie müssen die Absicht haben, zurückzukehren, dachte d'Arnot. Er ging zu dem Tische, den John Clayton so viele Jahre zuvor als Schreibtisch angefertigt hatte, und darauf fand er zwei Briefe an Tarzan.

Der eine war von starker männlicher Hand geschrieben, der andere, von Frauenhand, war versiegelt.

Hier sind zwei Botschaften für Sie, Tarzan! rief d'Arnot, sich gegen die Tür wendend, aber sein Gefährte war nicht mehr dort.

D'Arnot ging zur Tür und sah hinaus. Tarzan war nirgends zu sehen. Er rief laut, bekam aber keine Antwort.

Mein Gott! rief d'Arnot aus, er hat mich verlassen. Ich fühle es. Er ist in seine Dschungel zurückgekehrt und hat mich hier allein gelassen.

Und dann erinnerte er sich, wie Tarzan dreingeschaut hatte, als sie entdeckten, daß die Hütte leer war. Es war ein Blick, wie der eines verwundeten Rehs.

Der Mann fühlte sich offenbar schwer gekränkt, aber weshalb? D'Arnot konnte es nicht verstehen.

D'Arnot sah sich um. Die Einsamkeit und der schreckliche Ort machten ihn mutlos. Hier neben der gefahrvollen Dschungel allein gelassen zu werden, niemals eine menschliche Stimme zu hören oder ein menschliches Antlitz zu sehen, in steter Furcht vor wilden Tieren und noch schrecklicheren wilden Menschen, – es war entsetzlich!

*

Inzwischen eilte Tarzan weit gegen Osten zu seinem Stamm zurück. Niemals war er mit so tollkühner Eile durch die Bäume gewandert. Er fühlte, daß er vor sich selber, vor seinen eigenen Gedanken fliehen wollte, wie ein erschrecktes

Eichhörnchen, das durch den Wald flüchtet. Aber es half nichts, so schnell er auch eilte, – er wurde seine Gedanken nicht los.

Er sah unter sich den schleichenden Körper der Löwin, die die entgegengesetzte Richtung verfolgte. Sie geht nach der Hütte, dachte Tarzan.

Was konnte d'Arnot gegen Sabor tun, oder gegen Bolgani, den Gorilla, oder Numa, den Löwen, oder den grausamen Sheeta?

Tarzan hielt in seiner Flucht inne.

Was bist du, Tarzan? fragte er laut. Ein Affe oder ein Mensch? Wenn du ein Affe bist, so mußt du es wie die Affen machen, die einen ihrer Art in der Dschungel sterben lassen, wenn es ihnen einfällt, irgendwo anders hinzugehen. Bist du aber ein Mensch, so mußt du zurückkehren, um deine Art zu beschützen. Du darfst nicht von einem deiner Art fortlaufen, weil einer von dir weggelaufen ist.

*

D'Arnot schloß die Tür der Hütte. Er war sehr nervös. Auch ein so tapferer Mann, wie er, fürchtet sich zuweilen in der Einsamkeit. Er lud eines der Gewehre und stellte es in leicht erreichbare Nähe.

Dann ging er zum Schreibtisch und nahm den unversiegelten Brief an Tarzan. Vielleicht enthielt er eine Nachricht darüber, daß seine Leute den Strand nur zeitweilig verlassen hatten. Er dachte, man könne es ihm nicht verübeln, den Brief zu lesen, und deshalb erbrach er ihn und las:

An Tarzan!

Wir danken Ihnen für die Benützung Ihrer Hütte und bedauern, daß Sie uns das Vergnügen nicht machten, Sie zu sehen und Ihnen persönlich zu danken.

Wir haben nichts beschädigt, haben aber für Sie manche Dinge zurückgelassen, die dazu beitragen mögen, die Annehmlichkeit und die

Sicherheit in Ihrem einsamen Heim zu erhöhen.

Wenn Sie den seltsamen weißen Mann kennen, der unser Leben so oft gerettet hat, so danken Sie ihm ebenfalls für seine Güte.

In einer Stunde fahren wir ab, um nie wiederzukehren.

Mögen Sie und der andere Dschungelfreund davon überzeugt sein, daß wir Ihnen immer dankbar sein werden für alles, was Sie für Fremde an Ihrer Küste getan haben, und daß wir noch unendlich mehr getan hätten, um Sie beide zu belohnen, wenn Sie uns die Gelegenheit dazu gegeben hätten.

Ihr Wm. Cecil Clayton.

Um nie wiederzukehren, stammelte d'Arnot und warf sich mit dem Gesicht auf das Bett.

Eine Stunde später fuhr er empor und horchte. An der Tür war etwas, was versuchte, einzudringen.

D'Arnot griff nach dem geladenen Gewehr und hielt es schußbereit.

Die Dämmerung brach herein, und im Innern der Hütte war es schon dunkel, aber man konnte sehen, daß der Drücker sich bewegte.

Der Offizier fühlte, daß die Haare ihm zu Berge standen.

Sachte ward die Tür geöffnet, und durch die schmale Spalte konnte man sehen, daß jemand dort stand.

D'Arnot zielte auf den Spalt und – drückte los.

Der verschwundene Schatz

Als die Expedition, die d'Arnot hatte befreien wollen, unverrichteter Sache zurückkehrte, wollte Kapitän Dufranne sobald als möglich abdampfen und alle waren damit einverstanden, ausgenommen Jane Porter.

Nein, sagte sie bestimmt, ich gehe nicht mit, und Sie sollten ebenfalls bleiben, denn es sind zwei Freunde in der Dschungel, die eines Tages herauskommen und uns hier zu finden hoffen. Ihr Offizier, Kapitän Dufranne, ist der eine, und der Waldmensch, der jedem Begleiter meines Vaters das Leben gerettet hat, ist der andere. Er verließ mich vor zwei Tagen am Rande der Dschungel, um meinem Vater und Mr. Clayton zu Hilfe zu eilen, und er ist zurückgeblieben, um Leutnant d'Arnot zu befreien, dessen können Sie sicher sein. Wäre er zu spät gekommen, um dem Leutnant zu helfen, so wäre er alsbald zurückgekehrt. Die Tatsache, daß er noch nicht zurück ist, ist ein genügender Beweis, daß er aufgehalten wurde, weil Leutnant d'Arnot verwundet ist, oder weil er seinen Verfolgern weiter nachspüren mußte, als bis zu dem Dorf, das die Matrosen angegriffen haben.

Aber, wandte der Kapitän ein, die Uniform des armen d'Arnot und alles, was ihm gehörte, wurden in dem Dorfe gefunden, Miß Porter, und die Eingeborenen waren sehr erregt, als sie über das Schicksal des weißen Mannes befragt wurden.

Gewiß, Kapitän, aber sie gaben nicht zu, daß er tot sei, und was seine Kleider und seine Ausrüstung betrifft, so weiß man ja, daß auch zivilisiertere Völker ihren Gefangenen alle Wertgegenstände abnehmen, mögen sie nun die Absicht haben, sie zu töten oder nicht. Sogar die Soldaten aus meinem eigenen lieben Süden haben nicht nur die Lebenden, sondern auch die Toten ausgeplündert.

Es ist möglich, daß Ihr Waldmann selbst von den Wilden gefangen und getötet wurde, wandte Dufranne ein.

Das Mädchen lachte aber.

Sie kennen ihn nicht, erwiderte sie mit vor Stolz zitternder Stimme.

Er verdient es gewiß, daß wir auf ihn warten, dieser Übermensch, sagte der Kapitän lachend. Ich würde ihn gewiß gerne sehen.

Dann warten Sie auf ihn, mein lieber Kapitän, drängte das Mädchen, denn ich werde warten.

Der Kapitän wäre sehr überrascht gewesen, wenn er den wahren Sinn der Worte des Mädchens hätte deuten können.

Während des Gesprächs waren sie vom Strande auf die Hütte zu gegangen, wo eine kleine Gruppe im Schatten eines Baumes auf Feldstühlen saß.

Professor Porter war da, und Mr. Philander und Clayton, sowie Leutnant Charpentier und zwei seiner Kameraden, während Esmeralda im Hintergrund hockte und mit der Freiheit eines alten, mit Nachsicht behandelten Familien-Bedienten ab und zu Bemerkungen machte.

Die Offiziere standen auf und grüßten, als ihr Vorgesetzter nahte, und Clayton überließ Jane Porter seinen Feldstuhl.

Wir haben eben über das Schicksal des armen Paul gesprochen, sagte Kapitän Dufranne. Miß Porter besteht darauf, daß wir keinen unbedingten Beweis für seinen Tod haben, und den haben wir auch nicht. Anderseits behauptet sie, die lange Abwesenheit ihres allmächtigen Dschungelfreundes sei ein Beweis dafür, daß d'Arnot seine Hilfe benötige, entweder weil er verwundet sei oder in einem entfernteren Dorfe von Eingeborenen gefangen gehalten werde.

Es ist auch bemerkt worden, warf Leutnant Charpentier ein, der wilde Mann könne wohl zu dem Stamm der Schwarzen gehören, die uns überfallen haben, und er wäre dann zurückgekehrt, um seinem eigenen Volke zu helfen.

Jane Porter warf einen schnellen Blick auf Clayton, um ihm zu verstehen zu geben, daß sie den Urheber dieser Verdächtigung kenne.

Das scheint auch sehr wahrscheinlich, sagte Professor Porter.

Ich bin nicht Ihrer Ansicht, wandte Mr. Philander ein. Er hatte selbst reichlich Gelegenheit, uns zu schaden oder sein Volk gegen uns zu führen. Statt dessen hat er sich während unseres hiesigen Aufenthalts stets als Beschützer und Fürsorger erwiesen.

Das ist wahr, fiel Clayton ein, indessen dürfen wir die Tatsache nicht übersehen, daß außer ihm selbst innerhalb Hunderten von Meilen keine anderen menschlichen Wesen vorkommen als wilde Menschenfresser. Er war genau bewaffnet wie diese, und das beweist, daß er irgendwelche Verbindungen mit ihnen hatte, und da er nur einer gegen vielleicht Tausende ist, so können diese Beziehungen kaum anders als freundschaftliche sein.

Es ist allerdings unwahrscheinlich, daß er nicht in Beziehungen zu ihnen steht, bemerkte der Kapitän. Vielleicht ist er ein Mitglied dieses Stammes.

Oder, fügte ein anderer Offizier hinzu, vielleicht hat er aus irgendeinem Grunde lange Zeit unter den wilden Tieren und Menschen der Dschungel gelebt, daß er sich eine so hervorragende Kenntnis der Jagd und des Gebrauchs der afrikanischen Waffen angeeignet hat.

Sie beurteilen ihn nur von Ihrem eigenen Standpunkt aus, meine Herren, sagte Jane Porter. Ein gewöhnlicher weißer Mensch wie einer von Ihnen – Verzeihung, das wollte ich nicht gerade sagen –, oder ein Wesen, das sich nicht in körperlicher und geistiger Beziehung über den Durchschnitt erhebt, könnte niemals auch nur ein Jahr allein und nackt in dieser Dschungel leben, aber dieser Mensch übertrifft nicht nur den erwachsenen Weißen an Stärke und Gewandtheit, sondern er überragt auch unsere trainiertesten Athleten und starken Männer so weit, wie diese ein eintägiges Kind übertreffen, und im Kampfe hat er den Mut und die Wildheit der wildesten Tiere.

Er hat jedenfalls einen getreuen Verfechter in Ihnen gefunden, Miß Porter, sagte Kapitän Dufranne lächelnd. Ich bin sicher, daß unter uns keiner ist, der nicht bereit wäre, dem Tode hundertmal in seiner schrecklichsten Gestalt gegenüberzutreten, wenn er wüßte, daß er eine nur halb so getreue und so schöne Verfechterin finden würde.

Sie würden sich nicht wundern, daß ich ihn verteidige, sagte das Mädchen, wenn Sie, so wie ich, ihn gesehen hätten, wie er meinethalben mit riesigen haarigen Tieren gekämpft hat. Hätten Sie ihn sehen können, wie er das Ungeheuer angriff, wie ein Stier einen Bären angreifen würde, ohne ein Zeichen der Furcht oder des Zauderns, so hätten Sie ihn für mehr als menschlich gehalten. Hätten Sie sehen können, wie diese gewaltigen Muskeln sich unter der braunen Haut bewegten, hätten Sie gesehen, wie er die schrecklichen Fänge zurückdrängte, so hätten auch Sie ihn für unüberwindlich gehalten. Und hätten Sie gesehen, welche ritterliche Behandlung er einem fremden Mädchen einer fremden Rasse erwies, so würden Sie sicher dasselbe unbedingte Vertrauen zu ihm haben, wie ich.

Sie haben Ihren Prozeß gewonnen, meine schöne Verteidigerin! rief der Kapitän. Der Gerichtshof findet den Angeklagten nicht schuldig, und der Kreuzer wird noch einige Tage länger warten, um Gelegenheit zu haben, seiner göttlichen Portia seinen Dank abzustatten.

Ums Himmelswillen! rief Esmeralda. Sie wollen wohl damit sagen, daß Sie hier in diesem Lande von menschenfressenden Tieren bleiben wollen, wo Sie doch alle die Gelegenheit haben, auf dem Kreuzer zu entkommen. Man sollte es nicht für möglich halten!

Wie, Esmeralda! Du solltest dich schämen, sagte Jane Porter. Ist das eine Art, einem Menschen seinen Dank zu zeigen, der dein Leben zweimal gerettet hat?

Gut, Miß Porter, das ist alles schön und recht, aber dieser Waldgott hat uns nicht gerettet, damit wir hier bleiben sollen. Er hat uns nur gerettet, damit wir von hier fortgehen könnten. Ich glaube, er wird furchtbar böse sein, wenn er findet, daß wir nicht so viel Verstand haben, fortzugehen, nachdem er uns die Gelegenheit dazu gegeben hat. Ich hoffe, daß ich nicht noch eine Nacht in diesem zoologischen Garten schlafen und das langweilige Lärmen der Dschungel anhören muß.

Ich kann Sie gar nicht tadeln, Esmeralda, sagte Clayton, Sie haben jedenfalls das Richtige getroffen, wenn Sie den Radau als langweilig bezeichnen.

Sie und Esmeralda täten besser, auf den Kreuzer zu gehen und dort zu bleiben, erwiderte Jane Porter zornig.

Beruhige dich, Kind, sagte Professor Porter, Kapitän Dufranne hat ja eingewilligt, zu bleiben, und auch ich bin dazu bereit.

Wir können den morgigen Tag benützen, um die Kiste wieder zu holen, Professor, schlug Mr. Philander vor.

So ist's recht, Mr. Philander, sagte der Professor, ich hatte den Schatz beinahe vergessen. Vielleicht können wir vom Kapitän Dufranne einige Mann bekommen, die uns helfen, und einen der Gefangenen, damit er uns die Stelle zeigt, wo die Kiste vergraben ist.

Gewiß, mein lieber Professor, wir stehen alle zu Ihrer Verfügung, antwortete der Kapitän.

So wurde denn vereinbart, daß am nächsten Tage Leutnant Charpentier zehn Mann und einen der Meuterer der „Arrow“ als Führer abkommandieren würde, um den Schatz auszugraben, und daß der Kreuzer noch eine ganze Woche in dem kleinen Hafen bleiben sollte. Nach Verlauf dieser Zeit wäre anzunehmen, daß d'Arnot wirklich tot sei und daß der Waldmensch nicht zurückkehren wolle, solange sie noch da wären. Dann sollten die beiden Schiffe mit der ganzen Gesellschaft abfahren.

Am nächsten Tage ging Professor Porter nicht mit den Schatzgräbern, aber als er sie gegen Mittag mit leeren Händen zurückkehren sah, eilte er ihnen entgegen. Seine gewöhnliche Zerstreutheit war ganz verschwunden und hatte einer nervösen Unruhe Platz gemacht.

Wo ist der Schatz? rief er Clayton zu, als er noch hundert Schritte von ihm entfernt war.

Clayton schüttelte den Kopf, und als er näher kam, sagte er einfach:

Verschwunden!

Verschwunden? Das kann doch nicht sein! Wer könnte ihn weggenommen haben? rief der Professor.

Nur Gott weiß es, Professor“ antwortete Clayton. Wir dachten zuerst, der Matrose, der uns führte, hätte uns belogen, aber seine Überraschung und Bestürzung, als wir die Kiste unter der Leiche des ermordeten Snipes nicht fanden, waren zu echt, als daß sie hätten erheuchelt sein können. Als wir noch unter der Leiche gruben, sahen wir, daß dort tatsächlich etwas vergraben gewesen war, daß aber das Loch mit loser Erde wieder zugefüllt wurde.

Aber wer kann das gewesen sein? fragte der Professor.

Der Verdacht muß natürlich auf die Mannschaft des Kreuzers fallen, sagte Leutnant Charpentier, aber der Unterleutnant Janviers hat mir versichert, daß, seitdem wir hier ankern, kein Mann ans Ufer gekommen ist, außer unter dem Befehl eines Offiziers. Ich weiß nicht, ob Sie einen unserer Leute im Verdacht haben, aber ich bin glücklich, daß kein Verdacht auf sie fallen kann.

Es liegt mir fern, einen der Leute zu verdächtigen, denen wir so vieles verdanken, sagte der Professor, ich könnte gerade so gut meinen lieben Clayton hier oder Mr. Philander im Verdacht haben.

Der Offizier lächelte, ebenso die übrigen. Man konnte sehen, daß eine Last von ihnen genommen war.

Der Schatz ist vor längerer Zeit gestohlen worden, fuhr Clayton fort. Als wir die Leiche aufhoben, fiel sie auseinander. Das beweist, daß die Kiste fortgenommen wurde, als die Leiche noch frisch war, denn diese lag noch unverletzt da, als wir sie bloßlegten.

Es müssen jedenfalls mehrere dabei beteiligt gewesen sein, meinte Jane Porter, die hinzugekommen war. Sie erinnern sich, daß vier Mann nötig waren, um sie zu tragen.

Das ist richtig, sagte Clayton, es war jedenfalls eine ganze Anzahl Schwarzer. Wahrscheinlich hatte einer von ihnen gesehen, wie die Kiste vergraben wurde, und ist dann mit seinen Kameraden hergegangen, um sie fortzuschleppen.

Es ist leicht, Mutmaßungen anzustellen, sagte der Professor traurig. Die Kiste ist verloren. Wir werden sie nie wiedersehen.

Nur Jane Porter wußte, was der Verlust für ihren Vater zu bedeuten hatte, aber niemand wußte, was er für sie selbst bedeuten sollte.

Sechs Tage später kündigte Kapitän Dufranne an, daß sie am nächsten Morgen in der Frühe abdampfen würden.

Jane Porter hätte zwar um ein weiteres Hinausschieben der Abfahrt gebeten, wenn sie nicht selbst angefangen hätte, zu glauben, der Waldmensch werde nicht zurückkehren.

Wider ihren Willen regten sich in ihr Zweifel und Befürchtungen. Die Gründe, die die unbeteiligten französischen Offiziere ihr anführten, fingen an, sie zu überzeugen.

Daß der Waldmensch ein Menschenfresser sei, wollte sie nicht glauben, aber daß er ein angenommenes Mitglied eines wilden Stammes sein könnte, erschien ihr schließlich möglich.

Sie wollte nicht an seinen Tod glauben. Es schien ihr unmöglich, anzunehmen, daß ein so vollkommener Körper, der von einem so starken Leben erfüllt war, gestorben sein sollte.

Als Jane Porter jenen Gedanken Zutritt gewährt hatte, stiegen ihr noch andere, ebenso unwillkommene auf.

Wenn er zu irgendeinem wilden Stamm gehörte, so hatte er ein wildes Weib, vielleicht sogar ein Dutzend, und wilde Mischlinge als Kinder.

Bei diesem Gedanken schauderte sie, und als man ihr sagte, der Kreuzer werde am nächsten Tage abfahren, war sie damit einverstanden.

Sie war es aber, die den Vorschlag machte, Waffen, Munition und allerlei Gebrauchsgegenstände in der Hütte zurückzulassen, und zwar für die unsichtbare Persönlichkeit, die sich als Tarzan unterzeichnete, und für d'Arnot, falls er noch am Leben sein sollte, in Wirklichkeit aber, wie sie hoffte, für ihren Waldgott.

Zuletzt ließ sie ihm die Botschaft zurück, die ihm durch Tarzan übermittelt werden sollte.

Jane Porter war die letzte, die die Hütte verließ. Als die anderen schon unterwegs nach dem Schiffe waren, kehrte sie noch unter irgendeinem Vorwand zurück.

Vor dem Bette, in dem sie so manche Nacht gelegen hatte, kniete sie nieder, und betete für das Wohlergehen ihres Urmenschen, und indem sie sein Medaillon an die Lippen führte, murmelte sie:

Ich liebe dich, und weil ich dich liebe, glaube ich an dich. Aber auch wenn ich nicht an dich glaubte, so würde ich dich doch lieben. Mag Gott meiner Seele gnädig sein! Wärest du zu mir zurückgekommen, so wäre ich, wenn kein anderer Weg übrig geblieben wäre, mit dir für immer in die Dschungel gegangen.

Der Vorposten der Kultur

Sofort nach dem Schuß sah d'Arnot die Tür auffliegen und einen Mann in seiner ganzen Länge auf den Boden stürzen.

In der Aufregung wollte der Schütze nochmals schießen, aber plötzlich sah er in dem Halbdunkel, daß der Mann ein Weißer war, und im selben Augenblick erkannte er auch schon, daß er seinen Freund und Beschützer Tarzan angeschossen hatte.

Mit einem Ruf des Schreckens sprang d'Arnot zu dem Affenmenschen und vor ihm niederkniend, nahm er den Kopf in seine Arme, indem er laut Tarzan rief.

Er erhielt keine Antwort, und nun drückte er sein Ohr an des Mannes Brust. Zu seiner Freude hörte er, daß das Herz noch immer schlug.

Sorgfältig legte er Tarzan auf das Feldbett, und dann, nachdem er die Tür verschlossen und verriegelt hatte, zündete er eine Lampe an und untersuchte die Wunde.

Die Kugel hatte den Kopf getroffen, aber nur eine Fleischwunde verursacht, ohne den Schädel zu verletzen.

D'Arnot atmete erleichtert auf und wusch das Blut von Tarzans Kopf ab.

Das kühle Wasser brachte Tarzan wieder zum Bewußtsein. Jetzt öffnete er die Augen und schaute erstaunt auf d'Arnot.

Dieser hatte die Wunde mit Leinwand verbunden, und als er sah, daß Tarzan wieder bei Bewußtsein war, stand er auf und ging zum Tisch. Er schrieb eine Mitteilung an Tarzan, um ihm zu erklären, daß er einen furchtbaren Mißgriff begangen hatte und daß er glücklich sei, daß die Wunde wenigstens nicht gefährlich aussehe.

Als Tarzan die Mitteilung gelesen hatte, setzte er sich auf den Rand des Bettes und lachte.

Es ist nichts, sagte er auf französisch, und da ihm die weiteren Worte fehlten, schrieb er:

Wenn Sie gesehen hätten, wie Bolgani und Kerschak und Terkop mich zugerichtet haben, ehe ich sie tötete, so würden Sie über einen so kleinen Kratzer lachen.

D'Arnot übergab Tarzan die zwei für ihn zurückgelassenen Briefe.

Tarzan las den einen mit traurigem Blick. Den zweiten drehte er hin und her. Er wußte nicht, wie er ihn öffnen sollte, denn er hatte nie einen versiegelten Brief in der Hand gehabt.

Er übergab ihn d'Arnot. Diesem erschien es sehr sonderbar, daß ein erwachsener Weißer nicht einmal das Geheimnis eines Briefumschlags kannte. Er öffnete ihn und gab Tarzan den Brief.

Auf einem Feldstuhl sitzend breitete der Affenmensch das Blatt vor sich aus und las:

An Tarzan!

Bevor ich scheide, will ich meinen Dank dem Mr. Claytons hinzufügen für die Güte, die Sie gehabt haben, uns die Benützung Ihrer Hütte zu gestatten.

Wir haben es sehr bedauert, daß Sie nie gekommen sind, mit uns Freundschaft zu schließen. Wir hätten unsern Gastgeber so gern gesehen und ihm gedankt.

Auch noch einem andern möchte ich danken, aber er kam nicht wieder, obschon ich nicht glauben kann, daß er tot ist.

Ich kenne seinen Namen nicht. Er ist der große weiße Riese, der ein Diamanten-Medaillon auf der Brust trug.

Wenn Sie ihn kennen und mit ihm sprechen können, so danken Sie ihm in meinem Namen und sagen Sie ihm, daß ich sieben Tage lang auf seine Rückkehr wartete.

Sagen Sie ihm auch, daß er in meinem Heim in Amerika, in der Stadt Baltimore, immer willkommen sein wird, wenn er dorthin kommen will.

Ich fand einen Zettel von Ihnen, der unter den Blättern bei der Hütte lag. Ich weiß nicht, wie Sie dazu gekommen sind, mich zu lieben, da Sie nie mit mir gesprochen haben, und es betrübt mich, wenn das, was Sie sagen, wahr ist, denn ich habe mein Herz schon einem andern geschenkt.

Ich bin aber immer Ihre Freundin
Jane Porter.

Tarzan saß fast eine Stunde lang da, den Blick auf den Boden gerichtet. Es war ihm klar, daß die Schreiberin nicht wußte, daß er und Tarzan ein und dieselbe Person war.

Ich habe mein Herz schon einem andern geschenkt, wiederholte er immer und immer wieder.

Dann liebte sie ihn also nicht! Wie konnte sie nur vorgeben, ihn zu lieben, so große Hoffnungen in ihm zu wecken, um ihn dann in einen solchen Abgrund der Verzweiflung zu stürzen!

Vielleicht waren ihre Küsse nur ein Ausdruck der Freundschaft. Wie sollte er das wissen, da er ja nichts von den Gebräuchen der Menschen kannte?

Plötzlich stand er auf, und indem er d'Arnot gute Nacht wünschte, wie er es gelernt hatte, legte er sich auf das Lager von Farnkräutern, das Jane Porter als Bett gedient hatte. D'Arnot löschte die Lampe und legte sich auf das Feldbett.

*

Eine Woche lang ruhten sie sich aus, während d'Arnot Tarzan im Französischen unterrichtete. Zuletzt konnten sie sich schon ziemlich gut unterhalten.

Eines Abends, als sie in der Hütte saßen, bevor sie zu Bette gingen, wandte Tarzan sich an d'Arnot mit der Frage:

Wo ist Amerika?

D'Arnot zeigte mit dem Finger nach Nordwesten.

Viele tausend Meilen über dem Ozean, sagte er. Weshalb?

Ich will dorthin gehen.

D'Arnot schüttelte den Kopf.

Das ist unmöglich, mein Freund! sagte er.

Tarzan erhob sich und holte von einem Bücherbrett eine stark abgegriffene Erdkunde.

Indem er eine Weltkarte aufschlug, sagte er:

Ich habe alles das nie recht verstehen können; erklären Sie mir es, bitte.

D'Arnot zeigte ihm, daß das Blaue das Wasser auf der Erde darstellte, die andersfarbigen Stücke aber die Festländer und die Inseln. Da bat ihn Tarzan, ihm die Stelle zu zeigen, wo sie jetzt wären.

D'Arnot tat es.

Und nun zeigen Sie mir Amerika! bat Tarzan.

Als d'Arnot seinen Finger auf Nord-Amerika hielt, lächelte Tarzan, und er legte seine flache Hand auf die Seite, so daß er den ganzen Ozean zwischen den beiden Weltteilen bedeckte. Es ist nicht so sehr weit, sagte er, kaum die Breite meiner Hand.

D'Arnot lachte. Wie konnte er dem Mann das erklären?

Dann nahm er einen Bleistift und zeichnete einen dünnen Punkt auf die Küste von Afrika.

Dieser kleine Punkt, sagte er, ist viel größer auf der Karte als Ihre Hütte es auf der Erde ist. Sehen Sie nun, wie weit es ist?

Tarzan dachte eine ganze Weile nach.

Leben weiße Männer in Afrika? fragte er.

Jawohl.

Welches sind die nächsten?

D'Arnot zeigte eine Stelle an der Küste gerade nördlich von ihnen.

So nahe? fragte Tarzan erstaunt.

Ja, sagte d'Arnot, aber es ist nicht nahe.

Haben sie große Boote, um über den Ozean zu fahren?

Ja.

Dann gehen wir morgen zu ihnen.

Wieder lächelte d'Arnot und schüttelte den Kopf.

Es ist zu weit. Wir würden umkommen, lange bevor wir dorthin gelangten.

Wollen Sie denn immer hier bleiben? fragte Tarzan.

Nein.

Dann wollen wir morgen zusammen fortgehen. Ich will nicht länger hier bleiben. Ich möchte lieber sterben als hier bleiben.

Gut, antwortete d'Arnot, ich weiß nicht, was Sie bewegt, mein Freund, aber auch ich möchte lieber sterben als hier bleiben. Wenn Sie gehen, so gehe ich mit Ihnen.

Abgemacht! sagte Tarzan. Morgen gehe ich nach Amerika.

Wie wollen Sie ohne Geld nach Amerika gehen? fragte d'Arnot.

Was ist Geld? fragte Tarzan.

Es dauerte lange, bis d'Arnot ihm das, wenn auch unvollkommen, klar gemacht hatte.

Wie erhalten die Menschen Geld? fragte er zuletzt.

Sie arbeiten dafür.

Schön, dann will ich auch dafür arbeiten.

Nein, mein Freund, erwiderte d'Arnot. Sie brauchen sich nicht für Geld zu plagen. Ich habe dessen genug für zwei, auch für zwanzig. Sie werden alles Nötige erhalten, wenn wir die Kulturwelt wieder erreichen.

Am folgenden Tage zogen also beide nordwärts. Jeder von ihnen hatte ein Gewehr mit Munition, Bettzeug, Nahrungsmittel und Kochgeschirr.

Das letztere erschien Tarzan als eine unnötige Last, und er warf das seinige weg.

Aber mein Freund, ermahnte ihn d'Arnot, Sie müssen lernen, gekochte Speisen zu essen. Kein zivilisierter Mensch ißt rohes Fleisch.

Es ist noch Zeit genug dazu, wenn wir zu den Menschen kommen, sagte Tarzan. Ich kann dieses Gerät nicht leiden. Es verdirbt nur den Geschmack der guten Speisen.

Einen Monat lang wanderten sie nordwärts. Manchmal fanden sie Nahrung in Fülle und andere Male litten sie tagelang Hunger.

Sie sahen keine Spuren von Eingeborenen und wurden auch nicht von wilden Tieren belästigt.

Tarzan stellte häufig Fragen und lernte schnell. D'Arnot unterrichtete ihn in mancherlei Feinheiten der Kultur, so z. B. im Gebrauch von Messer und Gabel, aber Tarzan legte sie noch oft genug ärgerlich beiseite und meinte, das seien doch überflüssige Dinge; dann ergriff er das Essen mit seiner braunen Hand und führte es zwischen seine kräftigen Zähne. D'Arnot schalt ihn:

Sie dürfen nicht essen wie ein wildes Tier, Tarzan, denn ich versuche einen Gentleman aus Ihnen zu machen. Mein Gott, ein gebildeter Mensch benimmt sich nicht so – es ist schrecklich!

Tarzan lachte verlegen und nahm Messer und Gabel wieder zur Hand, obschon er sie im Grunde genommen haßte.

Unterwegs erzählte er d'Arnot einmal von der großen Kiste, die die Matrosen vergraben hatten und die er dann wegnahm, um sie auf dem Sammelplatz der Affen zu verstecken.

Es muß der Schatz des Professors Porter sein, sagte d'Arnot. Das wird ihn in eine böse Verlegenheit gebracht haben; es ist zu dumm, aber Sie konnten es nicht wissen.

Da erinnerte Tarzan sich des Briefes, den Jane Porter ihrer Freundin geschrieben hatte, und nun wußte er, was in der Kiste war und was Jane Porter gemeint hatte.

Morgen kehren wir zurück und holen sie, verkündete er d'Arnot.

Zurückkehren? sagte d'Arnot. Aber, lieber Freund, jetzt sind wir drei Wochen unterwegs, und für die Rückkehr brauchen wir doch auch drei Wochen, und wenn wir die schwere Kiste mitnehmen sollen, die früher von vier Matrosen getragen wurde, so würden wir Monate brauchen, um wieder bis hierher zu gelangen.

Es muß aber geschehen, mein Freund, erklärte Tarzan. Gehen Sie weiter, und ich hole den Schatz. Ich kann schneller allein gehen.

Ich weiß einen besseren Plan, Tarzan, sagte d'Arnot. Wir gehen weiter bis zu der nächsten Niederlassung. Dort mieten wir ein Boot und segeln an der Küste zurück; dann können wir den Schatz leicht transportieren. Das ist einfacher und sicherer und auf diese Weise brauchen wir uns nicht zu trennen. Was halten Sie von dem Plane?

Er ist ganz gut, meinte Tarzan. Der Schatz läuft nicht fort. Ich könnte ihn ja holen gehen und wäre in ein oder zwei Monaten wieder bei Ihnen, aber es ist mir doch lieber, wenn Sie nicht allein zu gehen brauchen. Wenn ich sehe, wie hilflos

Sie sind, d'Arnot, so wundere ich mich oft, daß das Menschengeschlecht in all den Zeitaltern, von denen Sie mir sprachen, nicht schon ausgerottet worden ist. Sabor allein kann ja tausende von euch allein vernichten.

D'Arnot lachte und sagte:

Sie werden höher von dem Menschengeschlecht denken, wenn Sie einmal seine Armeen und Schiffe, seine großen Städte und seine mächtigen Industriezentren gesehen haben. Dann werden Sie einsehen, daß es der Verstand ist und nicht die Muskelkraft, die den Menschen auch über das mächtigste Dschungeltier erhebt. Allein und unbewaffnet vermag ein einzelner Mensch den Kampf mit großen Tieren nicht aufzunehmen, aber wenn zehn Mann zusammen sind, so können sie ihr Wissen und ihre Kraft vereinigen, um sich gegen die wilden Tiere zu wehren, während die Tiere keinen Verstand haben und deshalb nicht imstande sind, ihre Anstrengungen zu vereinigen. Wenn Sie keinen Verstand hätten, Tarzan, wie lange hätten Sie es dann in der Wildnis ausgehalten?

Sie haben recht, d'Arnot, erwiderte Tarzan. Wäre Kerschak bei dem Dum-Dum in jener Nacht Tublat zu Hilfe gekommen, so wäre es mit mir zu Ende gewesen, aber Kerschak konnte nicht so weit denken. Sogar Kala, meine Mutter, konnte nichts im voraus planen. Sie aß, wenn sie gerade Hunger hatte, und gab es auch manchmal nicht viel, so dachte sie doch nicht daran, sich einen Vorrat anzulegen, solange sie reichlich Nahrung fand. Ich erinnere mich noch, daß sie es stets für überflüssig hielt, daß ich auf einem Marsch etwas zu essen mitnahm, und doch war sie froh, mit mir essen zu können, wenn sie selbst nichts fand.

Dann haben Sie also Ihre Mutter gekannt, Tarzan? fragte d'Arnot erstaunt.

Ja, sie war ein großer, schöner Affe, stärker als ich und zweimal so schwer.

Und Ihr Vater? fragte d'Arnot.

Ich habe ihn nicht gekannt. Kala erzählte mir, er sei ein weißer Affe gewesen und unbehaart wie ich selbst. Ich weiß jetzt, daß er ein weißer Mann gewesen sein muß.

D'Arnot schaute lang und ernsthaft auf seinen Begleiter.

Tarzan, sagte er zuletzt, es ist unmöglich, daß Kala Ihre Mutter gewesen ist. Wenn das möglich wäre – was ich aber bezweifle –, so hätten Sie einige Eigentümlichkeiten der Affen geerbt. Das ist aber nicht der Fall. Sie sind ein richtiger Mensch und ich glaube sogar, der Sprößling hochgeborener und intelligenter Eltern. Haben Sie keine Anhaltspunkte für Ihre Vergangenheit?

Nicht die geringsten.

Haben Sie in der Hütte keine Schriftstücke gefunden, aus denen Sie etwas über das Leben ihrer ursprünglichen Bewohner hätten ersehen können?

Ich habe alles gelesen, was in der Hütte war, mit Ausnahme eines Buches, das, wie ich jetzt weiß, in einer andern Sprache als der englischen geschrieben ist. Vielleicht können Sie es lesen.

Tarzan holte das kleine schwarze Buch aus dem Köcher und reichte es seinem Begleiter.

D'Arnot las die Titelseite und sagte:

Es ist das Tagebuch von John Clayton, Lord Greystoke, eines englischen Adeligen, und ist französisch geschrieben.

Dann fing er an, das Tagebuch zu lesen, das mehr als zwanzig Jahre zuvor geschrieben worden war und das die Geschichte von den unglücklichen Erlebnissen John Claytons und seiner Frau Alice enthielt, von ihrer Abreise aus England bis eine Stunde bevor er von Kerschak niedergeschlagen wurde.

D'Arnot las laut. Zuweilen stockte er, weil die Aufzeichnungen allzu traurig und hoffnungslos waren.

Gelegentlich warf er einen Blick auf Tarzan, aber der Affenmensch hockte da wie ein geschnitztes Bild und schaute auf den Boden.

Nur bei der Erwähnung des kleinen Kindes veränderte sich der Ton des Tagebuches, der dann nicht mehr so hoffnungslos klang.

Eine Stelle ließ sogar etwas Zuversicht erkennen:

Heute ist unser Junge sechs Monate alt. Er sitzt auf Alices Schoß neben dem Tisch, auf dem ich schreibe, – ein glückliches, gesundes, prächtiges Kind.

Ich glaube ihn schon – allerdings aller Wahrscheinlichkeit zum Trotze – als erwachsenen Mann zu sehen, der seines Vaters Stelle in der Welt einnimmt, und als zweiter John Clayton dem Hause Greystoke neue Ehren einbringt.

Gleichsam als wollte er meine Ahnung bestätigen, hat er meine Feder in sein rundliches Fäustchen genommen und mit seinen tintenbekleckten Fingern Abdrücke auf diesem Blatt hinterlassen.

Da waren in der Tat am Rande des Blattes die halb verblaßten Abdrücke von vier kleinen Fingern und von dem halben Daumen zu sehen.

Als d'Arnot mit dem Lesen des Tagebuches zu Ende war, saßen die beiden Männer einige Minuten schweigend da.

Nun, Tarzan, was meinen Sie? fragte d'Arnot. Klärt dieses Tagebuch nicht das Geheimnis Ihrer Verwandtschaft auf? Sehen Sie, Sie sind Lord Greystoke!

Tarzan schüttelte den Kopf.

In dem Buch, erwiderte er, ist nur von einem Kind die Rede. Sein kleines Skelett lag in der Wiege, wo es vor Hunger gestorben ist. Seitdem ich es dort fand, blieb es liegen, bis Professor Porters Gesellschaft es mit Vater und Mutter neben der Hütte begrub. Das war das Kind, von dem das Buch spricht, und das Geheimnis meines Ursprungs ist dunkler als zuvor, obschon auch ich oft an die Möglichkeit gedacht habe, daß ich in der Hütte geboren sein könnte. Ich fürchte, daß Kala die Wahrheit gesagt hat, fügte er zum Schluß traurig hinzu.

Diesmal schüttelte d'Arnot den Kopf. Er war überzeugt, daß er den Schlüssel des Geheimnisses entdeckt hatte, und hatte die Absicht, die Richtigkeit seiner Annahme zu beweisen.

Eine Woche später kamen die beiden Männer plötzlich an eine Lichtung im Walde.

In einiger Entfernung sahen sie mehrere Gebäude, die von Feldern umgeben waren, auf denen Neger arbeiteten. Ringsum war ein starker Zaun gezogen.

Die beiden hielten am Rande der Dschungel.

Tarzan spannte seinen Bogen mit einem vergifteten Pfeile, aber d'Arnot hielt die Waffe fest.

Was wollen Sie da tun? fragte er.

Sie werden versuchen, uns zu töten, wenn sie uns sehen, erwiderte Tarzan. Da will ich sie lieber töten.

Sie können uns ja freundlich gesinnt sein, meinte d'Arnot.

Es sind Schwarze! war Tarzans einzige Antwort.

Und wieder spannte er den Bogen.

Das dürfen Sie nicht, Tarzan! rief d'Arnot. Weiße Männer töten niemand leichtfertigerweise. Mein Gott, wie viel müssen Sie noch lernen! Wenn ich Sie mit nach Paris nehme, so werde ich alle Hände voll zu tun haben, um Sie vor der Guillotine zu bewahren.

Tarzan ließ seinen Bogen sinken und lachte.

Ich verstehe nicht, weshalb ich die Schwarzen dort in meiner Dschungel töten darf, aber nicht hier. Nehmen Sie an, Numa, der Löwe, würde auf uns zuspringen, soll ich dann zu ihm sagen: Guten Morgen, Herr Numa, wie geht es Ihrer Frau?

Wenn Schwarze auf Sie eindringen, so mögen Sie sie töten, erwiderte d'Arnot. Aber Sie dürfen einen Menschen nicht für einen Feind halten, ehe er es Ihnen nicht bewiesen hat.

Kommen Sie, sagte Tarzan, und gehen wir hin, damit man uns töte. Und er ging gerade über das Feld, den Kopf hoch erhoben, indes die tropische Sonne ihm auf die dunkle Haut schien.

Hinter ihm ging d'Arnot, der die Kleidungsstücke trug, die Clayton abgelegt hatte, als die Offiziere des französischen Kreuzers ihn besser ausstaffierten.

Da schaute einer der Schwarzen auf, und beim Anblick Tarzans schrie er auf, wandte sich um und lief nach dem Zaune.

Im Nu war die Luft erfüllt von dem Geschrei der entsetzten Schwarzen, die alle davonliefen. Aber noch ehe einer von ihnen bis an den Zaun gelangt war, tauchte ein weißer Mann mit dem Gewehr in der Hand auf, um der Ursache der Aufregung nachzugehen.

Als er die Fremden sah, legte er das Gewehr an und auch Tarzan wollte seine Waffe zur Hand nehmen, als d'Arnot laut rief:

Nicht feuern! Es sind Freunde!

Dann halten Sie ein! war die Antwort.

Halt Tarzan! rief d'Arnot. Er glaubt, wir seien Feinde.

Tarzan schlug nun einen langsameren Gang an, und beide schritten auf das Tor zu, wo der weiße Mann stand.

Dieser sah sie sehr erstaunt an.

Was für eine Art Menschen sind Sie? fragte er.

Weiße, antwortete d'Arnot. Wir hatten uns lange in den Wäldern verirrt.

Der Mann hatte sein Gewehr gesenkt, und nun kam er ihnen mit ausgestreckter Hand entgegen.

Ich bin Vater Constantin von der französischen Mission hier, sagte er, und es freut mich, Sie willkommen heißen zu können.

Dies ist Herr Tarzan, Vater Constantin, sagte d'Arnot, indem er auf den Affenmenschen zeigte, und als der Geistliche Tarzan die Hand entgegenstreckte, fügte d'Arnot hinzu: Und ich bin Paul d'Arnot von der französischen Marine.

Vater Constantin ergriff die Hand Tarzans und betrachtete seine prächtige Gestalt.

So kam Tarzan zum ersten Vorposten der Zivilisation.

Eine Woche blieben beide dort, und der Affenmensch, der ein guter Beobachter war, lernte vieles von den Gebräuchen der Menschen. Schwarze Frauen aber machten ihm und d'Arnot allerlei weiße Kleidungsstücke zurecht, damit sie ihre Reise in ordentlichen Anzügen fortsetzen konnten.

Auf der Höhe der Zivilisation

Einen Monat lang wanderten Tarzan und d'Arnot weiter, da kamen sie zu einer Häusergruppe an der Mündung eines breiten Flusses. Tarzan sah dort eine Reihe Boote, wurde aber wieder von der Schüchternheit des Wilden beim Anblick vieler Menschen befallen.

Allmählich gewöhnte er sich an die fremdartigen Gebräuche und die merkwürdigen Gewohnheiten der Kulturmenschen, so daß jetzt niemand mehr gedacht hätte, daß dieser stattliche, französisch sprechende Mann in tadellosem weißem Anzug, der mit einer der Fröhlichsten beim Lachen und Plaudern war, sich noch vor zwei Monaten nackt durch die Bäume des Urwaldes geschwungen hatte, um sich auf irgendein ahnungsloses Opfer zu stürzen, das er roh verzehrte, um seinen knurrenden Magen zu füllen.

Messer und Gabel, die Tarzan einen Monat vorher so verächtlich beiseite geworfen hatte, wußte er jetzt so vortrefflich zu handhaben, wie der weltmännische d'Arnot.

Er war ein so begabter Schüler, daß der junge Franzose eifrig daran arbeitete, aus Tarzan einen gesitteten Gentleman zu machen, soweit es Benehmen und Sprache betraf.

Sobald sie den kleinen Hafen erreicht hatten, teilte d'Arnot seinem Kommando telegraphisch seine Errettung mit und bat um einen Urlaub von drei Monaten, der ihm auch bewilligt wurde.

Er hatte auch an sein Bankhaus gekabelt, um Geld zu erhalten. Aber nun wurde er gezwungen, einen Monat lang dort zu warten, weil er kein Boot fand, das er hätte mieten können, um nach Tarzans Dschungel zurückzufahren. Er war darüber ebenso ungehalten wie Tarzan.

Während ihres Aufenthaltes in der Küstenstadt kam Herr Tarzan bei den Weißen wie bei den Schwarzen in den Ruf eines Wundermenschen und zwar wegen verschiedener Ereignisse, die ihm selbst unbedeutend vorkamen.

Als einst ein riesiger Schwarzer in der Trunkenheit einen Tobsuchtsanfall bekam und durch die erschreckte Stadt lief, führte ihn sein Unglücksstern auf die Veranda des Hotels, wo Tarzan umherspazierte.

Mit dem Messer umherfuchtelnd stieg der Neger die breite Treppe hinauf und ging schnurstracks auf eine Gesellschaft von vier Herren zu, die an einem Tische den unvermeidlichen Absinth schlürften.

Lärmschlagend liefen die vier davon, und nun erblickte der Schwarze Tarzan.

Brüllend ging er auf ihn zu, während ein halbes Hundert Augen hinter geschützten Fenstern ausschauten, wie der Affenmensch von dem Schwarzen abgeschlachtet werden würde.

Tarzan erwartete den Angriff mit einem Lächeln, das die Freude am Kampfe immer auf seine Lippen zauberte.

Kaum war der Neger an ihn herangekommen, als Tarzan schon das Gelenk der mit dem Messer erhobenen Hand erfaßt hatte und mit seinen Stahlmuskeln umklammerte: eine einzige schnelle Drehung, und die Hand hing an dem gebrochenen Knochen herab.

Der Schmerz und die Überraschung hatten den Schwarzen mit einem Male nüchtern gemacht, und schreiend rannte er dem Eingeborenenviertel zu, während Tarzan sich auf einen Stuhl setzte, als ob nichts geschehen wäre.

Ein andermal, als Tarzan und d'Arnot mit einer Anzahl anderer Weißen bei Tisch saßen, kam das Gespräch auf Löwen und Löwenjagd.

Die Meinungen über die Tapferkeit des Königs der Tiere waren geteilt. Manche behaupteten zwar, er sei ein ausgemachter Feigling, aber alle waren darin einig, daß es ihr Gefühl der Sicherheit erhöhe, wenn sie nachts ihr Gewehr zur Hand hatten, sobald der Beherrscher der Dschungel ihr Lager umbrüllte.

D'Arnot und Tarzan waren übereingekommen, seine Vergangenheit geheim zu halten, und so wußte außer dem französischen Offizier niemand, daß der Affenmensch mit den Dschungeltieren so gut vertraut war.

Herr Tarzan hat seine Ansicht noch nicht bekanntgegeben, sagte einer von der Gesellschaft. Ein so heldenmütiger Mann, der, wenn ich nicht irre, schon einige Zeit in Afrika weilt, muß auch Erfahrungen mit Löwen besitzen.

O ja, erwiderte Tarzan trocken. Soviel weiß ich, daß ein jeder von Ihnen ein richtiges Urteil über die Eigenschaften der Löwen hat, denen er gerade begegnet ist. Aber man kann ebensogut alle Schwarzen nach dem Kerl beurteilen, der vorige Woche wie verrückt herumlief, als man behaupten kann, alle Weißen seien Feiglinge, weil einer einem weißen Feigling begegnet ist. Es gibt ebenso Unterschiede unter den Tieren wie unter uns selbst. Heute können wir draußen über einen Löwen stolpern, der überaus scheu ist und vor uns Reißaus nimmt. Morgen begegnen wir seinem Onkel oder seinem Zwillingsbruder, und dann wundern sich unsere Freunde, daß wir nicht aus der Dschungel zurückkehren. Ich für meinen Teil nehme immer an, daß ein Löwe ein wildes Tier ist, und ich bin immer auf meiner Hut.

Es muß kein großes Vergnügen sein, erwiderte der, der zuerst gesprochen hatte, wenn ein Jäger Furcht vor dem Tiere hat. D'Arnot lächelte. Tarzan sollte sich fürchten!

Ich weiß nicht, was Sie eigentlich unter Furcht verstehen, sagte Tarzan. Ähnlich wie bei den Löwen ist auch bei den Menschen die Furcht verschieden, aber für mich besteht das einzige Vergnügen an der Jagd darin, daß ich weiß: das Tier, das ich erlegen will, kann mir ebensoviel antun, wie ich ihm. Wenn ich mit zwei Gewehren, einem Gewehrträger, und zwanzig oder dreißig Treibern auf die Löwenjagd ginge, so wüßte ich, daß der Löwe nicht viel Aussicht hätte, und dann hätte ich nicht viel Vergnügen an der Jagd.

Ich nehme an, daß Herr Tarzan am liebsten nackt in die Dschungel gehen würde, nur mit einem Dolch bewaffnet, um den König der Tiere zu töten, sagte der andere, gutmütig lachend, aber mit einem leisen Anflug von boshaftem Spott. Und mit einem Seil, fügte Tarzan hinzu.

Im selben Augenblick erscholl aus der entfernten Dschungel das Brüllen eines Löwen, als ob er jeden herausfordern wollte, der es wagte, den Kampf mit ihm aufzunehmen.

Dort ist eine Gelegenheit für Sie, Herr Tarzan! neckte der Franzose.

Ich bin nicht hungrig, sagte Tarzan einfach.

Die Männer lachten alle, außer d'Arnot. Nur dieser wußte, daß der Urmensch unbewußt aus ihm gesprochen hatte.

Aber Sie fürchten sich genau so wie jeder von uns, nackt hinauszugehen, nur mit einem Messer und einem Seil bewaffnet. Ist es nicht so?

Nein, erwiderte Tarzan. Nur ein Narr handelt ohne Grund. Fünftausend Franken sind ein Grund, sagte der andere. Ich wette um diese Summe, daß Sie keinen Löwen unter den genannten Bedingungen – nackt und nur mit einem Messer und einem Seil bewaffnet – aus der Dschungel bringen werden.

Tarzan sah zu d'Arnot hinüber und nickte mit dem Kopfe.

Sagen Sie zehntausend, sagte d'Arnot.

Einverstanden! sagte der andere.

Tarzan stand auf.

Ich werde meine Kleider am Rande der Ansiedelung zurücklassen, damit ich für den Fall, daß ich nicht vor Tagesanbruch zurückkehre, etwas anzuziehen habe, um durch die Straßen zu gehen.

Sie gehen doch nicht jetzt, in der Nacht? sagte der Wettende.

Warum nicht? fragte Tarzan. Numa geht des Nachts umher – da wird er leichter zu finden sein.

Nein, sagte der andere, ich will meine Hände nicht mit Ihrem Blut beflecken. Es ist tollkühn genug, wenn Sie bei Tage fortgehen.

Ich werde jetzt gehen, erklärte Tarzan und ging auf sein Zimmer, um Messer und Seil zu holen.

Die Männer begleiteten ihn bis zum Rande der Dschungel, wo er sich auszog und seine Kleider in einem kleinen Schuppen zurückließ.

Als er aber in das dunkle Unterholz hineintrat, versuchten sie ihn davon abzubringen, und der Wettende bat ihn am dringendsten, von seiner Tollkühnheit abzulassen.

Ich erkläre, daß Sie gewonnen haben, sagte er, und die zehntausend Franken sollen Sie erhalten, wenn Sie diesen wahnsinnigen Versuch aufgeben, der nur mit Ihrem Tode endigen kann.

Tarzan lachte, und im nächsten Augenblick war er in der Dschungel verschwunden.

Die Männer standen einen Augenblick schweigend da und kehrten dann langsam zu der Veranda des Hotels zurück.

Kaum war Tarzan in der Dschungel, als er schon auf die Bäume hinaufkletterte. Es war ein Gefühl von triumphierender Freiheit, als er sich wieder einmal über die Äste der Bäume schwingen konnte.

Das war ein Leben! Und wie liebte er es! Damit hält doch die menschliche Kultur keinen Vergleich aus, denn sie ist durch allerlei Einschränkungen und Herkömmlichkeiten eingeengt. Sogar die Kleider sind etwas Lästiges und überflüssiges.

Endlich war er frei. Jetzt sah er erst ein, daß er ein Gefangener gewesen war. Wie leicht wäre es, zur Küste zurückzukehren und dann weiter nach Süden zu seiner eigenen Dschungel und seiner Hütte.

Er bekam jetzt Witterung von Numa, denn er ging gegen den Wind und sein scharfes Gehör vernahm die vertrauten Laute, die ihm verrieten, daß ein pelzbekleideter Körper mit weichen Fußballen durch das Unterholz streifte.

Tarzan kam etwas mehr herunter und folgte dem nichtsahnenden Tier bis an eine mondbeschienene Stelle.

Dann warf er behende die Schlinge herunter, die sich sofort schließend um den gelbbraunen Hals legte. So wie er es hundertmal schon getan hatte, befestigte er das Ende des Seiles an einem starken Aste. Während das Tier um seine Freiheit kämpfte und sich sträubte, ließ er sich hinter ihm auf die Erde, und auf den großen Rücken springend, stieß er die lange, dünne Klinge seines Messers ein Dutzendmal in das wilde Herz.

Dann setzte er den Fuß auf den toten Numa und erhob seine Stimme zu dem schrecklichen Siegesgeschrei seines wilden Stammes.

Einen Augenblick stand Tarzan unentschlossen. Er schwankte zwischen den widerstreitenden Gefühlen der Treue gegen d'Arnot und seinem mächtigen Verlangen nach der Freiheit in seiner eigenen Dschungel. Zuletzt schwand das schöne Bild, das er sich von seinem früheren Leben entwarf, vor einer anderen Vision: einem schönen Gesicht, und vor der Erinnerung an die warmen Lippen, die sich auf die seinen gepreßt hatten.

Der Affenmensch nahm den noch warmen Körper Numas auf die Schultern und ging damit weiter.

Die Männer auf der Veranda saßen schon eine Stunde lang fast immer schweigend.

Sie hatten versucht, über verschiedene Gegenstände zu sprechen, aber der Gedanke, der sie alle beherrschte, hatte immer wieder eine Stockung hervorgerufen.

Mein Gott, sagte zuletzt der Wettende, ich kann es nicht länger aushatten. Ich gehe mit meinem Gewehr in die Dschungel und bringe den verrückten Menschen zurück.

Ich gehe mit Ihnen, sagte ein anderer.

Ich auch! Ich auch! Ich auch! sagten die übrigen.

Alle eilten nach ihren Zimmern, und gleich darauf waren sie schwer bewaffnet bereit, nach der Dschungel aufzubrechen.

Gott! Was war das? rief plötzlich einer von ihnen, ein Engländer, als Tarzans wilder Schrei aus der Ferne an ihr Ohr drang.

Ich hörte früher manchmal dasselbe Gebrüll, wenn ich in der Gorilla-Gegend war, sagte ein Belgier. Meine Träger behaupteten, es sei das Geschrei eines großen Affen, der etwas getötet hatte.

D'Arnot erinnerte sich der Beschreibung, die Clayton ihm von dem furchtbaren Geschrei gegeben hatte, mit dem Tarzan jedesmal ankündigte, wenn er etwas erlegt hatte, und trotz seines Schreckens lächelte er bei dem Gedanken, daß dieser unglaubliche Ton aus einer menschlichen Brust, aus der Brust seines Freundes kam.

Als die Gesellschaft schließlich nahe am Rande der Dschungel war, und sich darüber unterhielt, wie sie ihre Kräfte am besten verteilen könnten, tauchte auf einmal vor ihnen eine riesige Gestalt auf, die einen toten Löwen über ihren breiten Schultern trug.

Sogar d'Arnot war ganz verblüfft, denn es schien ihm unmöglich, daß ein Mensch einen Löwen mit so kümmerlichen Waffen erlegt und daß er allein den schweren Körper durch das Gestrüpp der Dschungel getragen habe.

Die Männer umringten Tarzan und richteten allerlei Fragen an ihn, aber er machte gar kein Aufhebens aus seiner Tat und lachte nur darüber.

Ihm kam es vor, als wollte man einen Metzger dafür loben, daß er eine Kuh geschlachtet habe, denn Tarzan hatte so oft teils aus Nahrungsbedürfnis, teils zur Selbsterhaltung ein Tier getötet, daß das ihm gar nichts Außergewöhnliches zu sein schien. Aber in den Augen dieser Männer war er in Wirklichkeit ein Held, obschon auch sie gewöhnt waren, Großwild zu erlegen.

Nebenher hatte er auch noch zehntausend Franken gewonnen, denn d'Arnot drang darauf, daß er sie annehmen sollte.

Das war ein wichtiges Ereignis für Tarzan, denn er hatte schon eingesehen, welche Macht in den kleinen Geld- und Papierstücken lag, die von Hand zu Hand gingen, sobald einer irgend etwas brauchte, sei es zum Essen oder Trinken, für Kleidung oder sonst irgend ein Bedürfnis.

Tarzan hatte schon erfahren, daß man ohne Geld nicht leben konnte. D'Arnot hatte ihm zwar gesagt, er brauche sich nicht zu plagen, denn er habe mehr als genug für beide, aber der Affenmensch hatte schon bald bemerkt, daß derjenige verächtlich angesehen wurde, der von einem andern Geld annahm, ohne ihm einen entsprechenden Dienst zu leisten.

Kurz nach der Episode mit der Löwenjagd gelang es d'Arnot, ein altes Boot zu mieten, mit dem er an der Küste entlang nach Tarzans Bucht fahren konnte.

Beide freuten sich, als das kleine Schiff den Anker lichtete und auf das Meer hinausfuhr.

Die Fahrt nach der Bucht verlief ohne besonderen Zwischenfall, und noch am selben Vormittag, wo sie vor der Hütte Anker warfen, ging Tarzan, der sich nun wieder als König der Dschungel fühlte, mit einem Spaten versehen nach dem Amphitheater der Affen, wo er den Schatz vergraben hatte. Spät am nächsten Tage kehrte er mit der schweren Kiste aus der Schulter zurück.

Am andern Morgen in der Frühe lenkten sie das Schiff aus dem Hafen heraus und fuhren nordwärts.

Drei Wochen später waren Tarzan und d'Arnot als Passagiere an Bord eines französischen Dampfers, der nach Le Havre fuhr. In dieser Stadt hielten d'Arnot und Tarzan sich einige Tage auf und fuhren dann nach Paris.

Der Affenmensch hatte es eilig, nach Amerika zu reisen, aber d'Arnot drang in ihn, er müsse ihn zuerst nach Paris begleiten, er wollte ihm allerdings nicht sagen, weshalb er so sehr darauf hielt.

Nach ihrer Ankunft in Paris galt einer ihrer ersten Besuche einem höheren Polizeibeamten, einem alten Freunde d'Arnots.

Geschickt lenkte d'Arnot die Unterredung allmählich so, daß der Polizeioffizier mancherlei von dem üblichen Verfahren zur Entdeckung und Feststellung der Verbrecher berichtete.

Das interessierte auch Tarzan und zwar nicht am wenigsten die Rolle, die dabei die Fingerabdrücke spielten.

Aber welchen Wert haben denn diese Abdrücke, fragte Tarzan, wenn nach einigen Jahren die Fingerlinien sich völlig veränderten, da die Gewebe abgenützt und neue gewachsen sind?

Die Linien ändern sich nie, erwiderte der Beamte. Von der Kindheit bis zum Greisenalter verändern sich die Fingerlinien eines Menschen nur in der Größe, es sei denn, daß gewaltsame Verletzungen die Windungen verändern. Wenn man also Abdrücke des Daumens und von vier Fingern beider Hände hat, so müßte man sie schon alle verlieren, um die Person nicht mehr feststellen zu können.

Das ist wunderbar! rief d'Arnot aus. Ich möchte einmal sehen, wie meine Fingerabdrücke aussehen.

Das können wir gleich besorgen, antwortete der Polizeibeamte, indem er durch ein Klingelzeichen einen Assistenten herbeirief, dem er einige Anweisungen erteilte.

Der Mann ging hinaus, kehrte aber alsbald mit einem Kästchen aus Hartholz zurück, das er auf den Tisch seines Vorgesetzten stellte.

Jetzt werden Sie Ihre Fingerabdrücke in einer Minute haben, sagte er.

Er nahm aus dem Kästchen ein Stück Glas, eine kleine Tube mit dicker Farbe, einen Gummiroller und einige schneeweiße Karten.

Indem er einen Tropfen der Farbe auf das Glas fallen ließ, breitete er ihn mit dem Gummiroller so aus, daß das ganze Stück mit einer dünnen gleichmäßigen Schicht bedeckt war.

Halten Sie die vier Finger Ihrer rechten Hand auf das Glas, sagte er zu d'Arnot. Nun den Daumen. So ist's recht. Nun drücken Sie sie genau in derselben Stellung auf diese Karte, so, ein wenig mehr nach rechts. Wir müssen nämlich Raum für den Daumen und die Finger der linken Hand lassen. So ist's gut! Nun ebenso mit der linken Hand.

Kommen Sie, Tarzan, rief d'Arnot, wir wollen auch Ihre Fingerabdrücke sehen.

Tarzan war gerne dazu bereit, und er stellte mancherlei Fragen an den Beamten, während dieser die Vorbereitungen traf.

Zeigen die Finger auch Rassen-Unterschiede? fragte er. Können Sie z. B. aus den Fingerabdrücken allein feststellen, ob der Betreffende ein Neger oder ein Angehöriger der kaukasischen Rasse ist?

Ich glaube nicht, erwiderte der Beamte, obschon manche behaupten, die Linien eines Negers seien nicht so verwickelt. Können die Fingerabdrücke eines Affen von denen eines Menschen unterschieden werden?

Wahrscheinlich, denn die eines Affen werden einfacher sein, als die eines höheren Lebewesens.

Aber eine Kreuzung zwischen einem Affen und einem Menschen, zeigt sie die charakteristischen Zeichen beider Eltern?

Ja, ich glaube es, aber die Wissenschaft ist noch nicht weit genug vorgeschritten, um das in einem solchen Falle genau festzustellen. Was aber den Unterschied zwischen den einzelnen Personen betrifft, so besteht dieser in jedem einzelnen Falle. Wahrscheinlich werden nicht zwei Menschen auf der Welt geboren, die genau dieselben Linien an all ihren Fingern haben. Es ist sogar zweifelhaft, ob auch nur ein einzelner Finger zu finden ist, der genau dieselben Linien aufweist.

Erfordert das Vergleichen viel Zeit oder Arbeit? fragte d'Arnot.

Meist nur wenige Augenblicke, wenn die Abdrücke scharf sind. D'Arnot zog ein kleines schwarzes Buch aus seiner Tasche und fing an, darin zu blättern.

Tarzan schaute ihm verwundert zu. Wie kam d'Arnot zu diesem Buche?

Jetzt hatte d'Arnot die Seite gefunden, auf der fünf kleine Fingerabdrücke waren, und reichte es dem Polizeibeamten.

Sind diese Abdrücke den meinigen oder denen des Herrn Tarzan ähnlich, oder können Sie sagen, daß sie mit irgendwelchen anderen gleich sind?

Der Beamte nahm ein starkes Vergrößerungsglas von seinem Tisch und prüfte alle drei Muster sorgfältig, indem er jedesmal Notizen auf ein Blatt Papier machte.

Jetzt erriet Tarzan, weshalb sie zu dem Polizeibeamten gegangen waren.

Die Lösung seines Lebensrätsels lag in diesen kleinen Abdrücken!

Tarzan saß mit gespannten Nerven da, auf seinen Stuhl zurückgelehnt, aber plötzlich erhob er sich und sagte lächelnd: Sie vergessen, daß vor zwanzig Jahren die Leiche dieses Kindes, von dem die Fingerabdrücke herrühren, in der Hütte meines Vaters lag und daß ich sie mein Leben lang dort habe liegen sehen.

Der Polizeibeamte schaute verwundert auf.

Fahren Sie fort mit Ihrer Untersuchung, sagte d'Arnot, wir werden Ihnen die Geschichte später erzählen, – vorausgesetzt, daß es Herrn Tarzan recht ist.

Tarzan nickte mit dem Kopfe.

Aber Sie sind im Irrtum, mein lieber d'Arnot. Diese kleinen Finger sind auf der Westküste Afrikas begraben.

Ich möchte das nicht behaupten, Tarzan, erwiderte d'Arnot. Es ist ja möglich, aber wenn Sie nicht der Sohn John Claytons sind, wie kamen Sie dann in diese gottverlassene Dschungel, in die außer John Clayton nie ein weißer Mann den Fuß gesetzt hat?

Sie vergessen Kala, sagte Tarzan.

Sie kommt für mich nicht in Betracht, erwiderte d'Arnot.

Die beiden Freunde waren während dieser Unterredung an das breite Fenster getreten, das eine Aussicht auf den Boulevard gewährte. Eine Weile standen sie dort und betrachteten das geschäftige Leben, das sich da unten abspielte.

Es erfordert einige Zeit, die Abdrücke zu vergleichen, dachte d'Arnot und schaute zurück auf den Polizei-Offizier.

Zu seinem Erstaunen sah er, daß dieser in seinem Stuhl zurückgelehnt saß und hastig den Inhalt des Tagebuches überflog.

D'Arnot hüstelte. Der Polizeibeamte schaute auf, und ein Auge zudrückend machte er mit dem Finger ein Zeichen, er möchte schweigen.

D'Arnot kehrte zurück zum Fenster, bis der Polizei-Offizier anfing zu sprechen.

Meine Herren! sagte er, während beide sich ihm zuwandten. Es erfordert eine genaue Untersuchung, um einen absolut sicheren Vergleich anzustellen. Ich möchte Sie daher bitten, die ganze Sache in meiner Hand zu lassen, bis Herr Desquerc, unser Fachmann, zurückkehrt. Das wird nur einige Tage dauern.

Ich hatte gehofft, es sofort zu erfahren, sagte d'Arnot. Herr Tarzan reist übermorgen nach Amerika.

Ich verspreche Ihnen, daß Sie ihm binnen vierzehn Tagen einen Bericht kabeln können, erklärte der Offizier, aber was es sein wird, wage ich nicht zu sagen. Es sind Ähnlichkeiten da, – gewiß, aber wir wollen Herrn Desquerc die Lösung überlassen.

Wieder der Riese

Eine Droschke hielt vor einem altmodischen Wohnhaus in deiner Außenstraße Baltimores.

Ein Mann von etwa vierzig Jahren, von ansehnlicher Gestalt und mit ernsten, regelmäßigen Gesichtszügen, stieg aus, bezahlte den Kutscher und entließ ihn.

Einen Augenblick später trat der Besucher in das Studierzimmer des alten Hauses.

Ach, Mr. Canler! rief der ältere Herr aus, indem er ausstand, um ihn zu begrüßen.

Guten Abend, mein lieber Professor! sagte der Besucher, indem er ihm herzlich die Hand reichte.

Wer hat Sie hereingelassen? fragte der Professor.

Esmeralda.

Dann wird sie Jane benachrichtigen, daß Sie hier sind, sagte der alte Herr.

Nein, Herr Professor, erwiderte Canler, ich kam, um zuerst Sie zu sehen.

Ach, – sehr schmeichelhaft, versetzte Professor Porter.

Herr Professor, fuhr Robert Canler bedächtig fort, indem er sorgfältig jedes Wort überlegte, ich bin heute abend gekommen, um mit Ihnen über Jane zu sprechen. Sie kennen meine Wünsche und waren so großmütig, meinen Antrag zu billigen.

Professor Archimedes O. Porter rückte in seinem Lehnstuhl unruhig hin und her. Die ganze Sache verursachte ihm Ärger. Er wußte nicht recht, weshalb. Canler war doch eine glänzende Partie.

Aber Jane, fuhr Canler fort, ich kann sie nicht verstehen. Sie weist mich ab, bald aus dem einen, bald aus dem andern Grund. Ich habe immer das Gefühl, als ob sie erleichtert aufatmete, wenn ich mich verabschiede.

Nicht doch, Mr. Canler, sagte Professor Porter. Jane ist eine sehr gehorsame Tochter. Sie wird schon tun, was ich ihr sage.

Dann darf ich also noch immer auf Ihre Unterstützung rechnen? fragte Canler, indem er seine Worte scharf betonte. Gewiß, mein Herr, gewiß! rief Professor Porter aus. Wie können Sie daran zweifeln?

Sie wissen doch: da ist der junge Clayton, bemerkte Canler. Schon seit Monaten ist er hier. Ich weiß ja nicht, in wiefern Jane sich um ihn kümmert, aber abgesehen von seinem Titel weiß sie, daß er von seinem Vater ein sehr bedeutendes Vermögen geerbt hat, und so wäre es nicht auffallend, wenn er zuletzt den Sieg davontrüge, es müßte denn sein, ... Canler zögerte.

Beruhigen Sie sich, Mr. Canler; es müßte denn sein ...?

Daß Sie es durchsetzten, daß Jane mich sofort heiratet, sagte Canler langsam und deutlich.

Ich habe Jane schon gesagt, daß das wünschenswert wäre, bemerkte Professor Porter verdrießlich; denn wir können dieses Haus nicht länger halten und nicht so leben, wie unsere Verbindungen es mit sich bringen.

Was hat sie darauf geantwortet?

Sie sagte, sie habe überhaupt noch nicht die Absicht zu heiraten, und wir könnten ja auch fortziehen und auf der Farm im nördlichen Wisconsin leben, die ihre Mutter ihr hinterlassen hat. Die Farm wirft immerhin einen kleinen

Gewinn ab. Die bisherigen Pächter haben davon leben können und Jane auch noch jedes Jahr eine Kleinigkeit gesandt. Jane wünscht, daß wir Anfang der Woche dorthin ziehen. Philander und Mr. Clayton sind schon abgereist, um alles für uns vorzubereiten.

Clayton ist dorthin? rief Canler, sichtbar verärgert, aus. Weshalb hat man mir nichts davon gesagt? Ich wäre gern dorthin gegangen und hätte dafür gesorgt, daß alles behaglich eingerichtet worden wäre.

Jane fühlte, daß wir schon zu sehr in Ihrer Schuld sind, Mr. Canler, sagte Professor Porter.

Canler wollte eben darauf erwidern, als man draußen Tritte hörte und Jane Porter hereintrat.

O – Verzeihung! sagte sie, indem sie auf der Schwelle stehen blieb. Ich glaubte, du wärest allein, Papa.

Ich bin es bloß, Jane, sagte Canler, indem er aufstand. Wollen Sie nicht hereinkommen? Wir sprachen gerade von Ihnen.

Danke! sagte Jane Porter, indem sie eintrat und den Stuhl nahm, den Canler ihr bereitstellte. Ich wollte Papa nur sagen, daß Tobias von der Universität heute morgen gekommen ist, um die Bücher zu packen. Ich bitte dich, Papa, die Bände anzugeben, die du unbedingt haben mußt. Nimm aber, bitte, nicht die ganze Bibliothek nach Wisconsin mit, wie du es bei unserer Fahrt nach Afrika getan hättest, wenn ich mich nicht hineingemischt hätte.

Was, Tobias ist da? fragte der Professor.

Ja, ich komme eben von ihm. Er und Esmeralda unterhalten sich über religiöse Fragen in der hinteren Halle.

Gut, ich muß mit ihm sprechen, rief der Professor. Entschuldigt mich einen Augenblick, Kinder! Und der alte Herr eilte hinaus.

Sobald er außer Hörweite war, wandte sich Canler an Jane Porter und fragte sie nachdrücklich:

Sagen Sie einmal, Jane, wie lange soll das noch so weitergehen? Sie haben sich nicht geweigert, mich zu heiraten, aber Sie haben mir auch nichts versprochen. Ich wünsche morgen das Jawort zu erhalten, damit wir noch vor Ihrer Abreise nach Wisconsin heiraten können. Ich wünsche nicht viel Aufhebens zu machen, und ich denke, Sie sind damit einverstanden.

Jane wurde ganz kalt, aber sie hielt den Kopf hoch.

Ihr Vater wünscht es, wie Sie wissen, fügte Canler hinzu.

Ja, ich weiß es, sagte sie fast flüsternd; dann aber fügte sie in einem kalten, entschiedenen Ton hinzu:

Wissen Sie, Mr. Canler, daß Sie mich kaufen wollen, – kaufen für ein paar elende Dollars? An diese Möglichkeit haben Sie schon gedacht, als Sie Vater das Geld für die verrückte Expedition liehen, die ohne einen geheimnisvollen Zwischenfall so überraschend erfolgreich gewesen wäre. Aber Sie, Mr. Canler, wären am meisten überrascht gewesen. Sie dachten nicht daran, daß das Abenteuer einen erfolgreichen Ausgang haben könnte. Dafür waren Sie ein zu guter Geschäftsmann. Und Sie sind ein zu guter Geschäftsmann, als daß Sie Geld an Schatzsucher ausleihen sollten oder überhaupt Geld ohne Sicherheit weggeben sollten, wenn Sie nicht eine bestimmte Absicht dabei hätten. Sie wußten, daß die Ehre der Porters Ihnen ein besseres Pfand wäre als eine Sicherheit. Sie sagten sich, hier hätten Sie das beste Mittel, mich zu zwingen, Sie zu heiraten, ohne daß es so aussähe, daß mir Gewalt angetan würde.

Sie haben das Darlehen nie erwähnt. Bei irgendeinem andern Mann hätte ich angenommen, daß sein Entgegenkommen das Zeichen eines großmütigen und vornehmen Charakters wäre, aber Sie sind schlau, Mr. Robert Canler! Ich kenne Sie besser, als Sie meinen. Gewiß werde ich Sie heiraten, wenn es keinen andern Weg mehr gibt, aber wir wollen einander nichts vormachen.

Während sie sprach, war Canler abwechselnd rot und bleich geworden. Als sie aufhörte, stand er auf, und sagte mit boshaftem Lächeln:

Sie überraschen mich, Jane. Ich dachte, Sie hätten mehr Selbstbeherrschung, mehr Stolz. Sie haben ja eigentlich recht. Ich kaufe Sie, und ich weiß, daß das Ihnen bekannt ist, aber ich dachte, Sie würden lieber vorgeben, es geschähe in anderer Weise. Ich dachte, Ihre Selbstachtung und Ihr Stolz würden nicht zugeben, daß Sie ein erkauftes Weib sein werden. Aber Sie müssen ja wissen, was Sie da tun sollen, liebes Mädchen, fügte er leicht hinzu. Sie werden meine Frau werden, und das übrige interessiert mich nicht.

Ohne ein Wort darauf zu antworten, drehte das Mädchen sich um und verließ das Zimmer.

*

Jane Porter wurde aber nicht verheiratet, bevor sie mit ihrem Vater und Esmeralda nach ihrer kleinen Farm in Wisconsin abreiste, und als sie bei der Abfahrt des Zuges Robert Canler kühl Lebewohl wünschte, sagte er ihr, er werde ihr in ein oder zwei Wochen folgen.

Auf der letzten Station wurden sie von Clayton und Mr. Philander in einem großen Tourenwagen abgeholt. Sie fuhren dann durch den dichten Wald nordwärts nach der kleinen Farm, die das Mädchen seit der Kindheit nicht mehr besucht hatte.

Das Farmerhaus, das auf einer kleinen Anhöhe ein paar hundert Meter von dem Pächterhaus entfernt stand, war in den drei Wochen, wo Clayton und Mr. Philander dort weilten, vollständig umgewandelt worden.

Der Farmer hatte eine kleine Armee von Zimmerleuten, Gipsern, Installateuren und Anstreichern aus der nächsten Stadt kommen lassen. Das Haus, das vorher wie eine verkommene Hütte dastand, sah jetzt nett und sauber aus und bot im Innern alle möglichen Bequemlichkeiten, die man in so kurzer Zeit schaffen konnte.

Was haben Sie getan, Mr. Clayton? rief Jane Porter aus, als sie die Veränderungen sah, denn es wurde ihr bange, als sie an die hohen Rechnungen dachte.

Pst! sagte Clayton. Sagen Sie Ihrem Vater nichts davon. Wenn Sie ihn nicht darauf aufmerksam machen, so wird er es gar nicht wahrnehmen. Man hätte ja in dem Schmutz, den wir hier vorfanden, gar nicht leben können. Es war so wenig, was ich tat, und ich möchte so viel für Sie tun, Jane. Sprechen Sie also nicht mehr davon.

Aber Sie wissen doch, daß wir Ihnen das Geld nicht mehr zurückerstatten können, rief das Mädchen. Wie konnten Sie mich nur an so große Verpflichtungen binden?

Das sind keine Verpflichtungen, erwiderte Clayton. Wenn es sich nur um Sie gehandelt hätte, so hätte ich nichts ohne Ihre Genehmigung getan, aber ich hätte nicht zusehen können, daß der gute alte Herr in einer wahren Höhle gelebt hätte, wie wir sie hier vorfanden. Lassen Sie mir also dieses kleine Vergnügen.

Ich glaube Ihnen, Mr. Clayton, weil ich weiß, daß Sie großmütig genug sind, so zu handeln, und, o Cecil, ich möchte, ich könnte mich Ihnen so erkenntlich zeigen, wie Sie es wünschen.

Weshalb können Sie das nicht, Jane?

Weil ich einen andern liebe.

Canler?

Nein.

Aber Sie wollen ihn doch heiraten. Er sagte es mir, bevor ich von Baltimore abfuhr.

Das Mädchen fuhr erschrocken zusammen.

Ich mag ihn nicht, sagte sie fast trotzig.

Steckt die Geldgeschichte dahinter, Jane? Bin ich denn nicht ebenso begehrenswert wie Canler? Ich habe Geld genug, mehr als wir je brauchen, fügte er bitter hinzu.

Ich liebe Sie nicht, Cecil, sagte sie, aber ich achte Sie. Wenn ich mich zu einem solchen Handel mit einem Manne erniedrigen muß, so wähle ich lieber einen, den ich verachte. Ich hasse den Mann, dem ich mich ohne Liebe verkaufe, wer er auch sein mag.

Sie werden glücklicher sein, schloß sie, allein – mit meiner Achtung und meiner Freundschaft, als mit mir und meiner Verachtung.

Clayton ging nicht mehr auf die Sache ein, aber es ging ihm wie ein Dolchstoß durchs Herz, als eine Woche später Robert Canler in seinem sechszylindrigen Automobil am Farmerhause vorfuhr.

Eine Woche verging, zwar ereignislos, aber unbehaglich für alle Bewohner des kleinen Farmerhauses.

Canler drängte, daß Jane ihn sofort heiraten sollte.

Schließlich gab sie nach, aus lauter Ärger über die fortwährende abscheuliche Belästigung.

Es wurde vereinbart, daß Canler am nächsten Tage in die Stadt fahren, die amtliche Erlaubnis einholen und einen Geistlichen mitbringen sollte.

Clayton wollte abreisen, sobald der Plan angekündigt wurde, aber der müde, hoffnungslose Blick des Mädchens hielt ihn zurück. Er sagte sich, er dürfe sie nicht verlassen.

Und dann suchte er sich mit dem Gedanken zu trösten, es könne vielleicht noch etwas Unerwartetes geschehen. Er wußte auch, daß es nur eines kleinen Funkens bedurfte, um den Haß, den er in seinem Herzen gegen Canler hegte, zum Ausbruch zu bringen.

Früh am nächsten Morgen fuhr Canler nach der Stadt.

Im Osten konnte man Rauch über dem Walde liegen sehen. Eine Woche vorher hatte nicht weit entfernt ein Waldbrand gewütet, aber der Wind stand still im Westen und es drohte keine Gefahr.

Gegen Mittag ging Jane Porter aus zu einem Spaziergang. Sie wollte nicht, daß Clayton sie begleiten sollte. Sie wünschte allein zu sein, sagte sie, und er achtete ihren Willen. Im Hause waren Professor Porter und Mr. Philander ganz in die Erörterung einer wichtigen wissenschaftlichen Frage versunken. Esmeralda schlummerte in der Küche, Clayton, schläfrig nach einer schlaflosen Nacht, streckte sich auf dem Sofa im Wohnzimmer aus und fiel bald in einen unruhigen Schlummer.

Im Osten stiegen die schwarzen Rauchwolken höher gegen den Himmel. Plötzlich wirbelten sie empor und begannen gegen Westen zu treiben.

Sie kamen immer näher. Die Bewohner des Pächterhauses waren fort, denn es war Nachmittag, und so sah auch von dort keiner, daß der Waldbrand immer näher kam.

Bald hatte sich das Flammenmeer über die Straße nach Süden ausgebreitet und Canler die Rückkehr abgeschnitten. Eine kleine Schwenkung des Windes fegte den Brand jetzt auch nach Norden; dann drehte sich der Wind abermals, und die Flammen standen beinahe still, als ob sie von einer mächtigen Hand festgehalten würden.

Plötzlich kam von Nordosten her ein großer schwarzer Wagen die Straße heruntergesaust.

Mit einem Ruck hielt er vor dem Landhaus; ein schwarzhaariger Riese sprang heraus und stürmte zum Tor hinein. Er stürzte ins Haus und fand Clayton auf dem Sofa liegend. Überrascht blieb er stehen, schüttelte dann aber gleich den Schlafenden an der Schulter, indem er rief:

Mein Gott, Clayton, sind Sie alle verrückt hier? Sehen Sie denn nicht, daß Sie schon fast ganz vom Feuer eingeschlossen sind? Wo ist Miß Porter?

Clayton sprang auf. Er erkannte den Mann nicht, aber er verstand die Worte, und in einem Nu war er auf der Veranda.

O Gott! rief er und stürmte ins Haus zurück. Jane, Jane, wo sind Sie?

In einem Augenblick waren auch Esmeralda, Professor Porter und Mr. Philander herbeigekommen.

Wo ist Miß Jane? schrie Clayton, indem er Esmeralda bei den Schultern faßte und kräftig schüttelte.

Ach, Mr. Clayton, sie ist spazieren gegangen.

Ist sie noch nicht zurück?

Und ohne eine Antwort abzuwarten, stürzte Clayton in den Hof, wobei ihm die andern folgten.

Welchen Weg ist sie gegangen? schrie der schwarzhaarige Riese Esmeralda an.

Dort die Straße hinunter, rief die erschreckte Schwarze, gegen Süden zeigend, wo ein mächtiger Wall von züngelnden Flammen die Aussicht versperrte.

Packen Sie diese Leute in den andern Wagen, rief der Fremde Clayton zu. Ich sah einen, als ich herfuhr, und bringen Sie sie auf der Nordstraße fort. Meinen Wagen lassen Sie hier. Wenn ich Miß Porter finde, werden wir ihn brauchen. Finde ich sie nicht, so braucht ihn niemand. Tun Sie, wie ich sage! befahl er Clayton, als er bemerkte, daß dieser zögerte.

Dann sah man die geschmeidige Gestalt des Fremden quer durch die Lichtung nach Nordwesten springen, wo der Wald noch nicht von den Flammen berührt war.

Alle hatten das unerklärliche Gefühl, daß jetzt eine große Verantwortung von ihnen genommen sei, denn sie hatten gleichsam ein blindes Vertrauen in die Macht des Fremden, und sagten sich, dieser werde Jane Porter retten, wenn sie überhaupt noch zu retten sei.

Wer war das? fragte Professor Porter.

Ich weiß es nicht, antwortete Clayton. Er nannte mich beim Namen, und er kannte Jane, denn er fragte nach ihr. Und er nannte Esmeralda mit Namen.

Es war etwas überraschend Vertrautes an ihm, fügte Mister Philander hinzu, und bei Gott, ich habe ihn doch noch nie gesehen.

Sehr merkwürdig! sagte Professor Porter. Wer kann es sein, und weshalb fühle ich, daß Jane gerettet wird, da er sie sucht?

Ich kann es Ihnen nicht sagen, Professor, antwortete Clayton nachdenklich, aber ich habe dasselbe unbestimmte Gefühl. Doch kommen sie, rief er den andern zu, wir müssen hier heraus, sonst sind wir abgeschnitten.

Alle eilten auf Claytons Wagen zu.

*

Als Jane Porter umkehrte und ihre Schritte heimwärts lenkte, fühlte sie sich beunruhigt, da sie den Rauch des Waldbrandes in der Nähe sah. Als sie vorwärts eilte, verwandelte sich ihre Angst in großen Schrecken, denn schon drohten die Flammen ihr den Heimweg zu versperren.

Schließlich war sie gezwungen, in das Dickicht einzudringen und nach Westen zuzustreben, um die Flammen zu umgehen und wieder zu ihrem Heim zu gelangen.

Bald aber sah sie ein, daß das ihr nicht gelingen würde. Ihre ganze Hoffnung lag jetzt darin, zu der Straße zurückzukehren, und nach Süden, nach der Stadt, zu fliehen.

Die zwanzig Minuten, die sie brauchte, um zu der Straße zurückzugelangen, genügten aber, um ihr auch diesen Rückzug abzuschneiden. Sie lief zwar die Straße ein kurzes Stück hinunter, mußte dann aber stehen bleiben, denn vor ihr türmte sich eine andere Flammenmauer auf. Ein Ausläufer der Feuersbrunst war eine halbe Meile südlich aus dem Hauptherd hervorgebrochen und hatte den dünnen Straßenstreifen mit seinen unerbittlichen Krallen umfaßt.

Jane Porter sah, daß es zwecklos sei, nochmals den Versuch zu machen, durch das dichte Unterholz zu dringen. Sie war überzeugt, daß binnen wenigen Minuten der ganze Raum zwischen dem Feind im Norden und dem Feind im Süden nur noch eine glühende Masse von wogenden Flammen sein werde.

Ruhig kniete das Mädchen im Straßenstaub nieder und betete zu seinem Schöpfer, er möge ihm Kraft verleihen, sein Schicksal tapfer zu ertragen, und wenigstens Vater und Freunde vor dem Tode erretten.

Sie betete nicht für ihre Rettung, denn sie wußte, daß es für sie keine Hoffnung mehr gab.

Plötzlich hörte sie ihren Namen laut durch den Wald rufen: Jane! Jane Porter! Es klang laut und klar, aber es war eine merkwürdige Stimme.

Hier! antwortete sie, hier! Auf der Straße!

Da erblickte sie in den Bäumen eine Gestalt, die sich mit der Behendigkeit eines Eichhörnchens über die Äste schwang.

Ein Windstoß hüllte sie in eine Rauchwolke, sie konnte den Mann nicht mehr sehen, der jetzt auf sie zueilte, aber plötzlich fühlte sie sich von einem starken Arm umschlungen. Dann wurde sie emporgetragen, und hörte das Rauschen des Windes und das Knistern der Äste.

Sie öffnete die Augen.

Tief unter ihr war das Unterholz und die harte Erde. Um sie herum das rauschende Laub des Waldes.

Die Riesengestalt, die sie trug, schwang sich von Baum zu Baum, und es kam Jane Porter vor, als erlebte sie jetzt im Traume wieder, was sie in der fernen afrikanischen Dschungel in Wirklichkeit erlebt hatte.

O, wenn es nur derselbe Mann wäre, der sie damals durch das Pflanzengewirr getragen hatte! Aber das war ja unmöglich ...

Doch wer sollte in aller Welt die Kraft und die Gewandtheit haben, wie der Mann, der sie jetzt trug?

Sie warf einen verstohlenen Blick auf das Gesicht, das dem ihrigen so nahe war, und überrascht stieß sie einen kleinen Schrei aus. – Er war es!

Mein Mann! flüsterte sie. Nein – das ist der Fieberwahn, der dem Tod vorausgeht.

Sie mußte wohl laut gesprochen haben, denn die Augen, die sich gelegentlich zu ihr niedersenkten, leuchteten mit einem Lächeln.

Ja, Ihr Mann, Jane Porter, Ihr wilder Urwaldmann, der aus der Dschungel gekommen ist, um seine Gefährtin zu fordern – die Frau, die von ihm fortgelaufen ist, fügte er fast bitter hinzu.

Ich bin nicht fortgelaufen, flüsterte sie. Ich willigte erst ein, mit fortzufahren, als wir noch eine Woche auf Ihre Rückkehr gewartet hatten.

Sie hatten jetzt das Feuermeer passiert und kehrten zu der Lichtung zurück, wo der Riese mit ihr wieder auf den Boden herunterging.

So gingen sie nebeneinander dem Landhaus zu. Der Wind hatte sich wieder gedreht, und das Feuer ging zurück. In einer Stunde würde es ausgewütet haben.

Warum kamen Sie damals nicht zurück? fragte sie.

Ich habe d'Arnot gepflegt, er war schwer verwundet.

Ach, ich wußte es! rief sie aus.

Man sagt, Sie wären zu den Schwarzen zurückgekehrt, das wären Ihre Leute.

Er lachte.

Aber Sie glaubten ihnen nicht, Jane?

Nein! Wie soll ich Sie nennen? fragte sie. Wie heißen Sie?

Ich war Tarzan bei den Affen, als Sie mich kennen lernten, sagte er.

Tarzan bei den Affen! rief sie, und dann war auch der Zettel von Ihnen, den ich beantwortet habe, ehe ich fortging?

Ja, von wem dachten Sie, daß er gewesen sein könne?

Ich wußte es nicht; nur sagte ich mir, er könne nicht von Ihnen sein, da er auf englisch geschrieben war und Sie kein Wort von irgendeiner Sprache verstehen konnten.

Er lachte nochmals.

Es wäre eine lange Geschichte, um Ihnen das zu erklären, aber ich schrieb, was ich nicht sagen konnte, weil ich damals die Sprache noch nicht so beherrschte, und d'Arnot machte die Sache noch schlimmer, indem er mich französisch lehrte, statt englisch, das ich aber lesen und schreiben konnte.

Kommen Sie, fügte er jetzt hinzu, da sie bei seinem Wagen angekommen waren, springen Sie hier hinein, wir müssen Ihren Vater einholen. Er und die andern können nur einen kleinen Vorsprung haben.

Als sie nun dahinfuhren, sagte er:

In Ihrem Briefe an Tarzan sagen Sie, Sie liebten einen andern. Damit haben Sie mich wohl gemeint?

Ich gebe es zu, antwortete sie einfach.

Aber in Baltimore – o, wie habe ich da nach Ihnen gesucht! Man sagte mir, Sie seien jetzt vielleicht schon verheiratet. Ein Mann namens Canler sei gekommen, um Sie zu heiraten. Ist das wahr?

Ja.

Lieben Sie ihn?

Nein.

Lieben Sie mich?

Sie verhüllte ihr Gesicht mit den Händen.

Ich bin einem andern versprochen. Ich kann Ihnen nicht antworten, Tarzan! rief sie aus.

Das war auch eine Antwort. Und nun sagen Sie mir, weshalb Sie jemanden heiraten wollen, den Sie nicht lieben?

Mein Vater schuldet ihm Geld.

Plötzlich erinnerte sich Tarzan des Briefes, den er gelesen hatte, des Namens Robert Canler und der in dem Schreiben angedeuteten Sorge, die er damals nicht verstehen konnte.

Er lächelte.

Wenn Ihr Vater den Schatz nicht verloren hätte, so sähen Sie sich nicht gezwungen, diesem Herrn Canler Ihr Versprechen zu halten.

Ich könnte ihn bitten, mich frei zu geben.

Und wenn er es ablehnt?

Ich habe ihm mein Versprechen gegeben.

Er schwieg einen Augenblick. Der Wagen brauste in tollkühner Fahrt auf der holprigen Straße daher, denn zu ihrer Rechten drohte das Feuer, und es war zu befürchten, daß wenn sich der Wind wieder drehte, das Feuer ihnen die einzige Straße, die ihnen noch für die Flucht übrig blieb, abschneiden würde.

Schließlich waren sie an der gefährlichen Stelle vorüber, und Tarzan fuhr nun nicht mehr so schnell.

Wenn ich ihn fragen würde? meinte Tarzan.

Er würde wohl kaum dem Wunsche eines Fremden entsprechen, meinte das Mädchen, besonders wenn der Betreffende mich selbst zur Frau haben wollte.

Terkop tat es! sagte Tarzan grimmig.

Jane Porter zuckte zusammen und schaute ängstlich an der Riesengestalt empor, die neben ihr saß, denn sie wußte, daß er den großen Menschenaffen meinte, den er getötet hatte, um sie aus seinen Klauen zu befreien.

Hier ist keine afrikanische Dschungel, sagte sie. Sie sind kein Wilder mehr. Sie sind ein Gentleman, und ein solcher tötet einen andern Menschen nicht kaltblütig.

Ich bin im Herzen immer noch Wilder, sagte er mit leiser Stimme wie im Selbstgespräch.

Dann schwiegen beide wieder eine Weile.

Endlich fragte er:

Jane Porter, wenn Sie frei wären, würden Sie mich heiraten?

Sie antwortete nicht gleich, aber er wartete geduldig.

Jane versuchte, ihre Gedanken zu sammeln.

Was wußte sie eigentlich von diesem seltsamen Geschöpf an ihrer Seite? Was wußte er von sich selbst? Wer war er? Wer waren seine Eltern?

War sein Name der Widerhall seiner geheimnisvollen Abkunft und seines wilden Lebens?

Er hatte eigentlich keinen Namen. Würde sie mit diesem Dschungel Findling glücklich werden? Konnte sie eine Gemeinschaft haben mit einem Manne, der sein bisheriges Leben in den Baumkronen einer afrikanischen Wildnis verbracht hatte, der mit Menschenaffen gespielt und gekämpft, der von den zuckenden Flanken eines frisch getöteten Tieres sich Fleisch abschnitt und dieses roh verzehrte, während seine Gefährten um ihn herum knurrten und auf ihren Anteil an der Beute lauerten?

Konnte ein solcher Mensch sich zu ihrem Gesellschaftskreis erheben? Oder sollte sie sich zu seinem herunter lassen? Konnte eines von ihnen in einer derartigen Mißheirat glücklich werden?

Sie antworten nicht! sagte er. Sie fürchten wohl, mich zu verletzen?

Ich weiß nicht, was ich Ihnen antworten soll, sagte Jane Porter traurig. Ich kenne meine eigene Meinung nicht.

Dann lieben Sie mich wohl auch nicht? fragte er in einem gezwungen leichten Tone.

Fragen Sie mich nicht! Sie werden glücklicher ohne mich. Sie sind nicht gemacht für die förmlichen Einschränkungen und Bindungen der Gesellschaft. Die Kultur würde Ihnen lästig werden, und schon nach kurzer Zeit würden Sie sich nach der Freiheit Ihres früheren Lebens zurücksehnen, eines Lebens, für das ich ebenso ungeeignet wäre, wie Sie zu dem meinigen.

Ich glaube Sie zu verstehen, antwortete er ruhig. Ich will Sie nicht drängen, denn ich will lieber Sie glücklich sehen als mich. Ich sehe jetzt ein, daß Sie nicht glücklich werden können – mit einem Affen.

Es lag eine gewisse Bitterkeit in seiner Stimme.

Nicht so! erwiderte sie. Das dürfen Sie nicht sagen. Sie verstehen mich nicht.

Aber noch ehe sie weiter sprechen konnte, hielt der Wagen nach einer plötzlichen Biegung der Straße mitten in einem kleinen Dorfe.

Vor ihnen hielt Claytons Wagen, und um ihn standen die Personen, die er dorthin gebracht hatte.

Zwischen drei Freiern

Beim Anblick Jane Porters schrien alle erleichtert und freudig auf, und als Tarzans Wagen neben dem andern hielt, schloß Professor Porter seine Tochter in die Arme.

Im ersten Augenblick achtete keiner auf Tarzan, der schweigend auf seinem Sitze saß.

Clayton war der erste, der daran dachte, und streckte ihm, sich zu ihm wendend, die Hand entgegen.

Wie können wir Ihnen jemals danken? rief er. Sie haben uns alle gerettet. Im Landhaus riefen Sie mich bei meinem Namen, aber ich kann mich Ihrer nicht entsinnen, obschon Sie mir einigermaßen bekannt vorkommen. Es ist mir, als ob ich Sie vor langer Zeit unter ganz anderen Verhältnissen kennen gelernt hätte.

Tarzan lächelte, als er die dargebotene Hand erfaßte.

Sie haben ganz recht, Mr. Clayton, sagte er auf französisch. Entschuldigen Sie, wenn ich nicht englisch mit Ihnen spreche. Ich lerne es jetzt, und wenn ich es auch ziemlich gut verstehe, so spreche ich es doch noch mangelhaft.

Aber wer sind Sie eigentlich? fragte Clayton, diesmal französisch sprechend.

Ich bin Tarzan, der bei den Affen war.

Clayton trat vor Erstaunen zurück.

Bei Gott, sagte er, wahrhaftig!

Professor Porter und Mr. Philander drängten sich herbei, um ihm ebenfalls zu danken und ihre freudige Überraschung darüber auszudrücken, daß sie ihren Dschungelfreund nun so weit von seiner wilden Heimat wiedersahen.

Die Gesellschaft ging in den bescheidenen Gasthof, wo Clayton für Essen und Trinken sorgte.

Sie saßen in dem kleinen dumpfen Gastzimmer, als das entfernte Brummen eines Automobils ihre Aufmerksamkeit erregte.

Mr. Philander, der nahe am Fenster saß, schaute hinaus, bis das Automobil in Sicht kam und schließlich neben den anderen Wagen hielt.

Himmel! sagte er ziemlich ärgerlich, es ist Herr Canler. Ich hatte gehofft, er ... ich hatte gedacht, er ... nun, wir können uns ja freuen, daß er nicht im Feuer umgekommen ist.

Still, still, Mr. Philander! sagte Professor Porter. Ich habe meine Schüler oft ermahnt, bis zu zehn zu zählen, bevor sie etwas sagten. An Ihrer Stelle, Mr. Philander, würde ich lieber bis tausend zählen und dann – noch schweigen.

Himmel, ja! pflichtete Mr. Philander ihm bei. Aber wer ist der geistliche Herr, der bei ihm ist?

Jane Porter erbleichte.

Clayton rückte unruhig auf seinem Stuhle hin und her.

Professor Porter nahm seine Brille ab, hauchte darüber und setzte sie wieder auf die Nase, ohne sie abzuwischen.

Esmeralda, die überall dabei war, brummte.

Nur Tarzan verstand nichts.

Jetzt stürmte Robert Canler herein.

Gott sei Dank! rief er. Ich fürchtete das Schlimmste, bis ich Ihren Wagen sah, Clayton. Ich war auf der Südstraße abgeschnitten und mußte zur Stadt zurückkehren, um dann östlich diese Straße zu fahren. Ich dachte, wir würden das Landhaus niemals erreichen.

Niemand schien von seiner Ankunft entzückt zu sein. Tarzan sah Robert Canler an, wie Sabor ihre Beute ansieht.

Jane Porter warf ihm einen Blick zu und hustete nervös. Mr. Canler, sagte sie, dies ist Herr Tarzan, ein alter Freund.

Canler wandte sich um und streckte die Hand aus. Tarzan erhob und verbeugte sich, wie nur d'Arnot es seinen Gentleman gelehrt haben konnte, aber er schien Canlers Hand nicht zu sehen.

Allerdings schien Canler das Übersehen auch nicht zu bemerken.

Dies ist der hochwürdige Mr. Tousley, Jane, sagte Canler, sich zu seinem geistlichen Begleiter wendend, der hinter ihm stand.

Mr. Tousley, Miß Porter.

Mr. Tousley verbeugte sich lächelnd.

Canler stellte ihm auch die andern vor.

Die Zeremonie kann gleich vorgenommen werden, Jane, sagte Canler. Dann können wir noch mit dem Zug um Mitternacht in die Stadt fahren.

Tarzan verstand den Plan sofort. Er blickte mit halbgeschlossenen Lidern auf Jane Porter, regte sich aber nicht.

Das Mädchen zögerte. Im Zimmer waren alle gespannt, und es herrschte beklommenes Schweigen.

Aller Augen waren auf Jane Porter gerichtet; alle harrten auf ihre Antwort.

Können wir nicht ein paar Tage warten? fragte sie. Ich bin ganz abgespannt. Ich habe heute so viel durchgemacht.

Canler fühlte die Feindseligkeit, die von allen ausging, und das ärgerte ihn.

Wir haben so lange gewartet, als ich es für gut fand, sagte er in barschem Tone. Sie haben mir versprochen, mich zu heiraten. Ich lasse mich nicht länger zum besten halten. Ich habe die Heiratserlaubnis und hier ist der Pfarrer. Kommen

Sie, Mr. Tousley, komm, Jane. Hier sind ja Zeugen, mehr als genug, fügte er mit unangenehmer Betonung hinzu, und indem er Jane Porter beim Arm nahm, wollte er sie dem Geistlichen zuführen.

Aber er hatte kaum einen Schritt getan, als sich eine schwere Hand mit einem eisernen Griff auf seinen Arm legte.

Eine andere Hand packte ihn an der Gurgel, und im Nu flog er über den Boden, wie eine Maus, mit der die Katze spielt.

Entsetzt starrte Jane Porter auf Tarzan. Und als sie ihm ins Gesicht sah, bemerkte sie den roten Streifen über seiner Stirne, den sie damals im fernen Afrika gesehen hatte, als er auf Leben und Tod mit Terkop, dem großen Menschenaffen, rang.

Sie wußte, daß die Mordlust in seinem wilden Herzen aufbrauste, und mit einem Schreckensruf sprang sie auf, um den Affenmenschen von seinem Plane abzuhalten. Ihre Besorgnis galt allerdings mehr Tarzan als Canler. Sie wußte, wie streng die Gerichte den Mord bestraften.

Clayton kam ihr jedoch zuvor, denn er war auf Tarzan zugesprungen und versuchte Canler aus seinem Griff zu befreien.

Tarzan warf den Engländer aber mit einer einzigen Armbewegung ins Zimmer zurück. Da legte Jane Porter ihre weiße Hand fest auf Tarzans Handgelenk und schaute ihm in die Augen.

Mir zu liebe! sagte sie.

Der Griff um Canlers Gurgel ließ nach.

Tarzan schaute in das schöne Gesicht des Mädchens.

Wünschen Sie, daß er am Leben bleibt? fragte er überrascht. Ich wünsche nicht, daß er durch Ihre Hand sterben soll, mein Freund! erwiderte sie. Ich will nicht, daß Sie zum Mörder werden!

Tarzan zog seine Hand von Canlers Gurgel zurück.

Entbinden Sie Jane Porter von ihrem Versprechen? fragte er. Ihr Leben hängt davon ab.

Canler, nach Luft schnappend, nickte.

Wollen Sie sich entfernen und sie nie wieder belästigen?

Wieder nickte der Mann, dessen Gesicht ganz verzerrt durch die Furcht vor dem Tode war, dem er so nahe gewesen war. Jetzt ließ Tarzan ihn frei, und Canler wankte der Türe zu. In einem Nu war er draußen, und mit ihm der zu Tode erschrockene Prediger.

Tarzan wandte sich an Jane Porter.

Kann ich Sie einen Augenblick allein sprechen? fragte er.

Das Mädchen nickte bejahend mit dem Kopfe und ging in die nahe Veranda des kleinen Gasthofes. Dort wartete sie auf Tarzan, so daß sie die nachfolgende Unterredung nicht hörte.

Als nämlich Tarzan ihr folgen wollte, rief Professor Porter ihm zu, einen Augenblick zu warten.

Der Professor war über die Schnelligkeit, mit der sich die Ereignisse der letzten Minuten vollzogen, so verblüfft, daß er jetzt erst die Sprache wieder fand.

Bevor wir weiter gehen, mein Herr, sagte er, möchte ich von Ihnen eine Erklärung haben, über das, was wir eben hier erlebt haben. Mit welchem Rechte mischen Sie sich in die Beziehungen meiner Tochter zu Mr. Canler? Ich hatte ihm ihre Hand versprochen, und ohne Rücksicht auf unsere persönlichen Wünsche oder Abneigungen muß dieses Versprechen gehalten werden.

Ich habe eingegriffen, Professor Porter, weil Ihre Tochter Mr. Canler nicht liebt. Sie wünscht ihn nicht zu heiraten. Das genügt mir, antwortete Tarzan.

Sie wissen nicht, was Sie getan haben, erwiderte ihm der Professor. Jetzt wird er sie wahrscheinlich nicht mehr heiraten wollen.

Er wird schon wollen, sagte Tarzan, und fügte dann hinzu: In Zukunft brauchen Sie nicht mehr zu fürchten, daß Ihr Stolz darunter zu leiden hat, denn Sie sind in der Lage, Canler zurückzuzahlen, was Sie ihm schulden.

Was meinen Sie damit? fragte der Professor.

Ihr Schatz ist gefunden worden, antwortete Tarzan.

Was? – Was sagen Sie da? rief der Professor. Sie sind nicht gescheit. Mann! Das kann nicht sein.

Und doch ist es so! Ich war es, der ihn fortgenommen hatte, da ich nicht wußte, welchen Wert er hatte und wem er gehörte. Ich sah, wie die Matrosen die Kiste vergruben, und nach Art der Affen nahm ich die Kiste und vergrub sie anderswo.

Als nun d'Arnot mir sagte, um was es sich handelte und was der Schatz für Sie bedeutete, kehrte ich in die Dschungel zurück und holte die Kiste wieder. Der Schatz hat schon so viel Verbrechen, Leiden und Trauer verursacht, daß d'Arnot meinte, es sei am besten, nicht zu versuchen, den Schatz selbst hierherzubringen, wie es meine Absicht war, und deshalb habe ich an dessen Stelle einen Kreditbrief gebracht. Hier ist er, Professor Porter.

Mit diesen Worten zog Tarzan einen Umschlag aus der Tasche und überreichte ihn dem verblüfften alten Herrn.

Es sind zweihundertundeinundvierzigtausend Dollars. Der Schatz wurde von Sachverständigen sorgfältig abgeschätzt, aber damit Sie nicht etwa an der Richtigkeit zweifeln, hat d'Arnot selbst ihn gekauft und hält ihn zu Ihrer Verfügung für den Fall, daß Sie den Schatz lieber haben wollen als das Geld.

Mit zitternder Stimme antwortete ihm Professor Porter:

Zu den vielen Verpflichtungen, die wir Ihnen gegenüber schon haben, fügen Sie nun noch den größten aller Dienste hinzu. Sie geben mir die Mittel, meine Ehre zu retten!

Clayton, der einen Augenblick nach Canler das Zimmer verlassen hatte, kam jetzt wieder.

Entschuldigen Sie, sagte er. Ich denke, es ist besser, wir fahren nach der Stadt, bevor es dunkel ist, und nehmen den ersten Zug, der uns aus diesem Walde herausführt. Ein Einheimischer, der gerade vom Norden herkommt, berichtet, das Feuer bewege sich langsam hierher.

Diese Nachricht machte der weiteren Unterredung ein Ende, und alle gingen hinaus zu den dort wartenden Automobilen. Clayton nebst Jane Porter, der Professor und Esmeralda stiegen in Claytons Wagen, während Mr. Philander sich zu Tarzan fetzte.

Bei Gott! sagte Mr. Philander, als der Wagen sich hinter dem andern in Bewegung setzte. Wer hätte das je für möglich gehalten? Vor längerer Zeit sah ich Sie als einen wirklichen wilden Menschen, der auf den Ästen des tropischen Waldes in Afrika herumkrabbelte, und jetzt fahren Sie mich in einem französischen Auto auf einer Straße von Wisconsin. Wahrhaftig! Das ist wirklich merkwürdig!

Ja, sagte Tarzan, und dann nach einer Pause: Erinnern Sie sich, Mr. Philander, der Einzelheiten bei der Auffindung und Beerdigung der drei Skelette in meiner Hütte bei der afrikanischen Dschungel?

Sehr wohl! Sehr wohl, mein Herr! erwiderte Mr. Philander.

War etwas Auffälliges an einem dieser Skelette?

Mr. Philander sah Tarzan scharf an.

Weshalb fragen Sie das?

Es ist für mich sehr wichtig, das zu wissen, antwortete Tarzan. Ihre Antwort kann ein Geheimnis aufklären. Vor zwei Monaten ist eine Vermutung über diese Skelette aufgestellt worden, und ich bitte Sie, mir meine Frage nach bestem Wissen zu beantworten. Waren die drei Skelette, die begraben wurden, alle menschliche Skelette?

Nein, erwiderte Mr. Philander, das kleinste davon, das in der Wiege lag, war das Skelett eines jungen Menschenaffen.

Ich danke Ihnen, sagte Tarzan.

In dem Wagen, der vorausfuhr, saß Jane Porter in ernste Gedanken versunken. Sie wußte, weshalb Tarzan sie um eine Unterredung unter vier Augen gebeten hatte, und sie sagte sich, sie müsse bereit sein, ihm bei der ersten Gelegenheit eine Antwort zu erteilen.

Er war nicht der Mann, den man ohne weiteres beiseite schieben konnte, und sie wunderte sich, daß sie ihn eigentlich nicht fürchtete. Konnte sie aber jemanden lieben, den sie fürchtete? Sie erkannte den Zauber, der in den Tiefen der fernen Dschungel über sie gekommen war, aber hier in dem nüchternen Wisconsin schwand dieser Reiz.

Der tadellos gekleidete Tarzan, der jetzt französisch sprach, sah gegenwärtig auch nicht mehr das Urwaldweib in ihr, wie es einst der mutige Waldgott getan hatte.

Liebte sie ihn? Sie wußte es nicht.

Sie blickte Clayton von der Seite an. War er nicht ein Mann, der in derselben Umgebung erzogen war wie sie, ein Mann mit gesellschaftlicher Stellung und Kultur, die sie als die Vorbedingung zu einer gleichartigen Verbindung betrachtete?

Wies nicht ihr gesundes Urteil sie auf diesen jungen englischen Adeligen hin, nach dessen Liebe sich eine zivilisierte Frau sehnen konnte und der der richtige Gefährte für sie sein würde?

Konnte Sie Clayton lieben? Sie fand keinen Grund, ihn nicht zu lieben. Jane Porter war von Natur nicht kalt berechnend, aber Erziehung, Umgebung und Vererbung hatten sie gelehrt, auch in Herzensangelegenheiten vernünftig zu sein. Jetzt schien es ihr, als ob die Hinneigung, die sie sowohl in Afrika als auch heute in Wisconsins Wäldern zu Tarzan gefühlt hatte, während er sie auf seinen starken Armen trug, nur ein Trieb des Urwaldweibes zum Urwaldmanne war. Und sie sagte sich, wenn er sie nicht wieder berühren würde, würde sie sich auch nicht mehr zu ihm hingezogen fühlen. Dann hatte sie ihn also nicht geliebt! Es war weiter nichts gewesen, als eine vorübergehende Täuschung, hervorgerufen durch die Aufregung und die persönliche Berührung.

Aufregung würde nicht immer ihre künftigen Beziehungen in der Ehe begleiten, und die Macht der persönlichen Berührung würde sich durch den vertrauten Umgang bald abstumpfen. Wieder blickte sie nach Clayton. Er war wirklich nett und jeder Zoll ein vornehmer Mensch. Auf einen solchen Gatten konnte sie mit Recht stolz sein.

Und dann sprach er – gerade im richtigen Augenblick:

Jetzt sind Sie frei, Jane. Wenn Sie ja sagen wollen, so will ich mein Leben Ihrem Glücke widmen.

Ja! flüsterte Sie.

*

An diesem Abend fand Tarzan in dem kleinen Warteraum der Eisenbahnstation Gelegenheit, Jane Porter einen Augenblick allein zu sprechen.

Sie sind jetzt frei, Jane, sagte er. Ich bin aus dunkler, ferner Vergangenheit gekommen, aus dem Gebiet des Urwaldmenschen, um Sie zur Frau zu begehren. Ihnen zu liebe habe ich die Weltmeere und die Festländer durchkreuzt, Ihnen zu liebe will ich alles werden, was Sie wünschen. Ich kann Sie glücklich machen, Jane, so wie Sie es wollen. – Wollen Sie meine Frau werden?

Zum erstenmale erkannte sie jetzt die tiefe Liebe des Mannes, alles, was er in so kurzer Zeit nur ihr zu liebe getan hatte. Sie wandte den Kopf und verbarg ihr Gesicht in den Armen.

Was hatte sie getan? Weil sie fürchtete, sie könnte den Bitten dieses Riesen nachgeben, hatte sie die Brücken hinter sich abgebrochen, und in der unbegrenzten Angst vor einem Mißgriff beging sie einen noch schlimmeren Fehler.

Und dann erzählte sie ihm alles, erzählte ihm die Wahrheit, Wort für Wort, ohne zu versuchen, sich zu entschuldigen oder ihren Irrtum zu beschönigen.

Was können wir tun? fragte er. Sie haben zugegeben, daß Sie mich lieben. Sie wissen, daß ich Sie liebe, aber ich kenne die sittlichen Regeln nicht, die Ihre Gesellschaft leiten. Ich überlasse Ihnen die Entscheidung, denn Sie wissen am besten, was Ihrer Wohlfahrt dienlich ist.

Ich kann es ihm nicht sagen, Tarzan, sagte sie. Er liebt mich, und er ist ein guter Mensch. Ich könnte Ihnen oder irgendeinem andern ehrlichen Menschen nicht mehr unter die Augen treten, wenn ich das Versprechen, das ich Clayton gegeben, nicht halten würde. Ich muß es halten, – und Sie müssen mir helfen, die Bürde tragen, auch wenn wir uns nach dem heutigen Abend nicht wieder sehen sollten.

Die andern waren inzwischen herzugekommen, und Tarzan trat an das kleine Fenster.

Draußen sah er nichts, aber im Geiste sah er ein reizendes Stück Erde: einen grünen Rasen mit einer Menge prächtiger tropischer Pflanzen und Blumen und darüber mächtige Bäume und über allem das Blau des Äquatorhimmels. Auf dem grünen Rasen saß ein junges Weib auf einem kleinen Erdhügel und neben ihr ein junger Riese. Sie aßen schöne Früchte, schauten sich an und lächelten.

In diesen Gedanken wurde er gestört durch den Bahnhofvorsteher, der hereinkam, um zu fragen, ob sich unter den Herren der Gesellschaft einer namens Tarzan befände.

Ich heiße Tarzan, sagte der Affenmensch.

Hier ist eine Nachricht für Sie, nachgesandt aus Baltimore. Es ist eine Kabeldepesche aus Paris.

Tarzan nahm die Depesche, die von d'Arnot kam.

Sie lautete:

Fingerabdrücke beweisen, daß Sie Greystoke. Glückwunsch.

D'Arnot.

Als Tarzan dies gelesen hatte, trat Clayton ein und kam mit ausgestreckter Hand auf ihn zu.

Dies war also der Mann, der Tarzans Titel und Tarzans Vermögen besaß und der im Begriffe stand, das Weib zu heiraten, das Tarzan liebte, und von ihm geliebt wurde. Ein einziges Wort von Tarzan hätte eine große Veränderung in Claytons Leben hervorgerufen. Es hätte ihm Titel, Ländereien und Schlösser weggenommen – und es hätte ihm auch Jane Porter fortgenommen.

Alter Freund, rief Clayton ihm zu, ich habe noch keine Gelegenheit gehabt, Ihnen für alles, was Sie für uns getan haben, zu danken. Es scheint, als ob Sie alle Hände voll zu tun haben, um unser Leben in Afrika und hier zu retten. Ich bin sehr froh, daß Sie herüberkamen. Wir müssen noch nähere Bekanntschaft machen. Ich habe oft an Sie und die werkwürdigen Umstände Ihrer Umgebung gedacht. Es geht mich zwar nichts an, aber wie zum Teufel sind Sie in jene elende Dschungel gekommen?

Ich bin dort geboren, sagte Tarzan ruhig. Meine Mutter war ein Affe, und natürlich konnte sie mir nicht viel davon erzählen. Wer mein Vater war, habe ich nie erfahren!

*

Die weiteren Abenteuer Tarzans und die Folgen seiner edlen Selbstverleugnung werden in dem nächsten Tarzan-Bande erzählt.